读客经典文库

100 个书单丰富你的灵魂

The Works of Shakespeare
莎士比亚戏剧集
悲剧II
[英]莎士比亚 著
(1564—1616)
朱生豪 译
读客经典文库
100个书单丰富你的灵魂
江苏凤凰文艺出版社
JIANGSU PHOENIX LITERATURE AND ART PUBLISHING, LTD

威廉·莎士比亚
William Shakespeare

《罗密欧与朱丽叶》

罗密欧

那边窗子里亮起来的是什么光?
那就是东方，朱丽叶就是太阳!
起来吧，美丽的太阳!

目 录

罗密欧与朱丽叶

Romeo and Juliet

剧中人物

爱斯卡勒斯	维洛那亲王
帕里斯	少年贵族，亲王的亲戚
蒙太古	互相敌视的两家家长
凯普莱特	互相敌视的两家家长
罗密欧	蒙太古之子
茂丘西奥	亲王的亲戚，罗密欧的朋友
班伏里奥	蒙太古之侄，罗密欧的朋友
提伯尔特	凯普莱特之侄
劳伦斯神父	法兰西斯派教士
约翰神父	与劳伦斯同门的教士
鲍尔萨泽	罗密欧的仆人
山普孙	凯普莱特的仆人
葛莱古里	凯普莱特的仆人
彼得	朱丽叶乳媪的从仆
亚伯拉罕	蒙太古的仆人
卖药人	
乐工三人	
茂丘西奥的侍童	
帕里斯的侍童	

蒙太古夫人

凯普莱特夫人

朱丽叶 **凯普莱特之女**

朱丽叶的乳媪 **朱丽叶的乳媪**

维洛那市民；两家男女亲属；跳舞者、卫士、巡丁及侍从等

致辞者

地 点

维洛那；第五幕第一场在曼多亚

开场诗

致辞者上。

故事发生在维洛那名城，
　有两家门第相当的巨族，
累世的宿怨激起了新争，
　鲜血把市民的白手污渎。
是命运注定这两家仇敌，
　生下了一双不幸的恋人，
他们的悲惨凄凉的殒灭，
　和解了他们交恶的尊亲。
这一段生生死死的恋爱，
　还有那两家父母的嫌隙，
把一对多情的儿女杀害，
　演成了今天这一本戏剧。
交代过这几句挈领提纲，
请诸位耐着心细听端详。（下）

第一幕

第一场

维洛那；广场

山普孙及葛莱古里各持盾剑上。

山普孙 葛莱古里，咱们可真的不能让人家当做苦力一样欺侮。

葛莱古里 对了，咱们不是可以随便给人欺侮的。

山普孙 我说，咱们要是发起脾气来，就会拔刀子动武。

葛莱古里 对了，你可不要把脖子缩进领口里去。

山普孙 我一动性子，我的剑是不认人的。

葛莱古里 可是你不大容易动性子。

山普孙 我见了蒙太古家的狗子就生气。

葛莱古里 有胆量的，生了气就应当站住不动；逃跑的不是好汉。

山普孙 我见了他们家里的狗子，就会站住不动；是男人我就把他们从墙边推出去，是女人我就把她们望着墙壁摔过去。

葛莱古里　吵架是咱们两家主仆男人们的事，与她们女人有什么相干？

山普孙　那我不管，我要做一个杀人不眨眼的魔王；一面跟男人们打架，一面对娘儿们也不留情面，我要割掉她们的头。

葛莱古里　割掉娘儿们的头吗？

山普孙　对了，娘儿们的头，或是她们的奶奶头，你爱怎么说就怎么说。

葛莱古里　拔出你的家伙来，有两个蒙太古家的人来啦。

亚伯拉罕及鲍尔萨泽上。

山普孙　我的刀子已经出鞘；你去跟他们吵起来，我就在你背后帮你的忙。

葛莱古里　怎么？你想转过背逃走吗？

山普孙　你放心吧，我不是那样的人。

葛莱古里　哼，我倒有点不放心！

山普孙　还是让他们先动手，打起官司来也是咱们的理直。

葛莱古里　我走过去向他们横个白眼，瞧他们怎么样。

山普孙　好，瞧他们有没有胆。我要向他们咬我的大拇指，瞧他们能不能忍受这样的侮辱。

亚伯拉罕　你向我们咬你的大拇指吗？

山普孙　我是咬我的大拇指。

亚伯拉罕　你是向我们咬你的大拇指吗？

山普孙　（向葛莱古里旁白）要是我说是，那么打起官司来是谁的理直？

葛莱古里 （向山普孙旁白）是他们的理直。

山普孙 不，我不是向你们咬我的大拇指；可是我是咬我的大拇指。

葛莱古里 你是要向我们挑衅吗？

亚伯拉罕 挑衅！不，哪儿的话。

山普孙 你要是想跟我们吵架，那么我可以奉陪；你也是你家主子的奴才，我也是我家主子的奴才，难道我家的主子就比不上你家的主子？

亚伯拉罕 比不上。

山普孙 好。

葛莱古里 （向山普孙旁白）说“比得上”；我家老爷的一位亲戚来了。

山普孙 比得上。

亚伯拉罕 你胡说。

山普孙 是汉子就拔出刀子来。葛莱古里，别忘了你的杀手剑。（双方互斗）

班伏里奥上。

班伏里奥 分开，蠢材！收起你们的剑；你们不知道你们在干些什么事。（击下众仆的剑）

提伯尔特上。

提伯尔特 怎么！你跟这些不中用的奴才吵架吗？过来，班伏里奥，让我结果你的性命。

班伏里奥 我不过维持和平；收起你的剑，或者帮我分开这些人。

提伯尔特 什么！你拔出了剑，还说什么和平？我痛恨这两个字，就跟我痛恨地狱，痛恨所有蒙太古家的人和你一样。照剑，懦夫！（二人相斗）

两家各有若干人上，加入争斗；一群市民持枪棍继上。

众市民 打！打！打！把他们打下来！打倒凯普莱特！打倒蒙太古！

凯普莱特穿长袍及凯普莱特夫人同上。

凯普莱特 什么事吵得这个样子？喂！把我的长剑拿来。

凯普莱特夫人 我的拐杖呢？我的拐杖呢？你要剑做什么用？

凯普莱特 快拿剑来！蒙太古那老东西来啦；他还晃着他的剑，明明在跟我寻事。

蒙太古及蒙太古夫人上。

蒙太古 凯普莱特，你这奸贼！——别拉住我，让我去。

蒙太古夫人 你要去跟人家吵架，我不让你走一步路。

亲王率侍从上。

亲王 目无法纪的臣民，扰乱治安的罪人，你们的刀剑都被你们邻人的血玷污了；——他们不听我的话吗？喂，听着！你们这些人，你们这些畜生，你们为了扑灭你们怨毒的怒焰，不惜让殷红的流泉从你们的血管里喷涌出来；你们要是畏惧刑法，赶快给我把你们的凶器从你们血腥的手里丢下来，静听你们震怒的君王的判决。凯普莱特，蒙太古，你们已经三次为了一句口头上的空言，引起了市民的械斗，扰乱了我们街道上的安宁，害得维洛那的年老公民，也不能不脱下他们尊严的装束，在他们习于安乐的苍老衰弱的手里掮起古旧的长枪来，分解你们溃烂的纷争。要是你们以后再在市街上闹事，就要把你们的生命作为扰乱治安的代价。现在别人都给我退下去；凯普莱特，你跟我来；蒙太古，你今天下午到自由村的审判厅里来，听候我对于今天这一案的宣判。大家散开去，倘有逗留不去的，格杀不论！（除蒙太古夫妇及班伏里奥外皆下）

蒙太古 谁把这一场宿怨重新挑起纷争？侄儿，对我说，他们动手的时候，你也在场吗？

班伏里奥 我还没有到这儿来，您的仇家的仆人跟你们家里的仆人已经打成一块了。我拔出剑来分开他们；

就在这时候，那个性如烈火的提伯尔特提着剑来了，他向我口出不逊之言，把剑在他自己头上挥舞，那剑在风中发出呲呲的声音，就像风在那儿讥笑他的装腔作势一样。当我们正在剑来剑去的时候，人越来越多，有的帮这一面，有的帮那一面，乱哄哄地互相争斗，直等亲王来了，方才把两边的人喝开。

蒙太古夫人 啊，罗密欧呢？你今天见过他吗？我很高兴他没有参加这场争斗。

班伏里奥 伯母，在尊严的太阳开始从东方的黄金窗里探出头来的前一个时辰，我因为心中烦闷，到郊外去散步，在城西一丛枫树的下面，我看见罗密欧兄弟一早在那儿走来走去。我正要向他走过去，他已经看见了我，就躲到树林深处去了。我因为自己也是心灰意懒，觉得连自己这一身也是多余的，只想找一处没有人迹的地方，所以凭着自己的心境推测别人的心境，也就不去多事追寻他，彼此互相避开了。

蒙太古 好多天的早上曾经有人在那边看见过他，用眼泪洒为清晨的露水，用长叹嘘成天空的云雾；可是一等到鼓舞众生的太阳在东方的天边开始揭起黎明女神床上灰黑色的帐幕的时候，我那怀着一颗沉重的心的儿子，就逃避了光明，溜回到家里；一个人关起了门躲在房间里，闭紧了窗子，把大好的阳光锁在外面，为他自己造成了一个人工的黑夜。他这一种怪脾气恐怕不是好兆，除非良言劝告可以替他解除心头的烦恼。

班伏里奥 伯父，您知道他的烦恼的根源吗？

蒙太古 我不知道，也没有法子从他自己嘴里探听出来。

班伏里奥 您有没有设法探问过他？

蒙太古 我自己以及许多其他的朋友都曾经探问过他，可是他把心事一起闷在自己肚里，总是绝口严守着秘密，不让人家试探出来，正像一朵初生的蓓蕾，还没有迎风舒展它的嫩瓣，向太阳献吐它的娇艳，就给妒嫉的蛀虫咬啮了一样。只要能够知道他的悲哀究竟是从什么地方来的，我们一定会尽心竭力替他找寻治疗的方案。

班伏里奥 瞧，他来了；请您站在一旁，等我去问问他究竟有些什么心事，看他理不理我。

蒙太古 但愿你留在这儿，能够听到他的真情的吐露。来，夫人，我们去吧。（蒙太古夫妇同下）

罗密欧上。

班伏里奥 早安，兄弟。

罗密欧 天还是这样早吗？

班伏里奥 刚才敲过九点钟。

罗密欧 唉！在悲哀里度过的时间似乎是格外长的。急忙忙地走过去的那个人，不就是我的父亲吗？

班伏里奥 正是。什么悲哀使罗密欧的时间过得这样长？

罗密欧　因为我缺少了可以使时间变为短促的东西。

班伏里奥　你跌进了恋爱的网里了吗？

罗密欧　我徘徊在恋爱的门外，因为我不能得到我的意中人的欢心。

班伏里奥　唉！想不到爱神的外表这样温柔，实际上却是如此残暴！

罗密欧　唉！想不到爱神蒙着眼睛，却会一直闯进了人们的心灵！我们在什么地方吃饭？嗳哟！又是谁在这儿打过架了？可是不必告诉我，我早就知道了。这些都是怨恨造成的后果，可是爱情的力量比它还要大过许多。啊，吵吵闹闹的相爱，亲亲热热的怨恨！啊，无中生有的一切！啊，沉重的轻浮，严肃的狂妄，整齐的混乱，铅铸的羽毛，光明的烟雾，寒冷的火焰，憔悴的健康，永远觉醒的睡眠，否定的存在！我感觉到的爱情正是这么一种东西，可是我并不喜爱这一种爱情。你不会笑我吗？

班伏里奥　不，兄弟，我倒是有点儿想哭。

罗密欧　好人，为什么呢？

班伏里奥　因为瞧着你善良的心受到这样的痛苦。

罗密欧　唉！这就是爱情的错误，我自己已经有太多的忧愁重压在我的心头，你对我表示的同情，徒然使我在太多的忧愁之上，再加上一重忧愁。爱情是叹息吹起的一阵烟；恋人的眼中有它净化了的火星；恋人的眼泪是它激起的波涛。它又是最智慧

的疯狂，哽喉的苦味，沁舌的蜜糖。再见，兄弟。（欲去）

班伏里奥 且慢，让我跟你一块儿去；要是你就这样丢下了我，未免太不给我面子啦。

罗密欧 嘿！我已经遗失了我自己；我不在这儿；这不是罗密欧，他是在别的地方。

班伏里奥 老实告诉我，你所爱的是谁？

罗密欧 什么！你要我在痛苦呻吟中说出她的名字来吗？

班伏里奥 痛苦呻吟！不，你只要告诉我她是谁就得了。

罗密欧 叫一个病人郑重其事地立起遗嘱来！啊，对于一个病重的人，还有什么比这更刺痛他的心？老实对你说，兄弟，我是爱上了一个女人。

班伏里奥 我说你一定有了恋爱，果然猜得不错。

罗密欧 好一个每发必中的射手！我所爱的是一位美貌的姑娘。

班伏里奥 好兄弟，只要目标准确，不怕发而不中。

罗密欧 你这一箭就射岔了。丘匹德的金箭不能射中她的心；她有狄安娜女神的圣洁，不让爱情稚弱的弓矢损害她的坚不可破的贞操。她不愿听任深怜密爱的词句把她包围，也不愿让灼灼逼人的眼光向她进攻，更不愿接受可以使圣人动心的黄金的诱惑；啊！美貌便是她巨大的财富，只可惜她一死以后，她的美貌也要化为黄土！

班伏里奥 那么她已经立誓终身守贞不嫁了吗？

罗密欧 她已经立下了这样的誓言，为了珍惜她自己，造成了莫大的浪费；因为她让美貌在无情的岁月中日就枯萎，不知道替后世传留下她的绝世容华。她是个太美丽、太聪明的人儿，不应该剥夺她自身的幸福，使我抱恨终天。她已经立誓割舍爱情，我现在活着也就等于死去一般。

班伏里奥 听我的劝告，别再想起她了。

罗密欧 啊！那么你教我怎样忘记吧。

班伏里奥 你可以放纵你的眼睛，让它们多看几个世间的美人。

罗密欧 那不过格外使我觉得她的美艳无双罢了。那些吻着美人娇额的幸运的面罩，因为它们是黑色的缘故，常常使我们想起被它们遮掩的面庞，不知应该多么娇丽。突然盲目的人，永远不会忘记存留在他消失了的视觉中的宝贵的影像。给我看一个姿容绝代的美人，她的美貌除了使我记起世上有一个人比她更美以外，还有什么别的用处？再见，你不能教我怎样忘记。

班伏里奥 我一定要证明我的意见不错，否则死了也不瞑目。（各下）

第二场

同前街道

凯普莱特、帕里斯及仆人上。

凯普莱特 可是蒙太古也负着跟我同样的责任；我想像我们这样有了年纪的人，维持和平还不是难事。

帕里斯 你们两家都是很有名望的大族，结下了这样不解的冤仇，真是一件不幸的事。可是，老伯，您对于我的求婚有什么见教？

凯普莱特 我的意思早就对您表示过了。我的女儿今年还没有满十四岁，完全是一个不懂事的孩子；再过两个夏天，才可以谈到亲事。

帕里斯 比她年纪更小的人，都已经做了幸福的母亲了。

凯普莱特 早结果的树木一定早凋。我在这世上什么希望都已经没有了，只有她是我的唯一的安慰。可是向她求爱吧，善良的帕里斯，得到她的欢心；只要她愿意，我的同意是没有问题的。今天晚上，我要按照旧例，举行一次宴会，邀请许多友好参加；您也是我所要邀请的一个，请您接受我的最诚意的欢迎。在我的寒舍里，今晚您可以见到灿烂的群星翩然下降，照亮了黑暗的天空；在蓓蕾一样娇艳的女郎丛里，您可以充分享受青春的愉快，正像盛装的四月追随着残冬的足迹降临人世，在年轻人的心里充满着活跃的欢欣一样。您可以听一个畅，看一个饱，从许多美貌的女郎中间，连我的女儿也在其内，拣一个最好的做您的意中人。来，跟我去。（以一纸交仆）你到维洛那全城去走一转，一个一个去找这单子上有名字的人，请他们到我的家里来。（凯普莱特、帕里斯同下）

仆人 找这单子上有名字的人！人家说，鞋匠的针线，裁缝的钉锤，渔夫的笔，画师的网，各人有各人的职司；可是我们的老爷却叫我找这单子上有名字的人，我怎么知道写字的人在这上面写着些什么？我一定要找个识字的人。来得正好。

班伏里奥及罗密欧上。

班伏里奥 不，兄弟，新的火焰可以把旧的火焰扑灭，大的苦痛可以使小的苦痛减轻；头晕目眩的时候，只要转身向后；一桩绝望的忧伤，也可以用另一桩烦恼把它驱除。给你的眼睛找一个新的迷惑，你的原来的痼疾就可以霍然脱体。

罗密欧 你的药草只好医治——

班伏里奥 医治什么？

罗密欧 医治你的跌伤的胫骨。

班伏里奥 怎么，罗密欧，你疯了吗？

罗密欧 我没有疯，可是比疯人更不自由；关在牢狱里，不进饮食，挨受着鞭挞和酷刑——晚安，好朋友！

仆人 晚安！请问先生，您念过书吗？

罗密欧 是的，这是我的贫困的资产。

仆人 也许您会不看着书念；可是请问您会不会看着字一个一个地念？

罗密欧 是我认得的字，我就会念。

仆人 您说得很老实；上帝保佑您！（欲去）

罗密欧 等一等，朋友；我会念。“玛丁诺先生暨夫人及诸位令嫒，安赛尔美伯爵及诸位令妹，寡居之维特鲁维奥夫人，帕拉森西奥先生及诸位令侄女，茂丘西奥及其令弟凡伦丁，凯普莱特叔父暨婶母及诸位贤妹，罗瑟琳贤侄女，里维娅，伐伦西奥先生及其令表弟提伯尔特，路西奥及活泼之海丽娜。”好一群名士贤媛！请他们到什么地方去？

仆人 到我们家里吃饭去。

罗密欧 谁的家里？

仆人 我的主人的家里。

罗密欧 那还用问吗？

仆人 那么好，您不用问我，我就告诉您吧。我的主人就是那个有财有势的凯普莱特；要是您不是蒙太古家里的人，请您也来跟我们喝一杯酒，上帝保佑您！（下）

班伏里奥 在这一个凯普莱特家里按照旧例举行的宴会中间，你所热恋的美人罗瑟琳也要跟着维洛那城里所有的绝色名媛一同去赴宴。你也到那儿去吧，用着不带成见的眼光，把她的容貌跟别人比较比较，你就可以知道你的天鹅不过是一只乌鸦罢了。

罗密欧 要是我的虔敬的眼睛会相信这种谬误的幻象，那么让眼泪变成火焰，把这一双罪状昭著的异教邪徒烧成灰烬吧！比我的爱人还美！烛照万物的太阳，自有天地以来也不曾看见过一个可以和她媲美的人。

班伏里奥 嘿！你看见她的时候，因为没有别人在旁边，你的两只眼睛里只有她一个人，所以你以为她是美丽的；可是在你那水晶的天秤里，要是把你的恋人跟另外一个我可以在这宴会里指点给你看的美貌的姑娘同时较量起来，那么她现在虽然仪态万方，那时候就要自惭形秽了。

罗密欧 我倒要去这一次；不是去看你所说的美人，只要看看我自己的爱人怎样大放光彩，我就心满意足了。（同下）

第三场

同前；凯普莱特家中一室

凯普莱特夫人及乳媪上。

凯普莱特夫人 奶妈，我的女儿呢？叫她出来见我。

乳媪 凭着我十二岁时候的童贞发誓，我早就叫过她了。喂，小绵羊！喂，小鸟儿！上帝保佑！这孩子到什么地方去啦？喂，朱丽叶！

朱丽叶上。

朱丽叶 什么事？谁叫我？

乳媪 你的母亲。

朱丽叶 母亲，我来了。您有什么吩咐？

凯普莱特夫人 是这么一件事。奶妈，你出去一会儿。我们要谈些秘密的话——奶妈，你回来吧；我想起来了，你也应当听听我们的谈话。你知道我的女儿年纪也不算怎么小啦。

乳媪 对啊，我把她的时辰八字记得清清楚楚的。

凯普莱特夫人 她现在还不满十四岁。

乳媪 我可以用我的十四颗牙齿打赌——唉，说来伤心，我的牙齿掉得只剩四颗啦！——她还没有满十四岁呢。现在离开收获节还有多久？

凯普莱特夫人 两个星期多一点。

乳媪 不多不少，不先不后，到收获节的晚上她才满十四岁。苏珊跟她同年——上帝安息一切基督徒的灵魂！唉！苏珊是跟上帝在一起啦，我命里不该有这样一个孩子。可是我说过的，到收获节的晚上，她就要满十四岁啦；正是，一点不错，我记得清清楚楚的。自从地震那一年到现在，已经十一年啦；那时候她已经断了奶，我永远不会忘记，不先不后，刚巧在那一天；因为我在那时候用艾叶涂在奶头上，坐在鸽棚下面晒着太阳；老爷跟您那时候都在曼多亚。瞧，我的记性可不算坏。可是我说的，她一尝到我奶头上的艾叶的味道，觉得变了苦啦，嗳哟，这可爱的小傻瓜！她就发起脾气来，把奶头摔开啦。这句话说来话长，算来也有十一年啦；后来她就慢慢儿会一个人站得直挺挺的，还会摇呀摆的到处乱跑，就是在她跌破额角的那一天，我那去世的丈夫——上帝安息他的灵魂！他是个喜欢说说笑笑的人——把这孩子抱了起来。“啊！”他说，“你扑在地上了吗？再过两年，你就要仰在床上了；是不是呀，朱丽？”谁知道这个可爱的坏东西忽然停住了哭声，说“嗯”。嗳哟，真把人都笑死了！要是我活到一千岁，我也再不会忘记这句话。“是不是呀，朱丽？”他说；这可爱的小傻瓜就停住了哭声，说“嗯”。

凯普莱特夫人 得了得了，请你别说下去了吧。

乳媪 是，太太。可是我一想到她会停住了哭说“嗯”，就禁不住笑起来。不说假话，她额角上肿起了像小雄鸡的睾丸那么大的一个块哩；她痛得放声大哭；“啊！”我的丈夫说，“你扑在地上了吗？等你年纪一大，你就要仰在床上了；是不是呀，朱丽？”她就停住了哭声，说“嗯”。

朱丽叶 我说，奶妈，你也可以停住嘴了。

乳媪 好，我不说啦，我不说啦。上帝保佑你！你是在我手里抚养长大的一个最可爱的小宝贝；要是我能够活到有一天瞧着你嫁了出去，也算了结我的一桩心愿啦。

凯普莱特夫人 是呀，我现在就是要谈起她的亲事。朱丽叶，我的孩子，告诉我，要是现在把你嫁了出去，你觉得怎么样？

朱丽叶 这是我做梦也没有想到过的一件荣誉。

乳媪 一件荣誉！倘不是你只有我这一个奶妈，我一定要说你的聪明是从奶头上得来的。

凯普莱特夫人 好，现在你把婚姻问题考虑考虑吧。在这儿维洛那城里，比你再年轻点儿的千金小姐们，都已经做了母亲啦。就拿我来说吧，我在你现在这样的年纪，也已经生下了你。废话用不到多说，少年英俊的帕里斯已经来向你求过婚啦。

乳媪 真是一位好官人，小姐！像这样的一个男人，小姐，真是天下少有。嗳哟！他才是一位十全十美的好郎君。

凯普莱特夫人 维洛那的夏天找不到这样一朵好花。

乳媪 是啊，他是一朵花，真是一朵好花。

凯普莱特夫人 你怎么说？你能不能够欢喜这个绅士？这晚上在我们家里的宴会中间，你就可以看见他。从年轻的帕里斯的脸上，你可以读到用秀美的笔写成的迷人的字句；一根根齐整的线条，交织成整个的一幅谐和的图画；要是你想探索这一卷美好的书中的奥秘，在他的眼角上可以找到微妙的诠释。这本珍贵的恋爱的经典，只缺少一帧可以使它相得益彰的封面；正像游鱼需要活水，美妙的内容也少不了美妙的外表陪衬。记载着金科玉律的宝籍，锁合在金漆的封面里，它的辉煌富丽为众目所共见；要是你做了他的封面，那么他所有的一切都属于你所有了。简简单单回答我，你能够接受帕里斯的爱吗？

朱丽叶 要是我看见了他以后，能够发生好感，那么我是准备欢喜他的。可是我的眼光的飞箭，倘然没有得到您的允许，是不敢大胆发射出去的呢。

一仆人上。

仆人 太太，客人都来了，餐席已经摆好了，请您跟小姐快些出去。大家在厨房里埋怨着奶妈，什么都乱成一团糟。我要侍候客人去；请您马上就来。

凯普莱特夫人 我们就来了。朱丽叶，那伯爵在等着哩。

乳媪 去，孩子，快去找天天欢乐，夜夜良宵。（同下）

第四场

同前；街道

罗密欧、茂丘西奥、班伏里奥及五六人或戴假面或持火炬上。

罗密欧 怎么！我们就用这一番话作为我们的进身之阶，还是就这么昂然直入，不说一句道歉的话？

班伏里奥 这种虚文俗套，现在早就不流行了。我们用不到蒙着眼睛的丘匹德，背着一张花漆的木弓，像个稻草人似的去吓那些娘儿们；也用不到跟着提示的人一句一句念那从书上默诵出来的登场白；凭他们把我们认做什么人，我们只要跳完一回舞，走了就完啦。

罗密欧 给我一个火炬，我不高兴跳舞。我的阴沉的心需要着光明。

茂丘西奥 不，好罗密欧，我们一定要你陪着我们跳舞。

罗密欧 我实在不能跳。你们都有轻快的舞鞋；我只有一个铅一样重的灵魂，把我的身体紧紧地钉在地上，使我的脚步也不能移动。

茂丘西奥 你是一个恋人，你就借着丘匹德的翅膀，高高地飞起来吧。

罗密欧 他的羽镞已经穿透我的胸膛，我不能借着他的羽翼高翔；他束缚住了我整个的灵魂，爱的重担压得我向下坠沉。

茂丘西奥 爱是一件温柔的东西，要是你拖着它一起沉下去，那未免太难为它了。

罗密欧 爱是温柔的吗？它是太粗暴，太专横，太野蛮了；它像荆棘一样刺人。

茂丘西奥 要是爱情虐待了你，你也可以虐待爱情；它刺痛了你，你也可以刺痛它；这样你就可以战胜了爱情。给我一个脸具，让我把我的尊容藏起来；（戴假面）哎哟，好难看的鬼脸！再给我拿一个脸具来把它罩住吧。也罢，就让人家笑我丑，也有这一张鬼脸儿替我遮羞。

班伏里奥 来，敲门进去；大家一进门，就跳起舞来。

罗密欧 拿一个火炬给我。让那些无忧无虑的公子哥儿们去卖弄他们的舞步吧；莫怪我说句老气横秋的话，我对于这种玩意儿实在敬谢不敏，还是做个壁上旁观的人吧。

茂丘西奥 胡说！要是你已经没头没脑深陷在恋爱的泥沼里——恕我说这样的话——那么我们一定要拉你出来。来来来，别浪费光阴啦！

罗密欧 我们去参加他们的舞会，实在不是一件聪明的事。

茂丘西奥 为什么？请问。

罗密欧 昨天晚上我做了一个梦。

茂丘西奥 我也做了一个梦。

罗密欧 好，你做了什么梦？

茂丘西奥 我梦见做梦的人老是说谎。

罗密欧 一个人在睡梦里往往可以见到真实的事情。

茂丘西奥 啊！那么一定春梦婆来望过你了。

班伏里奥 春梦婆！她是谁？

茂丘西奥 她是精灵们的稳婆；她的身体只有郡吏手指上一颗玛瑙那么大；几匹蚂蚁大小的细马替她拖着车子，越过酣睡的人们的鼻梁，她的车辐是用蜘蛛的长脚做成的；车篷是蚱蜢的翅膀；挽索是如水的月光；马鞭是蟋蟀的骨头；缰绳是天际的游丝。替她驾车的是一头小小的灰色的蚊虫，它的大小还不及从一个贪懒丫头的指尖上挑出来的懒虫的一半。她的车子是野蚕用一个榛子的空壳替她造成，它们从古以来，就是精灵们的车匠。她每夜驱着这样的车子，穿过情人们的脑中，他们就会在梦里谈情说爱；经过官员们的膝上，他们就会在梦里打躬作揖；经过律师们的手指，他们就会在梦里伸手讨讼费；经过娘儿们的嘴唇，她们就会在梦里跟人家接吻，可是因为春梦婆讨厌她们嘴里吐出来的口香糖的气息，往往罚她们满嘴长着水泡。有时她从捐献给教会的猪身上拔下它的尾巴来，撩拨着一个牧师的鼻孔，他就会梦见他自己又领到一份俸禄；有时她绕过一个兵士的颈项，他就会梦见杀敌人的头，进攻，埋伏，锐利的剑锋，淋漓的痛饮，忽然被耳边的鼓声惊醒，咒骂了几句，又翻了个身睡去了。就是这一个春梦婆在夜里把马鬣打成了辫子，把懒女人的龌龊的乱发烘成一处处胶黏的硬块，倘然把它们梳通了，就要遭逢祸事；就是这个婆子在人家女孩子们仰面睡觉的时候，压在她们的身上，教会她们怎样养儿子；就是她——

罗密欧 得啦，得啦，茂丘西奥，别说啦！你全然在那儿痴人说梦。

茂丘西奥 对了，梦本来是痴人脑中的胡思乱想；它的本质像空气一样稀薄；它的变化莫测，就像一阵风，刚才还在向着冰雪的北方求爱，忽然发起恼来，一转身又到雨露的南方来了。

班伏里奥 你讲起的这一阵风，把我们自己不知吹到哪儿去了。人家晚饭都用过了，我们进去怕要太晚啦。

罗密欧 我怕也许是太早了；我觉得仿佛有一种不可知的命运，将要从我们今天晚上的狂欢开始它的恐怖的统治，我这可憎恨的生命，将要遭遇惨酷的夭折而告一结束。可是让支配我的前途的上帝指导我的行动吧！前进，勇敢的朋友们！

班伏里奥 来，把鼓擂起来。（同下）

第五场

同前；凯普莱特家中厅堂

乐工各持乐器等候；众仆上。

仆甲 卜得潘呢？他怎么不来帮忙把这些盆子拿下去？他不愿意搬碟子！他不愿意揩砧板！

仆乙 自己没有洗净手，却怪人家不懂规矩，这才糟糕！

仆甲 把折凳拿进去，把食器架搬开，留心打碎盆子。好兄弟，留一块杏仁酥给我；谢谢你去叫那管门的让苏珊跟耐儿进来。安东尼！卜得潘！

仆乙 啊，兄弟，我在这儿。

仆甲 里头在找着你，叫着你，问着你，到处寻着你。

仆丙 咱们可不能一个身子分在两处呀。

仆乙 来，孩儿们，大家出力！（众仆退后）

凯普莱特、朱丽叶、提伯尔特及其家族等自一方上；众宾客及假面跳舞者等自另一方上，相遇。

凯普莱特　诸位朋友，欢迎欢迎！足趾上不生茧的小姐太太们要跟你们跳一回儿舞呢。啊哈！我的小姐们，你们中间现在有什么人不愿意跳舞？我可以发誓，谁要是推三阻四的，一定脚上长着老大的茧；果然给我猜中了吗？诸位朋友，欢迎欢迎！我从前也曾经戴过假脸，在一个标致姑娘的耳朵旁边讲些使得她心花怒放的话儿；这种时代现在是过去了，过去了，过去了。诸位朋友，欢迎欢迎！来，乐工们，奏起音乐来吧。站开些！站开些！让出地方来。姑娘们，跳起来吧。（奏乐；众开始跳舞）混蛋，把灯点亮一点，把桌子一起搬掉，把火炉熄了，这屋子里太热啦。啊，好小子！这才玩得有兴。啊！请坐，请坐，好兄弟，我们两人现在是跳不起来的了；您还记得我们最后一次戴着假脸跳舞是在什么时候？

凯普莱特族人　这句话说来也有三十年啦。

凯普莱特　什么，兄弟！没有这么久，没有这么久；那是在路森修结婚的那年，大概离开现在有二十五年模样，我们曾经跳过一次。

凯普莱特族人　不止了，不止了；大哥，他的儿子也有三十岁啦。

凯普莱特　我难道不知道吗？他的儿子两年以前还没有成年哩。

罗密欧　搂着那位武士的手的那一位小姐是谁？

仆人　我不知道，先生。

罗密欧　啊！火炬远不及她的明亮；

她皎然照耀在暮天颊上，
像黑奴耳边璀璨的珠环；
她是天上明珠降落人间！
瞧她随着女伴进退周旋，
像鸦群中一头白鸽蹁跹。
我要等舞阑后追随左右，
握一握她那纤纤的素手。
我从前的恋爱是假非真，
今晚才遇见绝世的佳人！

提伯尔特 听这个人的声音，好像是一个蒙太古家里的人。孩儿，拿我的剑来。哼！这不知死活的奴才，竟敢套着一个鬼脸，到这儿来嘲笑我们的盛会吗？为了保持凯普莱特家族的光荣，我把他杀死了也不算是罪过。

凯普莱特 嗳哟，怎么，侄儿！你怎么动起怒来啦？

提伯尔特 姑父，这是我们的仇家蒙太古家里的人；这贼子今天晚上到这儿来，一定不怀好意，存心来捣乱我们的盛会。

凯普莱特 他是罗密欧那小子吗？

提伯尔特 正是他，正是罗密欧这小杂种。

凯普莱特 别生气，好侄儿，让他去吧。瞧他的举动倒也规规矩矩；说句老实话，在维洛那城里，他也算得一个品行很好的青年。我无论如何不愿意在我自己的家里跟他闹事。你还是耐着性子，别理他吧。我的意思就是这样，你要是听我的话，赶快收下了怒容，和和气气的，不要打断了大家的兴致。

提伯尔特 这样一个贼子也来做我们的宾客，我怎么不生气？我不能容他在这儿放肆。

凯普莱特 不容也得容；哼，目无尊长的孩子！我偏要容他。嘿！谁是这里的主人？是你还是我？嘿！你容不得他！什么话！你要当着这些客人的面前吵闹吗？你不服气！你要充好汉！

提伯尔特 伯父，咱们不能忍受这样的耻辱。

凯普莱特 得啦，得啦，你真是一点规矩都不懂——是真的吗？您也许不喜欢这个调调儿——我知道你一定要跟我闹别扭！——说得很好，我的好人儿！——你是个放肆的孩子；去，别闹！不然的话——把灯再点亮些！把灯再点亮些！——不害臊的！我要叫你闭嘴——啊！痛痛快快玩一下，我的好人儿们！

提伯尔特 我这满腔怒火偏给他浇下一盆冷水，好教我气得浑身起了哆嗦。我且退下去；可是今天由他闯进了咱们的屋子，看他不会有一天得意翻成了后悔。（下）

罗密欧 （向朱丽叶）

要是我这俗手上的尘污
亵渎了你的神圣的庙宇，
这两片嘴唇，含羞的信徒，
愿意用一吻乞求你宥恕。

朱丽叶 信徒，莫把你的手儿侮辱，
这样才是最虔诚的礼敬；
神明的手本许信徒接触，
掌心的密合远胜如亲吻。

罗密欧 生下了嘴唇有什么用处？

朱丽叶 信徒的嘴唇要祷告神明。

罗密欧 那么我要祷求你的允许，
让手的工作交给了嘴唇。

朱丽叶 你的祷告已蒙神明允准。

罗密欧 神明，请容我把殊恩受领。（吻朱丽叶）
这一吻涤清了我的罪孽。

朱丽叶 你的罪却沾上我的唇间。

罗密欧 啊！请原谅我无心的过失，这一次我要把罪恶收还。

乳媪 小姐，你妈要跟你说话。

罗密欧 谁是她的母亲？

乳媪 小官人，她的母亲就是这儿府上的太太，她是个好太太，又聪明，又贤德；我替她抚养她的女儿，就是刚才跟您说话的那个；告诉您吧，谁要是娶了她去，才发财啦。

罗密欧 她是凯普莱特家里的人吗？哎哟！我的生死现在操在我的仇人的手里了！

班伏里奥 去吧，跳舞快要完啦。

罗密欧 是的，我只怕盛筵易散，良会难逢。

凯普莱特 不，列位，请慢点儿去；我们还要请你们稍微用一

点茶点。真的吗？那么谢谢你们；各位朋友，谢谢，谢谢，再会！再会！再拿几个火把来！来，我们去睡吧。啊，好小子！天真的不早了；我是要去休息一会儿。（除朱丽叶及乳媪外俱下）

朱丽叶 过来，奶妈。那边的那位绅士是谁？

乳媪 提伯里奥那老头儿的儿子。

朱丽叶 现在跑出去的那个人是谁？

乳媪 呃，我想他就是那个年轻的彼特鲁乔。

朱丽叶 那个跟在人家后面不跳舞的人是谁？

乳媪 我不认识。

朱丽叶 去问他叫什么名字——要是他已经结过婚，那么婚床便是我的新坟。

乳媪 他的名字叫罗密欧，是蒙太古家里的人，咱们仇家的独子。

朱丽叶 恨灰中燃起了爱火融融，
要是不该相识，何必相逢！
昨天的仇敌，今日的情人，
这场恋爱怕要种下祸根。

乳媪 你在说什么？你在说什么？

朱丽叶 那是刚才一个陪我跳舞的人教给我的几句诗。（内呼“朱丽叶！”）

乳媪 就来，就来！——来，咱们去吧；客人们都已经散了。（同下）

开场诗

致辞者上念：

旧日的温情已尽付东流，
　新生的爱恋正如日初上；
为了朱丽叶的绝世温柔，
　忘却了曾为谁魂思梦想。
罗密欧爱着她媚人容貌，
　把一片痴心呈献给仇雠；
朱丽叶恋着他风流才调，
　甘愿被香饵钓上了金钩。
只恨解不开的世仇宿怨，
　这段山海深情向谁声诉？
幽闺中锁住了桃花人面，
　要相见除非是梦魂来去。
可是热情总会战胜辛艰，
苦味中间才有无限甘甜。（下）

第二幕

第一场

维洛那；凯普莱特花园墙外的小巷

罗密欧上。

罗密欧 我的心还逗留在这里，我能够就这样掉头前去吗？缩回去吧，无情的土地，让我回到这世界的中心。（攀登墙上，跳入墙内）

班伏里奥及茂丘西奥上。

班伏里奥 罗密欧！罗密欧兄弟！

茂丘西奥 他是个乖巧的家伙；我说他一定溜回家去睡了。

班伏里奥 他望着这条路上跑，一定跳进这花园的墙里去了。好茂丘西奥，你叫叫他吧。

茂丘西奥 不，我还要念咒喊他出来呢。罗密欧！痴人！疯子！恋人！情郎！快快化做一声叹息出来吧！我不要你多说什么，只要你念一行诗，叹一口气，把咱们那位维纳斯奶奶恭维两句，替她的瞎眼儿子丘匹德少爷取个绰号就行啦。他没有听见，他没有作声，他没有动静；这猴儿崽子难道死了吗？待我咒他的鬼魂出来。凭着罗瑟琳的光明的眼睛，凭着她的高额角，她的红嘴唇，她的玲珑的脚，挺直的小腿，弹性的大腿和大腿附近的那一部分，凭着这一切的名义，赶快给我现出真形来吧！

班伏里奥 他要是听见了，一定会生气的。来，他已经躲到树丛里，跟那多露水的黑夜作伴去了；爱情本来是盲目的，让他在黑暗里摸索去吧。

茂丘西奥 罗密欧，晚安！我要上床睡觉去；这儿草地上太冷啦，我可受不了。来，咱们去吧。

班伏里奥 好，去吧；他要避着我们，找他也是白费辛勤。（同下）

第二场

同前；凯普莱特家的花园

罗密欧上。

罗密欧 没有受过伤的才会讥笑别人身上的创痕。（朱丽叶自上方窗户中出现）轻声！那边窗子里亮起来的是什么光？那就是东方，朱丽叶就是太阳！起来吧，美丽的太阳！赶走那妒忌的月亮，她因为她的女弟子比她美得多，已经气得面色惨白了。既然她这样妒忌着你，你不要皈依她吧；脱下她给你的这一身惨绿色的贞女的道服，它是只配给愚人穿着的。那是我的意中人；啊！那是我的爱；唉，但愿她知道我在爱着她！她欲言又止，可是她的眼睛已经道出了她的心事。待我去回答她吧；不，我不要太鲁莽，她不是对我说话。天上两颗最灿烂的星，因为有事他去，请求她的眼睛替代它们在空中闪耀。要是她的眼睛变成了天上的星，天上的星变成了她的眼睛，那便怎样呢？她脸上的光辉会掩盖了星星的明亮，正像灯光在朝阳下黯然失色一样；在天上的她的眼睛，会在太空中大放光明，使鸟儿们误认为黑夜已经过去而展开它们的歌声。瞧！她用纤手托住了脸庞，那姿态是多么美妙！啊，但愿我是那一只手上的手套，好让我亲一亲她脸上的香泽！

朱丽叶 唉！

罗密欧 她说话了。啊！再说下去吧，光明的天使！因为我在这夜色之中仰视着你，就像一个尘世的凡人，张大了出神的眼睛，瞻望着一个生着翅膀的天使，驾着白云缓缓地驰过了天空一样。

朱丽叶 罗密欧啊，罗密欧！为什么你偏偏是罗密欧呢？否认你的父亲，抛弃你的姓名吧；也许你不愿意这样做，那么只要你宣誓做我的爱人，我也不愿再姓凯普莱特了。

罗密欧 （旁白）我还是继续听下去呢，还是现在就对她说话？

朱丽叶 只有你的名字才是我的仇敌；你即使不姓蒙太古，仍然是这样的一个你。姓不姓蒙太古又有什么关系呢？它又不是手，又不是脚，又不是手臂，又不是脸孔，又不是身体上任何其他的部分。啊！换一个姓名吧！姓名本来是没有意义的；我们叫做玫瑰的这一种花，要是换了个名字，它的香味还是同样的芬芳；罗密欧要是换了别的名字，他的可爱的完美也决不会有丝毫改变。罗密欧，抛弃了你的名字吧；我愿意把我整个的心魂，赔偿你这一个身外的空名。

罗密欧 那么我就听你的话，你只要叫我做爱，我就有了一个新的名字；从今以后，永远不再叫罗密欧了。

朱丽叶 你是什么人，在黑夜里躲躲闪闪地偷听人家的说话？

罗密欧 我没法告诉你我叫什么名字。敬爱的神明，我痛恨我自己的名字，因为它是你的仇敌；要是把它写在纸上，我一定把这几个字撕成粉碎。

朱丽叶 我的耳朵里还没有灌进从你嘴里吐出来的一百个字，可是我认识你的声音；你不是罗密欧，蒙太古家里的人吗？

罗密欧 不是，美人，要是你不喜欢这两个名字。

朱丽叶 告诉我，你怎么会到这儿来，为什么到这儿来？花园的墙这么高，不是容易爬得上的；要是我家里的人瞧见你在这儿，他们一定不让你活命。

罗密欧 我借着爱的轻翼飞过园墙，因为瓦石的墙垣是不能把爱情阻隔的；爱情的力量所能够做到的事，它都会冒险尝试，所以，我不怕你家里人的干涉。

朱丽叶 要是他们瞧见了你，一定会把你杀死的。

罗密欧 唉！你的眼睛比他们二十柄刀剑还厉害；只要你用温柔的眼光看着我，他们就不能伤害我的身体。

朱丽叶 我怎么也不愿让他们瞧见你在这儿。

罗密欧 朦胧的夜色可以替我遮过他们的眼睛。只要你爱我，就让他们瞧见我吧；与其因为得不到你的爱情而在这世上挨命，还不如在仇人的刀剑下丧生。

朱丽叶 谁叫你找到这儿来的？

罗密欧 爱情怂恿我探听出这一个地方；他替我出主意，我借给他眼睛。我不会操舟驾舵，可是倘使你在辽远辽远的海滨，我也会冒着风波把你寻访。

朱丽叶 幸亏黑夜替我罩上了一重面幕，否则为了我刚才被你听去的话，你一定可以看见我脸上羞愧的红晕。我真想遵守礼法，否认已经说过的言语，可是这些虚文俗礼，现在只好一切置之不顾了！你爱我吗？我知道你一定会说“是的”；我也一定会相信你的话；可是也许你起的誓只是一个谎，人家说，对于恋人们的寒盟背信，上帝是一笑置之的。温柔的罗密欧啊！你要是真的爱我，就请你诚意告诉我；你要是嫌我太容易降心相从，我也会堆起怒容，装出倔强的神气，拒绝你的好意，好让你向我婉转求情，否则我是无论如何不会拒绝你的。俊秀的蒙太古啊，我真的太痴心了，所以也许你会觉得我的举动有点轻浮；可是相信我，朋友，总有一天你会知道我的忠心远胜过那些善于矜持作态的人。我必须承认，倘不是你乘我不备的时候偷听去了我的真情的表白，我一定会更加矜持一点的；所以原谅我吧，是黑夜泄漏了我心底的秘密，不要把我的允诺看作了无耻的轻狂。

罗密欧 姑娘，凭着这一轮皎洁的月亮，它的银光涂染着这些果树的梢端，我发誓——

朱丽叶 啊！不要指着月亮起誓，它是变化无常的，每个月都有盈亏圆缺；你要是指着它起誓，也许你的爱情也会像它一样无常。

罗密欧 那么我指着什么起誓呢？

朱丽叶 不用起誓吧；或者要是你愿意的话，就凭着你优美的自身起誓，那是我所崇拜的偶像，我一定会相信你的。

罗密欧 要是我的出自深心的爱情——

朱丽叶 好，别起誓啦。我虽然喜欢你，却不喜欢今天晚上的密约；它是太仓促，太轻率，太出人意外了，正像一闪电光，等不及人家开一声口，已经消隐了下去。好人，再会吧！这一朵爱的蓓蕾，靠着夏天的暖风的吹拂，也许会在我们下次相见的时候，开出鲜艳的花来。晚安，晚安！但愿恬静的安息同样降临到你我两人的心头！

罗密欧 啊！你就这样离我而去，不给我一点满足吗？

朱丽叶 你今夜还要什么满足呢？

罗密欧 你还没有把你的爱情的忠实的盟誓跟我交换。

朱丽叶 在你没有要求以前，我已经把我的爱给了你了；可是我很愿意再把它重新收回转来。

罗密欧 你要把它收回去吗？为什么呢，爱人？

朱丽叶 为了表示我的慷慨，我要把它重新给你。可是这样等于希望得到自己已经有的东西：我的慷慨像海一样浩渺，我的爱情也像海一样深沉；我给你的越多，我自己也越是富有，因为这两者都是没有穷尽的。（乳媪在内呼唤）我听见里面有人在叫；亲爱的，再会吧！——就来了，好奶妈！——亲爱的蒙太古，愿你不要负心。再等一会儿，我就会来的。（自上方下）

罗密欧 幸福的，幸福的夜啊！我怕我只是在晚上做了一个梦，这样美满的事不会是真实的。

朱丽叶自上方重上。

朱丽叶 亲爱的罗密欧，再说三句话，我们真的要再会了。要是你的爱情的确是光明正大，你的目的是在于婚姻，那么明天我会叫一个人到你的地方来，请你叫他带一个信给我，告诉我你愿意在什么地方什么时候举行婚礼；我就会把我的整个命运交托给你，把你当作我的主人，跟随你到世界的尽头。

乳媪 （在内）小姐！

朱丽叶 就来——可是你要是没有诚意，那么我请求你——

乳媪 （在内）小姐！

朱丽叶 等一等，我来了——停止你的求爱，让我一个人独自伤心吧。明天我就叫人来看你。

罗密欧 凭着我的灵魂——

朱丽叶 一千次的晚安！（自上方下）

罗密欧 晚上没有你的光，我只有一千次的心伤！恋爱的人去赴他情人的约会，像一个放学归来的儿童；可是当他和情人分别的时候，却像上学去一般满脸懊丧。（退后）

朱丽叶自上方重上。

朱丽叶 嘘！罗密欧！嘘！唉！我希望我会发出呼鹰的声音，招这只鹰儿回来。我不能高声说话，否则我要捣毁厄科的洞穴[1]，让她的无形的喉咙因为反复叫喊着我的罗密欧的名字而变成嘶哑。

罗密欧 那是我的灵魂在叫喊着我的名字。恋人的声音在晚间多么清婉，听上去就像最柔和的音乐！

朱丽叶 罗密欧！

罗密欧 我的爱！

朱丽叶 明天我应该在什么时候叫人来看你？

罗密欧 就在九点钟吧。

朱丽叶 我一定不失信；挨到那个时候，该有二十年那么长久！我记不起为什么要叫你回来。

---

1 厄科（Echo）：希腊神话中的仙女，因恋爱美少年Narcissus不遂而形消体灭，化为山谷中的回声。

罗密欧 让我站在这儿，等你记起来告诉我。

朱丽叶 你这样站在我的面前，我一心想着多么爱跟你在一块儿，一定永远记不起来了。

罗密欧 那么我就永远等在这儿，让你永远记不起来，忘记除了这里以外还有什么家。

朱丽叶 天快要亮了；我希望你快去；可是我就好比一个淘气的女孩子，像放松一个囚犯似的让她心爱的鸟儿暂时跳出她的掌心，又用一根丝线把它拉了回来，爱的私心使她不愿意给它自由。

罗密欧 我但愿我是你的鸟儿。

朱丽叶 好人，我也但愿这样；可是我怕你会死在我的过分的抚爱里。晚安！晚安！离别是这样甜蜜的凄清，我真要向你道晚安直到天明！（下）

罗密欧 但愿睡眠合上你的眼睛！
但愿平和安息我的心灵！
我如今要去向神父求教，
把今宵的艳遇诉他知晓。（下）

第三场

同前，劳伦斯神父的寺院

劳伦斯神父携篮上。

劳伦斯　黎明笑向着含愠的残宵，
金鳞浮上了东方的天梢；
看赤轮驱走了片片乌云，
像一群醉汉向四处狼奔。
趁太阳还没有睁开火眼，
晒干深夜里的涔涔露点，
我待要采摘下满箧盈筐，
毒草灵葩充实我的青囊。
大地是生化万类的慈母，
她又是掩藏群生的坟墓，
试看她无所不载的胸怀，
哺乳着多少的姹女婴孩！
天生下的万物没有弃掷，

什么都有它各自的特色，
石块的冥顽，草木的无知，
都含着玄妙的造化生机。
莫看那蠢蠢的恶木莠蔓，
对世间都有它特殊贡献；
即使最纯良的美谷嘉禾，
用得失当也会害性戕躯。
美德的误用会变成罪过，
罪恶有时反会造成善果。
这一朵有毒的弱蕊纤苞，
也会把淹煎的痼疾医疗；
它的香味可以祛除百病，
吃下腹中却会昏迷不醒。
草木和人心并没有不同，
各自有善意和恶念争雄；
恶的势力倘然占了上风，
死便会蛀蚀进它的心中。

罗密欧上。

罗密欧 早安，神父。

劳伦斯 上帝祝福你！是谁的温柔的声音这么早就在叫我？孩子，你一早起身，一定有什么心事。老年人因为多忧多虑，往往容易失眠，可是身心壮健的青年，一上了床就应该酣然入睡；所以你的早起，倘不是因为有什么烦恼，一定是昨夜没有睡过觉。

罗密欧 你的第二个猜测是对的；我昨夜享受到比睡眠更甜蜜的安息。

劳伦斯 上帝饶恕我们的罪恶！你是跟罗瑟琳在一起吗？

罗密欧 跟罗瑟琳在一起，我的神父？不，我已经忘记了那一个名字，那是个使人不快的名字。

劳伦斯 那才是我的好孩子；可是你究竟在什么地方呢？

罗密欧 我愿意在你没有问我第二遍以前告诉你。昨天晚上我跟我的仇敌在一起宴会，突然有一个人伤害了我，同时她也被我伤害了；只有你的帮助和你的圣药，才会医治我们两人的重伤。神父，我并不怨恨我的敌人，因为瞧，我来向你请求的事，不单为了我自己，也同样为了她。

劳伦斯 好孩子，说明白一点，把你的意思老老实实告诉我，别打着哑谜了。

罗密欧 那么老实告诉你吧，我心底的一往深情，已经完全倾注在凯普莱特的美丽的女儿身上了。她也是同样爱着我；一切都完全定当了，只要你肯替我们主持神圣的婚礼。我们在什么时候遇见，在什么地方求爱，怎样彼此交换着盟誓，这一切我都可以慢慢儿告诉你；可是无论如何，请你一定答应就在今天替我们成婚。

劳伦斯 圣芳济啊！多么快的变化！难道你所深爱着的罗瑟琳，就这样一下子被你抛弃了吗？这样看来，年轻人的爱情，都是见异思迁，不是发于真心的。耶稣，马利亚！你为了罗瑟琳的缘故，曾经用多少的眼泪洗过你消瘦的脸庞！为了替无味的爱情添加一点辛酸的味道，曾经浪费掉多少的咸水！太阳还没有扫清你吐向苍穹的怨气，我这龙钟的耳朵里还留着你往日的呻吟；瞧！就在你自己的颊上，还剩着一丝不曾揩去的旧时的泪痕。要是你不曾变了一个人，这些悲哀都是你真实的情感，那么你是罗瑟琳的，这些悲哀也是为罗瑟琳而发；难道你现在已经变心了吗？男人既然这样没有恒心，那就莫怪女人家朝秦暮楚了。

罗密欧 你常常因为我爱罗瑟琳而责备我。

劳伦斯 我的学生，不是说你不该恋爱，我只叫你不要因为恋爱而发痴。

罗密欧 你又叫我把爱情埋葬在坟墓里。

劳伦斯 我没有叫你把旧的爱情埋葬了，再去另找新欢。

罗密欧 请你不要责备我；我现在所爱的她，跟我心心相印，不像前回那个一样。

劳伦斯 啊，罗瑟琳知道你对她的爱情完全抄着人云亦云的老调，你还没有读过恋爱入门的一课哩。可是来吧，朝三暮四的青年，跟我来；为了一个理由，我愿意帮助你一臂之力：因为你们的结合也许会使你们两家释嫌修好，那就是天大的幸事了。

罗密欧 啊！我们就去吧，我巴不得越快越好。

劳伦斯 凡事三思而行，跑得太快是会滑倒的。（同下）

第四场

同前；街道

班伏里奥及茂丘西奥上。

茂丘西奥 见鬼的，这罗密欧究竟到哪儿去了？他昨天晚上没有回家吗？

班伏里奥 没有，我问过他的用人了。

茂丘西奥 嗳哟！那个白脸孔狠心肠的女人，那个罗瑟琳，把他虐待得一定要发疯了。

班伏里奥 提伯尔特，凯普莱特那老头子的亲戚，有一封信送到他父亲那里。

茂丘西奥 一定是一封挑战书。

班伏里奥 罗密欧一定会给他一个答复。

茂丘西奥 只要会写几个字，谁都会写一封复信。

班伏里奥 不，我说他一定会接受他的挑战。

茂丘西奥 唉！可怜的罗密欧！他已经死了，一个白女人的黑眼睛戳破了他的心；一支恋歌穿过了他的耳朵；瞎眼的丘匹德的箭把他当胸射中；他现在还能够抵得住提伯尔特吗？

班伏里奥 提伯尔特是个什么人？

茂丘西奥 我可以告诉你，他不是个平常的阿猫阿狗。啊！他是个顶懂得礼节的人。他跟人打起架来，就像照着乐谱唱歌一样，一板一眼都不放松，一秒钟的停顿，然后一、二、三，刺进了人家的胸膛；他全然是个穿礼服的屠夫，一个决斗的专家。啊！那了不得的侧击！那反击！那直中要害的一剑！

班伏里奥 那什么？

茂丘西奥 见他的鬼！这种怪模怪样扭扭捏捏的装腔作势，说起话来怪声怪气的："耶稣哪，好一柄锋利的刀子！"——好一个高大的汉子，好一个风流的婊子！嘿，老爹，咱们中间有这么一群不知从哪儿飞来的苍蝇，这一群满嘴法国话的时髦人，他们因为趋新好异，坐在一张旧凳子上也会不舒服，这不是一件可以痛哭流涕的事吗？

罗密欧上。

班伏里奥 罗密欧来了，罗密欧来了。

茂丘西奥 瞧他孤零零的神气，倒像一条风干的咸鱼。现在他又要念起彼特拉克的诗句来了：罗拉比起他的情人来不过是个灶下的丫头，虽然她有一个会做诗的爱人；狄多是个蓬头垢面的村妇；克莉奥佩屈拉是个吉卜赛姑娘；海伦希罗都是下流的娼妓；提斯柏也许有一双美丽的灰色眼睛，可是也不配相提并论[1]。早安，罗密欧先生！

罗密欧 两位大哥早安！

茂丘西奥 你昨天晚上逃走得好。

罗密欧 对不起，茂丘西奥，我因为有一件很重要的事情，所以只好失礼了。

乳媪及彼得上。

乳媪 彼得！

彼得 有！

乳媪 彼得，我的扇子。

茂丘西奥 好彼得，替她把脸孔遮了；因为她的扇子比她的脸孔好看一点。

乳媪 早安，列位先生。

茂丘西奥 早安，好太太。

乳媪 列位先生，你们有谁能够告诉我年轻的罗密欧在什么地方？

---

1 彼特拉克（Petrarch）是14世纪意大利诗人，罗拉（Laure）是他终身的爱人。狄多（Dido）为古代Carthage王后；克莉奥佩屈拉（Cleopatra）为埃及著名女王；海伦（Helen）是荷马史诗Iliad中的美人；希罗（Hero）是古代传说中的女郎，其恋人Leander因赴其约会而泅水渡Helles-pont海峡，卒遭没顶；提斯柏（Thisbe）及其恋人匹拉麦斯（Pyramus）的故事见“仲夏夜之梦”。

罗密欧 我可以告诉你；可是等你找到他的时候，年轻的罗密欧已经比你寻访他的时候老了点儿了。我因为取不到一个好一点的名字，所以就叫做罗密欧；在取这一个名字的人们中间，我是最年轻的一个。

乳媪 您真会说话。先生，要是您就是他，我要跟您讲几句心腹话儿。

班伏里奥 她要拉他吃晚饭去。

茂丘西奥 一个老虔婆，哼！罗密欧，你到不到你父亲那儿去？我们要在那边吃饭。

罗密欧 我就来。

茂丘西奥 再见，老太太；（唱）

再见，我的好姑娘！（茂丘西奥、班伏里奥下）

乳媪 好，再见！先生，这个满嘴胡说八道的放肆家伙是什么人？

罗密欧 奶妈，这位先生最喜欢听他自己讲话；他在一分钟里所说的话，比他在一个月里听人家讲的话还多。

乳媪 要是他对我说了一句不客气的话，尽管他力气再大一点，我也要给他一顿教训；这种家伙二十个我都对付得了，要是对付不了，我会叫那些对付得了他们的人来。混账东西！他把老娘看做什么人啦？我不是那些烂污婊子，由他随便取笑的。（向彼得）你也是个好东西，看着人家把我欺侮，站在旁边一动也不动！

彼得 我没有看见什么人欺侮你；要是我看见了，一定会立刻拔出刀子来的。碰到吵架的事，只要理直气壮，打起官司来不怕人家，我是从来不肯落在人家后头的。

乳媪 嗳哟！真把我气得浑身发抖。混账的东西！对不起，先生，让我跟您说句话儿。我刚才说过的，我家小姐叫我来找您；她叫我说些什么话我可不能告诉您；可是我要先明白对您说一句，要是正像人家说的，您想骗她做一场春梦，那可真是人家说的一件顶坏的行为；因为这位姑娘年纪还小，所以您要是欺骗了她，实在是一桩对无论哪一位好人家的姑娘都是对不起的事情，而且也是一桩顶不应该的举动。

罗密欧 奶妈，请你替我向你家小姐致意。我可以对你发誓——

乳媪 很好，我就这样告诉她。主啊！主啊！她听见了一定会非常欢喜的。

罗密欧 奶妈，你去告诉她什么话呢？你没有听我说呀。

乳媪 我就对她说您发过誓了，那可以证明您是一位正人君子。

罗密欧 你请她今天下午想个法子出来到劳伦斯神父的寺院里忏悔，就在那个地方举行婚礼。这几个钱是给你的酬劳。

乳媪 不，真的，先生，我一个钱也不要。

罗密欧 别客气了，你还是拿着吧。

乳媪 今天下午吗，先生？好，她一定会去的。

罗密欧 好奶妈，请你在这寺墙后面等一等，就在这一点钟之内，我要叫我的仆人去拿一捆扎得像船上的软梯一样的绳子来给你带去；在秘密的夜里，我要凭着它攀登我的幸福的尖端。再会！愿你对我们忠心，我一定不会有负你的辛劳。再会！替我向你的小姐致意。

乳媪 天上的上帝保佑您！先生，我对您说。

罗密欧 你有什么话说，我的好奶妈？

乳媪 您那仆人可靠得住吗？您不听见老古话说，两个人知道是秘密，三个人知道就不是秘密吗？

罗密欧 你放心吧，我的仆人是再可靠不过的。

乳媪 好先生，我那小姐是个最可爱的姑娘——主啊！主啊！——那时候她还是个咿咿呀呀怪会说话的小东西——啊！本地有一位叫做帕里斯的贵人，他巴不得把我家小姐抢到手里；可是她，好人儿，瞧他比瞧一只蛤蟆还讨厌。我有时候对她说帕里斯人品不错，你才不知道哩，她一听见这样的话，就会气得面如土色。

罗密欧 替我向你小姐致意。

乳媪 一定一定。（罗密欧下）彼得！

彼得 有！

乳媪 给我带路，快些走。（同下）

第五场

同前；凯普莱特家的花园

朱丽叶上。

朱丽叶 我在九点钟差奶妈去；她答应在半小时以内回来。也许她碰不见他；那是不会的。啊！她的脚走起路来不大方便。恋爱的使者应当是思想，因为它比驱散山坡上的阴影的太阳光还要快过十倍；所以维纳斯的云车是用白鸽驾驶的，所以凌风而飞的丘匹德生着翅膀。现在太阳已经升上中天，从九点钟到十二点钟是三个很长的钟点，可是她还没有回来。要是她是个有感情有温暖的青春的血液的人，她的行动一定会像球儿一样敏捷，我用一句话就可以把她抛到我的心爱的情人那里，他也可以用一句话把她抛回到我这里；可是老年纪的人，大多像死人一般，手脚滞钝，呼唤不灵，慢吞吞地没有一点精神。

乳媪及彼得上。

朱丽叶 啊，上帝！她来了。啊，好心肝奶妈！什么消息？你碰到他了吗？叫那个人出去。

乳媪 彼得，到门口去等着。（彼得下）

朱丽叶 亲爱的好奶妈——嗳呀！你怎么一脸孔的懊恼？即使是坏消息，你也应该装着笑容说；如果是好消息，你就不该用这副难看的脸孔奏出美妙的音乐来。

乳媪 我累死了，让我歇一会儿吧。嗳呀，我的骨头好痛！我赶了多少的路！

朱丽叶 我但愿把我的骨头给你，你的消息给我。求求你，快说呀；好奶妈，说呀。

乳媪 耶稣哪！你忙着什么？你不能等一下子吗？你不见我气都喘不过来吗？

朱丽叶 你既然气都喘不过来，那么你怎么会告诉我说你气都喘不过来？你费了这么久的时间推三阻四的，要是干脆告诉了我，还不是几句话就完了。我只要你回答我，你的消息是好的还是坏的？只要先回答我一个字，详细的话慢慢再说好了。快让我知道了吧，是好消息还是坏消息？

乳媪 好，你是个傻孩子，选中了这么一个人；你不知道怎样选一个男人。罗密欧！不，他不行，虽然他的脸孔长得比人家漂亮一点；可是他的腿才长得有样子；讲到他的手，他的脚，他的身体，虽然这种话是不大好出口，可是的确谁也比不上他。他不是顶懂得礼貌，可是温柔得就像一头羔羊。好，看你的运气吧，姑娘；好好敬奉上帝。怎么，你在家里吃过饭了吗？

朱丽叶 没有，没有。你这些话我都早就知道了。他对于结婚的事情怎么说？

乳媪 主啊！我的头痛死了！我害了多厉害的头痛！痛得好像要裂成二十块似的。还有我那一边的背痛；嗳哟，我的背！我的背！你的心肠真好，叫我到外边东奔西走去寻死。

朱丽叶 害你这样不舒服，我真是说不出的抱歉。亲爱的，亲爱的，亲爱的奶妈，告诉我，我的爱人说些什么话？

乳媪 你的爱人说——他说得很像个老老实实的绅士，很有礼貌，很和气，很漂亮，而且也很规矩——你的妈呢？

朱丽叶 我的妈！她就在里面；她还会在什么地方？你回答得多么古怪："你的爱人说，他说得很像个老老实实的绅士，你的妈呢？"

乳媪 嗳哟，圣母娘娘！你这样性急吗？哼！反了反了，这就是你瞧着我筋骨酸痛替我涂上的药膏吗？以后还是你自己去送信吧。

朱丽叶 别缠下去啦！快些，罗密欧怎么说？

乳媪 你已经得到准许今天去忏悔吗？

朱丽叶 我已经得到了。

乳媪 那么你快到劳伦斯神父的寺院里去，有一个丈夫在那边等着你去做他的妻子。现在你的脸孔红起来啦。你到教堂里去吧，我还要到别处去搬一张梯子来，等到天黑的时候，你的爱人就可以凭着它爬进鸟窠里。去吧，我还没有吃过饭呢。

朱丽叶 我要找寻我的幸运去！好奶妈，再会。（各下）

第六场

同前；劳伦斯神父的寺院

劳伦斯神父及罗密欧上。

劳伦斯 愿上天祝福这神圣的结合，不要让日后的懊恨把我们谴责！

罗密欧 阿门，阿门！可是无论将来会发生什么悲哀的后果，都抵不过我在看见她这短短一分钟内的欢乐。不管侵蚀爱情的死亡怎样伸展它的魔手，只要你用神圣的言语，把我们的灵魂结为一体，让我能够称她一声我的人，我也就不再有什么遗恨了。

劳伦斯 这种狂暴的快乐将会产生狂暴的结局，正像火和火药的亲吻，就在最得意的一刹那烟消云散。最甜的蜜糖可以使味觉麻木；不太热烈的爱情才会维持久远；太快和太慢，结果都不会圆满。

朱丽叶上。

劳伦斯 这位小姐来了。啊！这样轻盈的脚步，是永远不会踹破神龛前的砖石的；一个恋爱中的人，可以踏在随风飘荡的蛛网上而不会跌下，幻妄的幸福使他灵魂飘然轻举。

朱丽叶 晚安，神父。

罗密欧 啊，朱丽叶！要是你感觉到像我一样多的快乐，要是你的灵唇慧舌，能够宣述你衷心的快乐，那么让空气中满布着从你嘴里吐出来的芳香，用无比的妙乐，把这一次会晤中我们两人给予彼此的无限欢欣倾吐出来吧。

朱丽叶 充实的思想不在于言语的富丽；只有乞儿才能够计数他的家私。真诚的爱情充溢在我的心里，我无法估计自己享有的财富。

劳伦斯 来，跟我来，我们要把这件事情早点办好；因为在神圣的教会没有把你们两人结合以前，你们两人是不能在一起的。（同下）

第三幕

第一场

维洛那；广场

茂丘西奥、班伏里奥、侍童及若干仆人上。

班伏里奥 好茂丘西奥，咱们还是回去吧。天这么热，凯普莱特家里的人满街都是，要是碰到了他们，又免不了一场吵架；因为在这种热的天气，一个人的脾气最容易暴躁起来。

茂丘西奥 你就像有一种家伙，他们跑进了酒店的门，把剑在桌子上一放，说："上帝保佑我不要用到你！"等到两杯喝罢，他就无缘无故拿起剑来跟酒保吵架。

班伏里奥 我难道是这样一种人吗？

茂丘西奥 得啦得啦，你的坏脾气比得上意大利无论哪一个人；动不动就要生气，一生气就要乱动。

班伏里奥 再以后怎样呢？

茂丘西奥 哼！要是有两个像你这样的人碰在一起，结果总会一个也没有，因为大家都要把对方杀死了方肯甘休。你！嘿，你会跟人家吵架，因为他比你多一根或是少一根胡须。瞧见人家咬栗子，你也会跟他闹翻，你的理由只是因为你有一双栗色的眼睛。除了生着这样一双眼睛的人以外，谁还会像这样吹毛求疵地去跟人家寻事？你的脑袋里装满了惹是招非的念头，正像鸡蛋里装满了蛋黄蛋白，虽然为了惹是招非的缘故，你的脑袋曾经给人打得像个坏蛋一样。你曾经为了有人在街上咳了一声嗽而跟他吵架，因为他咳醒了你那条在太阳底下睡觉的狗。不是有一次你因为看见一个裁缝在复活节以前穿起他的新背心来，所以跟他大闹吗？不是还有一次因为他用旧带子系他的新鞋子，所以又跟他大闹吗？现在你却要教我不要跟人家吵架！

班伏里奥　要是我像你一样爱吵架，不消一时半刻，我的性命早就卖给人家了——嗳哟！凯普莱特家里的人来了。

茂丘西奥　我可不把他们放在我的脚跟上。

提伯尔特及余人等上。

提伯尔特　你们跟着我不要走开，等我去向他们说话。两位晚安！我要跟你们中间无论哪一位说句话儿。

茂丘西奥　您只要跟我们两人中间的一个人讲一句话吗？那

未免太不成意思了。要是您愿意在一句话以外，再跟我们较量一两手，那我们倒愿意奉陪。

提伯尔特 只要您给我一个理由，您就会知道我也不是个怕事的人。

茂丘西奥 您不会自己想出一个什么理由来吗？

提伯尔特 茂丘西奥，你陪着罗密欧到处乱闯——

茂丘西奥 到处拉唱！怎么！你把我们当作一群沿街卖唱的人吗？你要是把我们当作沿街卖唱的人，那么我们倒要请你听一点儿不大好听的声音；这就是我的胡琴上的拉弓，拉一拉就要叫你跳起舞来。他妈的！到处拉唱！

班伏里奥 这儿来往的人太多，讲话不大方便，最好还是找个清静一点的地方去谈谈；要不然大家别闹意气，有什么过不去的事平心静气理论理论；否则各走各的路，也就完了，别让这么许多人的眼睛瞧着我们。

茂丘西奥 人们生着眼睛总要瞧，让他们瞧去好了；我可不能趁着别人的高兴。

罗密欧上。

提伯尔特 好，我的人来了；我不跟你吵。

茂丘西奥 他又不吃你的饭不穿你的衣服，怎么是你的人？可是他虽然不是你的跟班，要是你逃走起来，他倒一定会紧紧跟住你的。

提伯尔特 罗密欧，我对你的仇恨，使我只能用一个名字称呼你——你是一个恶贼！

罗密欧 提伯尔特，我跟你无冤无恨，你这样无端挑衅，本来我是不能容忍的，可是因为我有必须爱你的理由，所以也不愿跟你计较了。我不是恶贼；再见，我看你还不知道我是个什么人。

提伯尔特 小子，你冒犯了我，现在可不能用这种花言巧语掩饰过去；赶快回过身子，拔出剑来吧。

罗密欧 我可以郑重声明，我从来没有冒犯过你，而且你想不到我是怎样爱你，除非你知道了我所以爱你的理由。所以，好凯普莱特——我尊重这一个姓氏，就像尊重我自己的姓氏一样——咱们还是讲和了吧。

茂丘西奥 哼，好丢脸的屈服！只有武力才可以洗去这种耻辱。（拔剑）提伯尔特，你这捉耗子的猫儿，你愿意跟我决斗吗？

提伯尔特 你要我跟你干吗？

茂丘西奥 好猫儿精，听说你有九条性命，我只要取你一条命，留下那另外八条，等以后再跟你算账。快快拔出你的剑来，否则莫怪无情，我的剑就要临到你的耳朵边了。

提伯尔特 （拔剑）好，我愿意奉陪。

罗密欧 好茂丘西奥，收起你的剑。

茂丘西奥 来，来，来，我倒要领教领教你的剑法。（二人互斗）

罗密欧 班伏里奥，拔出剑来，把他们的武器打下来。两位老兄，这算什么？快别闹啦！提伯尔特，茂丘西奥，亲王已经明令禁止在维洛那的街道上斗殴。住手，提伯尔特！好茂丘西奥！（提伯尔特及其党徒下）

茂丘西奥 我受伤了。你们这两家倒霉的人家！我已经完啦。他不带一点伤就去了吗？

班伏里奥 啊！你受伤了吗？

茂丘西奥 嗯，嗯，擦破了一点儿；可是伤得很厉害。我的童儿呢？狗才，快去找个外科医生来。（侍童下）

罗密欧 放心吧，老兄；这伤口不会十分厉害的。

茂丘西奥 是的，它没有一口井那么深，也没有一扇门那么阔，可是这一点点儿伤也就够要命了；要是你明天找我，就到坟墓里来看我吧。我这一生是完了。你们这两家倒霉的人家！他妈的！狗，耗子，猫儿，都会咬得死人！这个说大话的家伙，这个混账东西，打起架来也要按照着数学的公式！谁叫你把身子插了进来？都是你把我拉住了，我才中了伤。

罗密欧 我完全是出于好意。

茂丘西奥 班伏里奥，快把我扶进什么屋子里去，不然我就要晕过去了。你们这两家倒霉的人家！我已经死在你们手里了——你们这两家人家！（茂丘西奥、班伏里奥同下）

罗密欧 他是亲王的近亲，也是我的好友；如今他为了我的缘故受到了致命的重伤。提伯尔特杀死了我的朋友，又毁谤了我的名誉，虽然他在一小时以前还是我的亲人。亲爱的朱丽叶啊！你的美丽使我变成懦弱，磨钝了我的勇气的锋刃！

班伏里奥重上。

班伏里奥 啊，罗密欧，罗密欧！勇敢的茂丘西奥死了；他已经撒手离开尘世，他的英魂已经升上天庭了！

罗密欧 今天这一场意外的变故，怕要引起日后的灾祸。

提伯尔特重上。

班伏里奥 暴怒的提伯尔特又来了。

罗密欧 茂丘西奥死了，他却耀武扬威活在人世！现在我只好抛弃了一切顾忌，不怕伤了亲戚的情分，让眼睛里喷出火焰的愤怒支配着我的行动了！提伯尔特，你刚才骂我恶贼，我要你把这两个字收回去；茂丘西奥的阴魂就在我们头上，他在等着你去跟他作伴；我们两个人中间必须有一个人去陪陪他，要不然就是两人一起死。

提伯尔特 你这该死的小子，你生前跟他做朋友，死后也去陪他吧！

罗密欧 这柄剑可以替我们决定谁死谁生。（二人互斗；提伯尔特倒下）

班伏里奥 罗密欧，快走！市民们都已经被这场争吵惊动了，提伯尔特又死在这儿。别站着发怔；要是你给他们捉住了，亲王就要判你死刑。快去吧！快去吧！

罗密欧 唉！我是受命运玩弄的人。

班伏里奥 你为什么还不走？（罗密欧下）

市民等上。

市民甲 杀死茂丘西奥的那个人逃到哪儿去了？那凶手提伯尔特逃到什么地方去了？

班伏里奥 躺在那边的就是提伯尔特。

市民甲 先生，请你跟我去。我用亲王的名义命令你服从。

亲王率侍从；蒙太古夫妇、凯普莱特夫妇及余人等上。

亲王 这一场争吵的肇祸的罪魁在什么地方？

班伏里奥 啊，尊贵的亲王！我可以把这场流血的争吵的不幸的经过向您从头告禀。躺在那边的那个人，就是把您的亲戚，勇敢的茂丘西奥杀死的人，他现在已经被年轻的罗密欧杀死了。

凯普莱特夫人 提伯尔特，我的侄儿！啊，我的哥哥的孩子！亲王啊！侄儿啊！丈夫啊！嗳哟！我的亲爱的侄儿给人杀死了！殿下，您是正直无私的，我们家里流的血，应当用蒙太古家里流的血来报偿。嗳哟，侄儿啊！侄儿啊！

亲王 班伏里奥，是谁开始这一场流血的争斗的？

班伏里奥 死在这儿的提伯尔特，他是被罗密欧杀死的。罗密欧很诚恳地劝告他，叫他想一想这种争吵多么没意思，并且也提起您的森严的禁令。他用温和的语调，谦恭的态度，赔着笑脸向他反复劝解，可是提伯尔特充耳不闻，一味逞着他的骄横，拔出剑来就向勇敢的茂丘西奥胸前刺了过去；茂丘西奥也动了怒气，就和他两下交锋起来，自恃着本领高强，满不在乎地一手挡开了敌人致命的剑锋，一手向提伯尔特还刺过去，提伯尔特眼明手快，也把它挡开了。那个时候罗密欧就高声喊叫："住手，朋友；两下分开！"说时迟，那时快，他的敏捷的腕臂已经打下了他们的利剑，他就插身在他们两人中间；谁料提伯尔特怀着毒心，冷不防打罗密欧的手臂下面刺了一剑过去，竟中了茂丘西奥的要害，于是他就逃走了。等了一会儿他又回来找罗密欧，罗密欧这时候正是满腔怒火，就像闪电似的跟他打起来，我还来不及拔剑阻止他们，勇猛的提伯尔特已经中剑而死，罗密欧见他倒在地上，也就转身逃走了。我所说的句句都是真话，倘有虚言，愿受死刑。

凯普莱特夫人 他是蒙太古家的亲戚，他说的话都是徇着私情，完全是假的。他们一共有二十来个人参加这场残酷的斗争，二十个人合力谋害一个人的生命。殿下，我要请您主持公道，罗密欧杀死了提伯尔特，罗密欧必须抵命。

亲王 罗密欧杀了他，他杀了茂丘西奥；茂丘西奥的生命应当由谁抵偿？

蒙太古 殿下，罗密欧不应该偿他的命；他是茂丘西奥的朋友，他的过失不过是执行了提伯尔特依法应处的死刑。

亲王 为了这一个过失，我现在宣布把他立刻放逐出境。你们双方的憎恨已经牵涉到我的身上，在你们残暴的争斗中，已经流下了我的亲人的血；可是我要给你们一个重重的惩罚，儆戒儆戒你们的将来。我不要听任何的请求辩护，哭泣和祈祷都不能使我枉法徇情，所以不用想什么挽回的办法，赶快把罗密欧遣送出境吧；不然的话，他在什么时候被我们发现，就在什么时候把他处死。把这尸体扛去，不许违抗我的命令；对杀人的凶手不能讲慈悲，否则就是鼓励杀人了。（同下）

第二场

同前；凯普莱特家的花园

朱丽叶上。

朱丽叶 快快跑过去吧，踏着火云的骏马，把太阳拖回到它的安息的所在；但愿驾车的法厄同[1]鞭策你们飞驰到西方，让阴沉的暮夜赶快降临。展开你密密的帷幕吧，成全恋爱的黑夜！遮住夜行人的眼睛，让罗密欧悄悄地投入我的怀里，不被人家看见也不被人家谈论！恋人们可以在他们自身美貌的光辉里互相缱绻；即使恋爱是盲目的，那也正好和黑夜相称。来吧，温文的夜，你朴素的黑衣妇人，教会我怎样在一场全胜的赌博中失败，把各人纯洁的童贞互为赌注。用你黑色的罩巾遮住我脸上羞怯的红潮，等我深藏内心的爱情慢慢儿

1 法厄同（Phæthon）是希腊日神Helios的儿子，为其父驾御日车。

胆大起来，不再因为在行动上流露真情而惭愧。来吧，黑夜！来吧，罗密欧！来吧，你黑夜中的白昼！因为你将要睡在黑夜的翼上，比乌鸦背上的新雪还要皎白。来吧，柔和的黑夜！来吧，可爱的黑颜的夜，把我的罗密欧给我！等他死了以后，你再把他带去，分散成无数的星星，把天空装饰得如此美丽，使全世界都恋爱着黑夜，不再崇拜炫目的太阳。啊！我已经买下了一所恋爱的华厦，可是它还不曾属我所有；虽然我已经把自己出卖，可是还没有被买主领去。这日子长得真叫人厌烦，正像一个做好了新衣服的小孩，在节日的前夜焦躁地等着天明一样。啊！我的奶妈来了。

乳媪携绳上。

朱丽叶 她带着消息来了。谁的舌头上只要说出了罗密欧的名字，他就在吐露着天上的仙音。奶妈，什么消息？你带着些什么来了？那就是罗密欧叫你去拿的绳子吗？

乳媪 是的，是的，这绳子。（将绳掷下）

朱丽叶 嗳哟！什么事？你为什么扭着你的手？

乳媪 唉！唉！唉！他死了，他死了，他死了！我们完了，小姐，我们完了！唉！他去了，他给人杀了，他死了！

朱丽叶　天道竟会这样狠毒吗？

乳媪　不是天道狠毒，罗密欧才下得了这样狠毒的手。啊！罗密欧，罗密欧！谁想得到会有这样的事情？罗密欧！

朱丽叶　你是个什么鬼，这样煎熬着我？这简直就是地狱里的酷刑。罗密欧把他自己杀死了吗？你只要回答我一个“是”字，这一个“是”字就比毒龙眼里射放的死光更会致人于死命。要是他死了，你就说“是”；要是他没有死，你就说“不”；这两个简单的字就可以决定我的终身祸福。

乳媪　我看见他的伤口，我亲眼看见他的伤口，慈悲的上帝！就在他的勇敢的胸前。一个可怜的尸体，一个可怜的流血的尸体，像灰一样苍白，满身都是血，满身都是一块块的血；我一瞧见就晕过去了。

朱丽叶　啊，我的心要碎了！——可怜的破产者，你已经丧失了一切，还是赶快碎裂了吧！失去了光明的眼睛，你从此不能再见天日了！你这俗恶的泥土之躯，赶快停止呼吸，复归于泥土，去和罗密欧同眠在一个圹穴里吧！

乳媪　啊！提伯尔特，提伯尔特！我的顶好的朋友！啊，温文的提伯尔特，正直的绅士！想不到我活到今天，却会看见你死去！

朱丽叶　这是一阵什么风暴，一会儿又换了方向！罗密欧给人杀了，提伯尔特又死了吗？一个是我的最亲爱的哥哥，一个是我的更亲爱的夫君？那么，可怕的号角，宣布世界末日的来临吧！要是这样两个人都可以死去，谁还应该活在这世上？

乳媪 提伯尔特死了，罗密欧放逐了；罗密欧杀了提伯尔特，他现在被放逐了。

朱丽叶 上帝啊！提伯尔特是死在罗密欧的手里吗？

乳媪 是的，是的；唉！是的。

朱丽叶 啊，花一样的面庞里藏着蛇一样的心！哪一条恶龙曾经栖息在这样清雅的洞府里？美丽的暴君！天使般的魔鬼！披着白鸽羽毛的乌鸦！豺狼一样残忍的羔羊！圣洁的外表包覆着丑恶的实质！你的内心刚巧和你的形状相反，一个万恶的圣人，一个庄严的奸徒！造物主啊！你为什么要从地狱里提出这一个恶魔的灵魂，把它安放在这样可爱的一座肉体的天堂里？哪一本邪恶的书籍曾经装订得这样美观？啊！谁想得到这样一座富丽的宫殿里，会容纳着欺人的虚伪！

乳媪 男人都靠不住，没有良心，没有真心的；谁都是三心二意，反复无常，奸恶多端，净是些骗子。啊！我的人呢？快给我倒点儿酒来；这些悲伤烦恼，已经使我老起来了。愿耻辱降临到罗密欧的头上！

朱丽叶 你说出这样的愿望，你的舌头上就应该长起水疱来！耻辱从来不曾和他在一起，它不敢侵上他的眉宇，因为那是君临天下的荣誉的宝座。啊！我刚才把他这样辱骂，我真是个畜生！

乳媪 杀死了你的族兄的人，你还说他好话吗？

朱丽叶 他是我的丈夫，我应当说他坏话吗？啊！我的可怜的丈夫！你的三小时的妻子都这样凌辱你的名字，谁还会对它说一句温情的慰藉呢？可是你这恶人，你为什么杀死我的哥哥？他要是不杀死我的哥哥，我的凶恶的哥哥就会杀死我的丈夫。回去吧，愚蠢的眼泪，流回到你的源头；你那滴滴的细流，本来是悲哀的倾注，可是你却错把它呈献给喜悦。我的丈夫活着，他没有被提伯尔特杀死；提伯尔特死了，他想要杀死我的丈夫！这明明是喜讯，我为什么要哭泣呢？还有两个字比提伯尔特的死更使我痛心，像一柄利刃刺进了我的胸中；我但愿忘了它们，可是唉！它们紧紧地牢附在我的记忆里，就像萦回在罪人脑中的不可宥恕的罪恶。"提伯尔特死了，罗密欧放逐了！"放逐了！这"放逐"两个字，就等于杀死了一万个提伯尔特。单单提伯尔特的死，已经可以令人伤心了；即使祸不单行，必须在"提伯尔特死了"这一句话以后，再接上一句不幸的消息，为什么不说你的父亲，或是你的母亲，或是父母两人都死了，那也可以引起一点人情之常的哀悼？可是在提伯尔特的噩耗以后，再接连一记更大的打击，"罗密欧放逐了！"这句话简直等于说，父亲，母亲，提伯尔特，罗密欧，朱丽叶，一起被杀，一起死了。“罗密欧放逐了！”这一句话里面包含着无穷无际无极无限的死亡，没有字句能够形容出这里面蕴蓄着的悲伤。——奶妈，我的父亲、我的母亲呢？

乳媪 他们正在抚着提伯尔特的尸体痛哭。你要去看他们吗？让我带着你去。

朱丽叶 让他们用眼泪洗涤他的伤口，我的眼泪是要留着为罗密欧的放逐而哀哭的。拾起那些绳子来。可怜的绳子，你是失望了，我们俩都失望了，因为罗密欧已经被放逐；他要借着你做接引相思的桥梁，可是我却要做一个独守空闺的怨女而死去。来，绳儿；来，奶妈。我要去睡上我的新床，把我的童贞奉献给死亡！

乳媪 那么你快到房里去吧；我去找罗密欧来安慰你，我知道他在什么地方。听着，你的罗密欧今天晚上一定会来看你；他现在躲在劳伦斯神父的庵里，我就去找他。

朱丽叶 啊！你快去找他；把这指环拿去给我的忠心的武士，叫他来做一次最后的诀别。（各下）

第三场

同前；劳伦斯神父的庵院

劳伦斯神父上。

劳伦斯 罗密欧，跑出来；出来吧，你受惊的人，你已经和坎坷的命运结下了不解之缘。

罗密欧上。

罗密欧 神父，什么消息？亲王的判决怎样？还有什么我所没有知道的不幸的事情将要来找到我？

劳伦斯 我的好孩子，你已经遭逢到太多的不幸了。我来报告你亲王的判决。

罗密欧 除了死罪以外，还会有什么判决？

劳伦斯 他的判决是很温和的：他并不判你死罪，只宣布把你放逐。

罗密欧 嘿！放逐！慈悲一点，还是说“死”吧！不要说

“放逐”，因为放逐比死还要可怕。

劳伦斯 你必须立刻离开维洛那境内。不要懊恼，这是一个广大的世界。

罗密欧 在维洛那城以外没有别的世界，只有地狱的苦趣；所以从维洛那放逐，就是从这世界上放逐，也就是死。明明是死，你却说是放逐，这就等于用一柄利斧砍下我的头，反因为自己犯了杀人罪而洋洋得意。

劳伦斯 嗳哟，罪过罪过！你怎么可以这样不知恩德！你所犯的过失，按照法律本来应该处死，幸亏亲王仁慈，特别对你开恩，才把可怕的死罪改成了放逐；这明明是莫大的恩典，你却不知道。

罗密欧 这是酷刑，不是恩典。朱丽叶所在的地方就是天堂；这儿的每一只猫，每一只狗、每一只小小的老鼠，都生活在天堂里，都可以瞻仰到她的容颜，可是罗密欧却看不见她。污秽的苍蝇都可以接触亲爱的朱丽叶的皎洁的玉手，从她的嘴唇上偷取天堂中的幸福，那两片嘴唇是这样的纯洁贞淑，永远含着娇羞，好像觉得它们自身的相吻也是一种罪恶一样；苍蝇可以这样做，我却必须远走高飞，它们是自由人，我却是一个放逐的流徒。你还说放逐不是死吗？难道你没有配好的毒药、锋锐的刀子，无论什么致命的利器，而必须用“放逐”两个字把我杀害吗？放逐！啊，神父！只有沉沦在地狱里的鬼魂才会用到这两个字，伴着凄厉的呼号；你是一个教士，一个替人忏罪的神父，又是我的朋友，怎么忍心用这两个字，“放逐”，来寸磔我呢？

劳伦斯 你这痴心的疯子，听我说一句话。

罗密欧 啊！你又要对我说起放逐了。

劳伦斯 我要教给你怎样抵御这两个字的方法，用哲学的甘乳安慰你的逆运，让你忘却被放逐的痛苦。

罗密欧 又是“放逐”！我不要听什么哲学！除非哲学能够制造一个朱丽叶，迁徙一个城市，撤销一个亲王的判决，否则它就没有什么用处。别再多说了吧。

劳伦斯 啊！那么我看疯人是不生耳朵的。

罗密欧 聪明人不生眼睛，疯人何必生耳朵呢？

劳伦斯 让我跟你讨论讨论你现在的处境吧。

罗密欧 你不能谈论你所没有感觉到的事情；要是你也像我一样年轻，朱丽叶是你的爱人，才结婚了一个小时，就把提伯尔特杀了；要是你也像我一样热恋，像我一样被放逐，那时你才可以讲话，那时你才会像我现在一样扯着你的头发，倒在地上，替自己量一个葬身的墓穴。（内叩门声）

劳伦斯 快起来，有人在敲门；好罗密欧，躲起来吧。

罗密欧 我不要躲，除非我心底里发出来的痛苦呻吟的气息，会像一重云雾一样把我掩过了追寻者的眼睛。（叩门声）

劳伦斯 听！门打得多么响！——是谁在外面？——罗

密欧，快起来，你要给他们捉住了——等一等！——站起来；（叩门声）跑到我的书斋里去——就来了！——上帝啊！瞧你多么不听话！——来了，来了！（叩门声）谁把门敲得这么响？你是什么地方来的？你有什么事？

乳媪 （在内）让我进来，你就可以知道我的来意；我是从朱丽叶小姐那里来的。

劳伦斯 那好极了，欢迎欢迎！

乳媪上。

乳媪 啊，神父！啊，告诉我，神父，我的小姐的姑爷呢？罗密欧呢？

劳伦斯 在那边地上哭得如醉如痴的就是他。

乳媪 啊！他正像我的小姐一样，正像她一样！唉！真是同病相怜，一般的伤心！她也是这样躺在地上，一头唠叨一头哭，一头哭一头唠叨。起来，起来；您是个男子汉就该起来；为了朱丽叶的缘故，为了她的缘故，站起来吧。为什么您要伤心到这个样子呢？

罗密欧 奶妈！

乳媪 唉，姑爷！唉，姑爷！一个人到头来总是要死的。

罗密欧 你刚才不是说起朱丽叶吗？她现在怎么样？我现在已经用她近亲的血液玷污了我们的新欢，她不会把我当作一个杀人的凶犯吗？她在什么地方？

她怎么样？我这位秘密的新妇对于我们这一段中断的情缘说些什么话？

乳媪 啊，她没有说什么话，姑爷，只是哭呀哭的哭个不停；一会儿倒在床上，一会儿又跳了起来；一会儿叫一声提伯尔特，一会儿哭一声罗密欧；然后又倒了下去。

罗密欧 好像那一个名字是从枪口里瞄准了射出来似的，一弹出去就把她杀死，正像我这一双该死的手杀死了她的亲人一样。啊！告诉我，神父，告诉我，我的名字是在我身上哪一处万恶的地方？告诉我，好让我捣毁这可恨的巢穴。（拔剑）

劳伦斯 放下你的鲁莽的手！你是一个男子吗？你的形状是一个男子，你却流着妇人的眼泪；你的狂暴的举动，简直是一头野兽的无可理喻的咆哮。你这须眉的贱妇，你这人头的畜类！我真想不到你的性情竟会这样毫无涵养。你已经杀死了提伯尔特，你还要杀死你自己吗？你不想到你对自己采取了这种万劫不赦的暴行，不也就是杀死与你相依为命的你的妻子吗？为什么你要怨恨天地，怨恨你自己的生不逢辰？天地好容易生下你这一个人来，你却要亲手把你自己摧毁！呸！呸！你有的是一副堂堂的七尺之躯，有的是热情和智慧，你却不知道把它们好好利用，这岂不是辜负了你的七尺之躯，辜负了你的热情和智慧？你的堂堂的仪表不过是一尊蜡塑的形像，没有一点男子汉的血气；你的山盟海誓都是些空虚的谎语，杀害你所发誓珍爱的情人；你的智慧不知道指示你的行动，驾御你的感情，它已经变成了愚妄的谬见，正像装在一个笨拙的军士的枪膛里的火药，本来是自卫的武器，因为不懂得点燃的方法，反而毁损了自己的肢体。怎么！起来吧，孩子！你刚才几乎要为了你的朱丽叶而自杀，可是她现在好好活着，这是你的第一件幸事。提伯尔特要把你杀死，可是你却杀死了提伯尔特，这是你的第二件幸事。法律上本来规定杀人抵命，可是它对你特别留情，减成了放逐的处分，这是你的第三件幸事。这许多幸事照顾着你，幸福穿着盛装向你献媚，你却像一个倔强乖僻的女孩，向你的命运和爱情噘起了嘴唇。留心，留心，像这样不知足的人是不得好死的。去，快去会见你的情人，按照预定的计划，到她的寝室里去，安慰安慰她；可是在逻骑没有出发以前，你必须及早离开，否则你就到不能到曼多亚去。你可以暂时在曼多亚住下，等我们觑着机会，把你们的婚姻宣布出来，和解了你们两家的亲族，向亲王请求特赦，那时我们就可以用超过你现在离别的悲痛二百万倍的欢乐招呼你回来。奶妈，你先去，替我向你家小姐致意；叫她设法催促她家里的人早早安睡，他们在遭到这样重大的悲伤以后，这是很容易办到的。你对她说，罗密欧就要来了。

乳媪 主啊！像这样好的教训，我就是在这儿听上一整夜都愿意；啊！真是有学问人说的话！姑爷，我就去对小姐说您就要来了。

罗密欧 很好，请你再叫我的爱人端整备好一顿责骂。

乳媪 姑爷，这一个戒指小姐叫我拿来送给您，请您赶快就去，天色已经很晚了。（下）

罗密欧 现在我又重新得到了多大的安慰！

劳伦斯 去吧，晚安！你的运命在此一举：你必须在巡逻者没有开始查缉以前脱身，否则就得在黎明时候化装逃走。你就在曼多亚安下身来；我可以找到你的仆人，倘使这儿有什么关于你的好消息，我会叫他随时通知你。把你的手给我。时候不早了，再会吧。

罗密欧 倘不是一个超乎一切喜悦的喜悦在招呼着我，像这样匆匆的离别，一定会使我黯然神伤。再会！（各下）

第四场

同前凯普莱特家中一室

凯普莱特、凯普莱特夫人及帕里斯上。

凯普莱特 伯爵，舍间因为遭逢变故，我们还没有时间去开导小女；您知道她跟她那个族兄提伯尔特是友爱很笃的，我也非常喜欢他；唉！人生不免一死，也不必再去说他了。现在时间已经很晚，她今夜不会再下来了；不瞒您说，倘不是您大驾光临，我也早在一小时以前上了床啦。

帕里斯 我在你们正在伤心的时候来此求婚，实在是太冒昧了。晚安，伯母；请您替我向令嫒致意。

凯普莱特夫人 好，我明天一早就去探听她的意思；今夜她已经抱着满腔的悲哀关上门睡了。

凯普莱特 帕里斯伯爵，我可以大胆替我的孩子做主，我想她一定会绝对服从我的意志；是的，我对于这一点可以断定。夫人，你在临睡以前先去看看她，把这位帕里斯伯爵向她求爱的意思告诉她知道；你再对她说，听好我的话，叫她在星期三——且慢！今天星期几？

帕里斯 星期一，老伯。

凯普莱特 星期一！哈哈！好，星期三是太快了点儿，那么就是星期四吧。对她说，在这个星期四，她就要嫁给这位尊贵的伯爵。您预备得起来吗？您不嫌太匆促吗？咱们也不必十分铺张，略为请几位亲友就够了；因为提伯尔特才死得不久，他是我们自己家里的人，要是我们大开欢宴，人家也许会说我们对去世的人太没有情分。所以我们只要请五六个亲友，把仪式举行一下就算了。您说星期四怎样？

帕里斯 老伯，我但愿星期四便是明天。

凯普莱特 好，你去吧；那么就是星期四。夫人，你在临睡前先去看看朱丽叶，叫她预备预备，好做起新娘来啦。再见，伯爵。喂！掌灯！时候已经很晚，等一会儿我们就要说它很早了。晚安！（各下）

第五场

同前；朱丽叶的卧室

罗密欧及朱丽叶上。

朱丽叶 你现在就要去了吗？天亮还有一会儿呢。那刺进你惊恐的耳膜中的，不是云雀，是夜莺的声音；它每天晚上在那边石榴树上歌唱。相信我，爱人，那是夜莺的歌声。

罗密欧 那是报晓的云雀，不是夜莺。瞧，爱人，不作美的晨曦已经在东天的云朵上镶起了金线，夜晚的星光已经烧烬，愉快的白昼蹑足踏上了迷雾的山巅。我必须到别处去找寻生路，或者留在这儿束手待死。

朱丽叶 那光明不是晨曦，我知道；那是从太阳中吐射出来的流星，要在今夜替你拿着火炬，照亮你到曼多亚去。所以你不必急着要去，再耽搁一会儿吧。

罗密欧 让我被他们捉住，让我被他们处死；只要是你的意思，我就毫无怨恨。我愿意说那边灰白色的云彩不是黎明睁开它的睡眼，那不过是从月亮的眉宇间反映出来的微光；那响彻云霄的歌声，也不是出于云雀的喉中。我巴不得留在这里，永远不要离开。来吧，死，我欢迎你！因为这是朱丽叶的意思。怎么，我的灵魂？让我们谈谈；天还没有亮哩。

朱丽叶　天已经亮了，天已经亮了；快去吧，快去吧！那唱得这样刺耳、嘶着粗涩的噪声和讨厌的锐音的，正是天际的云雀。有人说云雀会发出千变万化的甜蜜的歌声，这句话一点不对，因为它只使我们彼此分离；有人说云雀曾经和丑恶的蟾蜍交换眼睛，啊！我但愿它们也交换了声音，因为那声音使你离开了我的怀抱，用催醒的晨歌催促你就到。啊！现在你快去吧；天越来越亮了。

罗密欧　天越来越亮，我们悲哀的心却越来越黑暗。

乳媪上。

乳媪　小姐！

朱丽叶　奶妈？

乳媪　你的母亲就要到你房里来了。天已经亮啦，留点儿心。（下）

朱丽叶　那么窗啊，让白昼进来，让生命出去。

罗密欧　再会，再会！给我一个吻，我就下去。（由窗口

下降）

朱丽叶 你就这样去了吗？我的夫君，我的爱人，我的朋友！我必须在每一小时内的每一天听到你的消息，因为一分钟就等于许多日子。啊！照这样计算起来，等我再看见我的罗密欧的时候，我不知道已经老到怎样了。

罗密欧 再会！我决不放弃任何的机会，爱人，向你传达我的衷忱。

朱丽叶 啊！你想我们会不会再有见面的日子？

罗密欧 一定会的；我们现在这一切悲哀痛苦，到将来便是握手谈心的资料。

朱丽叶 上帝啊！我有一颗预感不祥的灵魂；你现在站在下面，我仿佛望见你像一具坟墓底下的尸骸。也许是我的眼光昏花，否则就是你的面容太惨白了。

罗密欧 相信我，爱人，在我的眼中你也是这样；忧伤吸干了我们的血液。再会！再会！（下）

朱丽叶 命运啊命运！谁都说你反复无常；要是你真的反复无常，那么你怎样对待一个忠贞不二的人呢？愿你不要改变你的轻浮的天性，因为这样也许你会厌倦于把他玩弄，早早打发他回来。

凯普莱特夫人 （在内）喂，女儿！你起来了吗？

朱丽叶 谁在叫我？是我的母亲吗？——难道她这么晚还没有睡觉？还是这么早就起来了？什么特殊的原因使她到这儿来？

凯普莱特夫人上。

凯普莱特夫人 啊！怎么，朱丽叶！

朱丽叶 母亲，我不大舒服。

凯普莱特夫人 老是为了你族兄的死而掉泪吗？什么！你想用眼泪把他从坟墓里冲出来吗？就是冲得出来，你也没法子叫他复活；所以还是算了吧。适当的悲哀可以表示感情的深切，过度的伤心却可以证明智慧的欠缺。

朱丽叶 可是让我为了这样一个痛心的损失而流泪吧。

凯普莱特夫人 损失固然痛心，可是一个失去的亲人，不是可以用眼泪哭得回来的。

朱丽叶 因为这损失是如此太痛心，我不能不为了失去的亲人而痛哭。

凯普莱特夫人 好，孩子，人已经死了，你也不用多哭他了；顶可恨的是那杀死他的恶人仍旧活在世上。

朱丽叶 什么恶人，母亲？

凯普莱特夫人 就是罗密欧那个恶人。

朱丽叶 （旁白）恶人跟他相去着不知多少距离呢——上帝饶恕他！我愿意全心饶恕他；可是像他这样的人，是不值得我为他伤心的。

凯普莱特夫人 那是因为这个万恶的凶手还活在世上。

朱丽叶 是的，母亲，我恨不得把他抓住在我的手里。但愿我能够独自报复这一段杀兄之仇！

凯普莱特夫人 我们一定要报仇的，你放心吧；别再哭了。这个亡命的流徒现在到曼多亚去了，我要差一个人到那边去，用一种稀有的毒药把他毒死，让他早点儿跟提伯尔特见面；那时候我想你一定可以满足了。

朱丽叶 真的，我心里永远不会感到满足，除非我看见罗密欧在我的面前——死去；我这颗可怜的心是这样为了一个亲人而痛楚！母亲，要是您能够找到一个愿意带毒药去的人，让我亲手把它调好，好叫那罗密欧服下以后，就会安然睡去。唉！我心里多么难过，只听到他的名字，却不能赶到他的面前，让他知道我是多么爱着我的——提伯尔特哥哥。

凯普莱特夫人 你去想办法，我一定可以找到这样一个人。可是，孩子，现在我要告诉你好消息。

朱丽叶 在这样不愉快的时候，好消息来得真是再适当没有了。请问母亲，是什么好消息呢？

凯普莱特夫人 哈哈，孩子，你有一个体贴你的好爸爸哩；他为了替你排解愁闷已经为你选定了一个大喜的日子，不但你想不到，就是我也没有想到。

朱丽叶 母亲，快告诉我，是什么日子？

凯普莱特夫人 哈哈，我的孩子，星期四的早晨，那位风流年少的贵人，帕里斯伯爵，就要在圣彼得教堂里娶你做他的幸福的新娘了。

朱丽叶 凭着圣彼得教堂和圣彼得的名字起誓，我决不让他娶我做他的幸福的新娘。世间哪有这样匆促的事情，人家还没有来向我求过婚，我倒先做了他的妻子了！母亲，请您对我的父亲说，我现在还不愿意就出嫁；就是要出嫁，我可以发誓，我也宁愿嫁给我所痛恨的罗密欧，不愿嫁给帕里斯。真是些好消息！

凯普莱特夫人 你爸爸来啦；你自己对他说去，看他会不会受你的话。

凯普莱特及乳媪上。

凯普莱特 太阳西下的时候，天空中散下了濛濛的细露；可是我的侄儿死了，却有倾盆的大雨送着他下葬。怎么！装起喷水管来了吗，孩子？咦！还在哭吗？雨到现在还没有停吗？你这小小的身体里面，也有船，也有海，也有风；因为你的眼睛就是海，永远有泪潮在那儿涨退；你的身体是一艘船，在这泪海上面航行；你的叹气是海上的狂风；你的身体经不起风浪的吹打，是会在这汹涌的怒海中覆没的。怎么，妻子！你没有把我们的主张告诉她吗？

凯普莱特夫人 我告诉她了；可是她说谢谢你，她不要嫁人。我希望这傻丫头还是死了干净！

凯普莱特 且慢！讲明白点儿，讲明白点儿，妻子。怎么！她不要嫁人吗？她不谢谢我们吗？她不称心吗？像她这样一个贱丫头，我们替她找到了这么一位高贵的绅士做她的新郎，她还不想想这是多大的福气吗？

朱丽叶 我没有欢喜，只有感激；你们不能勉强我欢喜一个我对他没有好感的人，可是我感激你们爱我的一片好心。

凯普莱特 怎么！怎么！胡说八道！这是什么话？什么欢喜不欢喜，感激不感激！好丫头，我也不要你感谢，我也不要你欢喜，只要你预备好星期四到圣彼得教堂里去跟帕里斯结婚；你要是不愿意，我就把你装在木笼里拖了去。不要脸的死丫头，贱东西！

凯普莱特夫人 嗳哟！嗳哟！你疯了吗？

朱丽叶 好爸爸，我跪下来求求您，请您耐心听我说一句话。

凯普莱特 该死的小贱妇！不孝的畜生！我告诉你，星期四给我到教堂里去，不然以后再也不要见我的面。不许说话，不要回答我；我的手指痒着呢——夫人，我们常常怨叹自己福薄，只生下这一个孩子；可是现在我才知道就是这一个已经太多了，总是家门不幸，出了这一个冤孽！不要脸的贱货！

乳媪 上帝祝福她！老爷，您不该这样骂她。

凯普莱特 为什么不该！我的聪明的老太太？谁要你多嘴，我的好大娘？你去跟你那些婆婆妈妈们谈天去吧，去！

乳媪 我又没有说过一句冒犯您的话。

凯普莱特 闭嘴，你这叽哩咕噜的蠢婆娘！我们不要听你的教训。

凯普莱特夫人 你的脾气太躁了。

凯普莱特 哼！我气都气疯啦。每天每夜，时时刻刻，不论忙着空着，独自一个人或是跟别人在一起，我心里总是在盘算着怎样替她配一份好好的人家；现在好容易找到一位出身高贵的绅士，又有家私，又年轻，又受过高尚的教养，正是人家说的十二分的人才，好到没得说的了；偏偏这个不懂事的傻丫头，放着送上门来的好福气不要，说什么“我不要结婚”“我不懂恋爱”“我年纪太小”“请你原谅我”；好，你要是不愿意嫁人，我可以放你自由，尽你的意思到什么地方去，我这屋子里可容不得你了。你给我想想明白，我是一向说到哪里做到哪里的。星期四就在眼前；自己仔细考虑考虑。你倘然是我的女儿，就得听我的话嫁给我的朋友；你倘然不是我的女儿，那么你去上吊也好，做叫花子也好，挨饿也好，死在路上也好，我都不管，因为凭着我的灵魂起誓，我是再也不会认你这个女儿的，你也别想我会分一点什么给你。我不会骗你，你想一想吧；我誓也发过了，我一定要把它做到的。（下）

朱丽叶 天知道我心里是多么难过，难道它竟会不给我一点慈悲吗？啊，我的亲爱的母亲！不要丢弃我！

把这门亲事延期一个月或是一个星期也好；或者要是您不答应我，那么请您把我的新床安放在提伯尔特长眠的幽暗的坟茔里吧！

凯普莱特夫人 不要对我讲话，我没有什么话好对你说。随你的便吧，我是不管你的啦。（下）

朱丽叶 上帝啊！啊，奶妈！这件事情怎么避过去呢？我的丈夫还在世间，我的誓言已经上达天听；倘使我的誓言可以收回，那么除非我的丈夫已经脱离人世，从天上把它送还给我。安慰安慰我，替我想想办法吧。唉！唉！想不到天也会作弄像我这样一个柔弱的人！你怎么说？难道你没有一句可以使我快乐的话吗？奶妈，给我一点安慰吧！

乳媪 好，那么你听我说。罗密欧是已经放逐了；我可以打赌无论什么东西，他再也不敢回来责问你，除非他偷偷儿溜了回来。事情既然这样，那么我想你最好还是跟那伯爵结婚。啊！他真是个可爱的绅士！罗密欧比起他来只好算是一块抹布；小姐，一头鹰也没有像帕里斯那样一双又是碧绿得好看、又是锐利的眼睛。说句该死的话，我想你这第二个丈夫，比第一个丈夫好得多啦；话也许不是这么说，可是你的第一个丈夫虽然还在世上，对你已经没有什么用处，也就跟死了差不多啦。

朱丽叶 你这些话是从心里说出来的吗？

乳媪 那不但是我心里的话，也是我灵魂里的话；倘有虚假，让我的灵魂下地狱。

朱丽叶 阿门！

乳媪 什么！

朱丽叶 好，你已经给了我很大的安慰。你进去吧；告诉我的母亲说我出去了，因为得罪了我的父亲，要到劳伦斯的庵院里去忏悔我的罪过。

乳媪 很好，我就这样告诉她；这才是聪明的办法哩。（下）

朱丽叶 老而不死的魔鬼！顶丑恶的妖精！她希望我背弃我的盟誓；她几千次向我夸奖我的丈夫，说他比谁都好，现在却又用同一条舌头说他的坏话！去，我的顾问；从此以后，我再也不把你当作心腹看待了。我要到神父的地方去向他求救；要是一切办法都已穷尽，我唯有一死了之。（下）

第四幕

第一场

维洛那；劳伦斯神父的庵院

劳伦斯神父及帕里斯上。

劳伦斯 在星期四吗，伯爵？时间未免太局促了。

帕里斯 这是我的岳父凯普莱特的意思；他既然这样性急，我也不愿把时间延迟下去。

劳伦斯 您说您还没有知道那小姐的心思；我不赞成这种片面决定的事情。

帕里斯 她为了提伯尔特的死流着过度的眼泪，所以我没有多跟她谈恋爱，因为在一间哭哭啼啼的屋子里，维纳斯也是露不起笑容来的。神父，她的父亲因为瞧她这样一味伤心，恐怕会发生什么意外，所以他才决定替我们提早完婚，免得她一天到晚哭得像个泪人儿一般；一个人在房间里最容易触绪兴怀，要是有了伴侣，也许可以替她排去悲哀。现在您可以知道我这次匆促结婚的理由了。

劳伦斯 （旁白）我希望我不知道它为什么必须延迟的理由——瞧，伯爵，这位小姐到我庵里来了。

朱丽叶上。

帕里斯 您来得正好，我的爱妻。

朱丽叶 伯爵，等我做了妻子以后，也许您可以这样叫我。

帕里斯 爱人，这个也许到星期四就会成为事实了。

朱丽叶 事实是无可避免的。

劳伦斯 那是当然的道理。

帕里斯 您是来向这位神父忏悔吗?

朱丽叶 回答您这一个问题，我必须向您忏悔了。

帕里斯 不要在他的面前否认您爱我

朱丽叶 我愿意在您的面前承认我爱他。

帕里斯 我相信您也一定愿意在我的面前承认您爱我。

朱丽叶 要是我必须承认，那么在您的背后承认，比在您的面前承认好得多啦。

帕里斯 可怜的人儿！眼泪已经毁损了你的美貌。

朱丽叶 眼泪并没有得到多大的胜利；因为我这副容貌在没有被眼泪毁损以前，已经够丑了。

帕里斯 你不该说这样的话诽谤你的美貌。

朱丽叶 这不是诽谤，伯爵，这是实在的话，我当着我自己的脸说的。

帕里斯 你的脸是我的，你不该侮辱它。

朱丽叶 也许是的，因为它不是我自己的。神父，您现在有空吗？还是让我在晚祷的时候再来？

劳伦斯 我还是现在有空，多愁的女儿。伯爵，我们现在必须请您离开我们。

帕里斯 我不敢打扰你们的祈祷。朱丽叶，星期四一早我就来叫醒你；现在我们再会吧，请你保留下这一个神圣的吻。（下）

朱丽叶 啊！把门关了！关了门，再来陪着我哭吧。没有希望，没有补救，没有挽回了！

劳伦斯 啊，朱丽叶！我早已知道你的悲哀，实在想不出一个万全的计策。我听说你在星期四必须跟这伯爵结婚，而且毫无拖延的可能了。

朱丽叶 神父，不要对我说你已经听见这件事情，除非你能够告诉我怎样避免它；要是你的智慧不能帮助我，那么只要你赞同我的决心，我就可以立刻用这把刀解决一切。上帝把我的心和罗密欧的心结合在一起，我们两人的手是你替我们结合的；要是我这一只已经由你证明和罗密欧缔盟的手，再去和别人缔结新盟，或是我的忠贞的心起了叛变，投进别人的怀里，那么这把刀可以割下这背盟的手，诛戮这叛变的心。所以，神父，凭着你的丰富的见识阅历，请你赶快给我一些指教；否则瞧吧，这把血腥气的刀，就可以在我跟我的困难之间做一个公正人，替我解决你的经验和才能所不能替我觅得一个光荣解决的难题。不要老是不说话；要是你不能指教我一个补救的办法，那么我除了一死以外，没有别的希冀。

劳伦斯 住手，女儿；我已经望见了一线希望，可是那必须用一种非常的手段，方才能够抵御这一种非常的变故。要是你因为不愿跟帕里斯伯爵结婚，能够毅然立下视死如归的决心，那么你也一定愿意采取一种和死差不多的办法，来避免这种耻辱；倘然你敢冒险一试，我就可以把办法告诉你。

朱丽叶 啊！只要不嫁给帕里斯，你可以叫我从那边塔顶的雉堞上跳下来；你可以叫我在盗贼出没，毒蛇潜迹的路上匍匐行走；把我和咆哮的怒熊锁禁在一起；或者在夜间把我关在堆积尸骨的地窟里，用许多陈死的白骨，霉臭的腿胴和失去下颚的焦黄的骷髅掩盖着我的身体；或者叫我跑进一座新坟里去，把我隐匿在死人的殓衾里；无论什么使我听了战栗的事，只要可以让我活着对我的爱人做一个纯洁无瑕的妻子，我都愿意毫不恐惧、毫不迟疑地做去。

劳伦斯 好，那么放下你的刀；快快乐乐地回家去，答应嫁给帕里斯。明天就是星期三了；明天晚上你必须一人独睡，别让你的奶妈睡在你的房间里；这一个药瓶你拿去，等你上床以后，就把这里面炼就的汁液一口喝下，那时就会有一阵昏昏沉沉的寒气通过你全身的血管，跟着脉搏就会停止下来；没有一丝温暖和呼吸可以证明你还活着；你的嘴唇和颊上的红色都会变成灰白；你的眼睑闭下，就像死神的手关闭了生命的白昼；你身上的每一部分失去了灵活的控制，都像死一样僵硬寒冷；在这种与死无异的状态中，你必须经过四十二小时，然后你就仿佛从一场酣睡中醒了过来。当那新郎在早晨来催你起身的时候，他们会发现你已经死了；然后，照着我们国里的规矩，他们就要替你穿起了盛装，用柩车载着你到凯普莱特族中祖先的坟茔里。一方面我这里因为要预备你醒来，我可以写信给罗密欧，告诉他我们的计划，叫他立刻到这儿来；我跟他两个人就守在你的身边，等你一醒过来，当夜就叫罗密欧带着你到曼多亚去。只要你不临时变卦，不中途气馁，这一个办法一定可以使你避免这一场眼前的耻辱。

朱丽叶 给我！给我！啊，不要对我说起害怕两个字！

劳伦斯 拿着；你去吧，愿你立志坚强，前途顺利！我就叫一个弟兄飞快到曼多亚，带我的信去送给你的丈夫。

朱丽叶 爱情啊，给我力量吧！只有力量可以打救我。再会，亲爱的神父！（各下）

第二场

同前；凯普莱特家中厅堂

凯普莱特、凯普莱特夫人、乳媪及众仆上。

凯普莱特 这单子上有名字的，都是要去邀请的客人。（仆甲下）来人，给我去雇二十个有本领的厨子来。（仆乙下）咱们这一次实在有点儿措手不及。什么！我的女儿到劳伦斯神父那里去了吗？

乳媪 正是。

凯普莱特 好，也许他可以劝告劝告她；真是个乖僻不听话的浪蹄子！

乳媪 瞧她已经忏悔完毕，高高兴兴地回来啦。

朱丽叶上。

凯普莱特 啊，我的倔强的丫头！你荡到什么地方去啦？

朱丽叶 我因为自知忤逆不孝，违抗了您的命令，所以特地前去忏悔我的罪过。现在我听从劳伦斯神父的指教，跪在这儿请您宽恕。爸爸，请您宽恕我吧！从此以后，我永远听您的话了。

凯普莱特 去请伯爵来，对他说：我要把婚礼改在明天早上举行。

朱丽叶 我在劳伦斯庵里遇见这位少年伯爵；我已经在不超过礼法的范围以内，向他表示过我的爱情了。

凯普莱特 啊，那很好，我很高兴。站起来吧；这样才对。让我见见这伯爵；喂，快去请他过来。多谢上帝，把这位可尊敬的神父赐给我们！我们全城的人都感戴他的好处。

朱丽叶 奶妈，请你陪我到我的房间里去，帮我检点检点衣饰，看有那几件可以在明天穿戴。

凯普莱特夫人 不，还是到星期四再说吧，急什么呢？

凯普莱特 去，奶妈，陪她去。我们一定明天上教堂。（朱丽叶及乳媪下）

凯普莱特夫人 我们现在预备起来怕来不及；天已经快夜了。

凯普莱特 胡说！我现在就动手起来，你瞧着吧，太太，到明天一定什么都安排得好好的。你快去帮朱丽叶打扮打扮；我今天晚上不睡了，让我一个人在这儿做一次管家妇。喂！喂！这些人一个都不在。好，让我自己跑到帕里斯那里去，叫他准备明天做新郎。这个倔强的孩子现在回心转意，真叫我高兴得了不得。（各下）

第三场

朱丽叶的卧室

朱丽叶及乳媪上。

朱丽叶 嗯，那些衣服都很好。可是，好奶妈，今天晚上请你不用陪我，因为我还要念许多祷告，求上天宥恕我过去的罪恶，默佑我将来的幸福。

凯普莱特夫人上。

凯普莱特夫人 啊！你正在忙着吗？要不要我帮你？

朱丽叶 不，母亲；我们已经选择好了明天需用的一切，所以现在请您让我一个人在这儿吧；让奶妈今天晚上陪着您不睡，因为我相信这次事情办得太匆促了，您一定忙得不可开交。

凯普莱特夫人 晚安！早点睡觉，你应该好好休息休息。（凯普莱特夫人及乳媪下）

朱丽叶 再会！上帝知道我们将在什么时候相见。我觉得仿佛有一阵寒颤刺激着我的血液，简直要把生命的热流冻结起来似的；待我叫她们回来安慰安慰我。奶妈！——要她到这儿来干么？这凄惨的场面必须让我一个人扮演。来，药瓶。要是这药水不发生效力呢？那么我明天早上就必须结婚吗？不，不，这把刀会阻止我；你躺在那儿吧。（将匕首置枕边）也许这瓶里是毒药，那神父因为已经替我和罗密欧证婚，现在我再跟别人结婚，恐怕损害他的名誉，所以有意骗我服下去毒死我；我怕果然会有这样的事；可是他一向是众人公认为道高德重的人，我想大概不至于；我不能抱着这样卑劣的思想。要是我在坟墓里醒了过来，罗密欧还没有到来把我救出去呢？这倒是很可怕的一点！那时我不是要在终年透不进一丝新鲜空气的地窟里活活闷死，等不及我的罗密欧到来吗？即使不闷死，那死亡和长夜的恐怖，那古墓中阴森的气象，几百年来，我祖先的尸骨都堆积在那里，入土未久的提伯尔特蒙着他的殓衾，正在那里腐烂；人家说，一到晚上，鬼魂便会归返他们的墓穴；唉！唉！要是我太早醒来，这些恶臭的气味，这些使人听了会发疯的凄厉的叫声；啊！要是我醒来，周围都是这种吓人的东西，我不会心神迷乱，疯狂地抚弄着我的祖宗的骨骼，把肢体溃烂的提伯尔特拖出了他的殓衾吗？在这样疯狂的状态中，我不会拾起一根老祖宗的骨头来，当作一根棍子，打破我的发昏的头颅吗？啊，瞧！那不是提伯尔特的鬼魂，正在那里追赶罗密欧，报复他的一剑之仇吗？等一等，提伯尔特，等一等！罗密欧，我来了！我为你干了这一杯！（倒在幕内的床上）

第四场

同前；凯普莱特家中厅堂

凯普莱特夫人及乳媪上。

凯普莱特夫人 奶妈，把这串钥匙拿去，再拿一点香料来。

乳媪 点心房里在喊着要枣子和榅桲呢。

凯普莱特上。

凯普莱特 来，赶紧点儿，赶紧点儿！鸡已经叫了第二次，熄灯钟已经打过，三点钟到了。好安吉丽加，当心看看肉饼有没有烘焦。多花费几个钱没有关系。

乳媪 走开，走开，女人家的事用不到您多管；快去睡吧，今天吵了一个晚上，明天又要害病了。

凯普莱特 不，哪儿的话！嘿，我为了没要紧的事，也曾经整夜不睡，几曾害过病来？

凯普莱特夫人 对啦，你从前也是顶惯偷女人的夜猫儿，可是现

在我却不放你出去胡闹啦。（凯普莱特夫人及乳媪下）

凯普莱特 真是个醋娘子！真是个醋娘子！

三四仆人持炙叉、木柴及篮上。

凯普莱特 喂，这是什么东西？

仆甲 老爷，这些都是拿去给厨子的，我也不知道是什么东西。

凯普莱特 赶紧点儿，赶紧点儿。（仆甲下）喂，木头要拣干燥点儿的，你去问彼得，他可以告诉你什么地方有。

仆乙 老爷，我自己也长着眼睛会拣木头，用不到麻烦彼得。（下）

凯普莱特 嘿，倒说得有理，这个淘气的小杂种！嗳哟！天已经亮了；伯爵就要带着乐工来了，他说过的。（内乐声）我听见他已经走近了。奶妈！妻子！喂，喂！喂，奶妈呢？

乳媪重上。

凯普莱特 快去叫朱丽叶起来，把她打扮打扮；我要去跟帕里斯谈天去了。快去，快去，赶紧点儿；新郎已经来了，赶紧点儿！（各下）

第五场

同前；朱丽叶的卧室

乳媪上。

乳媪 小姐！喂，小姐！朱丽叶！她准是睡熟了。喂，小羊！喂，小姐！哼，你这懒丫头！喂，亲亲！小姐！心肝！喂，新娘！怎么！一声也不响？现在尽你睡去，尽你睡一个星期；到今天晚上，帕里斯伯爵可不让你安安静静休息一忽儿了。上帝饶恕我，阿门，她睡得多熟！我必须叫她醒来。小姐！小姐！小姐！好，让那伯爵自己到你床上来吧，那时你可要吓得跳起来了，是不是？怎么！衣服都穿好了，又重新睡下去吗？我必须把你叫醒。小姐！小姐！小姐！嗳哟！嗳哟！救命！救命！我的小姐死了！嗳哟！我还活着做什么！喂，拿一点酒来！老爷！太太！

凯普莱特夫人上。

凯普莱特夫人 吵些什么?

乳媪 嗳哟，好伤心啊!

凯普莱特夫人 什么事?

乳媪 瞧，瞧!嗳哟，好伤心啊!

凯普莱特夫人 嗳哟，嗳哟!我的孩子，我的唯一的生命!醒醒!睁开你的眼睛来!你死了，叫我怎么活得下去?救命!救命!大家来啊!

凯普莱特上。

凯普莱特 还不送朱丽叶出来，她的新郎已经来啦。

乳媪 她死了，死了，她死了!嗳哟，伤心啊!

凯普莱特夫人 唉!她死了，她死了，她死了!

凯普莱特 嘿!让我瞧瞧。嗳哟!她身上冰冷的;她的血液已经停止不流，她的手脚都硬了;她的嘴唇里已经没有了生命的气息;死像一阵未秋先降的寒霜，摧残了这一朵最鲜嫩的娇花。

乳媪 嗳哟，好伤心啊!

凯普莱特夫人 嗳哟，好苦啊!

凯普莱特 死神夺去了我的孩子，他使我悲伤得说不出话来。

劳伦斯神父、帕里斯及乐工等上。

劳伦斯 来，新娘有没有预备好上教堂去？

凯普莱特 她已经预备动身，可是这一去再不回来了。啊贤婿！死神已经在你新婚的前夜降临到你妻子的身上。她躺在那里，像一朵被他摧残了的鲜花。死神是我的新婿，是我的后嗣，他已经娶去了我的女儿。我也快要死了，把我的一切都传给他；我的生命财产，一切都是死神的！

帕里斯 难道我眼巴巴望到天明，却让我看见这一个凄惨的情景吗？

凯普莱特夫人 倒霉的、不幸的、可恨的日子！永无休止的时间的运行中的一个顶悲惨的时辰！我就生了这一个孩子，这一个可怜的疼爱的孩子，她是我唯一的欢喜和安慰，现在却被残酷的死神从我眼前夺了去啦！

乳媪 好苦啊！好苦的，好苦的，好苦的日子啊！我这一生一世里顶伤心的日子！顶凄凉的日子！嗳哟，这个日子！这个可恨的日子！从来不曾见过这样倒霉的日子！好苦的、好苦的日子啊！

帕里斯 最可恨的死，你欺骗了我，杀害了她，拆散了我们的良缘，一切都被残酷的残酷的你破坏了！啊！爱人！啊，我的生命！没有生命，只有被死亡吞噬了的爱情！

凯普莱特 悲痛的命运，为什么你要来打破、打破了我们的盛礼？儿啊！儿啊！我的灵魂，你死了！你已经不是我的孩子了！死了！唉！我的孩子死了，我的快乐也随着我的孩子埋葬了！

劳伦斯 静下来！不害羞吗？你们这样乱哭乱叫是无济于事的。上天和你们共有着这一个好女儿；现在她已经完全属于上天所有，这是她的幸福，因为你们不能使她的肉体避免死亡，上天却能使她的灵魂得到永生。你们竭力替她找寻一个美满的前途，因为你们的幸福是寄托在她的身上；现在她高高的升上云中去了，你们却为她哭泣吗？啊！你们瞧着她享受最大的幸福，却这样发疯一样号啕叫喊，这可以算是真爱你们的女儿吗？活着，嫁了人，一直到老，这样的婚姻有什么乐趣呢？在年轻时候结了婚而死去，才是最幸福不过的。揩干你们的眼泪，把你们的香花散布在这美丽的尸体上，按照着习惯，把她穿着盛装抬到教堂里去。愚痴的天性虽然使我们伤心痛哭，可是在理智眼中，这些天性的眼泪却是可笑的。

凯普莱特 我们本来为了喜庆预备好的一切，现在都要变成悲哀的殡礼；我们的乐器要变成忧郁的丧钟，我们的婚筵要变成凄凉的丧席，我们的歌诗要变成沉痛的挽曲，新娘手里的鲜花要放在坟墓中殉葬，一切都要相反而行。

劳伦斯 凯普莱特先生，您进去吧；夫人，您陪他进去；帕里斯伯爵，您也去吧；大家准备送这具美丽的尸体下葬。上天的愤怒已经降临在你们身上，不要再违逆他的意志，招致更大的灾祸。（凯普莱

特夫妇、帕里斯、劳伦斯同下）

乐工甲 真的，咱们也可以收起笛子来走啦。

乳媪 啊！好兄弟们，收起来吧，收起来吧；这真是一场伤心的横祸！（下）

彼得上。

彼得 乐工！啊！乐工，《心里的安乐》，《心里的安乐》！啊！替我奏一曲《心里的安乐》，否则我要活不下去了。

乐工甲 为什么要奏《心里的安乐》呢？

彼得 啊！乐工，因为我的心在那里唱着《我心里充满了忧伤》。啊！替我奏一支快活的歌儿，安慰安慰我吧。

乐工甲 不奏不奏，现在不是奏乐的时候。

彼得 那么你不奏吗？

乐工甲 不奏。

彼得 那么我就给你们——

乐工甲 你给我们什么？

彼得 我可不给你们钱，哼！我要给你们一顿骂；我骂你们是一群卖唱的叫花子。

乐工甲 那么我就骂你是个下贱的奴才。

彼得 那么我就把奴才的刀搁在你们的头颅上。

乐工乙 且慢，君子动口，小人动手。

彼得 好，那么让我用舌剑唇枪杀得你们抱头鼠窜。有本领的，回答我这一个问题：

悲哀伤痛着心灵，
忧郁萦绕在胸怀，
惟有音乐的银声——

为什么说“银声”？为什么说“音乐的银声”？西门·凯特林，你怎么说？

乐工甲 因为银子的声音很好听。

彼得 说得好！休·利培克，你怎么说？

乐工乙 因为乐工奏乐的目的，是想人家赏他几两银子。

彼得 说得好！詹姆士·桑德普斯特，你怎么说？

乐工丙 不瞒你说，我可不知道应当怎么说。

彼得 啊！对不起，你是只会唱唱歌的；我替你说了吧：因为乐工尽管奏乐奏到老死，也换不到一些金子。惟有音乐的银声，可以把烦闷推开。（下）

乐工甲 真是个讨厌的家伙！

乐工乙 该死的奴才！来，咱们且慢回去，等吊客来的时候吹奏两声，吃他们一顿饭再去。（同下）

第五幕

第一场

曼多亚；街道

罗密欧上。

罗密欧 要是梦寐中的美景果然可以成为事实，那么我的梦预兆着将有好消息到来；我觉得心君宁恬，整日里有一种向来所没有的精神，用快乐的思想把我从地面上飘扬起来。我梦见我的爱人来看见我死了——奇怪的梦，一个死人也会思想！——她吻着我，把生命吐进了我的嘴唇里，于是我复活了，并且成为一个君王。唉！仅仅是爱的影子，已经给人这样丰富的欢乐，要是占有了爱的本身，那该是多少的甜蜜！

鲍尔萨泽上。

罗密欧 从维洛那来的消息！啊，鲍尔萨泽！不是神父叫你带信来给我吗？我的爱人怎样？我父亲好吗？我再问你一遍，我的朱丽叶安好吗？因为只要她安好，一定什么都是好好儿的。

鲍尔萨泽 那么她是安好的，什么都是好好儿的；她的身体长眠在凯普莱特家的坟茔里，她的不死的灵魂和天使们在一起。我看见她下葬在她亲族的墓穴里，所以立刻飞马前来告诉您。啊，少爷！恕我带了这恶消息来，因为这是您吩咐我做的事。

罗密欧 有这样的事！命运，我咒诅你！——你知道我的住处；给我买些纸笔，雇下两匹快马，我今天晚上就要动身。

鲍尔萨泽 少爷，请您宽心一下；您的脸色惨白而仓皇，恐怕是不吉之兆。

罗密欧 胡说，你看错了。快去，把我叫你做的事赶快办好。神父没有叫你带信给我吗？

鲍尔萨泽 没有，我的好少爷。

罗密欧 算了，你去吧，把马匹雇好了；我就来找你。（鲍尔萨泽下）好，朱丽叶，今晚我要睡在你的身旁。让我想个办法。啊，罪恶的念头！你会多么快钻进一个绝望者的心里！我想起了一个卖药的人，他的铺子就开设在附近，我曾经看见他穿着一身破烂的衣服，皱着眉头在那儿拣药草；他的形状十分消瘦，贫苦把他熬煎得只剩一把骨头；他的寒伧的铺子里挂着一头乌龟，一头剥制的鳄鱼，还有几张形状丑陋的鱼皮；他的架子上稀疏地散放着几只空匣子，绿色的瓦罐，一些胞囊和发霉的种子，几段包扎的麻绳，还有几块陈年的干玫瑰花，作为聊胜于无的点缀。看到这一种寒酸的样子，我就对自己说，在曼多亚城里，谁出卖了毒药是会立刻处死的，可是倘有谁现在需要毒药，这儿有一个可怜的奴才会卖给他。啊！不料我这一个思想，竟会预兆着我自己的需要，这个穷汉的毒药却要卖给我。我记得这里就是他的铺子；今天是假日，所以这叫花子没有开门。喂！卖药的！

卖药人上。

卖药人 谁在高声叫喊？

罗密欧 过来，朋友。我瞧你很穷，这儿是四十块钱，请你给我一点能够迅速致命的毒药，厌倦于生命的人一服下去便会散入全身的血管，立刻停止呼吸而死去，就像火药从炮膛里放射出去一样快。

卖药人 这种致命的毒药我是有的；可是曼多亚的法律严禁发卖，出卖的人是要处死刑的。

罗密欧 难道你这样穷苦，还怕死吗？饥寒的痕迹刻在你的脸颊上，贫乏和迫害在你的眼睛里射出了饿火，轻蔑和卑贱重压在你的背上；这世间不是你的朋友，这世间的法律也保护不到你，没有人为你定下一条法律使你富有；那么你何必苦耐着贫穷呢？违犯了法律，把这些钱拿下了吧。

卖药人　我的贫穷答应了你，可是那是违反我的良心的。

罗密欧　我的钱是给你的贫穷，不是给你的良心的。

卖药人　把这一服药放在无论什么饮料里喝了下去，即使你有二十个人的气力，也会立刻送命。

罗密欧　这儿是你的钱，那才是害人灵魂的更坏的毒药，在这万恶的世界上，它比你那些不准贩卖的微贱的药品更会杀人；你没有把毒药卖给我，是我把毒药卖给你。再见；买些吃的东西，把你自己喂得胖一点——来，你不是毒药，你是替我解除痛苦的仙丹，我要带着你到朱丽叶的坟上去，少不得要借重你一下哩。（各下）

第二场

维洛那；劳伦斯神父的庵院

约翰神父上。

约翰 喂！师兄那里？

劳伦斯神父上。

劳伦斯 这是约翰师弟的声音。欢迎你从曼多亚回来！罗密欧怎么说？要是他的意思在信里写明，那么把他的信给我吧。

约翰 我临走的时候，因为要找寻一个同伴，去看一个同门的师弟，他正在这城里访问病人，不料给本地巡逻的人看见了，疑心我们走进了一家染着瘟疫的人家，把门封锁住了，不让我们出来，所以耽误了我的曼多亚之行。

劳伦斯 那么谁把我的信送去给罗密欧呢？

约翰 我没有法子把它送出去，现在我又把它带回来了；因为他们害怕瘟疫传染，也没有人愿意把它送还给你。

劳伦斯 糟了！这封信不是等闲，性质十分重要，把它耽误下来，也许会引起极大的灾祸。约翰师弟，你快去给我找一柄铁锄，立刻带到这儿来。

约翰 好师兄，我去给你拿来。（下）

劳伦斯 现在我必须独自到墓地里去；在这三小时之内，朱丽叶就会醒来，她因为罗密欧不曾知道这些事情，一定会责怪我。我现在要再写一封信到曼多亚去，让她留在我的庵里，直等罗密欧到来。可怜的没有死的尸体，幽闭在一座死人的坟墓里！（下）

第三场

同前；凯普莱特家坟茔所在的墓地

帕里斯及侍童携鲜花火炬上。

帕里斯 孩子，把你的火把给我；走开，站在远远的地方；还是熄了吧，我不愿给人看见。你去在那边的紫杉树底下直躺下来，把你的耳朵贴着中空的地面，听听有没有跟跄的脚步走到坟地上来发掘坟墓；要是听见了什么声息，便吹一个嘘哨通知我。把那些花给我。照我的话做去，走吧。

侍童 （旁白）我简直不敢独个儿站在这墓地上，可是我要硬着头皮试一下。（退后）

帕里斯 这些鲜花替你铺盖新床；
惨啊，一朵娇红永委沙尘！
我要用沉痛的热泪淋浪，
和着香水浇溉你的芳坟；
夜夜到你墓前散花哀泣，

这一段相思啊永无消歇！（侍童吹口哨）
这孩子在警告我有人来了。哪一个该死的家伙在这晚上到这儿来打扰我在爱人墓前的凭吊？什么！还拿着火把来吗？——让我躲在一旁看看他的动静。（退后）

罗密欧及鲍尔萨泽持火炬锹锄等上。

罗密欧 把那锄头跟铁钳给我。且慢，拿着这封信；等天一亮，你就把它送去给我的父亲。把火把给我。听好我的吩咐，无论你听见什么瞧见什么，都只好远远地站着不许动，免得妨碍了我的事情；要是动一动，我就要你的命。我所以要跑下这个坟墓里去，一部分的原因是要探望探望我的爱人，可是主要的理由却是要从她的手指上取下一个宝贵的指环，因为我有一个很重要的用途。所以你赶快给我走开吧；要是你不相信我的话，胆敢回来窥伺我的行动，那么，我可以对天发誓，我要把你的骨骼一节一节扯下来，让这饥饿的墓地上散满了你的肢体。我现在的心境非常狂野，比饿虎或是咆哮的怒海都要凶猛无情，你可不要惹我性起。

鲍尔萨泽 少爷，我去就是了，决不来打扰您。

罗密欧 这才像个朋友。这些钱给你拿去，愿你一生幸福。再会，好朋友。

鲍尔萨泽 （旁白）虽然这么说，我还是要躲在附近的地方看着他；他的脸色使我害怕，我不知道他究竟打算做些什么出来。（退后）

罗密欧 你无情的泥土，吞噬了世上最可爱的人儿，我要擘开你的馋吻，（将墓门掘开）索性让你再吃一个饱！

帕里斯 这就是那个已经放逐出去的骄横的蒙太古，他杀死了我爱人的族兄，据说她就是因为伤心他的惨死而夭亡的。现在这家伙又要来盗尸发墓了，待我去抓住他。（上前）万恶的蒙太古！停止你的罪恶的工作，难道你杀了他们还不够，还要在死人身上发泄你的仇恨吗？该死的凶徒，赶快束手就捕，跟我见官去！

罗密欧 我果然该死，所以才到这儿来。好孩子，不要激怒一个不顾死活的人，快快离开我走吧；想想这些死了的人，你也该胆寒了。孩子，请你不要激动我的怒气，使我再犯一次罪；啊，去吧！我可以对天发誓，我爱你远过于爱我自己，因为我来此的目的，就是要跟自己作对。别留在这儿，去吧；好好儿留着你的活命，以后也可以对人家说一个疯子发了慈悲，叫你逃走的。

帕里斯 我不听你这种鬼话；你是一个罪犯，我要逮捕你。

罗密欧 你一定要激怒我吗？那么好，来，孩子！（二人格斗）

侍童 哎哟，主啊！他们打起来了，我去叫巡逻的人

来！（下）

帕里斯 （倒下）啊，我死了！——你倘有几分仁慈，打开墓门来，把我放在朱丽叶的身旁吧！（死）

罗密欧 好，我愿意成全你的志愿。让我瞧瞧他的脸孔；啊，茂丘西奥的亲戚，尊贵的帕里斯伯爵！当我们一路上骑马而来的时候，我的仆人曾经对我说过几句话，那时我因为心绪烦乱，没有听得进去；他说些什么？好像他告诉我说帕里斯本来预备娶朱丽叶为妻；他不是这样说吗？还是我做过这样的梦？或者还是我神经错乱，听见他说起朱丽叶的名字，所以发生了这一种幻想？啊！把你的手给我，你我都是登录在厄运的黑册上的人，我要把你葬在一个胜利的坟墓里；一个坟墓吗？啊，不！被杀害的少年，这是一个灯塔，因为朱丽叶睡在这里，她的美貌使这一个墓窟变成一座充满着光明的欢宴的华堂。死了的人，躺在那儿吧，一个死了的人把你安葬了。（将帕里斯放下墓中）人们在临死的时候，往往反会觉得心中愉快，旁观的人便说这是死前的一阵回光返照；啊！这也就是我的回光返照吗？啊，我的爱人！我的妻子！死虽然已经吸去了你呼吸中的芳蜜，却还没有力量摧残你的美貌；你还没有被他征服，你的嘴唇上、脸庞上，依然呈显着红润的美艳，不曾让灰白的死亡进占。提伯尔特，你也裹着你的血淋淋的殓衾躺在那儿吗？啊！你的青春葬送在你仇人的手里，现在我来替你报仇来了，我要亲手杀死那杀害你的人。原谅我吧，兄弟！啊！亲爱的朱丽叶，你为什么仍然是这样美丽？难道那虚无的死亡，那枯瘦可憎的妖魔，也是个多情种子，所以把你藏匿在这幽暗的洞府里做他的情妇吗？为了防止这样的事情，我要永远陪伴着你，再不离开这漫漫长夜的幽宫；我要留在这儿，跟你的侍婢，那些蛆虫们在一起；啊！我要在这儿永久安息下来，从我这厌倦人世的凡躯上挣脱厄运的束缚。眼睛，瞧你的最后一眼吧！手臂，作你最后一次的拥抱吧！嘴唇，啊！你呼吸的门户，用一个合法的吻，跟网罗一切的死亡订立一个永久的契约吧！来，苦味的向导，你绝望的领港人，现在赶快把你的厌倦于风涛的船舶向那巉岩上冲撞过去吧！为了我的爱人，我干了这一杯！（饮药）啊！卖药的人果然没有骗我，药性很快地发作了。在这一吻中我死去。（死）

劳伦斯神父持灯笼锄锹自墓地另一端上。

劳伦斯 圣芳济保佑我！我这双老脚今天晚上怎么老是在坟堆里绊来跌去的！那边是谁？

鲍尔萨泽 是一个朋友，也是一个跟您熟识的人。

劳伦斯 祝福你！告诉我，我的好朋友，那边是什么火把，对蛆虫和没有眼睛的骷髅浪费着它的光明？

照我辨认起来，那火把亮着的地方，似乎是凯普莱特家里的坟茔。

鲍尔萨泽 正是，神父；我的主人，他是您的好朋友，就在那儿。

劳伦斯 他是谁？

鲍尔萨泽 罗密欧。

劳伦斯 他来多久了？

鲍尔萨泽 足足半点钟。

劳伦斯 陪我到墓穴里去。

鲍尔萨泽 我不敢，神父。我的主人不知道我还没有走；他曾经对我严辞恐吓，说要是我留在这儿窥伺他的动静，就要把我杀死。

劳伦斯 那么你留在这儿，让我一个人去吧。恐惧临到我的身上；啊！我怕会有什么不幸的祸事发生。

鲍尔萨泽 当我在这株紫杉树底下睡了过去的时候，我梦见我的主人跟另外一个人打架，那个人被我的主人杀了。

劳伦斯 （趋前）罗密欧！嗳哟！嗳哟，这坟墓的石门上染着些什么血迹？在这安静的地方，怎么横放着这两柄无主的血污的刀剑？（进墓）罗密欧！啊，他的脸色这么惨白！还有谁？什么！帕里斯也躺在这儿，浑身浸在血泊里？啊！多么残酷的时辰，造成了这场凄惨的意外！那小姐醒了。

（朱丽叶醒）

朱丽叶 啊，善心的神父！我的夫君呢？我记得很清楚我

应当在什么地方，现在我正在这地方。我的罗密欧呢？（内喧声）

劳伦斯 我听见有什么声音。小姐，赶快离开这个密布着毒氛腐臭的死亡的巢穴吧；一种我们所不能反抗的力量已经阻挠了我们的计划。来，出去吧。你的丈夫已经在你的怀中死去；帕里斯也死了。来，我可以替你找一处地方出家做尼姑。不要耽误时间盘问我，巡夜的人就要来了。来，好朱丽叶，去吧。（内喧声又起）我不敢再等下去了。

朱丽叶 去，你去吧！我不愿意走。（劳伦斯下）这是什么？一只杯子，紧紧地握住在我的忠心的爱人的手里？我知道了，一定是毒药结果了他的生命。唉，冤家！你一起喝干了，不留下一滴给我吗？我要吻着你的嘴唇，也许这上面还留着一些毒液，可以让我当作兴奋剂服下而死去。（吻罗密欧）你的嘴唇还是温暖的！

巡丁甲 （在内）孩子，带路；在那哪一个方向？

朱丽叶 啊，人声吗？那么我必须快一点了结。啊，好刀子！（攫住罗密欧的匕首）这就是你的鞘子；（以匕首自刺）你插了进去，让我死了吧。（扑在罗密欧身上死去）

巡丁及帕里斯侍童上。

侍童 就是这儿，那火把亮着的地方。

巡丁甲 地上都是血；你们几个人去把墓地四周搜查一下，看见什么人就抓起来。（若干巡丁下）好惨！伯爵被人杀了躺在这儿，朱丽叶胸口流着血，身上还是热热的好像死得不久，虽然她已经葬在这里两天了。去，报告亲王，通知凯普莱特家里，再去把蒙太古家里的人也叫醒了，剩下的人到各处搜搜。（若干巡丁续下）我们看见这些惨事发生在这个地方，可是在没有得到人证以前，却无法明了这些惨事的真相。

若干巡丁率鲍尔萨泽上。

巡丁乙 这是罗密欧的仆人，我们看见他躲在墓地里。

巡丁甲 把他好生看押起来，等亲王来审问。

若干巡丁率劳伦斯神父上。

巡丁丙 我们看见这个教士从墓地旁边跑出来，神色慌张，一边叹气一边流着眼泪，他手里还拿着锄头铁锹，都给我们拿下来了。

巡丁甲 他有很重大的嫌疑，把这教士也看押起来。

亲王及侍从上。

亲王 什么祸事在这样早的时候发生，打断了我的清晨的安睡？

凯普莱特、凯普莱特夫人及余人等上。

凯普莱特 外边这样乱叫乱喊，是怎么一回事？

凯普莱特夫人 街上的人们有的喊着罗密欧，有的喊着朱丽叶，有的喊着帕里斯；大家沸沸扬扬地向我们家里的坟上奔去。

亲王 这么许多人为什么发出这样惊人的叫喊？

巡丁甲 王爷，帕里斯伯爵被人杀死了躺在这儿；罗密欧也死了；已经死了两天的朱丽叶，身上还热着，又被人重新杀死了。

亲王 用心搜寻，把这场万恶的杀人命案的真相调查出来。

巡丁甲 这儿有一个教士，还有一个被杀的罗密欧的仆人，他们都拿着掘墓的器具。

凯普莱特 天啊！——啊妻子！瞧我们的女儿流着这么多的血！这把刀弄错了地位了！瞧，它的空鞘子还在蒙太古家小子的背上，它却插进了我的女儿的胸前！

凯普莱特夫人 嗳哟！这些死的惨象就像惊心动魄的钟声，警告我这风烛残年，快要不久于人世了。

蒙太古及余人等上。

亲王 来，蒙太古，你起来得虽然很早，可是你的儿子倒下得更早。

蒙太古　唉！殿下，我的妻子因为悲伤小儿的远逐，已经在昨天晚上去世了；还有什么祸事要来跟我这老头子作对呢?

亲王　瞧吧，你就可以看见。

蒙太古　啊，你这不孝的东西！你怎么可以抢在你父亲的前面，自己先钻到坟墓里去呢?

亲王　暂时停止你们的悲恸，让我把这些可疑的事实讯问明白，知道了详细的原委以后，再来领导你们放声一哭吧；也许我的悲哀还远胜过你们多多呢！——把嫌疑人犯带上来。

劳伦斯　时间和地点都可以作不利于我的证人；在这场悲惨的血案中，我虽然是一个能力最薄弱的人，但却是嫌疑最重的人。我现在站在殿下的面前，一方面是要供认我自己的罪过，一方面也要为我自己辩解。

亲王　那么快把你所知道的一切说出来。

劳伦斯　我要把经过的情形尽简单地叙述出来，因为我的短促的残生还不及一段冗烦的故事那么长。死了的罗密欧是死了的朱丽叶的丈夫，她是罗密欧的忠心的妻子，他们的婚礼是由我主持的。就在他们秘密结婚的那天，提伯尔特死于非命，这位才做的新郎也从这城里被放逐出去；朱丽叶是为了他，不是为了提伯尔特，才那样伤心憔悴的。你们因为要替她解除烦恼，把她许婚给帕里斯伯爵，还要强迫她嫁给他，她就跑来见我，神色慌张地要我替她想个办法避免这第二次的结婚，否则她要在我的庵里自杀。所以我就根据我的医药方面的学识，给她一服安眠的药水；它果然发生了我所预期的效力，她一服下去就像死了一样昏沉过去。同时我写信给罗密欧，叫他就在这一个悲惨的晚上到这儿来，帮助把她搬出她的寄寓的坟墓，因为药性一到时候便会过去。可是替我带信的约翰神父却因遭到意外，不能脱身，昨天晚上才把我的信依然带了回来。那时我只好按照着预先算定她醒来的时间，一个人前去把她从她家族的墓茔里带出来，预备把她藏匿在我的庵里，等有方便再去叫罗密欧来；不料我在她醒来以前几分钟到这儿来的时候，尊贵的帕里斯和忠诚的罗密欧已经双双惨死了。她一醒过来，我就请她出去，劝她安心忍受这一种出自天意的变故；可是那时我听见了纷纷的人声，吓得逃出了墓穴，她在万分绝望之中不肯跟我去，看样子她是自杀了。这是我所知道的一切，至于他们两人的结婚，那么她的乳母也是预闻的。要是这一场不幸的惨祸，是由我的疏忽所造成，那么我这条老命愿受最严厉的法律的制裁，请您让它提早几点钟牺牲了吧。

亲王 我一向知道你是一个道行高尚的人。罗密欧的仆人呢？他有些什么话说？

鲍尔萨泽 我把朱丽叶的死讯通知了我的主人，因此他从曼多亚急急地赶到这里，到了这座坟堂的前面。这封信他叫我一早送去给我家老爷；当他走进墓穴里的时候，他还恐吓我，说要是我不赶快走开，让他一个人在那儿，他就要杀死我。

亲王 把那信给我，我要看看。叫起巡丁来的那个伯爵的童儿呢？喂，你的主人到这地方来做什么？

侍童 他带了花来散在他夫人的坟上，他叫我站得远远的，我就听他的话；不多一会儿工夫，来了一个拿着火把的人把坟墓打开了。后来我的主人就拔剑跟他打了起来，我就奔去叫巡丁来。

亲王 这封信证实了这个神父的话，讲起他们恋爱的经过和她的去世的消息；他还写着说他从一个穷苦的卖药人手里买到一种毒药，要把它带到墓穴里来准备和朱丽叶长眠在一起。这两家仇人在那里？——凯普莱特！蒙太古！瞧你们的仇恨已经受到了多大的惩罚，上天借手于爱情，夺去了你们心爱的人；我为了忽视你们的争执，也已经丧失了一双亲戚，大家都受到惩罚了。

凯普莱特 啊，蒙太古大哥！把你的手给我；这就是你给我女儿的一份聘礼，我不能再作更大的要求了。

蒙太古 但是我可以给你更多的；我要用纯金替她铸一座像，只要维洛那一天不改变它的名称，任何塑像都不会比忠贞的朱丽叶那一座更为超卓。

凯普莱特 罗密欧也要有一座同样富丽的金像卧在他情人的身

旁，这两个在我们的仇恨下惨遭牺牲的可怜虫！

亲王　清晨带来了凄凉的和解，
太阳也惨得在云中躲闪。
大家先回去发几声感慨，
该恕的该罚的再听宣判。
古往今来多少离合悲欢，
谁曾见像这样哀怨辛酸！（同下）

裘力斯·恺撒

Julius Caesar

剧中人物

裘力斯·恺撒	
奥克泰维斯·恺撒	恺撒死后的三人执政
玛克·安东尼	
伊米力斯·莱必多斯	
西塞罗	元老
坡勃律斯	
波匹律斯·里那	
玛克斯·勃鲁托斯	反对恺撒的叛党
凯歇斯	
凯斯卡	
特莱包涅斯	
里加律斯	
狄歇斯·勃鲁托斯	
麦泰勒斯·辛伯	
西那	
弗莱维斯	护民官
马鲁勒斯	
阿特米多勒斯	克尼陀斯的诡辩学者
预言者	
西那	诗人
另一诗人	

路西律斯	勃鲁托斯及凯歇斯的友人
泰提涅斯	
梅萨拉	
小凯图	
伏伦涅斯	
凡罗	勃鲁托斯的仆人
克列特斯	
克劳狄斯	
斯特莱托	
路歇斯	
达台涅斯	
品达勒斯	凯歇斯的仆人
凯尔弗妮娅	恺撒之妻
鲍西娅	勃鲁托斯之妻

元老，市民，卫队，侍从等

地 点

大部分在罗马；后半一部分在萨狄斯，

一部分在腓利比附近

第一幕

第一场

罗马；街道

弗莱维斯、马鲁勒斯及若干市民上。

弗莱维斯 去！回家去，你们这些懒得做事的东西，回家去。今天是放假的日子吗？嘿！你们难道不知道，你们做工艺的人，在工作的日子走到街上来，一定要把你们职业的符号带在身上吗？说，你是做什么生意的？

市民甲 呃，先生，我是一个木匠。

马鲁勒斯 你的革裙、你的尺呢？你穿起新衣服来干什么？你，你是做什么生意的？

市民乙 先生，我希望我干的行业可以对得起自己的良心；我不过是个替人家补补破鞋子的。

马鲁勒斯 混账东西，说明白一些你是干什么的？

市民乙 嗳，先生，请您不要对我生气；要是您的鞋子破了，先生，我也可以替您补一补的。

弗莱维斯　你是一个补鞋匠吗?

市民乙　不瞒您说，先生，我的吃饭家伙就只有一把钻子；我也不会动斧头锯子，我也不会做针线女工，我就只有一把钻子。实实在在，先生，我是专治破旧靴鞋的外科医生；它们倘然害着危险的重病，我都可以把它们救活过来。那些脚踏牛皮的体面绅士，都曾请教过我哩。

弗莱维斯　可是你今天为什么不在你的铺子里做工？为什么你要领着这些人在街上走来走去?

市民乙　不瞒您说，先生，我要叫他们多走破几双鞋子，让我好多做几注生意。可是实实在在，先生，我们今天因为要迎接恺撒，庆祝他的凯旋，所以才放了一天假。

马鲁勒斯　为什么要庆祝呢？他带了些什么胜利回来？他的战车后面缚着几个纳士称臣的俘囚君长？你们这些木头石块，冥顽不灵的东西！冷酷无情的罗马人啊，你们忘记了庞贝吗？好多次你们爬到城墙上、雉堞上，有的登在塔顶，有的倚着楼窗，还有人高踞烟囱的顶上，手里抱着婴孩，整天地坐着耐心等候，为了要看一看伟大的庞贝经过罗马的街道；当你们看见他的战车出现的时候，你们不是齐声欢呼，使台伯河里的流水因为听见你们的声音在凹陷的河岸上发出反响而颤栗吗？现在你们却穿起了新衣服，放假庆祝，把鲜花散布在踏着庞贝的血迹凯旋的那人的路上吗？快去！奔回你们的屋子里，跪在地上，祈祷神明饶恕你们的忘恩负义吧，否则上天的灾祸一定要降在你们头上了。

弗莱维斯 去，去，各位同胞，为了你们这一个错误，赶快把你们所有的伙伴们集合在一起，带他们到勃河的边上，把你们的眼泪浇下了河中，让那最低的水流和那最高的堤岸接吻。（众平民下）瞧这些下流的材料也会天良发现；他们因为自知有罪，一个个哑口无言地去了。您打那一条路向圣殿走去；我打这一条路走。要是您看见他们在偶像上披着锦衣彩饰，就把它撕下来。

马鲁勒斯 我们可以这样做吗？您知道今天是卢柏克节[1]。

弗莱维斯 别管它；不要让偶像身上悬挂着恺撒的胜利品。我要去驱散街上的愚民；您要是看见什么地方有许多人聚集在一起，也要把他们打发走开。我们应当趁早剪拔恺撒的羽毛，让他无力高飞；要是他羽毛既长，一飞冲天，我们大家都要在他的足下俯伏听命了。（各下）

1　卢柏克节（Lupercal），二月十五日，纪念罗马城建立之节日。

第二场

同前；广场

恺撒率众列队奏乐上；安东尼作竞走装束，凯尔弗妮娅、鲍西娅、狄歇斯、西塞罗、勃鲁托斯、凯歇斯、凯斯卡同上；大群民众随后，其中有一预言者。

恺撒 凯尔弗妮娅！

凯斯卡 肃静！恺撒有话。（乐止）

恺撒 凯尔弗妮娅！

凯尔弗妮娅 有，我的主。

恺撒 你等安东尼快要跑到终点的时候，就到跑道中间站在和他当面的地方。安东尼！

安东尼 有，恺撒，我的主。

恺撒 安东尼，你在奔走的时候，不要忘记用手碰一碰凯尔弗妮娅的身体；因为有年纪的人都说，不孕的妇人要是被这神圣的竞走中的勇士碰了，就可以解除乏嗣的咒诅。

安东尼　我一定记得。恺撒吩咐做什么事，就得立刻照办。

恺撒　现在开始吧；不要遗漏了任何仪式。（音乐）

预言者　恺撒！

恺撒　嘿！谁在叫我？

凯斯卡　所有的声音都息下去；肃静！（乐止）

恺撒　谁在人丛中叫我？我听见一个比一切乐声更尖锐的声音喊着“恺撒”的名字。说吧；恺撒在听着。

预言者　留心三月十五日。

恺撒　那是什么人？

勃鲁托斯　一个预言者请您留心三月十五日。

恺撒　把他带到我的面前；让我瞧瞧他的脸。

凯斯卡　家伙，跑出来见恺撒。

恺撒　你刚才对我说什么？再说一遍。

预言者　留心三月十五日。

恺撒　他是个做梦的人；不要理他。过去。（吹号；除勃鲁托斯、凯歇斯外均下）

凯歇斯　您也去看他们赛跑吗？

勃鲁托斯　我不去。

凯歇斯　去看看也好。

勃鲁托斯　我不喜欢干这种陶情作乐的事；我没有安东尼那样活泼的精神。不要让我打断您的兴致，凯歇斯；我先去了。

凯歇斯　勃鲁托斯，我近来留心观察您的态度，觉得在您的眼光之中，对于我已经没有从前那样的温情和友爱；您对于爱您的朋友，太冷淡而疏远了。

勃鲁托斯 凯歇斯，不要误会。要是我在自己的脸上罩着一层阴云，那只是因为我自己心里有些烦恼。我近来为某种情绪所困苦，某种不可告人的隐忧，使我在行为上也许有些反常的地方；可是，凯歇斯，您是我的好朋友，请您不要因此而不快，也不要因为可怜的勃鲁托斯和他自己交战，忘记了对别人的礼貌，而责怪我的怠慢。

凯歇斯 那么，勃鲁托斯，我大大地误会了您的心绪了；我因为疑心您对我有什么不满，所以有许多重要的值得考虑的意见我都藏在自己的心头，没有跟您提起。告诉我，好勃鲁托斯，您能够瞧见您自己的脸吗？

勃鲁托斯 不，凯歇斯；因为眼睛不能瞧见它自己，必须借着反射，借着外物的力量。

凯歇斯 不错，勃鲁托斯，可惜您却没有这样的镜子，可以把您隐藏着的贤德照到您的眼里，让您看见您自己的影子。我曾经听见那些在罗马最有名望的人——除了不朽的恺撒以外——说起勃鲁托斯，他们呻吟于当前的桎梏之下，都希望高贵的勃鲁托斯睁开他的眼睛。

勃鲁托斯 凯歇斯，您要我在我自己身上寻找我所没有的东西，到底是要引导我去干什么危险的事呢？

凯歇斯 所以，好勃鲁托斯，留心听着吧；您既然知道您不能瞧见您自己，像在镜子里照见得那样清楚，我就可以做您的镜子，并不夸大地把您自己所没有知道的自己揭露给您看。不要疑心我，善良的勃鲁托斯；倘然我是一个胁肩谄笑之徒，惯常用千篇一律的盟誓向每一个人矢陈我的忠诚；倘然您知道我会当着人家的面向他们献媚，把他们搂抱，背了他们就用诽语毁谤他们；倘然您知道我是一个常常跟下贱的平民酒食征逐的人，那么您就认为我是一个危险分子吧。（喇叭奏花腔，众欢呼声）

勃鲁托斯 这一阵欢呼是什么意思？我怕人民会选举恺撒做他们的王。

凯歇斯 嗯，您怕吗？那么看来您是不赞成这回事了。

勃鲁托斯 我不赞成，凯歇斯；虽然我很敬爱他。可是您为什么拉住我在这儿？您有什么话要对我说的？倘然那是对大众有利的事，那么让我的一只眼睛看见光荣，另一只眼睛看见死亡，我也会同样无动于衷地正视着它们；因为我喜爱光荣的名字，甚于恐惧死亡。

凯歇斯 我知道您有那样内在的美德，勃鲁托斯，正像我知道您的外貌一样。好，光荣正是我的谈话的题目。我不知道您和其他的人对于这一个人生抱着怎样的观念；可是拿我个人而论，假如要我为了自己而担惊受怕，那么我还是不要活着的好。我生下来就跟恺撒同样的自由；您也是一样。我们都跟他同样地享受过，同样地能够忍耐冬天的寒冷。记得有一次，在一个狂风暴雨的白昼，台伯河里的怒浪正在冲击着她的堤岸，恺撒对我说，“凯歇斯，你现在敢不敢跟我跳下这汹涌的波涛里，泅到对面去？”我一听见他的话，就穿着随身的衣服跳了下去，叫他跟着我；他也跳了下去。那时候滚滚的急流迎面而来，我们用壮健的膂力拼命抵抗，用顽强的心破浪前进；可是我们还没有达到预定的目标，恺撒就叫起来说：“救救我，凯歇斯，我要沉下去了！”正像我们伟大的祖先埃涅阿斯从特洛亚的烈焰之中把年老的安喀西斯肩负而出一样，我把力竭的恺撒负出了台伯河的怒浪。这个人现在变成了一尊天神，凯歇斯却是一个倒霉的家伙，要是恺撒偶然向他点一点头，也必须俯下他的身子。他在西班牙的时候，曾经害过一次热病，我看见那热病在他身上发作，他的浑身都战抖起来；是的，这位天神也会战抖；他的懦怯的嘴唇失去了血色，那使全世界惊悚的眼睛也没有了光彩；我听见他的呻吟；是的，他那使罗马人耸耳而听，使他们把他的说话记载在书册上的舌头，唉！却吐出了这样的呼声，“给我一些水喝，泰提涅斯”，就像一个害病的女儿一样。神啊，像这样一个心神软弱的人，却会征服这个伟大的世界，独占着胜利的光荣，真是我所再也想不到的事。（喇叭奏花腔；欢呼声）

勃鲁托斯　又是一阵大众的欢呼！我相信他们一定又把新的荣

誉加在恺撒的身上，所以才有这些喝彩的声音。

凯歇斯 嘿，老兄，他像一个巨人似的跨越这狭隘的世界；我们这些渺小的凡人一个个在他粗大的腿下行走，四处张望着替自己寻找不光荣的坟墓。人们有时可以支配他们自己的命运；要是我们受制于人，亲爱的勃鲁托斯，那错处并不在我们的命运，而是在我们自己。勃鲁托斯和恺撒；“恺撒”那个名字又有什么了不得？为什么人们只是提起它而不提起勃鲁托斯？把那两个名字写在一起，您的名字并不比他的难看；放在嘴上念起来，它也是一样顺口；称起重量来，它们是一样的重；要是用它们呼神召鬼，“勃鲁托斯”也可以同样感动幽灵，正像“恺撒”一样。凭着一切天神的名字，我们这位恺撒究竟吃些什么肥甘美食，才会长得这样伟大？可耻的时代！罗马啊，你的高贵的血统已经中断了！自从洪水以后，什么时代你不曾产生一个以上的著名人物？直到现在为止，什么时候人们谈起罗马，能够说，她的广大的城墙之内，只是一个人的世界？要是罗马给一个人独占了去，那么它真的变成无人之境了。啊！你我都曾听见我们的父老说过，从前罗马有一个勃鲁托斯，不愿让他的国家被一个君主所统治，正像他不愿让它被永劫的恶魔统治一样。

勃鲁托斯 我一点不怀疑您对我的诚意；我也有些明白您打算鼓动我去干什么事；我对于这件事的意见，以及对于目前这一种局面所取的态度，以后可以告诉您知道，可是现在却不愿做进一步的表示或行动，请您也不必向我多说。您已经说过的话，我愿意仔细考虑；您还有些什么话要对我说的，我也愿意耐心静听，等有了适当的机会，我一定洗耳以待，畅聆您的高论，并且还要把我的意思向您提出。在那个时候没有到来以前，我的好友，请您记住这一句话：勃鲁托斯宁愿做一个乡野的贱民，不愿在这种将要加到我们身上来的难堪的重压之下自命为罗马的儿子。

凯歇斯 我很高兴我的微弱的言辞已经从勃鲁托斯的心中激起了这一点点火花。

勃鲁托斯 竞赛已经完毕，恺撒在回来了。

凯歇斯 当他们经过的时候，您去拉一拉凯斯卡的衣袖，他就会用他那种尖酸刻薄的口气，把今天值得注意的事情告诉您。

恺撒及随从诸人重上。

勃鲁托斯 很好。可是瞧，凯歇斯，恺撒的额角上在闪动着怒火，跟在他后面的那些人一个个垂头丧气，好像挨过一顿骂似的：凯尔弗妮娅面颊惨白；西塞罗的眼睛里充满着懊丧愤恨的神色，就像我们看见他在议会里遭到什么元老的驳斥的时候一样。

凯歇斯 凯斯卡会告诉我们为了什么事。

恺撒 安东尼！

安东尼 恺撒。

恺撒 我要那些身体长得胖胖的，头发梳得光光的，夜里睡得好好的人在我的左右。那个凯歇斯有一张消瘦憔悴的脸孔；他太多用心思；这种人是危险的。

安东尼 别怕他，恺撒，他没有什么危险；他是一个高贵的罗马人，有很好的天赋。

恺撒 我希望他再胖一点！可是我不怕他；不过要是我的名字可以和恐惧连在一起的话，那么我不知道还有谁比那个瘦瘦的凯歇斯更应该避得远远的了。他读过许多书；他的眼光很厉害，能够窥测他人的行动；他不像你，安东尼，一样喜欢游戏；他从来不听音乐；他不大露笑容，笑起来的时候，那神气之间，好像在讥笑他自己竟会被一些琐屑的事情所引笑似的。像他这种人，要是看见有人高过他们，心里就会觉得不舒服，所以他们是很危险的。我现在不过告诉你那一等人是可怕的，并不是说我惧怕他们，因为我永远是恺撒。跑到我的右边来，因为这一只耳朵是聋的；实实在在告诉我你觉得他这个人怎么样。（吹号；恺撒及随从诸人下，凯斯卡留后）

凯斯卡 您拉扯我的外套；要跟我说话吗？

勃鲁托斯 是的，凯斯卡；告诉我们今天恺撒为什么脸色这样郁郁不乐。

凯斯卡 怎么，您不是也跟他在一起的吗？

勃鲁托斯 要是我跟他在一起，那么我也用不到问凯斯卡了。

凯斯卡 嘿，有人把一顶王冠献给他；他用他的手背这么一摆拒绝了；于是民众欢呼起来。

勃鲁托斯 第二次的喧哗又是为着什么？

凯斯卡 嘿，也是为了那件事。

凯歇斯 他们一共欢呼了三次；最后一次的呼声是为着什么？

凯斯卡 嘿，也是为了那件事。

勃鲁托斯 他们把王冠三次献给他吗？

凯斯卡 嗯，是的，他三次拒绝了，每一次都比前一次更谦恭；他拒绝了一次，我那些正直的同胞们便欢呼起来。

凯歇斯 谁把王冠献给他？

凯斯卡 嘿，安东尼。

勃鲁托斯 把那情形告诉我们，好凯斯卡。

凯斯卡 要我把那情形讲出来，那还是把我吊死了吧。那全然是一幕骗人的把戏；我瞧也不去瞧它。我看见玛克·安东尼献给他一顶王冠；其实那也不是什么王冠，不过是一顶普通的冠；我已经对您说过，他第一次把它拒绝了；可是虽然拒绝，我觉得他心里却巴不得把它拿了过来。于是他再把它献给他；他又把它拒绝了；可是我觉得他的手指头却恋恋不舍地不愿意离开它。于是他又第三次把它献上去；他第三次把它拒绝了；当他拒绝的时候，那些乌合之众便高声欢呼，拍着他们粗糙的手掌，抛掷他们汗臭的睡帽，把他们中人欲呕的气息散满在空气之中，因为恺撒拒绝了王冠，结果几乎把恺撒都熏死了；他一闻到这气息，便晕了过去倒在地上。我那时候瞧着这光景，虽然觉得好笑，可是竭力抿住我的嘴唇，不让它笑出来，因为恐怕把这种恶劣的空气吸了进去。

凯歇斯 可是且慢；您说恺撒晕了过去吗？

凯斯卡 他在市场上倒了下来，嘴边冒着白沫，话都说不出来。

勃鲁托斯 这是很可能的；他素来就有这种倒下去的毛病。

凯歇斯 不，恺撒没有这种病；您，我，还有正直的凯斯卡，我们才害着这种倒下去的病。

凯斯卡 我不知道您这句话是什么意思；可是我可以确定恺撒是倒了下去。那些下流的群众有的拍手，有的发出嘘嘘的声音，就像在戏院里一样；要是我编造了一句谣言，我就是个骗人的混蛋。

勃鲁托斯 他清醒过来以后说些什么？

凯斯卡 嘿，他在没有倒下以前，看见群众因为他拒绝了王冠而欢欣，就解开他的衬衣，露出他的咽喉来请他们宰割。倘然我是一个干活儿做买卖的人，我一定会听从他的话，否则让我跟那些恶人们一起下地狱去，于是他就倒下去了。等到他一醒过来，他就说，要是他做错了什么事，说错了什么话，他要请他们各位原谅他是一个有病的人。在我站立的地方，有三四个姑娘喊着说，“唉，好人儿！”从心底里原谅了他；可是不必注意她们，要是恺撒刺死了她们的母亲，她们也会同样原谅他的。

勃鲁托斯 后来他就这样郁郁不乐地去了吗？

凯斯卡 嗯。

凯歇斯 西塞罗说过些什么？

凯斯卡 嗯，他说的是希腊话。

凯歇斯 怎么说的？

凯斯卡 嗳哟，要是我把那些话告诉了您，那我以后再也不好意思看见您啦；可是那些听得懂他话的人都互相瞧着笑笑，摇摇他们的头；至于讲到我自己，那我可一懂都不懂。我还可以告诉你们其他的新闻；马鲁勒斯和弗莱维斯因为扯去了恺撒像上的彩带，已经被杀死了。再会。骗人的把戏多着呢，可惜我记不起来啦。

凯歇斯 凯斯卡，您今天晚上愿意陪我吃晚饭吗？

凯斯卡 不，我已经跟人家有过约会了。

凯歇斯 明天陪我吃午饭好不好？

凯斯卡 嗯，要是我明天还活着，要是您的心思没有改变，要是您的午饭值得一吃，那么我是会来的。

凯歇斯 好；我等着您。

凯斯卡 好。再见，两位。（下）

勃鲁托斯 这家伙越来越乖僻了！他在求学的时候，却是很伶俐的。

凯歇斯 他现在虽然装出这一付迟钝的形状，可是干起勇敢壮烈的事业来，却不会落人之后。他的乖僻对于他的智慧是一种调味品，使人们在咀嚼他的言语的时候，可以感到一种深长的滋味。

勃鲁托斯　正是。现在我要暂时失陪了。明天您要是愿意跟我谈谈的话，我可以到您府上来看您；或者要是您愿意，就请您到我家里来也好，我一定等着您。

凯歇斯　好，我明天一定来拜访。再会；同时，您顾念顾念这个世界吧。（勃鲁托斯下）好，勃鲁托斯，你是个仁人义士；可是我知道你的高贵的天性却可以被人诱入歧途；所以正直的人必须和正直的人为伍，因为谁是那样刚强，能够不受诱惑呢？恺撒很不高兴我；可是他很喜欢勃鲁托斯；倘然现在我是勃鲁托斯，他是凯歇斯，他就打不动我的心。今天晚上我要摹仿几个人的不同的笔迹，写几封匿名信丢进他的窗里，假装那是好几个市民写给他的，里面所说的话，都是指出罗马人对于他抱着多大的信仰，同时隐隐约约地暗示着恺撒的野心。我这样布置好了以后，让恺撒坐得安稳一些吧，因为我们倘不能把他摇动下来，就要忍受更黑暗的命运了。（下）

第三场

同前；街道

雷电交作；凯斯卡拔剑上，西塞罗自相对方向上。

西塞罗 晚安，凯斯卡；您送恺撒回去了吗？您为什么气都喘不过来？为什么把眼睛睁得这样大？

凯斯卡 您看见一切地上的权力战栗得像一件摇摇欲坠的东西，不觉得有动于心吗？啊，西塞罗！我曾经看见过咆哮的狂风劈碎多节的橡树；我曾经看见过野心的海洋奔腾澎湃，把浪沫喷涌到阴郁的黑云之上；可是我从来没有经历过像今晚这样一场从天上掉下火块来的狂风暴雨。倘不是天上起了纷争，一定因为世人的侮慢激怒了神明，使他们决心把这世界毁灭。

西塞罗 啊，您还看见什么奇怪的事情吗？

凯斯卡 一个卑贱的奴隶举起他的左手，那手上燃烧着二十个火炬合起来似的烈焰，可是他一点不觉得灼痛，他的手上没有一点火烙过的痕迹。在圣殿之前，我又遇见一头狮子，它睨视着我，生气似的走了过去，却没有跟我为难；到现在我都没有收起我的剑。一百个面无人色的女人吓得缩成一团，她们发誓说她们看见浑身发着火焰的男子在街道上来来去去。昨天正午的时候，夜枭栖在市场上，发出凄厉的鸣声。这种种怪兆同时出现，谁都不能说，“这些都是不足为奇的自然的现象”；我相信它们都是上天的示意，预兆着将有什么重大的变故到来。

西塞罗 是的，这是一个变异的时世；可是人们可以照着自己的意思解释一切事物的原因，实际却和这些事物本身的目的完全相反。恺撒明天到圣殿去吗？

凯斯卡 去的；他曾经叫安东尼传信告诉您他明天要到那边去。

西塞罗 那么晚安，凯斯卡；这样坏的天气，还是住在家里的好。

凯斯卡 再会，西塞罗。（西塞罗下）

凯歇斯上。

凯歇斯 那边是谁？

凯斯卡 一个罗马人。

凯歇斯 听您的声音像是凯斯卡。

凯斯卡 您的耳朵很好。凯歇斯，这是一个多么可怕的晚上！

凯歇斯 对于居心正直的人，这是一个很可爱的晚上。

凯斯卡 谁见过这样吓人的天气？

凯歇斯 地上有这么多的罪恶，天上自然有这么多的灾异。讲到我自己，那么我刚才就在这样危险的夜里在街上跑来跑去，像这样松开了纽扣，袒露着我的胸膛去迎接雷霆的怒击；当那青色的交叉的电光似乎把天空当胸裂开的时候，我就挺着我自己的身体去领受神火的威力。

凯斯卡 可是您为什么要这样冒渎天威呢？当威灵显赫的天神们用这种可怕的天象惊骇我们的时候，人们是应该战栗畏惧的。

凯歇斯 凯斯卡，您太冥顽了，您缺少一个罗马人所应该有的生命的热力，否则您就是把它藏起来不用。您看见上天发怒，就吓得面无人色，呆如木鸡；可是您要是想到究竟为什么天上会掉下火来，为什么有这些鬼魂来来去去，为什么鸟兽都改变了常性，为什么老翁愚人和婴孩都会变得工于心计起来，为什么一切都脱离了常道，发生那样妖妄怪异的现象，啊，您要是思索到这一切的真正的原因，您就会明白这是上天假手于它们，警告人们预防着将要到来的一种非常的巨变。凯斯卡，我现在可以向您提起一个人的名字，他就像这个可怕的夜一样，能够叱咤雷电，震裂坟墓，像圣殿前的狮子一样怒吼，他在个人的行动上并不比你我更强，可是他的势力已经扶摇直上，变得像这些异兆一样可怕了。

凯斯卡 您说的是恺撒，是不是，凯歇斯？

凯歇斯 不管它是谁。罗马人现在有的是跟他们的祖先同样的筋骨手脚；可是唉！我们祖先的精神却已经死去，我们是被我们母亲的灵魂所统制着，我们的束缚和痛苦显出我们缺少男子的气概。

凯斯卡 不错，他们说元老们明天预备立恺撒为王；他可以君临海上和陆上的每一处地方，可是我们不能让他在这儿意大利称王。

凯歇斯 那么我知道我的刀子应当用在什么地方了；凯歇斯将要从奴隶的羁缚之下把凯歇斯解放出来。就在这种地方，神啊，你们使弱者变成最强壮；就在这种地方，神啊，你们把暴君击败。无论铜墙石塔、密不透风的牢狱或是坚不可摧的锁链，都不能拘囚坚强的心灵；生命在厌倦于这些尘世的束缚以后，决不会缺少解脱它自身的力量。要是我知道我也肩负着一部分暴力的压迫，我就可以立刻挣脱这一种压力。（雷声继续）

凯斯卡 我也能够；每一个被束缚的奴隶都可以凭着他自己的手挣脱他的锁链。

凯歇斯 那么为什么要让恺撒做一个暴君呢？可怜的人！我知道他只是因为看见罗马人都是绵羊，所以才会做一头狼；罗马人倘不是一群鹿，他就不会成为一头狮子。谁要是急于生起一场旺火来，必须先用柔弱的草秆点燃；罗马是一些什么不中用的糠屑草料，要去点亮像恺撒这样一个卑劣庸碌的人物！可是唉，糟了！你引得我说出些什么话来啦？也许我是在一个甘心做奴隶的人的面前讲这种话，那么我知道我必须因此而受祸；可是我已经准备好了，一切危险我都不以为意。

凯斯卡 您在对凯斯卡讲话，他并不是一个摇唇弄舌泄漏秘密的人。握着我的手；只要允许我跟您合作推翻暴力的压制，我愿意赴汤蹈火，踊跃前驱。

凯歇斯 那么很好，我们一言为定。现在我要告诉你，凯斯卡，我已经联络了几个勇敢的罗马义士，叫他们跟我去干一件轰轰烈烈的冒险事业，我知道他们现在一定在庞贝走廊下等我；因为在这样可怕的夜里，街上是不能行走的；天色是那么充满了杀机和愤怒，正像我们所要干的事情一样。

凯斯卡 站得靠近一些，什么人急忙忙地来了。

凯歇斯 那是西那；我从他走路的姿势上认得出来。他也是我们的同志。

西那上。

凯歇斯 西那，您这样忙到哪儿去？

西那 特为找您来的。那位是谁？麦泰勒斯·辛伯吗？

凯歇斯 不，这是凯斯卡；他也是参与我们的计划的。他们在等着我吗，西那？

西那 那很好。真是一个可怕的晚上！我们中间有两三个人看见过怪事哩。

凯歇斯 他们在等着我吗？回答我。

西那 是的，在等着您。啊，凯歇斯！只要您能够劝高贵的勃鲁托斯加入我们的一党——

凯歇斯 您放心吧。好西那，把这封信拿去放在市长的座椅上，也许它会被勃鲁托斯看见；这一封信拿去丢在他的窗子里；这一封信用蜡胶在老勃鲁托斯的铜像上；这些事情办好以后，就到庞贝走廊去，我们都在那儿。狄歇斯·勃鲁托斯和特莱包涅斯都到了没有？

西那 除了麦泰勒斯·辛伯以外，都到齐了；他是到您家里去找您的。好，我马上就去，照您的吩咐把这几封信放好。

凯歇斯 好了以后，就到庞贝剧场来。（西那下）来，凯斯卡，我们两人在天明以前，还要到勃鲁托斯家里去看他一次。他已经有四分之三属于我们，只要再跟他谈谈，他就可以完全加入我们这一边了。

凯斯卡 啊！他是众望所归的人；在我们似乎是罪恶的事情，有了他便可以变成正大光明的义举。

凯歇斯 您对于他，他的才德和我们对他的极大的需要，都看得很明白。我们去吧，现在已经过半夜了；天明以前，我们必须把他叫醒，探探他的决心究竟如何。（同下）

第二幕

第一场

罗马；勃鲁托斯的花园

勃鲁托斯上。

勃鲁托斯　喂，路歇斯！喂！我不能凭着星辰的运行，猜测现在离白昼还有多少时间。路歇斯，喂！我希望我也睡得像他一样熟。喂，路歇斯，你什么时候才会醒来？醒醒吧！喂，路歇斯！

路歇斯上。

路歇斯　您叫我吗，主人？

勃鲁托斯　替我到书斋里拿一支蜡烛，路歇斯；把它点亮了到这儿来叫我。

路歇斯　是，主人。（下）

勃鲁托斯　只有叫他死这一个办法；我自己对他并没有私怨，只是为了大众的利益。他将要戴上王冠；那会不会改变他的性格是一个问题；蝮蛇是在光天化日之下出现的，所以步行的人必须刻刻提防。让他戴上王冠？——不！那等于我们把一个毒刺给了他，使他可以随意加害于人。把不忍之心和威权分开，那威权就会被人误用；讲到恺撒这个人，说一句公平话，我还不曾知道他什么时候曾经信任他的感情的支配甚于他的理智。可是微贱往往是少年的野心的阶梯，凭借着它一步步爬上了高处；当他一旦登上了最高的一级之后，他便不再回顾那梯子，他的眼光仰望着云霄，瞧不起他从前所恃为凭借的低下的阶段。恺撒何尝不会这样？所以，为了恐怕他有这一天起见，必须早一点防备。既然我们反对他的理由，不是因为他现在有什么可以指责的地方，所以就得这样说：他现在的地位之上，要是再扩大了他权力，一定会引起这样那样的后患；我们应当把他当作一颗蛇蛋，与其让他孵出以后害人，不如趁他还在壳里的时候就把他杀死。

路歇斯重上。

路歇斯　主人，蜡烛已经点在您的书斋里了。我在窗口找寻打火石的时候，发现了这封信；我明明记得我去睡觉的时候，并没有什么信放在那儿。

勃鲁托斯　你再去睡吧；天还没有亮哩。孩子，明天不是三月十五吗？

路歇斯 我不知道，主人。

勃鲁托斯 看看日历，回来告诉我。

路歇斯 是，主人。（下）

勃鲁托斯 天上一闪一闪的电光，亮得可以使我读出信上的字来。（拆信）“勃鲁托斯，你在睡觉；醒来瞧瞧你自己吧。难道罗马将要……说话呀，攻击呀，拯救呀！勃鲁托斯，你睡着了；醒来吧！”他们常常把这种煽动的信丢在我的屋子附近。“难道罗马将要……”我必须替它把意思补足：难道罗马将要处于独夫的严威之下？什么，罗马？当塔昆称王的时候，我们的祖先曾经把他从罗马的街道上赶走。“说话呀，攻击呀，拯救呀！”他们请求我仗义执言，挥戈除暴吗？罗马啊！我允许你，勃鲁托斯一定会全力把你拯救！

路歇斯重上。

路歇斯 主人，三月已经有十四天过去了。（内叩门声）

勃鲁托斯 很好。到门口瞧瞧去；有人打门。（路歇斯下）自从凯歇斯怂恿我反对恺撒那一天起，我一直没有睡过。在计划一件危险的行动和开始行动之间的一段时间里，一个人就好像置身于一场可怖的噩梦之中，遍历种种的幻象；他的精神和身体上的各部分正在彼此磋商；整个的身心像一个小小的国家，临到了叛变突发的前夕。

路歇斯重上。

路歇斯 主人，您的兄弟凯歇斯在门口，他要来求见您。

勃鲁托斯 他一个人来吗？

路歇斯 不，主人，还有些人跟他在一起。

勃鲁托斯 你认识他们吗？

路歇斯 不，主人；他们的帽子都拉到耳边，他们的脸孔一半裹在外套里面，我不能从他们的外貌上认出他们来。

勃鲁托斯 请他们进来。（路歇斯下）他们就是那一伙党徒。阴谋啊！你在百鬼横行的夜里，还觉得不好意思显露你的险恶的容貌吗？啊！那么你在白天什么地方可以找到一处幽暗的巢窟，遮掩你的奇丑的脸相呢？不要找寻吧，阴谋，还是把它隐藏在和颜悦色的后面；因为要是您用本来面目招摇过市，即使幽冥的地府也不能把你遮掩过人家的眼睛的。

凯歇斯、凯斯卡、狄歇斯、西那、麦泰勒斯·辛伯及特莱包涅斯等诸党徒同上。

凯歇斯 我想我们未免太冒昧了，打搅了您的安息。早安，勃鲁托斯；我们惊吵您了吧？

勃鲁托斯 我整夜没有睡觉，早就起来了。跟您同来的这些人，我都认识吗？

凯歇斯 是的，每一个人您都认识；这儿没有一个人不敬重您；谁都希望您能够看重您自己就像每一个高贵的罗马人看重您一样。这是特莱包涅斯。

勃鲁托斯 欢迎他到这儿来。

凯歇斯 这是狄歇斯·勃鲁托斯。

勃鲁托斯 我也同样欢迎他。

凯歇斯 这是凯斯卡；这是西那；这是麦泰勒斯·辛伯。

勃鲁托斯 我都是同样欢迎他们。可是各位为了什么烦心的事情，在这样的深夜不去睡觉？

凯歇斯 我可以跟您说句话吗？（勃鲁托斯、凯歇斯二人耳语）

狄歇斯 这儿是东方；天不是从这儿亮起来的吗？

凯斯卡 不。

西那 啊！对不起，先生，它是从这儿亮起来的；那边镶嵌在云中的灰白色的条纹，便是预报天明的使者。

凯斯卡 你们将要承认你们两人都弄错了。这儿我用剑指着的所在，就是太阳升起的地方；在这样初春的季节，它正在南方逐渐增加它的热力；再过两个月，它就要更高地向北方升起，吐射它的烈焰了。这儿才是正东，也就是圣殿所在的地方。

勃鲁托斯 再让我一个一个握你们的手。

凯歇斯 让我们宣誓表示我们的决心。

勃鲁托斯 不，不要发誓。要是我们灵魂的苦难和这时代的腐恶算不得有力的动机，那么还是早些散了伙，各人回去高枕而卧吧；让凌越一切的暴力肆意横行，每一个人等候着命运替他安排好的死期吧。可是我相信我们眼前这些人心里都有着可以使懦夫奋起的蓬勃的怒焰，都有着可以使柔弱的妇女变为钢铁的坚强的勇气，那么，各位同胞，我们只要凭着我们自己堂皇正大的理由，便可以激励我们改造这当前的局面，何必还要什么其他的鞭策呢？我们都是守口如瓶，言而有信的罗马人，何必还要什么其他的约束呢？我们彼此赤诚相示，倘然不能达到目的，宁愿以身为殉，何必还要什么其他的盟誓呢？祭司们，懦夫们，奸诈的小人，老朽的陈尸腐肉和这一类自甘沉沦的不幸的人们才有发誓的需要；他们为了不正当的理由，恐怕不能见信于人，所以不得不用誓言来替他们圆谎；可是不要以为我们的宗旨或是我们的行动是需要盟誓的，因为那无异污毁了我们堂堂正正的义举和我们不可压抑的精神；做了一个罗马人，要是对于他已经出口的诺言略微有一点违背之处，那么他身上光荣地载着的每一滴血，就都要蒙上数重的耻辱。

凯歇斯 可是西塞罗呢？我们要不要探探他的意向？我想他一定会跟我们全力合作的。

凯斯卡 让我们不要把他遗漏了。

西那 是的，我们不要把他遗漏了。

麦泰勒斯 啊！让我们招他参加我们的阵线；因为他的白发可以替我们赢得好感，使世人对我们的行动表示同情。人家一定会说他的见识支配着我们的手臂；我们的少年孟浪可以不至于被世人所发现，因为一切都埋葬在他的老成练达的阅历之下了。

勃鲁托斯 啊！不要提起他；让我们不要对他说知，因为他是决不愿跟在后面去干别人所发起的事情的。

凯歇斯 那就不要叫他参加。

凯斯卡 他的确不大适宜。

狄歇斯 除了恺撒以外，别的人一个也不要碰动吗？

凯歇斯 狄歇斯，你问得很好。我想玛克·安东尼这样被恺撒所宠爱，我们不应该让他在恺撒死后继续留在世上。他是一个诡计多端的人；你们知道要是他利用他现在的力量，很可以给我们极大的阻梗；为了避免那样的可能起见，让安东尼跟恺撒一起丧命吧。

勃鲁托斯 卡厄斯·凯歇斯，我们割下了头，再去切断肢体，不但泄愤于生前，并且迁怒于死后，那未免瞧上去太残忍了；因为安东尼不过是恺撒的一只手臂。让我们做献祭的人，不要做屠夫，卡厄斯。我们一致奋起反对恺撒的精神，我们的目的并不是要他流血；啊！要是我们能够直接战胜恺撒的精神，我们就可以不必戕害他的身体。可是唉！恺撒必须因此而流血。所以，善良的朋友们，让我们勇敢地，却不是残暴地，把他杀死；让我们把他当作一盘祭神的牺牲而宰割，不要把他当作一具饲犬的腐尸而脔切；让我们的心像聪明的主人一样，在鼓动他们的仆人去行暴以后，再在表面上装作责备他们的神气。这样可以昭示世人，使他们知道我们采取如此步骤，只是迫不得已，并不是出于私心的嫉恨；在世人的眼中，我们将被认为恶势力的清扫者，而不是杀人的凶手。至于玛克·安东尼，我们尽可不必把他放在心上，因为恺撒的头要是落下了地，他这条恺撒的手臂是无能为力的。

凯歇斯　可是我怕他，因为他对恺撒有很深切的感情——

勃鲁托斯　唉！好凯歇斯，不要想到他。要是他爱恺撒，他所能做的事情不过是忧思哀悼，用一死报答恺撒；可是那未必是他所做得到的，因为他是一个喜欢游乐、放荡、交际饮宴的人。

特莱包涅斯　不用担心他这个人；让他保全了生命吧。等到事过境迁，他会把这种事情付之一笑的。（钟鸣）

勃鲁托斯　静！听钟声敲几下。

凯歇斯　敲了三下。

特莱包涅斯　是应该分手的时候了。

凯歇斯　可是恺撒今天会不会出来，还是一个问题；因为他近来变得很迷信，从前他对于怪异梦兆这一类事情的那种见解，现在已经完全改变过来了。这种明显的预兆、这晚上空前恐怖的天象以及他的卜者的劝告，也许会阻止他今天到圣殿里去。

狄歇斯 不用担心，要是他决定不出来，我可以叫他改变他的决心；因为他喜欢听人家说犀牛见欺于树木，熊见欺于镜子，象见欺于土穴，人类见欺于谄媚；可是当我告诉他他憎恶谄媚之徒的时候，他就会欣然首肯，不知道他已经中了我深入痒处的谄媚了。让我试一试我的手段；我可以看准他的脾气下手，哄他到圣殿里去。

凯歇斯 我们大家都要到那边去迎接他。

勃鲁托斯 最迟要在八点钟到齐，是不是？

西那 最迟八点钟，大家不可有误。

麦泰勒斯 卡厄斯·里加律斯对恺撒也很怀恨，因为他说了庞贝的好话，受到恺撒的斥责；你们怎么没有人想到他。

勃鲁托斯 啊，好麦泰勒斯，带他一起来吧；他对我感情很好，我也有恩于他；叫他到我这儿来，我可以劝他跟我们合作。

凯歇斯 天正在亮起来了；我们现在要离开您，勃鲁托斯。朋友们，各人散开；可是大家记住你们说过的话，显一显你们是真正的罗马人。

勃鲁托斯 各位好朋友们，大家脸色放高兴一些；不要让我们的脸上堆起我们的心事；应当像罗马的伶人一样，用不倦的精神和坚定的仪表肩负我们的重任。祝你们各位早安。（除勃鲁托斯外均下）孩子！路歇斯！睡熟了吗？很好，享受你的甜蜜而沉重的睡眠的甘露吧；你没有那些充满着烦忧的人们脑中的种种幻象，所以你会睡得这样安稳。

鲍西娅上。

鲍西娅 勃鲁托斯，我的主！

勃鲁托斯 鲍西娅，你来做什么？为什么你现在就起来？你这样娇弱的身体，是受不住清晨的寒风的。

鲍西娅 那对于您的身体也是同样不适宜的。您也太狠心了，勃鲁托斯，偷偷地从我的床上溜了出来。昨天晚上吃饭的时候，您也是突然立起身来，在屋子里跑来跑去，交叉着两臂，边想心事边叹气；当我问您为了什么事的时候，您用凶狠的眼光瞪着我；我再向您追问，您就搔您的头，非常暴躁地顿您的脚；可是我仍旧问下去，您还是不回答我，只是怒气冲冲地向我挥手，叫我走开。我因为您在盛怒之中，不愿格外触动您的烦恼，所以就遵从您的意思走开了，心里在希望这不过是您一时的心境恶劣，人是谁都免不了有心里不痛快的时候的。它不让您吃饭说话或是睡觉，要是它能够改变您的形体，就像它改变您的脾气一样，那么勃鲁托斯，我就要完全不认识您了。我的亲爱的主，让我知道您的忧虑的原因吧。

勃鲁托斯 我因为身体不舒服，所以有点烦躁。

鲍西娅 勃鲁托斯是个聪明人，要是他身体不舒服，他一定会知道怎样才可以得到健康。

勃鲁托斯 对了。好鲍西娅，去睡吧。

鲍西娅 勃鲁托斯要是有病，他应该松开了衣带，在多露的清晨步行，呼吸那种潮湿的空气吗？什么！勃鲁托斯害了病，他还要偷偷地从温暖的眠床上溜了出去，向那恶毒的夜气挑战，使他自己病上加病吗？不，我的勃鲁托斯，您害的是心里的病，凭着我的地位和权利，您应该让我知道。我现在向您跪下，凭着我的曾经受人赞美的美貌，凭着您的一切爱情的誓言，以及那使我们两人结为一体的伟大的盟约，我请求您告诉我，您的自身，您的一半，为什么您这样郁郁不乐，今天晚上有什么人来看过您；因为我知道这儿曾经来过六七个人，他们在黑暗之中还是不敢露出他们的脸孔。

勃鲁托斯 不要跪，温柔的鲍西娅。

鲍西娅 假如您是温柔的勃鲁托斯，我就用不到下跪。在我们夫妇的名分之内，告诉我，勃鲁托斯，难道我是不应该知道您的秘密的吗？我虽然是您自身的一部分，可是那只是有限制的一部分，除了陪着您吃饭，在枕席上安慰安慰您，有时候跟您谈谈话以外，没有别的任务了吗？只有当您心里高兴的时候，您才需要我吗？假如不过是这样，那么鲍西娅只是勃鲁托斯的娼妓，不是他的妻子了。

勃鲁托斯 你是我的忠贞的妻子，正像滋润我的悲哀的心的鲜红的血液一样宝贵。

鲍西娅 这句话倘然是真的，那么我就应该知道您的心事。我承认我只是一个女流之辈，可是我却是勃鲁托斯娶为妻子的一个女人；我承认我只是一个女流之辈，可是我却是凯图的女儿，不是一个碌碌无名的女人。您以为我有了这样的父亲和丈夫，还是跟一般女人同样的不中用吗？把您的心事告诉我，我一定不向人泄漏。我为了试验我自己的坚贞，曾经有意把我的大腿割破；难道我能够忍耐那样的痛苦，却不能保守我丈夫的秘密吗？

勃鲁托斯 神啊！保佑我不要辜负了这样一位高贵的妻子。（内叩门声）听，听！有人在打门，鲍西娅，你先暂时进去；等会儿你就可以知道我的心底的秘密。我要向你解释我的全部的计划，以及藏在我的脑中的一切思想。赶快进去。（鲍西娅下）路歇斯，谁在打门？

路歇斯率里加律斯重上。

路歇斯 这儿是一个病人，要跟您说话。

勃鲁托斯 卡厄斯·里加律斯，刚才麦泰勒斯向我提起过的。孩子，站在一旁。卡厄斯·里加律斯！怎么？

里加律斯 请您允许我这病弱的舌头向您吐出一声早安。

勃鲁托斯 啊！勇敢的卡厄斯，您怎么在这样早的时间扶病而起？要是您没有病那才好。

里加律斯 要是勃鲁托斯有什么无愧于荣誉的事情要吩咐我

去做，那么我是没有病的。

勃鲁托斯 要是您有一双健康的耳朵可以听我诉说，里加律斯，那么我手头正有这样的一件事情。

里加律斯 凭着罗马人所崇拜的一切神明，我现在抛弃了我的疾病。罗马的灵魂！光荣的父祖所生的英勇的子孙！您像一个驱策鬼神的术士一样，已经把我奄奄一息的精神呼召回来了。现在您只要叫我为您奔走，我就会冒着一切的危险迈进，克服一切前途的困难。您要我做什么事？

勃鲁托斯 我要叫您干一件可以使病人痊愈的事。

里加律斯 可是我们不是要叫有些不害病的人不舒服吗？

勃鲁托斯 是的，我们也要叫有些不害病的人不舒服。我的卡厄斯，我们现在就要到我们预备下手的地方去，一路上我可以告诉你那是件什么工作。

里加律斯 请您举步先行，我用一颗新燃的心跟随您，去干一件我还没有知道的事情；在勃鲁托斯的领导之下，一定不会有错。

勃鲁托斯 那么跟我来。（同下）

第二场

同前；恺撒家中

雷电交作；恺撒披寝衣上。

恺撒 今晚天地都不得安宁。凯尔弗妮娅在睡梦之中三次高声叫喊，说“救命！他们杀了恺撒啦”！里面有人吗？

一仆人上。

仆人 主人有什么吩咐？

恺撒 你去叫那些祭司们到神前献祭，问问他们我的吉凶休咎。

仆人 是，主人。（下）

凯尔弗妮娅上。

凯尔弗妮娅　恺撒，您要做什么？您想出去吗？今天可不能让您走出这屋子。

恺撒　恺撒一定要出去。恐吓我的东西只敢在我背后装腔作势；它们一看见恺撒的脸，就会销声匿迹。

凯尔弗妮娅　恺撒，我从来不讲究什么禁忌，可是现在却有些惴惴不安。里边有一个人，他除了我们所听到看到的一切之外，还讲给我听巡夜的人所看见的许多可怕的异象。一头母狮在街道上生产；坟墓裂开了口，放鬼魂出来；凶猛的武士在云端里列队交战，他们的血淋到了圣庙的屋上；战斗的声音在空中震响，人们听见马的嘶鸣，濒死者的呻吟，还有在街道上悲号的鬼魂。恺撒啊！这些事情都是从来不曾有过的，我害怕得很哩。

恺撒　如果是天意注定的事，难道是人力所能逃避的吗？恺撒一定要出去；因为这些预兆不是给恺撒一个人看，而是给所有的世人看的。

凯尔弗妮娅　乞丐死了的时候，天上不会有彗星出现；君王们的凋殒才会上感天象。

恺撒　懦夫在未死以前，就已经死过好多次；勇士一生只死一次。在我所听到过的一切怪事之中，人们的贪生怕死是一件最奇怪的事情，因为死本来是一个人免不了的结局，它要来的时候谁也不能叫它不来。

仆人重上。

恺撒　　卜人们怎么说?

仆人　　他们叫您今天不要出外走动。他们剖开一头献祭的牲畜的肚子，预备掏出它的内脏来，不料找来找去找不到它的心。

恺撒　　神明显示这样的奇迹，是要叫懦怯的人知道惭愧；恺撒要是今天为了恐惧而躲在家里，他就是一头没有心的牲畜。不，恺撒决不躲在家里。恺撒是比危险更危险的，我们是两头同日产生的雄狮，我却比它更长大更凶猛。恺撒一定要出去。

凯尔弗妮娅　　唉！我的主，您的智慧被自信汩没了。今天不要出去；就算是我的恐惧把您留在家里，并不是您自己胆小。我们可以叫玛克·安东尼到元老院去，叫他对他们说您今天身体不大舒服。让我跪在地上，求求您答应了我吧。

恺撒　　那么就叫玛克·安东尼去说我今天不大舒服；为了不忍拂你的意思，我就待在家里吧。

狄歇斯上。

恺撒　　狄歇斯·勃鲁托斯来了，他可以去替我告诉他们。

狄歇斯　　恺撒，万福！祝您早安，尊贵的恺撒；我来接您到元老院去。

恺撒　　你来得正好，请你替我去向元老们致意，对他们说我今天不来了；不是不能来，更不是不敢来，我只是不高兴来；就对他们这么说吧，狄歇斯。

凯尔弗妮娅 你说他有病。

恺撒 恺撒是叫人去说谎的吗？难道我南征北战，攻下了这许多地方，却不敢对一班白须老头子们讲真话吗？狄歇斯，去告诉他们恺撒不高兴来。

狄歇斯 最伟大的恺撒，让我知道一些理由，否则我这样告诉了他们，会被他们嘲笑的。

恺撒 我不高兴去，这就是我的理由；你就这样去告诉元老们吧。可是为了我们私人间的感情，我愿意让你知道，我的妻子凯尔弗妮娅不放我出去。昨天晚上她梦见我的雕像仿佛一座有一百个喷水孔的水池一样，浑身流着鲜血；许多壮健的罗马人欢欢喜喜地都来把他们的手浸在血里。她以为这个梦是不祥之兆，所以跪着求我今天不要出去。

狄歇斯 这个梦完全解释错了；那明明是一个大吉大利之兆：您的雕像喷着鲜血，许多欢欢喜喜的罗马人把手浸在血里，这表示伟大的罗马将要从您的身上吸取复活的新血，许多有地位的人都要来向您要求分到一点余泽。这才是凯尔弗妮娅的梦的真正的意义。

恺撒 你这样解释得很好。

狄歇斯 我还有一些话要告诉您，您听了以后，就会知道我解释得一点不错。元老院已经决定要在今天替伟大的恺撒加冕；要是您叫人去对他们说您今天不去，也许他们会变了卦。而且这种事情给人家传扬出去，很容易变成笑柄，人家会这样说，“等恺撒的妻子做过了好梦以后，再开起元老院来吧”。要是恺撒躲在家里，他们不会窃窃私语，说“瞧！恺撒在害怕呢”吗？恕我，恺撒，因为我对您的深切的关心，使我向您说了这样的话。

恺撒 你的恐惧现在瞧上去是多么傻气，凯尔弗妮娅！我刚才听了你的话，现在倒有些惭愧起来了。把我的袍子给我，我要去。

坡勃律斯、勃鲁托斯、里加律斯、麦泰勒斯、凯斯卡、特莱包涅斯及西那同上。

恺撒 瞧，坡勃律斯来迎接我了。

坡勃律斯 早安，恺撒。

恺撒 欢迎，坡勃律斯。啊！勃鲁托斯，你也这样早就出来了吗？早安，凯斯卡。卡厄斯·里加律斯，你的贵恙害得你这样消瘦，恺撒可没有这样欺侮过你哩。现在几点钟啦？

勃鲁托斯 恺撒，已经敲过八点了。

恺撒 谢谢你们的跋涉和好意。

安东尼上。

恺撒 瞧！通宵狂欢的安东尼也已经起身了。早安，安东尼。

安东尼 早安，最尊贵的恺撒。

恺撒 叫他们里面预备起来；我不该让他们久等。你好，西那；你好，麦泰勒斯；啊，特莱包涅斯！我有可以足足讲一个钟点的话预备跟你谈哩；记住今天你还要来看我一次；站得离开我近一些，免得我把你忘了。

特莱包涅斯 是，恺撒。（旁白）我要站得离开你这么近，让你的好朋友们将来怪我不站远一些呢。

恺撒 好朋友们，进去陪我喝口酒；喝过了酒，我们就像朋友一样，大家一块儿去。

勃鲁托斯 （旁白）唉，恺撒！人家的心可不跟您一样哩。（同下）

第三场

同前；圣殿附近的街道

阿特米多勒斯上，读信。

阿特米多勒斯 “恺撒，留心勃鲁托斯；注意凯歇斯；不要走近凯斯卡；看着西那；不要相信特莱包涅斯；仔细察看麦泰勒斯·辛伯；狄歇斯·勃鲁托斯不喜欢你；卡厄斯·里加律斯受过你的委屈。这些人只有一条心，那就是要推翻恺撒。要是你不是永生不死的，那么警戒你的四周吧；阴谋是会毁坏你的安全的。伟大的神明护佑你！爱你的人，阿特米多勒斯。”

我要站在这儿，等候恺撒经过，像一个请愿的人似的，我要把这信交给他。我一想到德行逃不过争嫉的利齿，就觉得万分伤心。要是你读了这封信，恺撒啊！也许你还可以活命；否则命运也变成叛徒的同谋者了。（下）

第四场

同前同一街道的另一部分，勃鲁托斯家门前

鲍西娅及路歇斯上。

鲍西娅 孩子，请你赶快跑到元老院去；不要停留在这儿回答我，快去。你为什么还不去？

路歇斯 我还不知道您要我去做什么事哩，太太。

鲍西娅 我要你到那边去，去了再回来，可是我说不出我要你去做什么事。啊，坚强的精神！不要离开我；替我在我的心和舌头之间堆起一座高山；我有一颗男子的心，却只有妇女的能力。叫一个女人保守一桩秘密是一件多大的难事！你还在这儿吗？

路歇斯 太太，您要我去做什么呢？就是跑到圣殿里去，没有别的事了吗？去了再回来，就是这样吗？

鲍西娅 是的，孩子，你回来告诉我，主人的脸色怎样，因为他出去的时候，好像不大舒服；你还要留心看好恺撒的行动向他请愿的有些什么人。听，孩子！那是什么声音？

路歇斯 我听不见，太太。

鲍西娅 仔细听着。我好像听见一阵骚乱的声音，仿佛在吵架似的；那声音从风里传了过来，好像就在圣殿那边。

路歇斯 真的，太太，我什么都听不见。

预言者上。

鲍西娅 过来，朋友；你从哪儿来？

预言者 从我自己家里，好太太。

鲍西娅 现在几点钟啦？

预言者 大约九点钟了，太太。

鲍西娅 恺撒有没有到圣殿里去？

预言者 太太，还没有。我要去拣一处站立的地方，瞧他从街上经过到圣殿里去。

鲍西娅 你也要向恺撒提出什么请愿吗？

预言者 是的，太太。要是恺撒为了他自己的好处，愿意听我的话，我要请求他照顾照顾他自己。

鲍西娅 怎么，你知道有人要谋害他吗？

预言者 我不知道有什么人要谋害他，可是我怕有许多人要谋害他。再会。这儿街道很狭，那些跟在恺撒背后的元老、官吏们，还有请愿的民众，一定拥挤得很；像我这样瘦弱的人，怕要给他们挤死。我要去找一处空旷一些的地方，等伟大的恺撒走

过的时候，就可以向他说话。（下）

鲍西娅 我必须进去。唉！女人的心是一件多么软弱的东西！勃鲁托斯啊！愿上天保佑你的事业成功。哎哟，叫这孩子听了去啦；勃鲁托斯要向恺撒提出一个请愿，可是恺撒不见得会答应他。啊！我的身子快要支持不住了。路歇斯，快去，替我致意我的主，说我现在很快乐。去了你再回来，告诉我他对你说些什么。（各下）

第三幕

第一场

罗马；圣殿前；元老院在上层聚会

阿特米多勒斯及预言者杂在大群民众中上：喇叭奏花腔；恺撒、勃鲁托斯、凯歇斯、凯斯卡、狄歇斯、麦泰勒斯、特莱包涅斯、西那、安东尼、莱必多斯、波匹律斯、坡勃律斯及余人等上。

恺撒 （向预言者）三月十五已经来了。

预言者 是的，恺撒，可是它还没有去。

阿特米多勒斯 祝福，恺撒！请您把这张单子读一遍。

狄歇斯 这是特莱包涅斯的一个卑微的请愿，请您有空把它看一看。

阿特米多勒斯 啊，恺撒！先读我的；因为我的请愿是对恺撒很有关系的。读吧，伟大的恺撒。

恺撒 有关我自己的事情，应当放在末了办。

阿特米多勒斯 不要把它搁置，恺撒；立刻就读。

恺撒 什么！这家伙疯了吗？

坡勃律斯 喂，让开。

恺撒 什么！你们要在街上递呈你们的请愿吗？到圣殿里来吧。

恺撒走上元老院，余人后随；众元老起立。

波匹律斯 我希望你们今天大事成功。

凯歇斯 什么大事，波匹律斯？

波匹律斯 再见。（至恺撒前）

勃鲁托斯 波匹律斯·里那怎么说？

凯歇斯 他希望我们今天大事成功。我怕我们的计划已经泄露了。

勃鲁托斯 瞧，他到恺撒面前去了；看着他。

凯歇斯 凯斯卡，事不宜迟，不要让他们有了防备。勃鲁托斯，怎么办？要是事情泄露，那么也许是凯歇斯，也许是恺撒，总有一个人今天不能回去，因为我们这次倘然失败，我一定自杀。

勃鲁托斯 凯歇斯，别慌；波匹律斯·里那并没有把我们的计划告诉他；瞧，他在笑，恺撒也没有变了脸色。

凯歇斯 特莱包涅斯很机警，你瞧，勃鲁托斯，他把玛克·安东尼拉开去了。（安东尼、特莱包涅斯同下；恺撒及众元老就坐）

狄歇斯 麦泰勒斯·辛伯在哪儿？叫他立刻过来，向恺撒呈上他的请愿。

勃鲁托斯 在叫麦泰勒斯了，我们站近些帮他说话。

西那 凯斯卡，你第一个举起手来。

恺撒 我们都预备好了吗？现在还有什么不对的事情，恺撒和他的元老们必须纠正的？

麦泰勒斯 至高无上、威严无比的恺撒，麦泰勒斯·辛伯在您的座前掬献一颗卑微的心——（跪）

恺撒 我必须阻止你，辛伯。这种打躬作揖的玩意儿，也许可以煽动平常人的心，使那已经决定了的命令宣判变成儿戏的法律。可是你不要痴心，以为恺撒也有那样卑劣的血液，会因为这种可以使傻瓜们感动的甘言美语，弯腰屈膝和无耻的摇尾乞怜而融化了他的坚强的意志。按照判决，你的兄弟必须放逐出境；要是你奴颜婢膝地为他说情，我就要把你像狗一样踢开去。告诉你，恺撒是不会错误的，他所决定的事，一定有充分的理由。

麦泰勒斯 这儿难道没有一个比我自己更有价值的，在伟大的恺撒耳中更动听的声音，愿意为我放逐的兄弟恳求撤回成命吗？

勃鲁托斯 我吻你的手，可是这不是向你献媚，恺撒；请你立刻下令赦免坡勃律斯·辛伯。

恺撒 什么，勃鲁托斯！

凯歇斯 开恩吧，恺撒；恺撒，开恩吧。凯歇斯俯伏在您的足下，请您赦免坡勃律斯·辛伯。

恺撒 要是我也跟你们一样，我就会被你们所感动；要是我也能够用哀求打动别人的心，那么你们的哀求也会打动我的心；可是我是像北极星一样坚定，它的不可动摇的性质，在天宇中是无与伦比的。天上布满了无数的星辰，每一个星辰都是一个火球，都有它各自的光辉，可是在众星之中，只有一个星卓立不动。在人世间也是这样；无数的人生活在这世间，他们都是有血肉有知觉的，可是我知道只有一个人能够确保他的不可侵犯的地位，任何力量都不能使他动摇。我就是他；让我在这件小小的事上向你们证明，我既然已经决定把辛伯放逐，就要贯彻我的意旨，毫不含糊地执行这一个成命，而且永远不让他再回到罗马来。

西那 啊，恺撒——

恺撒 去！你想把俄林波斯山一手举起吗？

狄歇斯 伟大的恺撒——

恺撒 勃鲁托斯不是白白地下跪吗？

凯斯卡 好那么让我的手代替我说话！（率众刺恺撒）

恺撒 勃鲁托斯，你也在内吗？那么没落吧，恺撒！（死）

西那 自由！解放！暴君死了！去，到各处街道上宣布这样的消息。

凯歇斯 去几个人到公共讲坛上，高声呼喊："自由，解放！"

勃鲁托斯 各位民众，各位元老，大家不要惊慌，不要跑走；站定；野心已经偿了它的债了。

凯斯卡　到讲坛上来，勃鲁托斯。

狄歇斯　凯歇斯也上去。

勃鲁托斯　坡勃律斯呢？

西那　在这儿，他给这场乱子吓呆了。

麦泰勒斯　大家站在一起不要跑开，也许恺撒的同党们——

勃鲁托斯　别讲这种话。坡勃律斯，放心吧；我们不会加害于你，也不会加害任何其他的罗马人；你这样告诉他们，坡勃律斯。

凯歇斯　离开我们，坡勃律斯；也许人民会向我们冲了上来，连累您老人家受了伤害。

勃鲁托斯　是的，你去吧；我们干了这种事，我们自己负责，不要连累别人。

特莱包涅斯上。

凯歇斯　安东尼呢？

特莱包涅斯　吓得逃回家里去了。男人，女人，孩子，大家睁大了眼睛，乱嚷乱叫，到处奔跑，像是末日到来了一般。

勃鲁托斯　命运，我们等候着你的旨意。我们谁都免不了一死；与其在世上偷生苟活，拖延着日子，还不如轰轰烈烈地死去。

凯斯卡　嘿，切断了二十年的生命，等于切断了二十年在忧生畏死中过去的时间。

勃鲁托斯　照这样说来，死还是一件好事。所以我们都是恺撒的朋友，帮助他结束了这一段忧生畏死的生命。弯下身去，罗马人，弯下身去；让我们把手浸在恺撒的血里，一直到我们的肘上；让我们用他的血抹我们的剑。然后我们就迈步前进，到市场上去；把我们鲜红的武器在我们头顶挥舞，大家高呼着："和平，自由，解放！"

凯歇斯 好，大家弯下身去，洗你们的手吧。多少年代以后，我们这一场壮烈的戏剧，将要在尚未产生的国家用我们所不知道的语言表演！

勃鲁托斯 恺撒将要在戏剧中流多少次的血，他现在却长眠在庞贝的像座之下，他的尊严化成了泥土！

凯歇斯 后世的人们将要称我们这一群为祖国的解放者，当他们搬演今天这一幕的时候。

狄歇斯 怎么！我们要不要就去？

凯歇斯 好，大家去吧。让勃鲁托斯领导我们，让我们用罗马最勇敢纯洁的心跟随在他的后面。

一仆人上。

勃鲁托斯 且慢！谁来啦？一个安东尼手下的人。

仆人 勃鲁托斯，我的主人玛克·安东尼叫我跪在您的面前，他叫我对您说：勃鲁托斯是聪明正直，勇敢高尚的君子，恺撒是威严勇猛，慷慨仁慈的豪杰；我爱勃鲁托斯，我尊敬他；我畏惧恺撒，可是我也爱他尊敬他。要是勃鲁托斯愿意保证安东尼的安全，允许他来见一见勃鲁托斯的面，让他明白恺撒何以致死的原因，那么玛克·安东尼将要爱活着的勃鲁托斯，甚于已死的恺撒；他将要竭尽他的忠诚，不辞一切的危险，追随着高贵的勃鲁托斯。这是我的主人安东尼所说的话。

勃鲁托斯 你的主人是一个聪明勇敢的罗马人，我一向佩服他。你去告诉他，请他到这儿来，我们可以给他满意的解释；我用我的荣誉向他保证，他决不会受到丝毫的伤害。

仆人 我立刻就去叫他来。（下）

勃鲁托斯 我知道我们可以跟他做朋友的。

凯歇斯 但愿如此；可是我对他总觉得很不放心。我所疑虑的事情，往往会成为事实。

安东尼重上。

勃鲁托斯 安东尼来了。欢迎，玛克·安东尼。

安东尼 啊，伟大的恺撒！你就这样倒下了吗？你的一切赫赫的勋业，你的一切光荣胜利，都化为乌有了吗？再会！各位壮士，我不知道你们的意思，还有些什么人在你们眼中看来是有毒的，应当替他放血。假如是我的话，那么我能够和恺撒死在同一个时辰，让你们手中那沾着全世界最高贵的血的刀剑结果我的生命，实在是再好没有的事。我请求你们，要是你们对我怀着敌视，趁着你们血染的手还在发出热气的现在，赶快执行你们的意旨吧。即使我活到一千岁，也找不到像今天这样好的一个死的机会；让我躺在恺撒的旁边，还有比这更好的死处吗？让我死在你们这些当代英俊的手里，还有比这更好的死法吗？

勃鲁托斯 啊，安东尼！不要向我们请求一死。虽然你现在看我们好像是这样残酷残忍，可是你只看见我们血污的手和它们所干的这一场流血的惨剧，你却还没有看见我们的心，它们是慈悲而仁善的。我们因为不忍看见罗马的人民受到暴力的压迫，所以才不得已把恺撒杀死；正像一场大火把小火吞没一样，更大的怜悯使我们放弃了小小的不忍之心。对于你，玛克 · 安东尼，我们的剑锋是铅铸的；我们用一切的热情，善意和尊敬，张开我们友好的手臂欢迎你。

凯歇斯 我们重新分配官职的时候，你的意见将要受到同样的尊重。

勃鲁托斯 现在请你暂时忍耐，等我们把惊惶失措的群众安抚好了以后，就可以告诉你为什么我们要采取这样的行动，虽然我在刺死恺撒的一刹那还是没有减却我对他的爱敬。

安东尼 我不怀疑你的智慧。让每一个人把他的血手给我：第一，玛克斯 · 勃鲁托斯，我要握您的手；其次，卡厄斯 · 凯歇斯，我要握您的手；狄歇斯 · 勃鲁托斯，麦泰勒斯，西那，还有我的勇敢的凯斯卡，让我一个一个跟你们握手；虽然是最后一个，可是让我用同样热烈的诚意和您握手，好特莱包涅斯。各位朋友——唉！我应当怎么说呢？我的信誉现在岌岌可危，你们不以为我是一个懦夫，就要以为我是一个阿谀之徒。啊，恺撒！我曾经爱过你，这是一件千真万确的事实；要是你的阴魂现在看着我们，你看见你的安东尼当着你的尸骸之前觍颜事仇，握着你的敌人的血手，那不是要使你觉得比死还难过吗？要是我有像你的伤口那么多的眼睛，我应当让它们流着滔滔的热泪，正像血从你的伤口涌出一样，可是我却忘恩负义，和你的敌人成为朋友了。恕我，裘力斯！你是一头勇敢的鹿，在这儿坠入了猎人的陷阱；啊，世界！你是这头鹿栖息的森林，他是这一座森林中的骄子；你现在躺在这儿，多么像一头中箭的鹿，被许多王子贵人把你射死！

凯歇斯 玛克 · 安东尼——

安东尼 恕我，卡厄斯 · 凯歇斯。即使是恺撒的敌人，也会说这样的话；在一个他的朋友的嘴里，这不过是人情上应有的表示。

凯歇斯 我不怪你把恺撒这样赞美；可是你预备怎样跟我们合作？你愿意做我们的一个同志呢，还是各行其是？

安东尼 我因为愿意跟你们合作，所以才跟你们握手；可是因为瞧见了恺撒，所以又说到旁的话头上去了，你们都是我的朋友，我愿意和你们大家相亲相爱，可是我希望你们能够向我解释为什么恺撒是一个危险的人物。

勃鲁托斯 我们倘没有正当的理由，那么今天这一种举动，完全是野蛮的暴行了。要是你知道了我们所以要这样干的原因，安东尼，即使你是恺撒的儿子，你也会心悦诚服。

安东尼 那是我所要知道的一切。我还要向你们请求一件事，请你们准许我把他的尸体带到市场上去，让我以一个朋友的地位，在讲坛上为他说几句追悼的话。

勃鲁托斯 我们准许你，玛克·安东尼。

凯歇斯 勃鲁托斯，跟你说句话。（向勃鲁托斯旁白）你太不加考虑了；不要让安东尼发表他的追悼演说。你不知道人民听了他的话，将要受到多大的感动吗？

勃鲁托斯 对不起，我自己先要登上讲坛，说明我们杀死恺撒的理由；我还要声明安东尼将要说的话，事先曾经得到我们的许可，我们并且同意恺撒可以得到一切合礼的身后哀荣。这样不但对我们没有妨害，而且更可以博得舆论对我们的同情。

凯歇斯 我不知道那会引起什么结果；我可不赞成这样办。

勃鲁托斯 玛克·安东尼，来，你把恺撒的遗体搬去。在你的哀悼演说里，你不能归罪我们，不过你可以照你所能想到的尽量称道恺撒的好处，同时你必须声明你说这样的话，曾经得到我们的许可；要不然的话，我们就不让你参加他的葬礼。还有你必须跟我在同一讲坛上演说，等我演说完了以后你再上去。

安东尼 就这样吧；我没有其他的奢望了。

勃鲁托斯 那么把尸体拿起来，跟着我们来吧。（除安东尼外同下）

安东尼 啊！你这一块流血的泥土，有史以来一个最高贵的英雄的遗体，恕我跟这些屠夫们曲意周旋。愿灾祸降于溅泼这样宝贵的血的凶手！你的一处处伤口，好像许多无言的嘴，张开了它们殷红的嘴唇，要求我的舌头替它们向世人申诉；我现在就在这些伤口上预言：一个咒诅将要降临在人们的肢体上；残暴残酷的内乱将要使意大利到处陷于混乱；流血和破坏将要成为一时的风尚，恐怖的景象将要每天接触到人们的眼睛，以至于做母亲的人看见她们的婴孩被战争的魔手所肢解，也会毫不在乎地付之一笑；人们因为习惯于残杀，一切怜悯之心将要完全灭绝；恺撒的冤魂借着从地狱的烈火中出来的阿提的协助，将要用一个君王的口气，向罗马的全境发出屠杀的号令，让战争的猛犬四出蹂躏，为了这一个万恶的罪行，大地上将要弥漫着呻吟求葬的肉体的腐臭。

一仆人上。

安东尼 你是侍候奥克泰维斯 · 恺撒的吗?

仆人 是的，玛克 · 安东尼。

安东尼 恺撒曾经写信叫他到罗马来。

仆人 他已经接到信，正在动身前来；他叫我口头对您说——（见尸体）啊，恺撒！——

安东尼 你的心肠很仁慈，你走开去哭吧。情感是容易感染的，看见你眼睛里悲哀的泪珠，我自己也忍不住流泪了。你的主人就来吗?

仆人 他今晚耽搁在离罗马二十多哩的地方。

安东尼 赶快回去，告诉他这儿发生的事。这是一个悲伤的罗马，一个危险的罗马，现在还不是可以让奥克泰维斯安全居住的地方；快去，照这样告诉他。可是且慢，你必须等我把这尸体搬到市场上去了以后再回去；我要在那边用演说试探人民对于这些暴徒们所造成的惨剧有什么反应，你可以根据他们的表示，回去告诉年轻的奥克泰维斯关于这儿的一切情形。帮一帮我。（二人抬恺撒尸体同下）

第二场

同前；市场

勃鲁托斯、凯歇斯及一群市民上。

众市民 我们一定要得到满意的解释；让我们得到满意的解释。

勃鲁托斯 那么跟我来，朋友们，让我讲给你们听。凯歇斯，你到另外一条街上去，把听众分散分散。愿意听我的留在这儿；愿意听凯歇斯的跟他去。我们将要公开宣布恺撒致死的原因。

市民甲 我要听勃鲁托斯讲。

市民乙 我要听凯歇斯讲；我们各人听了以后，可以把他们两人的理由比较比较。（凯歇斯及一部分市民下；勃鲁托斯登讲坛）

市民丙 尊贵的勃鲁托斯上去了；静！

勃鲁托斯 请耐心听我讲完。各位罗马人，各位亲爱的同胞们！请你们静静地听我解释。为了我的名誉，请你们相信我；尊重我的名誉，你们就会相信我的话。用你们的智慧批评我；唤起你们的理智，给我一个公正的评断。要是在今天在场的群众之间，有什么人是恺撒的好朋友，我要对他说，勃鲁托斯也是和他同样地爱着恺撒。要是那位朋友问我为什么勃鲁托斯要起来反对恺撒，这就是我的回答：并不是我不爱恺撒，可是我更爱罗马。你们宁愿让恺撒活在世上，大家做奴隶而死呢，还是让恺撒死去，大家做自由人而生？因为恺撒爱我，所以我为他流泪；因为他是幸运的，所以我为他欣慰；因为他是勇敢的，所以我尊敬他；因为他有野心，所以我杀死他。我用眼泪报答他的友谊，用喜悦庆祝他的幸运，用尊敬崇扬他的勇敢，用死亡惩戒他的野心。这儿有谁愿意自甘卑贱，做一个奴隶？要是有这样的人，请说出来；因为我已经得罪他了。这儿有谁愿意自居化外，不愿做一个罗马人？要是有这样的人，请说出来；因为我已经得罪他了。这儿有谁愿意自处下流，不爱他的国家？要是有这样的人，请说出来；因为我已经得罪他了。我等待着答复。

众市民 没有，勃鲁托斯，没有。

勃鲁托斯 那么我没有得罪什么人。我怎样对待恺撒，你们也可以怎样对待我。他的遇害的经过已经记录在议会的案卷上，他的彪炳的功绩不曾被抹杀，他的错误既然已经使他伏法受诛，也不曾把它过分地夸大。

安东尼及余人等抬恺撒尸体上。

勃鲁托斯 玛克·安东尼护送着他的遗体来了。虽然安东尼并不预闻恺撒的死，可是他将要享受恺撒死后的利益，他可以在共和国中得到一个地位，正像你们每一个人都是共和国中的一分子一样。当我临去之前，我还要说一句话：为了罗马的好处，我杀死了我的最好的朋友，要是我的祖国需要我的死，那么无论什么时候，我都可以用那同一把刀子杀死我自己。

众市民 不要死，勃鲁托斯！不要死！不要死！

市民甲 用欢呼护送他回家。

市民乙 替他塑一座雕像，和他的祖先们在一起。

市民丙 让他做恺撒。

市民丁 让恺撒的一切光荣都归于勃鲁托斯。

市民甲 我们要一路欢呼送他回去。

勃鲁托斯 同胞们——

市民乙 静！别闹！勃鲁托斯讲话了。

市民甲 静些！

勃鲁托斯 善良的同胞们，让我一个人回去，为了我的缘故，留在这儿听安东尼有些什么话说。你们应该尊敬恺撒的遗体，静听玛克·安东尼赞美他的功业的演说；这是我们已经允许他的。除了我一个

人以外，请你们谁也不要走开，等安东尼讲完了他的话。（下）

市民甲 大家别走！让我们听玛克·安东尼讲话。

市民丙 让他登上讲坛；我们要听他讲话。尊贵的安东尼，上去。

安东尼 为了勃鲁托斯的缘故，我感激你们的好意。（登坛）

市民丁 他说勃鲁托斯什么话？

市民丙 他说，为了勃鲁托斯的缘故，他感激我们的好意。

市民丁 他最好不要在这儿说勃鲁托斯的坏话。

市民甲 这恺撒是个暴君。

市民丙 嗯，那是不用说的；幸亏罗马除掉了他。

市民乙 静！让我们听听安东尼有些什么话说。

安东尼 各位善良的罗马人——

众市民 静些！让我们听他说。

安东尼 各位朋友，各位罗马人，各位同胞，请你们听我说；我是来埋葬恺撒，不是来赞美他。人们做了恶事，死后还免不了遭人唾骂，可是他们所做的善事，往往随着他们的尸骨一齐入土；让恺撒也是这样吧。尊贵的勃鲁托斯已经对你们说过，恺撒是有野心的；要是真有这样的事，那诚然是一个重大的过失，恺撒也为了它付出残酷的代价了。现在我得到勃鲁托斯和他的同志们的允许——因为勃鲁托斯是一个正人君子，他们也都是正人君子——到这儿来在恺撒的丧礼中说几句话。他是我的朋友，他对我是那么忠诚公正；然而勃鲁托斯却说他是有野心的，而勃鲁托斯是一个正人君子。他曾经带许多俘虏回到罗马来，他们的赎金都充实了公家的财库；这可以说是野心者的行径吗？穷苦的人哀哭的时候，恺撒曾经为他们流泪；野心者是不应当这样仁慈的。然而勃鲁托斯却说他是有野心的，而勃鲁托斯是一个正人君子。你们大家看见在卢柏克节的那天，我三次献给他一顶王冠，三次他都拒绝了；这难道是野心吗？然而勃鲁托斯却说他是有野心的，而勃鲁托斯的的确确是一个正人君子。我不是要推翻勃鲁托斯所说的话，我所说的只是我自己所知道的事实。你们过去都曾爱过他，那并不是没有理由的；那么什么理由阻止你们现在哀悼他呢？唉，理性啊！你已经遁入了野兽的心中，人们已经失去辨别是非的能力了。原谅我；我的心现在是跟恺撒一起在他的棺木之内，我必须停顿片刻，等它回到我自己的胸腔里。

市民甲 我想他的话说得很有道理。

市民乙 仔细想起来，恺撒是有点儿死得冤枉。

市民丙 列位，他死得冤枉吗？我怕换了一个人来，比他还不如哩。

市民丁 你们听见他的话吗？他不愿接受王冠；所以他的确一点没有野心。

市民甲 要是果然如此，有几个人将要付重大的代价。

市民乙 可怜的人！他的眼睛哭得像火一般红。

市民丙 在罗马没有比安东尼更高贵的人了。

市民丁 现在听着；他又开始说话了。

安东尼 就在昨天，恺撒的一句话可以抵御整个的世界；现在他躺在那儿，没有一个卑贱的人向他致敬。啊，诸君！要是我有意想要激动你们的心灵，引起一场叛乱，那我就要对不起勃鲁托斯，对不起凯歇斯；你们大家知道，他们都是正人君子。我不愿干对不起他们的事；我宁愿对不起死人，对不起我自己，对不起你们，却不愿对不起这些正人君子。可是这儿有一张羊皮纸，上面盖着恺撒的印章；那是我在他的卧室里找到的一张遗嘱。只要让民众一听到这张遗嘱上的话——原谅我，我现在还不想把它宣读——他们就会去吻恺撒尸体上的伤口，用手巾去蘸他神圣的血，还要乞讨他的一根头发回去留作纪念，当他们临死的时候，将要在他们的遗嘱上郑重提起，作为传给后嗣的一项贵重的遗产。

市民丁 我们要听那遗嘱；读出来，玛克·安东尼。

众市民 遗嘱，遗嘱！我们要听恺撒的遗嘱。

安东尼 耐心吧，善良的朋友们；我不能读给你们听。你们不应该知道恺撒多么爱你们。你们不是木头，你们不是石块，你们是人；既然是人，听见了恺撒的遗嘱，一定会激起你们心中的火焰，一定会使你们发疯。你们还是不要知道你们是他的后嗣；要是你们知道了，啊！那将会引起一场什么乱子来呢？

市民丁 读那遗嘱！我们要听，安东尼；你必须把那遗嘱读给我们听，那恺撒的遗嘱。

安东尼 你们不能忍耐一些吗？你们不能等一会儿吗？是我一时失口告诉了你们这件事。我怕我对不起那些用刀子杀死恺撒的正人君子；我怕我对不起他们。

市民丁 他们是叛徒；什么正人君子！

众市民 遗嘱！遗嘱！

市民乙 他们是恶人、凶手。遗嘱！读那遗嘱！

安东尼 那么你们一定要逼迫我读那遗嘱吗？好，那么你们大家环绕在恺撒尸体的周围，让我给你们看看那写下这遗嘱的人。我可以下来吗？你们允许我吗？

众市民 下来。

市民乙 下来。（安东尼下坛）

市民丙 我们允许你。

市民丁 大家站成一个圆圈。

市民甲 不要挨着棺材站着；不要挨着尸体站着。

市民乙 留出一些地位给安东尼，最尊贵的安东尼。

安东尼 不，不要挨得我这样紧；站得远一些。

众市民 退后！让出地位来！退后去！

安东尼 要是你们有眼泪，现在准备流起来吧。你们都认识这件外套；我记得恺撒第一次穿上它，是在一个夏天的晚上，在他的营帐里，就在他征服纳维人的那一天。瞧！凯歇斯的刀子是从这地方穿过的；瞧那狠心的凯斯卡割开了一道多深的裂口；他所深爱的勃鲁托斯就从这儿刺了一刀进去，当他拔出他那万恶的武器的时候，瞧恺撒的血是怎样汩汩不断地跟着它出来，好像急于涌到外面来，要想知道究竟是不是勃鲁托斯下这样无情的毒手似的；因为你们知道，勃鲁托斯是恺撒心目中的天使。神啊，请你们判断判断恺撒是多么爱他！这是最无情的一击，因为当尊贵的恺撒看见他行刺的时候，负心，这一柄比叛徒的武器更锋锐的利剑，就一直刺进了他的心脏，那时候他的伟大的心就碎裂了；他的脸给他的外套蒙着，他的血不停地流着，就在庞贝像座之下，伟大的恺撒倒下了。啊！那是一个多么惊人的殒落，我的同胞们；我、你们，我们大家都随着他一起倒下，残酷的叛逆却在我们头上耀武扬威。啊！现在你们流起眼泪来了，我看见你们已经天良发现；这些是真诚的泪滴。善良的人们，怎么！你们只看见我们恺撒衣服上的伤痕，就哭起来了吗？瞧这儿，这才是他自己，你们看，给叛徒们伤害到这个样子。

市民甲 啊，伤心的景象！

市民乙 啊，尊贵的恺撒！

市民丙 啊，不幸的日子！

市民丁 啊，叛徒！恶贼！

市民甲 啊，最残忍的惨剧！

市民乙 我们一定要复仇。

众市民 复仇！——动手！——捉住他们！——烧！放火！——杀！——杀！不要让一个叛徒活命。

安东尼 且慢，同胞们！

市民甲 静下来！听尊贵的安东尼。

市民乙 我们要听他，我们要跟随他，我们要和他死在一起。

安东尼 好朋友们，亲爱的朋友们，不要让我把你们煽起了这样一场暴动的怒潮。干这件事的人都是正人君子；唉！我不知道他们有些什么私人的怨恨，使他们干出这种事来，可是他们都是聪明而正直的，一定有理由可以答复你们。朋友们，我不是来偷取你们的心；我不是一个像勃鲁托斯那样能言善辩的人；你们大家都知道我不过是一个老老实实，爱我的朋友的人；他们也知道这一点，所以才允许我为他公开说几句话。因为我既没有智慧，又没有口才，又没有本领，我也不会用行动或言语来激动人们的血性；我不过照我心里所想到的说出来；我只是把你们已经知道的事情向你们提醒，给你们看看亲爱的恺撒的伤口，可怜的可怜的无言之口，让它们代替我说话。可是假如我是勃鲁托斯，勃鲁托斯是安东尼的话，那么那个安东尼一定会激起你们的愤怒，让恺撒的每一处伤口里都长出一条舌头来，即使罗马的石块也将要大受感动，奋身而起，向叛徒们抗争了。

众市民 我们要暴动！

市民甲 我们要烧掉勃鲁托斯的房子！

市民丙 那么去！来，捉那些奸贼们去！

安东尼 听我说，同胞们，听我说。

众市民 静些！——听安东尼说——最尊贵的安东尼。

安东尼 唉，朋友们，你们不知道你们将要去干些什么事。恺撒在什么地方值得你们这样爱他呢？唉！你们还没有知道，让我来告诉你们吧。你们已经忘了我对你们说起过的那张遗嘱。

众市民 不错。那遗嘱！让我们先听听那遗嘱。

安东尼 这就是恺撒盖印的遗嘱。他给每一个罗马市民七十五个德拉克马[1]。

市民乙 最尊贵的恺撒！我们要为他的死复仇。

市民丙 啊，伟大的恺撒！

安东尼 耐心听我说。

众市民 静些！

安东尼 而且，他还把台伯河这一边的他的所有的步道，他的私人的园亭，他的新辟的花圃，全部赠给你们，永远成为你们世袭的产业，供你们自由散步游息之用。这样一个恺撒！几时才会有第二个同样的人？

1　德拉克马（drachma），古希腊货币名，约值英金十便士不足。

市民甲　再也不会有了，再也不会有了！来，我们去，我们去！我们要在神圣的地方把他的尸体火化，就用那些火把去焚烧叛徒们的屋子。扛起这尸体来。

市民乙　去点起火来。

市民丙　把凳子拉下来烧。

市民丁　把椅子，窗门——什么东西一起拉下来烧。（众市民扛尸体下）

安东尼　现在让它闹起来吧；一场乱事已经发生，随它怎样发展下去吧！

一仆人上。

安东尼　什么事？

仆人　大爷，奥克泰维斯已经到罗马了。

安东尼　他在什么地方？

仆人　他跟莱必多斯都在恺撒家里。

安东尼　我现在立刻就去看他。他来得正好。命运之神现在很高兴，她会满足我们一切的愿望。

仆人　我听他说勃鲁托斯和凯歇斯像疯子一样逃出了罗马的城门。

安东尼　大概他们已经注意到人民的态度，他们都被我煽动得十分激昂。领我到奥克泰维斯那儿去。（同下）

第三场

同前；街道

诗人西那上。

诗人西那 昨天晚上我做了一个梦，梦里我跟恺撒在一起欢宴；许多不祥之兆萦回在我的脑际；我实在不想出来，可是不知不觉地又跑到门外来了。

众市民上。

市民甲 你叫什么名字？

市民乙 你到哪儿去？

市民丙 你住在哪儿？

市民丁 你是一个结过婚的人，还是一个单身汉子？

市民乙 回答每一个人的问话，要说得爽爽快快。

市民甲 是的，而且要说得简简单单。

市民丁 是的，而且要说得明明白白。

市民丙 是的，而且最好要说得确确实实。

诗人西那 我叫什么名字？我到哪儿去？我住在哪儿？我是一个结过婚的人，还是一个单身汉子？我必须回答每一个人的问话，要说得爽爽快快，简简单单，明明白白，而且确确实实。我就明明白白地回答你们，我是一个单身汉子。

市民乙 那简直就是说，那些结婚的人都是糊里糊涂的家伙；我怕你免不了要挨我一顿打。说下去；爽爽快快地说。

诗人西那 爽爽快快地说，我是去参加恺撒的葬礼的。

市民甲 你用朋友的名义去参加呢，还是用敌人的名义？

诗人西那 用朋友的名义。

市民乙 那个问题他已经爽爽快快地回答了。

市民丁 你的住所呢？简简单单地说。

诗人西那 简简单单地说，我住在圣殿的附近。

市民丙 先生，你的名字呢？确确实实地说。

诗人西那 确确实实地说，我的名字是西那。

市民乙 撕碎他的身体；他是一个奸贼。

诗人西那 我是诗人西那，我是诗人西那。

市民丁 撕碎他，因为他作了坏诗；撕碎他，因为他作了坏诗。

诗人西那 我不是参加叛党的西那。

市民乙 不管它，他的名字叫西那；把他的名字从他的心里挖出来，再放他去吧。

市民丙 撕碎他，撕碎他！来，火把！喂！火把！到勃鲁托斯家里，到凯歇斯家里；烧毁他们的一切。去几个人到狄歇斯家里，几个人到凯斯卡家里，还有几个人到里加律斯家里。去！去！（同下）

第四幕

第一场

罗马；安东尼家中一室

安东尼、奥克泰维斯及莱必多斯围桌而坐。

安东尼 那么这些人都是应该死的；他们的名字上都做了记号了。

奥克泰维斯 你的兄弟也必须死；你答应吗，莱必多斯？

莱必多斯 我答应。

奥克泰维斯 替他做了记号，安东尼。

莱必多斯 可是有一个条件，坡勃律斯也不能让他活命，他是你的外甥，安东尼。

安东尼 那么就把他处死；瞧，我用一个黑点注定他的死罪了。可是莱必多斯，你到恺撒家里去一趟，把他的遗嘱拿来，让我们决定怎样按照他的意旨替他处分遗产。

莱必多斯 什么！我还是到这儿来找你们吗？

奥克泰维斯 我们要是不在这儿，你到圣殿里来找我们好了。

（莱必多斯下）

安东尼 这是一个不足齿数的庸奴，只好替别人供奔走之劳；像他这样的人，也配跟我们鼎足三分，在这世界上称雄道霸吗？

奥克泰维斯 你既然这样瞧不起他，为什么在我们判决那几个人应当处死的时候，却愿意听从他的意见？

安东尼 奥克泰维斯，我比你多了几年人生的经验；虽然我们把这种荣誉加在这个人的身上，使他替我们分去一部分的诽谤，可是他将要负担他的荣誉，就像驴子负担黄金一样，在重荷之下呻吟流汗，不是被人牵曳，就是受人驱策，走一步路都要听我们的指挥；等他替我们把宝物载运到我们预定的地点以后，我们就可以卸下他的负担，把他赶走，让他像一头闲散的驴子一样，耸耸他的耳朵，在旷地上啃嚼他的草料。

奥克泰维斯 你可以照你的意思做；可是他不失为一个经验丰富的勇敢的军人。

安东尼 我的马儿也是这样，奥克泰维斯；因为它久历戎行，所以我才用粮草饲养他。我教我的马儿怎样冲锋作战，怎样转弯，怎样停步，怎样向前驰突，它的身体的动作都要受我的精神的节制。莱必多斯也有几分正是如此；他一定要有人教导训练，有人命令他前进；他是一个没有独立精神的家伙，靠着腐败的废物滋养他自己，只知道掇拾他人的牙慧，人家已经习久生厌的事情，在他却还是十分新奇；不要讲起他，除非把他当作一件工具看待。现在，奥克泰维斯，让我们讲些重大的事情吧。勃鲁托斯和凯歇斯正在那儿招募兵马，我们必须立刻准备抵御；让我们集合彼此的力量，拉拢我们最好的朋友，运用我们所有的资财；让我们立刻就去举行会议，商讨怎样揭发秘密的阴谋，遏拒公开的攻击的方法吧。

奥克泰维斯 好，我们就去；我们已经到了存亡的关头，许多敌人环伺在我们的四周；还有许多虽然脸上装着笑容，我怕他们的心头却藏着无数的奸谋。（同下）

第二场

萨狄斯附近的营地；勃鲁托斯营帐之前

鼓声；勃鲁托斯、路西律斯、路歇斯及兵士等上；泰提涅斯及品达勒斯自相对方向上。

勃鲁托斯　喂，站住！

路西律斯　喂，站住！口令！

勃鲁托斯　啊，路西律斯！凯歇斯就要来了吗？

路西律斯　他快要到了；品达勒斯奉他主人之命，来向您致敬。（品达勒斯以信交勃鲁托斯）

勃鲁托斯　他信上写得很是客气。品达勒斯，你的主人近来行动有些改变，也许是他用人失当，使我觉得有些事情办得很不满意；不过要是他就要来了，我想他一定会向我解释的。

品达勒斯　我相信我的尊贵的主人一定会向您证明他还是那样一个忠诚正直的人。

勃鲁托斯　我并不怀疑他。路西律斯，我问你一句话，他怎样接待你？

路西律斯 他对我很是客气；可是却不像从前那样亲热，言辞之间，也没有从前那样真诚坦白。

勃鲁托斯 你所讲的正是一个热烈的友谊冷淡下来的情形。路西律斯，你要是看见朋友之间用到不自然的礼貌的时候，就可以知道他们的感情已经在开始衰落了。坦白质朴的忠诚，是用不到浮文虚饰的；可是没有真情的人，就像一匹尚未试步的倔强的驽马，表现出一副奔腾千里的姿态，等到一受鞭策，就会颠踬泥涂，显出庸劣的本相。他的军队有没有开拔？

路西律斯 他们预备今晚驻扎在萨狄斯；大部分的人马是跟凯歇斯同来的。

勃鲁托斯 听！他到了。（内军队轻步行进）轻轻地上去迎接他。

凯歇斯及兵士等上。

凯歇斯 喂，站住！

勃鲁托斯 喂，站住！口令！

兵士甲 站住！

兵士乙 站住！

兵士丙 站住！

凯歇斯 最尊贵的兄弟，你欺人太过啦。

勃鲁托斯 神啊，判断我。我欺侮过我的敌人吗？要是我没有欺侮过敌人，我怎么会欺侮一个兄弟呢?

凯歇斯 勃鲁托斯，你用这种庄严的神气掩饰你给我的侮辱——

勃鲁托斯 凯歇斯，别生气；你有什么不痛快的事情，请你轻轻地说吧。当着我们这些军士的面前，让我们不要争吵，不要给他们看见我们两人的不和。打发他们走开；然后，凯歇斯，你可以到我的帐里来诉说你的怨恨；我一定会听你。

凯歇斯 品达勒斯，向我们的将领下令，叫他们各人把队伍安顿在离这儿略远一点的地方。

勃鲁托斯 路西律斯，你也去下这样的命令；在我们的会谈没有完毕以前，谁也不准进入我们的帐内。叫路歇斯和泰提涅斯替我们把守帐门。（同下）

第三场

勃鲁托斯帐内

勃鲁托斯及凯歇斯上。

凯歇斯 你对我的侮辱，可以在这一件事情上看得出来：你把路歇斯·配拉定了罪，因为他在这儿受萨狄斯人的贿赂；可是我因为知道他的为人，写信来替他说情，你却置之不理。

勃鲁托斯 你在这种事情上本来就不该写信。

凯歇斯 在现在这种时候，不该为了一点小小的过失就把人谴责。

勃鲁托斯 让我告诉你，凯歇斯，许多人都说你自己的手心也很有点儿痒，常常为了贪图黄金的缘故，把官爵出卖给无功无能的人。

凯歇斯 我的手心痒！说这句话的人，倘不是勃鲁托斯，那么凭着神明起誓，这句话将要成为你的最后一句话。

勃鲁托斯 这种贪污的行为，因为有凯歇斯的名字做护符，所以惩罚还不曾显出它的威严来。

凯歇斯 惩罚！

勃鲁托斯 记得三月十五吗？伟大的恺撒不是为了正义的缘故而流血吗？倘不是为了正义，哪一个恶人可以加害他的身体？什么！我们曾经打倒全世界首屈一指的人物，因为他庇护盗贼；难道就在我们中间，竟有人甘心让卑污的贿赂玷污了他的手指，为了盈握的废物，出卖我们伟大的荣誉吗？我宁愿做一头向月亮狂吠的狗，也不愿做这样一个罗马人。

凯歇斯 勃鲁托斯，不要向我吠叫；我受不了这样的侮辱。你这样逼迫我，全然忘记了你自己是什么人。我是一个军人，经验比你多，我知道怎样处置我自己的事情。

勃鲁托斯 哼，不见得吧，凯歇斯。

凯歇斯 我就是这样一个人。

勃鲁托斯 我说你不是。

凯歇斯 不要再跟我拗，我快要忘记我自己了；留心你的健康，别再挑拨我了吧。

勃鲁托斯 去，卑鄙的小人！

凯歇斯 有这等事吗？

勃鲁托斯 听着，我要说我的话。难道我必须在你的暴怒之下退让吗？难道一个疯子的怒目就可以把我吓倒吗？

凯歇斯 神啊！神啊！我必须忍受这一切吗？

勃鲁托斯 这一切！嗯，还有哩。你去发怒到把你骄傲的心都气破了吧；给你的奴隶们看看你的脾气多大，让他们吓得乱抖吧。难道我必须让你吗？我必须侍候你的颜色吗？当你心里烦躁的时候，我必须诚惶诚恐地站在一旁，俯首听命吗？凭着神明起誓，即使你气破了肚子，也是你自己的事；因为从今天起，我要把你的发怒当作我的笑料呢。

凯歇斯 居然会有这样的一天吗？

勃鲁托斯 你说你是一个比我更好的军人；很好，你拿事实来证明你的夸口吧，那会使我十分高兴的。拿我自己来说，我很愿意向高贵的人学习呢。

凯歇斯 你在各方面侮辱我；你侮辱我，勃鲁托斯。我说我是一个经验比你丰富的军人，并没有说我是一个比你更好的军人；难道我说过"更好"这两个字吗？

勃鲁托斯 我不管你有没有说过。

凯歇斯 恺撒活在世上的时候，他也不敢这样激怒我。

勃鲁托斯 闭嘴，闭嘴！你也不敢这样挑惹他。

凯歇斯 我不敢！

勃鲁托斯 你不敢。

凯歇斯 什么！不敢挑惹他！

勃鲁托斯 你不敢挑惹他！

凯歇斯 不要太自恃你我的交情；我也许会做出一些将会使我后悔的事情来的。

勃鲁托斯 你已经做了你应该后悔的事。凯歇斯，凭你怎样恐吓，我都不怕；因为正直的居心便是我的有力的护身符，你那些无聊的恐吓，就像一阵微风吹过，引不起我的注意。我曾经差人来向你告借几个钱，你没有答应我；因为我不能用卑鄙的手段搜括金钱；凭着上天发誓，我宁愿剖出我的心来，把我一滴滴的血熔成钱币，也不愿从农人粗硬的手里辗转榨取他们污臭的锱铢。为了分发军队的粮饷，我差人来向你借钱，你却拒绝了我；凯歇斯可以有这样的行为吗？我会不会给卡厄斯·凯歇斯这样的答复？玛克斯·勃鲁托斯要是也会变得这样吝啬，锁住他的鄙贱的银箱，不让他的朋友们染指，那么神啊，用你们的雷火把他击成粉碎吧！

凯歇斯 我没有拒绝你。

勃鲁托斯 你拒绝我的。

凯歇斯 我没有，传我的答复的那家伙是个傻瓜。勃鲁托斯把我的心都劈碎了。一个朋友应当原谅他朋友的过失，可是勃鲁托斯却把我的过失格外夸大。

勃鲁托斯 我没有，是你自己对不起我。

凯歇斯 你不喜欢我。

勃鲁托斯 我不喜欢你的错误。

凯歇斯 一个朋友的眼睛决不会注意到这种错误。

勃鲁托斯 在一个佞人的眼中，即使有像俄林波斯山峰一样高大的错误，也会视如不见。

凯歇斯 来，安东尼，来，年轻的奥克泰维斯，你们向凯歇斯一个人复仇吧，因为凯歇斯已经厌倦于人世了：被所爱的人所憎恨，被他的兄弟所攻击，像一个奴隶似的受人呵斥，他的一切过失都被人注视记录，背诵得烂熟，作为当面揭发的罪状。啊！我可以从我的眼睛里哭出我的灵魂来。这是我的刀子，这儿是我的袒裸的胸膛，这里面藏着一颗比财神普路托斯[1]的宝矿更富有、比黄金更贵重的心；要是你是一个罗马人，请把它挖出来吧，我拒绝给你金钱，却愿意把我的心献给你。就像你向恺撒行刺一样把我刺死了吧，因为我知道，即使在你最恨他的时候，你也爱他远胜于凯歇斯。

勃鲁托斯 插好你的刀子。你高兴发怒就发怒吧，高兴怎么干就怎么干吧。啊，凯歇斯！你的伙伴是一头羔羊，愤怒在他的身上，就像燧石里的火星一样，受到重大的打击，也会发出闪烁的光芒，可是一转瞬间又已经冷下去了。

凯歇斯 难道凯歇斯的伤心烦恼，只给他的勃鲁托斯作为笑料吗？

勃鲁托斯 我说那句话的时候，我自己也是脾气太坏。

凯歇斯 你也这样承认吗？把你的手给我。

勃鲁托斯 我连我的心也一起给你。

凯歇斯 啊，勃鲁托斯！

1 普路托斯（Plutus）：司财富之神。

勃鲁托斯 什么事?

凯歇斯 我的母亲给了我这副暴躁的脾气，使我常常忘记我自己，看在我们友谊的情分上，您能够原谅我吗?

勃鲁托斯 是的，我原谅你；从此以后，要是你有时候跟你的勃鲁托斯过分认真，他会当作是你母亲在那儿发脾气，一切都不介意。（内喧声）

诗人 （在内）让我进去瞧瞧两位将军；他们彼此之间有些争执，不应该让他们两人在一起。

路西律斯 （在内）你不能进去。

诗人 （在内）除了死，什么都不能阻止我。

诗人上，路西律斯、泰提涅斯及路歇斯随后。

凯歇斯 怎么！什么事?

诗人 呸，你们这些将军们！你们是什么意思？你们应该相亲相爱，做两个要好的朋友；我的话不会有错，我比你们谁都活得长久。

凯歇斯 哈哈！这个玩世的诗人吟的诗句多臭！

勃鲁托斯 滚出去，放肆的家伙，去！

凯歇斯 不要生他的气，勃鲁托斯；这是他的习惯。

勃鲁托斯 谁叫他胡说八道的。在这样战争的年代，要这些胡诌几句歪诗的傻瓜们做什么用？滚开，家伙！

凯歇斯 去，去！出去！（诗人下）

勃鲁托斯 路西律斯，泰提涅斯，传令各将领，叫他们今晚准备把队伍安营。

凯歇斯 你们传过了令，就带梅萨拉一起回来。（路西律斯、泰提涅斯同下）

勃鲁托斯 路歇斯，倒一杯酒来！（路歇斯下）

凯歇斯 我没有想到你会这样动怒。

勃鲁托斯 啊，凯歇斯！我心里有许多的懊恼。

凯歇斯 要是你让偶然的不幸把你困扰，那么你自己的哲学对你就是毫无用处了。

勃鲁托斯 谁也不比我更能忍受悲哀；鲍西娅已经死了。

凯歇斯 什么！鲍西娅！

勃鲁托斯 她死了。

凯歇斯 我刚才跟你这样吵嘴，你居然没有把我杀死，真是侥幸！唉，难堪的痛心的损失！害什么病死的？

勃鲁托斯 她因为焦心我的远别，又听到了奥克泰维斯和玛克·安东尼的势力这样强大的消息，变成心神狂乱，乘着仆人不在的时候，把火吞了下去。

凯歇斯 就是这样死了吗？

勃鲁托斯 就是这样死了。

凯歇斯 永生的神啊！

路歇斯持酒及烛重上。

勃鲁托斯 不要再说起她。给我一杯酒。凯歇斯，在这一杯酒里，我捐弃了一切的猜嫌。（饮酒）

凯歇斯 我的心企望着这样高贵的誓言，有如渴人的思

饮。来，路歇斯，给我倒满这一杯我喝着勃鲁托斯的友情，是永远不会餍足的。（饮酒）

勃鲁托斯　进来，泰提涅斯。（路歇斯下）

泰提涅斯率梅萨拉重上。

勃鲁托斯　欢迎，好梅萨拉。让我们现在围烛而坐，讨论我们重要的事情。

凯歇斯　鲍西娅，你去了吗？

勃鲁托斯　请你不要说了。梅萨拉，我已经得到信息，说是奥克泰维斯那小子跟玛克·安东尼带了一支强大的军队，向腓利比进发，要来攻击我们了。

梅萨拉　我也得到过同样的信息。

勃鲁托斯　你还知道什么其他的事情？

梅萨拉　听说奥克泰维斯、安东尼和莱必多斯三人用非法的手段，把一百个元老宣判了死刑。

勃鲁托斯　那么我们听到的略有不同；我得到的消息是七十个元老被他们判决处死，西塞罗也是其中的一个。

凯歇斯　西塞罗也是一个！

梅萨拉　西塞罗也被他们判决处死。您没有从您的夫人那儿得到信息吗？

勃鲁托斯　没有，梅萨拉。

梅萨拉　别人给您的信上也没有提起她吗？

勃鲁托斯　没有，梅萨拉。

梅萨拉　那可奇怪了。

勃鲁托斯 你为什么问起？你听见什么关于她的消息吗？

梅萨拉 没有，将军。

勃鲁托斯 你是一个罗马人，请你老实告诉我。

梅萨拉 那么请您用一个罗马人的精神，接受我告诉您的噩耗：尊夫人已经死了，而且死得很奇怪。

勃鲁托斯 那么再会了，鲍西娅！我们谁都不免一死，梅萨拉；想到她总有一天会死去，使我现在能够忍受这一个打击。

梅萨拉 这才是伟大的人物善处拂逆的精神。

凯歇斯 我可以在表面上装得跟你同样镇定，可是我的天性却受不住这样的打击。

勃鲁托斯 好，讲我们活人的事吧。你们以为我们应不应该立刻向腓利比进兵？

凯歇斯 我想这不是顶好的办法。

勃鲁托斯 你有什么理由？

凯歇斯 我的理由是这样的：我们最好让敌人来找寻我们，这样可以让他们糜费军需，疲劳兵卒，削弱他们自己的实力；我们却可以以逸待劳，蓄养我们的精锐。

勃鲁托斯 你的理由果然很对，可是我却有比你更好的理由。在腓利比到这儿之间一带地方的人民，都是因为被迫而归顺我们的，他们心里都怀着怨望，对于我们的征敛早就感到不满。敌人一路前来，这些人民一定会加入他们的队伍，增强他们的力量。要是我们到腓利比去向敌人迎击，把这些人民留在后方，就可以避免给敌人这一种利益。

凯歇斯 听我说，好兄弟。

勃鲁托斯 请你原谅。你还要注意，我们已经集合我们所有的友人，我们的军队已经达到最高的数量，我们行动的时机已经完全成熟；敌人的力量现在还在每天增加之中，我们在全盛的顶点上，却有日趋衰落的危险。世事的起伏本来是波浪式的，人们要是能够趁着高潮一往直前，一定可以功成名就；要是不能把握时机，就要终身蹭蹬，一事无成。我们现在正在满潮的海上漂浮，倘不能顺水行舟，我们的事业就会一败涂地的。

凯歇斯 那么就照你的意思办吧；我们要亲自前去，在腓利比和他们相会。

勃鲁托斯 我们贪着谈话，不知不觉夜已经深了。疲乏了的精神，必须休息片刻。没有别的话了吗？

凯歇斯 没有了。晚安；明天我们一早就起来，向前方出发。

勃鲁托斯 路歇斯！

路歇斯重上。

勃鲁托斯 拿我的睡衣来。（路歇斯下）再会，好梅萨拉；晚安，泰提涅斯。尊贵的，尊贵的凯歇斯，晚安，愿你好好安息。

凯歇斯 啊，我的亲爱的兄弟！今天晚上的事情真是不幸；但愿我们的灵魂之间再也没有这样的分歧！让我们以后不要这样，勃鲁托斯。

勃鲁托斯 什么事情都是好好的。

凯歇斯 晚安，将军。

勃鲁托斯 晚安，好兄弟。

泰、梅 晚安，勃鲁托斯将军。

勃鲁托斯 各位再会。（凯歇斯、泰提涅斯、梅萨拉同下）

路歇斯持睡衣重上。

勃鲁托斯 把睡衣给我。你的乐器呢？

路歇斯 就在这儿帐里。

勃鲁托斯 什么！你说话好像在瞌睡一般？可怜的东西，我不怪你；你睡得太少了。把克劳狄斯和还有什么其他的仆人叫来；我要叫他们搬两个垫子来睡在我的帐内。

路歇斯 凡罗！克劳狄斯！

凡罗及克劳狄斯上。

凡罗 主人呼唤我们吗？

勃鲁托斯 请你们两个人就在我的帐内睡下；也许等会儿我有事情要叫你们起来到我的兄弟凯歇斯那边去。

凡罗 我们愿意站在这儿侍候您。

勃鲁托斯 我不要这样；睡下来吧，好朋友们；也许我没有什么事情。瞧，路歇斯，这就是我找来找去找不到的那本书；我把它放在我的睡衣口袋里了。

（凡罗、克劳狄斯睡下）

路歇斯　我原说您没有把它交给我。

勃鲁托斯　原谅我，好孩子，我的记性太坏了。你能不能够暂时睁开你的倦眼，替我弹一两支曲调吗？

路歇斯　好的，主人，要是您欢喜的话。

勃鲁托斯　我很欢喜，我的孩子。我太麻烦你了，可是你很愿意出力。

路歇斯　这是我的责任，主人。

勃鲁托斯　我不应该勉强你尽你能力以上的责任；我知道年轻人是需要休息的。

路歇斯　主人，我早已睡过了。

勃鲁托斯　很好，一会儿我就让你再去睡睡；我不愿耽搁你太久的时间。要是我还能够活下去，我一定不会亏待你。（音乐，路歇斯唱歌）这是一支催眠的乐曲；啊，杀人的睡眠！你把你的铅矛加在为你奏乐的我的孩子的身上了吗？好孩子，晚安；我不愿惊醒你的好睡。也许你在瞌睡之中，会打碎了你的乐器；让我替你拿去了；好孩子，晚安。让我看，让我看，我上次没有读完的地方，不是把书页折下的吗？我想就是这儿。

恺撒幽灵上。

勃鲁托斯 这蜡烛的光怎么这样暗！嘿！谁来啦？我想我的眼睛有点昏花，所以会看见鬼怪。它走近我的身边来了。你是什么东西？你是神呢，天使呢，还是魔鬼，吓得我浑身冷汗，头发直竖？对我说你是什么。

幽灵 你的邪恶的灵魂，勃鲁托斯。

勃鲁托斯 你来干什么？

幽灵 我来告诉你，你将在腓利比看见我。

勃鲁托斯 好，那么我将要再看见你吗？

幽灵 是的，在腓利比。

勃鲁托斯 好，那么我们在腓利比再见。（幽灵隐去）我刚提起一些勇气，你又不见了；邪恶的灵魂，我还要跟你谈话。孩子，路歇斯！凡罗！克劳狄斯！喂，大家醒醒！克劳狄斯！

路歇斯 主人，弦子还没有调准呢。

勃鲁托斯 他以为他还是在弹他的乐器。路歇斯，醒来！

路歇斯 主人！

勃鲁托斯 路歇斯，你做了什么梦，在梦中叫喊吗？

路歇斯 主人，我不知道我曾经叫喊过。

勃鲁托斯 你曾经叫喊过。你看见什么没有？

路歇斯 没有，主人。

勃鲁托斯 再睡吧，路歇斯。喂，克劳狄斯！你这家伙！醒来！

凡罗 主人！

克劳狄斯 主人！

勃鲁托斯 你们为什么在睡梦里大呼小叫的?

凡、克 我们在睡梦里叫喊吗，主人?

勃鲁托斯 嗯，你们瞧见什么没有?

凡罗 没有，主人，我没有瞧见什么。

克劳狄斯 我也没有瞧见什么，主人。

勃鲁托斯 去向我的兄弟凯歇斯致意，请他赶快先把他的军队开拔，我们随后就来。

凡、克 是，主人。（各下）

第五幕

第一场

腓利比平原

奥克泰维斯及安东尼率军队上。

奥克泰维斯 现在，安东尼，我们的希望已经得到事实的答复了。你说敌人一定坚守山岭高地，不会下来；事实却并不如此，他们的军队已经向我们逼近，似乎有意要在这儿腓利比用先发制人的手段，给我们一个警告。

安东尼 嘿！我熟悉他们的心理，知道他们为什么这样做。他们的目的无非是想先声夺人，让我们看见他们的汹汹之势，认为他们的士气非常旺盛；其实完全不是这样。

一使者上。

使者 两位将军，请你们快些准备起来，敌人正在那儿浩浩荡荡地开过来了；他们已经挂出挑战的旗号，我们必须立刻布置防御的策略。

安东尼 奥克泰维斯，你带领你的一支军队向战地的左翼缓缓前进。

奥克泰维斯 我要向右翼迎击；你去打左翼。

安东尼 为什么你要在这样紧急的时候跟我闹别扭？

奥克泰维斯 我不跟你闹别扭；可是我要这样。（军队行进）

鼓声；勃鲁托斯及凯歇斯率军队上；路西律斯、泰提涅斯、梅萨拉及余人等同上。

勃鲁托斯 他们站住了，要跟我们谈判。

凯歇斯 站定，泰提涅斯；我们必须出阵跟他们谈话。

奥克泰维斯 玛克 · 安东尼，我们要不要发出交战的号令？

安东尼 不，恺撒，等他们向我们进攻的时候，我们再去应战。上去；那几位将军们要谈几句话哩。

奥克泰维斯 不要动，等候号令。

勃鲁托斯 先礼后兵，是不是，各位同胞们？

奥克泰维斯 我们倒不像您那样喜欢空话。

勃鲁托斯 奥克泰维斯，良好的言语胜于拙劣的刺击。

安东尼 勃鲁托斯，您用拙劣的刺击来说您的良好的言语：瞧您刺在恺撒心上的创孔，它们在喊着："恺撒万岁！"

凯歇斯 安东尼，我们还没有领教过您的剑法；可是我们知道您的舌头上涂满了蜜，蜂巢里的蜜都给你偷完了。

安东尼 我没有把蜜蜂的刺也一起偷走吧？

勃鲁托斯 啊，是的，您连它们的声音也一起偷走了；因为您已经学会了在刺人之前，先用嗡嗡的声音向人威吓。

安东尼 恶贼！你们在恺撒的旁边拔出你们万恶的刀子来的时候，是连半句声音也不透出来的；你们像猴子一样露出你们的牙齿，像狗子一样摇尾乞怜，像奴隶一样卑躬屈膝，吻着恺撒的脚；该死的凯斯卡却像一条恶狗似的躲在背后，向恺撒的脖子上挥动他的凶器。啊，你们这些谄媚的家伙！

凯歇斯 谄媚的家伙！勃鲁托斯，谢谢你自己吧。早依了凯歇斯的话，今天决不让他把我们这样信口侮辱。

奥克泰维斯 不用多说；辩论不过使我们流汗，我们却要用流血来判断双方的曲直。瞧，我拔出这一柄剑来跟叛徒们决战；除非等到恺撒身上三十三处伤痕的仇恨完全报复或者另外一个恺撒也死在叛徒们的刀剑之下，这一柄剑是永远不收回去的。

勃鲁托斯 恺撒，你不会死在叛徒们的手里，除非那些叛徒就在你自己的左右。

奥克泰维斯 我也希望这样；天生下我来，不是要我死在勃鲁托斯的剑上的。

勃鲁托斯 啊！孩子，即使你是你的家门中最高贵的后裔，能够死在勃鲁托斯剑上，也要算是莫大的荣幸呢。

凯歇斯 像他这样一个顽劣的学童，跟一个跳舞喝酒的浪子在一起，才不值得污我们的刀剑。

安东尼 还是从前的凯歇斯！

奥克泰维斯 来，安东尼，我们去吧！叛徒们，我们现在当面向你们挑战；要是你们有胆量的话，今天就在战场上相见，否则等你们有了勇气再来。（奥克泰维斯、安东尼率军队下）

凯歇斯 好，现在狂风已经在吹起，波涛已经在澎湃，船只要在风浪中颠簸了！一切都要信任着不可知的命运。

勃鲁托斯 喂！路西律斯！有话对你说。

路西律斯 什么事，主将？（勃鲁托斯、路西律斯在一旁谈话）

凯歇斯 梅萨拉！

梅萨拉 主将有什么吩咐？

凯歇斯 梅萨拉，今天是我的生日；就在这一天，凯歇斯诞生到世上。把你的手给我，梅萨拉。请你做我的见证，正像从前庞贝一样，我是因为万不得已，才把我们全体的自由在这一次战役中作孤注一掷的。你知道我一向很信仰伊壁鸠鲁[1]的见解；现在我的思想却改变了，有些相信起预兆来了。我们从萨狄斯开拔前来的时候，有两头猛鹰从空中飞下，栖止在我们从前那个旗手的肩上；它们常常啄食我们兵士手里的食物，一路上跟我们

1 伊壁鸠鲁（Epicurus），希腊享乐主义派哲学家。

做伴，一直到这儿腓利比。今天早晨它们却飞去不见了，代替着它们的，只有一群乌鸦鸱鸢，在我们的头顶盘旋，好像把我们当作垂毙的猎物一般；它们的黑影像是一顶不祥的华盖，掩覆着我们末日在迩的军队。

梅萨拉 不要相信这种事。

凯歇斯 我也不是完全相信，因为我的精神很兴奋，我已经决心用坚定不拔的意志，抵御一切的危难。

勃鲁托斯 就是这样吧，路西律斯。

凯歇斯 最尊贵的勃鲁托斯，愿神明今天护佑我们，使我们能够在太平的时代做一对亲密的朋友，直到我们的暮年！可是既然人事是这样无常，让我们也考虑到万一的不幸。要是我们这次战败了，那么现在就是我们最后一次的聚首谈心；请问你在那样的情形之下，准备怎么办？

勃鲁托斯 凯图自杀的时候，我曾经对他这一种举动表示不满；我不知道为什么，可是总觉得为了惧怕可能发生的祸患而结束了自己的生命，是一件懦弱卑劣的行动；我现在还是根据这一种观念，决心用坚忍的态度，等候主宰世人的造化所给予我的命运。

凯歇斯 那么，要是我们失败了，你愿意被凯旋的敌人拖来拖去，在罗马的街道上游行吗？

勃鲁托斯 不，凯歇斯，不。尊贵的罗马人，你不要以为勃鲁托斯会有一天被人绑缚着回到罗马；他是有一颗太高傲的心的。可是今天这一天必须结束三月十五所开始的工作；我不知道我们能不能再有见面的机会，所以让我们从此永诀吧。永别了，永别了，凯歇斯！要是我们还能相见，那时候我们可以相视而笑；否则今天就是我们生离死别的日子。

凯歇斯 永别了，永别了，勃鲁托斯！要是我们还能相见，那时候我们一定相视而笑；否则今天真的是我们生离死别的日子了。

勃鲁托斯 好，那么前进吧。唉！要是一个人能够预先知道一天的工作的结果——可是一天的时间是很容易过去的，那结果也总会见到分晓。来啊！我们去吧！（同下）

第二场

同前；战场

号角声；勃鲁托斯及梅萨拉上。

勃鲁托斯 梅萨拉，赶快骑马前去，传令那一方面的军队，（号角大鸣）叫他们立刻冲上去，因为我看见奥克泰维斯带领的那支军队打得很没有劲，迅速的进攻可以把他们一举击溃。赶快骑马前去，梅萨拉；叫他们全军向敌人进攻。（同下）

第三场

战场的另一部分

号角声；凯歇斯及泰提涅斯上。

凯歇斯 啊！瞧，泰提涅斯，瞧，那些坏东西逃得多快。我自己也变成了我自己的仇敌；这是我的旗手，我看见他想要转身逃走，把这懦夫杀了，谁知道他的怯懦却到了我的身上来了。

泰提涅斯 啊，凯歇斯！勃鲁托斯把号令发得太早了；他因为对奥克泰维斯略占优势，自以为胜利在握；他的军队忙着搜掠财物，我们却给安东尼全部包围起来。

品达勒斯上。

品达勒斯 再逃远一些，主人，再逃远一些；玛克 · 安东尼已经进占您的营帐了，主人。快逃，尊贵的凯歇斯，逃得远远的。

凯歇斯 这座山头已经够远了。瞧，瞧，泰提涅斯；那边有火的地方，不就是我的营帐吗？

泰提涅斯 是的，主将。

凯歇斯 泰提涅斯，要是你爱我，请你骑了我的马，着力加鞭，到那边有军队的所在探看探看，再飞马回来向我报告，让我知道他们究竟是友军还是敌军。

泰提涅斯 是，我就去就来。（下）

凯歇斯 品达勒斯，你给我登上那座山顶；我的眼睛看不大清楚；留意看着泰提涅斯，告诉我你所见到的战场上的情形。（品达勒斯登山）我今天第一次透过一口气来；时间在循环运转，我在什么地方开始，也要在什么地方终结；我的生命已经走完了它的途程。喂，看见什么没有？

品达勒斯 （在上）啊，主人！

凯歇斯 什么消息？

品达勒斯 泰提涅斯给许多骑马的人包围在中心，他们都向他策马而前；可是他仍旧向前飞奔，现在他们快要追上他了；赶快，泰提涅斯，现在有人下马了；嗳哟！他也下马了；他给他们捉去了；（内欢呼声）听！他们在欢呼。

凯歇斯 下来，不要再看了。唉，我真是一个懦夫，眼看着我的最好的朋友当着我的面前给人捉去，我自己却还在这世上偷生苟活！

品达勒斯下山。

凯歇斯 过来，小子。你在巴底亚做了我的俘虏，我免了你的一死，叫你对我发誓，无论我吩咐你做什么事，你都要照着做。现在你来，履行你的誓言；我让你从此做一个自由人；这柄曾经穿过恺撒心脏的好剑，你拿着它往我的胸膛里刺了进去吧。不用回答我的话；来，把剑柄拿在手里；等我把脸遮上了，你就动手。好，恺撒，我用杀死你的那柄剑，替你复了仇了。（死）

品达勒斯 现在我已经自由了；可是那却不是我自己的意思。凯歇斯啊，品达勒斯将要远远离开这一个国家，到没有一个罗马人可以看见他的地方去。（下）

泰提涅斯及梅萨拉重上。

梅萨拉 泰提涅斯，双方的胜负刚刚互相抵消；因为一方面奥克泰维斯被勃鲁托斯的军队打败，一方面凯歇斯的军队也给安东尼打败。

泰提涅斯 这些消息很可以安慰安慰凯歇斯。

梅萨拉 你在什么地方离开他？

泰提涅斯 就在这座山上，垂头丧气地跟他的奴隶品达勒斯在一起。

梅萨拉 躺在地上的不就是他吗？

泰提涅斯　他躺着的样子好像已经死了。啊，我的心！

梅萨拉　那不是他吗？

泰提涅斯　不，梅萨拉，这个人从前是他，现在凯歇斯已经不在人世了。啊，没落的太阳！正像你今晚沉没在你红色的光辉中一样，凯歇斯的白昼也在他的赤血之中消隐了；罗马的太阳已经沉没了下去。我们的白昼已经过去；黑云，露水和危险正在袭来；我们的事业已成灰烬了。他因为不相信我能够不辱使命，所以才干出这件事来。

梅萨拉　他因为不相信我们能够得到胜利，所以才干出这件事来。啊，可恨的错误，你忧愁的产儿！为什么你要在人们灵敏的脑海里造成颠倒是非的幻象？你一进入人们的心中，便给他们带来了悲惨的结果。

泰提涅斯　喂，品达勒斯！你在哪儿，品达勒斯？

梅萨拉　泰提涅斯，你去找他，让我去见勃鲁托斯，把这刺耳的消息告诉他；勃鲁托斯听见了这个消息，一定会比锋利的刀刃，有毒的箭镞贯进他的耳中还要难过。

泰提涅斯　你去吧，梅萨拉；我先在这儿找一找品达勒斯。（梅萨拉下）勇敢的凯歇斯，为什么你要叫我去呢？我不是碰见你的朋友了吗？他们不是把这胜利之冠加在我的额上，叫我回来献给你吗？你没有听见他们的欢呼吗？唉！你误会了一切了。可是请你接受这一个花环，让我替你戴上去吧；你的勃鲁托斯叫我把它送给你，我必须遵从他的命令。勃鲁托斯，快来，瞧我怎样向卡厄斯·凯歇斯尽我的责任。允许我，神啊；这是一个罗马人的天职：来，凯歇斯的宝剑，进入泰提涅斯的心里吧。（自杀）

号角声；梅萨拉率勃鲁托斯、小凯图、斯特莱托、伏伦涅斯及路西律斯重上。

勃鲁托斯 梅萨拉，梅萨拉，他的尸体在什么地方？

梅萨拉 瞧，那边；泰提涅斯正在他旁边哀泣。

勃鲁托斯 泰提涅斯的脸是向上的。

小凯图 他也死了。

勃鲁托斯 啊，裘力斯·恺撒！你到死还是有本领的！你的英灵不泯，借着我们自己的刀剑，洞穿我们自己的心脏。（号角低吹）

小凯图 勇敢的泰提涅斯！瞧他替已死的凯歇斯加上胜利之冠了！

勃鲁托斯 世上还有两个和他们同样的罗马人吗？最后的罗马健儿，再会了！罗马再也不会产生可以和你匹敌的人物。朋友们，我对于这位已死的人，欠着还不清的眼泪——慢慢地，凯歇斯，我会找到我的时间——来，把他的尸体送到泰索斯去；他的葬礼不能在我们的营地上举行，因为恐怕影响军心。路西律斯，来；来，小凯图；我们到战场上去。拉琵奥、弗莱维斯，传令我们的军队前进。现在还只有三点钟；罗马人，在日落以前，我们还要在第二次的战争中试探我们的命运。（同下）

第四场

战场的另一部分

号角声；两方军士交战，勃鲁托斯、小凯图、路西律斯及余人等上。

勃鲁托斯 同胞们，啊！振起你们的精神！

小凯图 哪一个贱种敢退缩不前？谁愿意跟我来？我要在战场上到处宣扬我的名字：我是玛克斯·凯图的儿子！我是暴君的仇敌，祖国的朋友；我是玛克斯·凯图的儿子！

勃鲁托斯 我是勃鲁托斯，玛克斯·勃鲁托斯就是我；勃鲁托斯，祖国的朋友；请认明我是勃鲁托斯！（追击敌人下；小凯图被敌军围攻倒地）

路西律斯 啊，年轻高贵的小凯图，你倒下了吗？啊，你现在像泰提涅斯一样勇敢地死了，你死得不愧为凯图的儿子。

军士甲 不投降就是死。

路西律斯 我愿意投降，可是看在这许多钱的面上，请你们把我立刻杀死。（取钱赠兵士）你们杀死了勃鲁托斯，也算立了一件大大的功劳。

军士甲 我们不能杀你。一个尊贵的俘虏！

军士乙 喂，让开！告诉安东尼，勃鲁托斯已经捉住了。

军士甲 我去传报这消息。主将来了。

安东尼上。

军士甲 主将，勃鲁托斯已经捉住了。

安东尼 他在哪儿？

路西律斯 安东尼，勃鲁托斯还是安然无恙。我敢向你说一句，没有一个敌人可以把勃鲁托斯活捉；神明保佑他不至于遭到这样的耻辱！你们找到他的时候，不论是死的还是活的，他一定会保持他的堂堂的荣誉。

安东尼 朋友，这个人不是勃鲁托斯，可是也不是一个等闲之辈。不要伤害他，把他好生看待。我希望我有这样的人做我的朋友，而不是做我的仇敌。去，看看勃鲁托斯有没有死；有什么消息就到奥克泰维斯的营帐里来报告我们。（各下）

第五场

战场的另一部分

勃鲁托斯、达台涅斯、克列特斯、斯特莱托及伏伦涅斯上。

勃鲁托斯 来，残余下来的几个朋友，在这块岩石上休息休息吧。

克列特斯 我们望见斯泰提律斯的火把，可是他没有回来；大概不是捉了去就是死了。

勃鲁托斯 坐下来，克列特斯。他一定死了；多少人都死了。听着，克列特斯。（向克列特斯耳语）

克列特斯 什么，我吗，主人？不，那是万万不能的。

勃鲁托斯 那么算了！不要多说话。

克列特斯 我宁愿自杀。

勃鲁托斯 听着，达台涅斯。（向达台涅斯耳语）

达台涅斯 我必须干这样一件事吗？

克列特斯 啊，达台涅斯！

达台涅斯 啊，克列特斯！

克列特斯 勃鲁托斯要求你干一件什么坏事？

达台涅斯 他要我杀死他，克列特斯。瞧，他在出神呆想。

克列特斯 他的高贵的心里装满了悲哀，甚至于在他的眼睛里流露出来。

勃鲁托斯 过来，好伏伦涅斯，听我说一句话。

伏伦涅斯 主将有什么吩咐？

勃鲁托斯 是这样的，伏伦涅斯。恺撒的鬼魂曾经两次在夜里向我出现；一次在萨狄斯，一次就是昨天晚上，在这儿腓利比的战场上。我知道我的末日已经到了。

伏伦涅斯 不会有的事，主将。

勃鲁托斯 不，我确信我的末日已经到了，伏伦涅斯。你看大势已经变化到什么地步；我们的敌人已经把我们逼到了山穷水尽之境，与其等待他们来把我们推落深坑，还不如自己先跳下去。好伏伦涅斯，我们从前曾经在一起求学，看在我们旧日的交情分上，请你拿着我的剑柄，让我伏剑而死。

伏伦涅斯 主将，那不是一件可以叫一个朋友做的事。（号角声继续不断）

克列特斯 快逃，快逃，主人！这儿是不能久留的。

勃鲁托斯 再会，你，你，还有你，伏伦涅斯。斯特莱托，你已经瞌睡了这大半天，再会了，斯特莱托。同胞们，我很高兴在我的一生之中，只有他还尽忠于我。我今天虽然战败了，可是将要享有比奥克泰维斯和玛克·安东尼在这次卑鄙的胜利中所得到的更大的光荣。大家再会了；勃鲁托斯的舌头已经差不多结束了他一生的历史；暮色罩在我的眼睛上，我的筋骨渴想得到它劳苦已久的安息。（号角声；内呼声，“逃啊，逃啊，逃啊！”）

克列特斯 快逃吧，主人，快逃吧。

勃鲁托斯 去！我就来。（克列特斯、达台涅斯、伏伦涅斯同下）斯特莱托，请你不要去，陪着你的主人。你是一个心地很好的人，你的为人还有几分义气；拿着我的剑，转过你的脸，让我对准剑锋扑上去。你肯不肯这样做，斯特莱托?

斯特莱托 请您先允许我握一握您的手；再会了，主人。

勃鲁托斯 再会了，好斯特莱托。（扑身剑上）恺撒，你现在可以瞑目了；我杀死你的时候，还不及现在一半的勇决。（死）

号角声；吹退军号；奥克泰维斯、安东尼、梅萨拉、路西律斯及军队上。

奥克泰维斯 那是什么人?

梅萨拉 我的主将的仆人。斯特莱托，你的主人呢?

斯特莱托 他已经永远脱离了加在你身上的那种束缚了，梅萨拉；胜利者只能在他身上举起一把火来，因为只有勃鲁托斯能够战胜他自己，谁也不能因他的死而得到荣誉。

路西律斯 勃鲁托斯的结果应当是这样的。谢谢你，勃鲁托斯，因为你证明了路西律斯的话并没有说错。

奥克泰维斯 所有跟随勃鲁托斯的人，我都愿意把他们收留下来。朋友，你愿意跟随我吗？

斯特莱托 好，只要梅萨拉肯把我举荐给您。

奥克泰维斯 你把他举荐给我吧，好梅萨拉。

梅萨拉 斯特莱托，我们的主将怎么死的？

斯特莱托 我拿了剑，他扑了上去。

梅萨拉 奥克泰维斯，他已经为我的主人尽了最后的义务，您把他收留下来吧。

安东尼 在他们那一群中间，他是一个最高贵的罗马人；除了他一个人以外，所有的叛徒们都是因为妒嫉恺撒而下他们的毒手；只有他才是激于正义的思想，为了大众的利益，而去参加他们的阵线。他一生良善，交织在他身上的各种美德，可以使造物肃然起立，向全世界宣告，“这是一个汉子”！

奥克泰维斯 让我们按照他的美德，给他应得的礼遇，替他殡葬如仪。他的尸骨今晚将要安顿在我的营帐里，他必须充分享受一个军人的荣誉。现在传令全军安息；让我们去分派今天的胜利的光荣吧。（同下）

泰特斯·安德洛尼克斯

Titus Andronicus

剧中人物

萨特尼纳斯	罗马前皇之子，后即位称帝
巴西安纳斯	萨特尼纳斯之弟，与拉维妮娅相恋
泰特斯·安德洛尼克斯	征讨哥特人之罗马大将
玛克斯·安德洛尼克斯	护民官，泰特斯之弟
路歇斯 昆塔斯 马歇斯 缪歇斯	泰特斯·安德洛尼克斯之子
小路歇斯	路歇斯之幼子
坡勃律斯	玛克斯·安德洛尼克斯之子
辛普洛涅斯 卡厄斯 凡伦丁	泰特斯之亲族
伊米力斯	罗马贵族
阿拉勃斯 狄米特律斯 契伦	塔摩拉之子
艾伦	摩尔人，塔摩拉之嬖奴

元老、护民官、使者、乡人及罗马人民等

歌特将士、罗马将士等

塔摩拉 **哥特女王**

拉维妮娅 **泰特斯·安德洛尼克斯之女**

乳媪 **黑婴**

地 点

罗马及其附近郊野

第一幕

第一场

罗马

安德洛尼克斯家族坟墓遥见。护民官及元老等列坐上方；萨特尼纳斯及其党徒自一门上，巴西安纳斯及其党徒自另一门上，各以旗鼓前导。

萨特尼纳斯 尊贵的卿士们，我的权利的保护人，用武器捍卫我的合法的要求吧；同胞们，我的亲爱的臣僚，用你们的宝剑争取我的继承的名分吧：我是罗马前皇的长子，让我父亲的尊荣继续存留在我的身上，不要让这时代遭受非礼的侮蔑。

巴西安纳斯 诸位罗马人，朋友们，同志们，我的权利的拥护者，要是巴西安纳斯，恺撒的儿子，曾经在尊贵的罗马眼中邀荷眷注，请你们守卫这一条通往圣殿的大路，不要让耻辱玷污皇座的尊严；这一个天命所集的位置，是应该为秉持正义、淡泊高尚的人所占有的。让功业德行在大公无私的选举中放射它的光辉；罗马人，你们的自由能否保全，在此一举，认清你们的目标而奋斗吧。

玛克斯·安德洛尼克斯捧皇冠自上方上。

玛克斯 两位皇子，你们各拥党羽，雄心勃勃地争取国柄和皇座，我们现在代表民众的立场，告诉你们：罗马人民已经众口一辞，公举素有忠诚之名的安德洛尼克斯作为统治罗马的君王，因为他曾经为罗马立下许多丰功伟绩，在今日的邦城之内，没有一个比他更高贵的男子，更英勇的战士。他这次从征讨野蛮的哥特人的辛苦的战役中，奉着元老院的召唤回国；凭着他们父子们使敌人破胆的声威，已经镇伏了一个悍强善战的民族。自从他为了罗马的光荣，开始出征、用武力膺惩我们敌人的骄傲以来，已经费去了十年的时间；他曾经五次流着血护送他战死疆场的英勇的儿子们的灵榇回到罗马来；现在这位善良的安德洛尼克斯，雄名远播的泰特斯，终于满载着光荣的战利品，旌旗招展，奏凯班师了。凭着你们所希望克绳遗武的先皇陛下的名义，凭着你们在表面上尊崇的议会的权力，让我们请求你们各自退下，解散你们的随从，用和平而谦卑的态度，根据你们本身的才德，提出你们合法的要求。

萨特尼纳斯 这位护民官说得很好，他使我的心安静下来了！

巴西安纳斯 玛克斯·安德洛尼克斯，我信任你的公平正直；我敬爱你，也敬爱你的高贵的兄长泰特斯和他的英勇的儿子们，我尤其敬爱我所全心倾慕的温柔的拉维妮娅，罗马的贵重的珍饰；我愿意在这儿遣散我的亲爱的朋友们，把我的正当的要求委之于命运和人民的意旨。（巴西安纳斯党羽下）

萨特尼纳斯 朋友们，谢谢你们为了我的权利而如此出力，现在你们都退下去吧；我把自身的利害、正义的存亡，都信托于祖国的公意了。（萨特尼纳斯党羽下）罗马，正像我对你深信不疑一样，愿你用公平仁爱的精神对待我。开门，让我进来。

巴西安纳斯 各位护民官，也让我这卑微的竞争者进来。（喇叭奏花腔；萨特尼纳斯、巴西安纳斯二人升阶入议会）

一将官上。

将官 罗马人，让开！善良的安德洛尼克斯，正义的保护者，罗马最好的战士，已经用他的宝剑征服罗马的敌人，带着光荣和幸运，战胜回来了。

鼓角齐鸣，马歇斯及缪歇斯前行，二人抬棺，棺上覆黑布，路歇斯及昆塔斯随后。泰特斯·安德洛尼克斯领队，率塔摩拉、阿拉勃斯、契伦、狄米特律斯、艾伦及其他哥特俘虏续上，军士人民等后随。抬棺者将棺放下，泰特斯发言。

泰特斯 祝福，罗马，在你的丧服之中得到了胜利的光荣！瞧！像一艘满载着珍宝的巨船回到它最初启碇的口岸上一样，安德洛尼克斯戴着桂冠，用他的眼泪，因为生还罗马而流下的真诚的喜悦之泪，向他的祖国致敬了。这一座圣殿的伟大的保卫者啊，仁慈地鉴临着我们将要举行的仪式吧！罗马人，我曾经有二十五个勇敢的儿子，普里阿摩斯王[1]诸子的半数，瞧，现在活的死的，一共还剩多少！这几个活着的，让罗马用恩宠报答他们；这几个新近战死的，我要把他们葬在祖先的坟地上；哥特人已经允许我把我的宝剑插进鞘里了。泰特斯，你这不慈不爱的父亲，为什么你还不把你的儿子们安葬，害他们在可怕的冥河之滨徘徊？让他们长眠在他们兄弟的身旁吧。（开墓）沉默地会晤你们的亲人，平静地安睡啊，你们是为祖国而捐躯的！啊，埋藏着我所喜悦的神圣的仓库，正义和勇敢的美好的巢穴，你已经容纳了我多少的儿子，再也不会把他们还给我的了！

路歇斯 把哥特人中间最骄贵的俘虏交给我们，让我们砍下他的四肢，当着我们兄弟埋骨的坟墓之前把他

1 普里阿摩斯（Priam），特洛亚之王，赫克脱（Hector）、巴里斯（Paris）等均为其子。

烧死，作为献祭亡灵的礼品；让阴魂可以瞑目地下，不至于为祟人间。

泰特斯 我把生存的敌人中间最尊贵的一个交付给你，这位痛苦的女王的长子。

塔摩拉 且慢，罗马的兄弟们！仁慈的征服者，胜利的泰特斯，怜悯我所挥的眼泪，一个母亲为了哀痛她的儿子所挥的眼泪吧！要是你曾经爱过你的儿子，啊！请你想一想我的儿子对于我也是同样亲爱的。我们已经成为你的囚人，屈服于罗马的威力之下，被俘到罗马来，夸耀你的光荣的凯旋了；难道这还不够，而必须把我的儿子们屠戮在市街上，因为他们曾经为他们自己的国家出力吗？啊！要是在你们国中，为君主和国家而战，是一件应尽的责任，那么在我们国中也是一样的。安德洛尼克斯，不要用鲜血玷污你的坟墓。你要效法天神吗？你就该效法他们的慈悲；慈悲是高尚人格的真实标记。尊贵的泰特斯，赦免我的长子吧！

泰特斯 您忍耐点儿吧，娘娘，原谅我。这些已死的都是他们的兄弟，你们哥特人曾经看见他们怎样以身殉国；现在他们为了已死的兄弟诚心要求一件祭礼，您的儿子已经被选中了，他必须用一死安慰那些愤懑的幽魂。

路歇斯 把他带下去！立刻生起火来；在一堆木柴之上，让我们用宝剑肢解他的身体，直到烈火把他烧成

一堆焦炭。（路歇斯、昆塔斯、马歇斯、缪歇斯牵阿拉勃斯下）

塔摩拉 啊，残酷的、伤天害理的行为！

契伦 西徐亚[1]的土人比得上他们一半野蛮吗？

狄米特律斯 不要把西徐亚和野心的罗马相比。阿拉勃斯去安息了，我们这些未死的囚徒，只有在泰特斯的狰狞的脸色之下颤栗。所以，母亲，我们还是坚决地希望着，那曾经帮助特洛亚王后向色雷斯的暴君复仇[2]的天神们，也会照顾哥特人的女王，向她的敌人报复血海深仇。

路歇斯、昆塔斯、马歇斯、缪歇斯各持血剑重上。

路歇斯 瞧，父亲，我们已经举行我们罗马的祭礼。阿拉勃斯的四肢都被我们割了下来，他的脏腑投在献祭的火焰之中，那烟气像燃烧的香料一样熏彻天空。现在我们只要送我们的兄弟入土，用高声的号角欢迎他们回到罗马来。

泰特斯 很好，让安德洛尼克斯向他们的灵魂作这一次最后的告别。（喇叭吹响，棺材下墓）在平和与光荣之中安息吧，我的孩子们；罗马的最勇敢的战

---

1 西徐亚（Scythia），亚洲国名，往时为野蛮之游牧民族所居。

2 特洛亚王后指普里阿摩斯之后赫邱琶（Hecuba），色雷斯（Thrace）暴君待考。

士，这儿你们受不到人世的侵害和意外的损伤，安息吧！这儿没有潜伏的阴谋，没有暗中生长的嫉妒，没有害人的毒药，没有风波，没有喧哗，只有沉默和永久的睡眠；在平和与光荣之中安息吧，我的孩儿们！

拉维妮娅上。

拉维妮娅 愿泰特斯将军在平和与光荣之中安享长年；我的尊贵的父亲，愿你生存着受到世人的景仰！瞧！在这坟墓之前，我用一掬哀伤的眼泪向我的兄弟们致献我追思的敬礼；我还要跪在你的足下，用喜悦的眼泪浇洒泥土，因为你已经无恙归来。啊！用你胜利的手为我祝福吧！

泰特斯 仁慈的罗马，感谢你温情的庇护，为我保全了这一个暮年的安慰！拉维妮娅，生存吧；愿你的寿命超过你的父亲，你的贤淑的声名永垂不朽！

玛克斯·安德洛尼克斯及众护民官，萨特尼纳斯，巴西安纳斯及余人等重上。

玛克斯 泰特斯将军，我的亲爱的兄长，罗马眼中仁慈的胜利者，愿你长生！

泰特斯 谢谢，善良的护民官，玛克斯贤弟。

玛克斯 欢迎，侄儿们，你们这些奏凯回来的生存的英雄和流芳万世的长眠的壮士！你们为国献身，国家一定会给你们同样隆重的褒赏；可是这庄严的葬礼，却是更肯定的凯旋，他们已经超登极乐，战胜命运的无常，永享不朽的美名了。泰特斯·安德洛尼克斯，你一向就是罗马人民的公正的朋友，他们现在推举我，他们所信托的护民官，把这一件洁白无疵的长袍送给你，并且提出你的名字，和这两位前皇的世子并列，作为罗马皇位的候选人。所以，请你答应参加竞选，披上这件白袍，帮助无主的罗马得到一个元首吧。

泰特斯 罗马的光荣的身体上不该安放一颗老迈衰弱的头颅。为什么我要穿上这件长袍，连累你们呢？也许我今天受到推戴，明天就会撒手长逝，那不是又要害你们多费一番忙碌吗？罗马，我已经做了四十年你的军人，带领你的军队东征西讨，不曾遭过败衄；我已经埋葬了二十一个在战场上建立功名、为了他们高贵的祖国而慷慨捐躯的英勇的儿子。给我一支荣誉的手杖，让我颐养我的晚年；不要给我统治世界的权标，那最后握着它的，各位大人，应该是一位聪明正直的君主。

玛克斯 泰特斯，你可以要求皇位，你的要求将被接受。

萨特尼纳斯 骄傲而野心的护民官，你有这个把握吗？

泰特斯 不要恼，萨特尼纳斯皇子。

萨特尼纳斯 罗马人，给我合法的权利。贵族们，拔出你们的剑来，直到萨特尼纳斯登上罗马的皇座，再把它们插入鞘中。安德洛尼克斯，我但愿把你送下地狱，要是你想夺取民众对我的信心！

路歇斯　骄傲的萨特尼纳斯，你还不知道光明磊落的泰特斯预备怎样照顾你，就这样口出狂言。

泰特斯　安心吧，皇子；我会使人民放弃他们原来的意见，使你重新得到他们的爱戴。

巴西安纳斯　安德洛尼克斯，我并不谄媚你，我只是尊敬你，我将要尊敬你直到我死去。要是你愿意率领你的友人加强我的阵营，我一定非常感激你；对于心地高尚的人，感谢是无上的酬报。

泰特斯　罗马的人民和各位在座的护民官，我要求你们的同意和赞助：你们愿意接受安德洛尼克斯的建议吗？

众护民官　为了使善良的安德洛尼克斯得到满足，为了庆贺他安返罗马，人民愿意接受他所赞助的人。

泰特斯　诸位护民官，我谢谢你们；我要向你们提出这一个要求，请你们推戴你们前皇的长子萨特尼纳斯殿下，践履皇位；我希望他的贤德将会普照罗马，就像日光照射大地一样，在这国土之上结成公道的果实。要是你们愿意听从我的建议，就请把皇冠加在他的头上，高呼“吾皇万岁”！

玛克斯　在全国人民不分贵贱一致的推戴拥护之下，我们宣布萨特尼纳斯殿下为罗马伟大的皇帝；萨特尼纳斯吾皇万岁！（喇叭奏长花腔）

萨特尼纳斯　泰特斯·安德洛尼克斯，为了你今天推戴的功劳，我不但给你口头的感谢，还要在事实上报答你的好意。我要光大你的荣誉和你的家族的盛名，泰特斯，第一步我要使拉维妮娅做我的皇后，罗马的尊严的女主人，我的意中的爱宠；我要在神圣的万神殿中和她举行婚礼。告诉我，安德洛尼克斯，这个建议使你满意吗？

泰特斯 是，陛下；蒙陛下不弃下婚，真是莫大的恩荣。当着罗马的人民之前，我把我的宝剑、我的战车和我的俘虏，这些适合于呈奉罗马皇座的礼物，献给萨特尼纳斯，我们全体国民的君王和主帅，统治这一个广大的世界的皇帝。请陛下鉴纳愚诚，接受我这卑微的贡献。

萨特尼纳斯 谢谢你，尊贵的泰特斯，我的生命的父亲！罗马的历史上将要记载我是多么欣幸于得到你和你的礼物；要是有一天我会忘记这些无言可喻的伟大的勋绩中的最微细的部分，那时候，罗马人，忘记你们对我应尽的忠诚吧。

泰特斯 （向塔摩拉）现在，娘娘，您是一个皇帝的俘虏了；他将要按照您的尊贵的地位，给您和您的从者们适当的礼遇。

萨特尼纳斯 好一个绝色的佳人；要是让我重新选择，这才是我所要选择的配偶。美貌的王后，扫清你脸上的愁云吧；虽然一时的胜败改变了你的处境，你不会在罗马遭受侮辱，各方面都会得到优渥的待遇。相信我的话，不要让懊恼消沉了你一切的希望；娘子，那能够使你享受比哥特人的女王更大的荣华的人在安慰你了。拉维妮娅，你听我这样说了，不会生气吗？

拉维妮娅 不，陛下；因为真实的高贵向我保证这些话不过表示着大度的谦恭。

萨特尼纳斯 谢谢，亲爱的拉维妮娅。罗马人，让我们走吧；这些俘虏都一起释放，不要他们的赎金。各位贤卿，叫喇叭和鼓声吹打起来，宣布我们今天的盛典。（喇叭奏花腔。萨特尼纳斯向塔摩拉做手势求爱）

巴西安纳斯 泰特斯将军，恕我，这位女郎是属于我的。（夺拉维妮娅）

泰特斯 怎么，殿下！您不是在开玩笑吗？

巴西安纳斯 不，尊贵的泰特斯；我已经下了决心，坚持我的应有的权利。

玛克斯 物各有主，这位皇子夺回他自己的情人并不是非法逾分的行为。

路歇斯 只要路歇斯活在世上，谁也不能阻止他。

泰特斯 好一伙反贼，都给我滚开！皇上的卫队呢？反了，陛下！拉维妮娅被人抢走了。

萨特尼纳斯 抢走了！什么人敢把她抢走？

巴西安纳斯 把她抢走的，是一个有权利把他的未婚妻带到远离人世的地方去的人。（玛克斯及巴西安纳斯挟拉维妮娅下）

缪歇斯 兄弟们，帮助他们护送她离开这地方，这一扇门

归我仗剑把守。（路歇斯、昆塔斯、马歇斯同下）

泰特斯 跟我走，陛下，我立刻就去把她夺回来。

缪歇斯 父亲，您不能打这儿通过。

泰特斯 什么！逆子，不让我在罗马通行吗？（刺缪歇斯）

缪歇斯 救命，路歇斯，救命！（死）

路歇斯重上。

路歇斯 父亲，您太狠心了；您不该在无理的争吵中杀了您的儿子。

泰特斯 你，他，都不是我的儿子；我的儿子决不会给我这样的羞辱。反贼，快把拉维妮娅还给皇上。

路歇斯 您可以叫她死，却不能叫她放弃原来的婚约另嫁旁人。（下）

萨特尼纳斯 不，泰特斯，不；皇帝不需要她；她，你，你家里的人，我一个也用不着。我宁可信任一个曾经嘲笑我的人，可再也不愿相信你，或是你的叛逆傲慢的儿子们，你们都是故意这样串通了来羞辱我的。难道罗马只有一个萨特尼纳斯是可以给人玩弄的吗？安德洛尼克斯，像这样的行为也会当着我的面干出来，怪不得你要向人夸口，说我的皇位是从你的手里求讨得来的了。

泰特斯 嗳哟！这一番责备的话是哪里说起！

萨特尼纳斯 去吧；去把那朝秦暮楚的东西给那为了她挥刀舞剑的家伙吧。恭喜你招到一位勇敢的女婿，你的不法的儿子们可以有一个打架的对手，扰乱罗马国境之内的安宁了。

泰特斯 这些话就像刺刀一样，刺痛了我的受伤的心。

萨特尼纳斯 所以，可爱的塔摩拉，哥特人的女王，你像庄严的菲芯[1]卓立在她周遭的女神之间一样，使罗马最美的妇人黯然失色，要是你不嫌唐突，瞧吧，我选择你，塔摩拉，做我的新娘，我将要把你立为罗马的皇后。说，哥特人的女王，你赞同我的选择吗？这儿我指着一切罗马的神明起誓，因为祭司和圣水无需远求，蜡烛点燃得这样光明，一切都已准备着迎迓许门的[2]降临；我要在这儿和我的新娘举行婚礼以后，再和她携手同出，巡行罗马的街道，跨进我的宫门。

塔摩拉 苍天在上，听我向罗马起誓，要是萨特尼纳斯宠纳哥特人的女王，她愿意做一个侍候他的意旨的奴婢，一个温柔体贴的保姆，一个爱护他的青春的慈母。

萨特尼纳斯 美貌的女王，登上万神殿去吧。各位贤卿，陪伴你们的皇帝和他的可爱的新娘一同进来；她是上天赐给萨特尼纳斯皇子的，他的智慧已经征服了

1 菲芯（Phoebe），月之女神，黛安娜（Diana）之别名。

2 许门（Hymen），司婚姻之神。

她的命运。我们在圣殿之内，将要完成我们的婚礼。（除泰特斯外均下）

泰特斯 他不曾叫我去侍候这位新娘。泰特斯，你生平什么时候曾经众叛亲离，受到这样的羞辱？

玛克斯、路歇斯、昆塔斯及马歇斯重上。

玛克斯 啊！泰特斯，瞧！啊！瞧你干了什么事啦；你已经在一场无理的争吵中杀死了一个贤德的儿子。

泰特斯 不，愚蠢的护民官，不；他不是我的儿子，你也不是我的兄弟，我一个也不认识你们；你们结党同谋，干出这样贻羞家门的事来；不肖的兄弟，不肖的儿子！

路歇斯 可是让我们按照他的身份把他埋了；把缪歇斯跟我们的兄弟们葬在一起吧。

泰特斯 反贼们，滚开！他不能安息在这座坟墓里。这巍峨的丘陇，已经经历了五百年的岁月，我曾经几度把它隆重修建，在这儿光荣地长眠着的，都是军人和罗马的忠仆，没有一个是在口角斗殴之中卑劣地丧命的。随便你们找一个什么地方把他埋葬了吧；这儿没有他的地位。

玛克斯 兄长，你这未免太没有亲情了。我的侄儿缪歇斯的行为可以替他自己辩护；他必须和他的兄弟们葬在一起。

昆、马 他必须和他们合葬，否则我们愿意和他同死。

泰特斯　他必须！哪一个混蛋敢说这句话？

昆塔斯　倘不是因为当着您的面前，说这句话的人一定要用行动力争它的实现。

泰特斯　什么！你们胆敢反抗我的意志把他埋葬吗？

玛克斯　不，尊贵的泰特斯；我们请求你宽恕缪歇斯，让我们把他葬了。

泰特斯　玛克斯，你也竟会向我这样公然顶撞，跟这些孩子们联合了来伤害我的荣誉；我把你们每一个人认为我的仇敌；不要再跟我纠缠了，一起给我滚吧！

马歇斯　他已经疯了；我们去吧。

昆塔斯　在缪歇斯的尸骨没有安葬以前，我是不去的。（玛克斯及泰特斯诸子下跪）

玛克斯　哥哥，让天性打动你的心——

昆塔斯　爸爸，愿您俯念父子之情——

泰特斯　算了，不要说下去了。

玛克斯　著名的泰特斯，我的大半个的灵魂——

路歇斯　亲爱的爸爸，我们全体的灵魂和主脑——

玛克斯　让你的兄弟玛克斯把他的英勇的侄儿安葬在这些忠臣义士的中间，因为他是为了拉维妮娅的缘故光荣地死去的。你是一个罗马人，不要像野蛮人一般；缪歇斯曾经是你所心爱的孩子，让他进入这一座墓门吧。

泰特斯　起来，玛克斯，起来。今天是我一生中最不幸的日子，在罗马被我的儿子们所羞辱！好，把他葬了，回头再来葬了我吧。（缪歇斯尸身置入墓中）

路歇斯 这儿长眠着你的骸骨，亲爱的缪歇斯，和你的亲人们在一起；等候着我们用战利品来装饰你的坟墓吧。

众人 （跪）没有人为英勇的缪歇斯流泪；他为正义而死，生存在荣誉之中。

玛克斯 把这些伤心的事情搁在一旁，兄长，那哥特人的狡猾的王后怎么一下子就在罗马遭蒙这样的恩宠？

泰特斯 我不知道，玛克斯；我只知道有这么一回事儿，天才知道这里头有没有什么诡计。她不是应该感激那使她得到这样极大幸运的人吗？

玛克斯 是的，她一定会重重酬答他的。

喇叭奏花腔。萨特尼纳斯率侍从及塔摩拉、狄米特律斯、契伦、艾伦等自一方上；巴西安纳斯、拉维妮娅及余人等自另一方重上。

萨特尼纳斯 好，巴西安纳斯，你已经夺到你的锦标；恭喜你得了一位美貌的新娘！

巴西安纳斯 我也要同样恭喜你，陛下！我没有别的话说，愿你快乐；再会。

萨特尼纳斯 反贼，要是罗马还有法律，我还有权力的话，你和你的同党少不得有一天懊悔你的奸占的行为。

巴西安纳斯 陛下，我夺回明明和我订有婚约的爱人，现在她已成为我的妻子了，你却说这是奸占吗？可是让罗马的法律决定一切吧；我所占有的是属于我自己的。

萨特尼纳斯 很好，你敢在我面前这样放肆，总有一天我要叫你知道我的厉害。

巴西安纳斯 陛下，我所干的事，必须由我自己担当，决不诿卸我的责任。只有这一点是我希望你明白的：这位高贵的武士，泰特斯将军，是被你误解了，他在名誉上已经横蒙不白之冤；他为了尽忠于你，看见他的慷慨的许诺遭到意外的阻挠，在争夺拉维妮娅的过程之中，由于一时的气愤，已经亲手杀死了他的幼子；他已经用他一切的行为，证明他对于你和罗马是一个父亲和一个朋友了，萨特尼纳斯，不要错怪他吧。

泰特斯 巴西安纳斯皇子，不要为我的行为辩护；都是你和那一伙人使我遭到这样的羞辱。罗马和公正的天庭可以为我作证，我是多么敬爱萨特尼纳斯！

塔摩拉 陛下，要是塔摩拉曾经在您尊贵的眼中辱蒙见爱，请听我说一句没有偏心的话；亲爱的，听从我的请求，把已成过去的事情忘怀了吧。

萨特尼纳斯 什么，御妻！被人公然侮辱，却卑怯地不知报复，就这样隐忍了事吗？

塔摩拉 不是这样说，陛下；要是我使你做了不名誉的事，罗马的神明也会不容我的！可是我敢凭着我的荣誉担保善良的泰特斯将军在一切事情上都是无罪的，他的真诚的愤怒说明了他的内心的悲痛。所以，听从我的请求，用温和的眼光看待他吧；不要因为无稽的猜测而失去这样一个高贵的朋友，更不要用恼怒的脸色刺痛他的善良的心。（向萨特尼纳斯旁白）陛下，听我的话，不要固执，把你的一切愤恨暂时遮掩一下；你现在即位未久，不要把人民和贵族赶到泰特斯一方面去，使他们觉得你是忘恩负义而把你废黜，因为忘恩负义在罗马人看来是一桩极大的罪恶。听从我的请求，一切都在我的身上；我会有一天杀得他们一个不留，把他们的党羽和宗族剪除干净；那残忍的父亲，和他的叛逆的儿子们，我要叫他们抵偿我的爱子的生命，使他们知道让一个王后当街长跪，哀求他们俯赐矜怜而无动于衷，会有些什么报应。（高声）来，来，好皇帝；来，安德洛尼克斯；扶起这位好老人家来，安慰安慰他那在你满脸的怒色中濒丁死去的心吧。

萨特尼纳斯 起来，泰特斯，起来；我的皇后已经把我说服了。

泰特斯 谢谢陛下和娘娘的恩典。这些仁慈的言语，温和的颜色，把新的生命注入我的身体之内了。

塔摩拉 泰特斯，我已经和罗马结为一体，现在我也是一个罗马人了，我必须为了皇上的好处，给他忠诚的劝告。从今天起，安德洛尼克斯，一切争执都消灭了。我的好陛下，我已经使你和你的朋友们言归于好，让这作为我的莫大的荣幸吧。至于你，巴西安纳斯皇子，我已经向皇上保证，今后你一定做一个驯良安分的人。不用担心，各位贤卿，还有你，拉维妮娅，大家听我的话，跪下来向皇上陛下求恕吧。

路歇斯 是，我们向上天和陛下起誓，我们刚才所干的事，都是为了我们的姊妹和我们自己的荣誉而不得不采取的行动，我们已经尽力约束了自己，不使它过分越出了轨道。

玛克斯 我可以凭着我的名誉起誓。

萨特尼纳斯 去，不要说话；少向我们烦渎些吧。

塔摩拉 不，不，好皇帝，我们必须大家都成好朋友。这位护民官和他的侄儿们都在向您跪求恩恕；您必须听我的话；好人儿，转过脸来吧。

萨特尼纳斯 玛克斯，既然我的可爱的塔摩拉向我这样请求，为了你的缘故，也为了你的兄长的缘故，我赦免了这些少年人的重罪；站起来。拉维妮娅，虽然你把我当作一个村夫似的丢弃了，我已经找到一个爱我的人，我可以确实发誓当我离开祭司的时候，我不会仍然是一个单身的汉子。来，要是皇帝的宫廷里可以欢宴两个新娘，你，拉维妮娅，和你的亲友们都是我的宾客。今天将要成为一个释嫌修好的日子，塔摩拉。

泰特斯 明天陛下要是高兴的话，我愿意追随您出猎，打些豹子公鹿玩玩；我们将要用号角和猎犬的吠声向您道早安。

萨特尼纳斯 很好，泰特斯，谢谢你。（喇叭声；同下）

第二幕

第一场

罗马；皇宫前

艾伦上。

艾伦 现在塔摩拉已经登上了俄林波斯的峰巅，命运的箭镞再也不会伤害她；她高居宝座，不受震雷闪电的袭击，脸色惨白的妒嫉不能用威胁加到她的身上。正像金色的太阳向清晨敬礼，用它的光芒镀染海洋，驾着耀目的云车从黄道上疾驰飞过，高耸霄汉的山峰都在他的俯瞰之下；塔摩拉也正是这样，人世的尊荣听候着她的智慧的使唤，正义在她的颦蹙之下屈躬颤栗。那么，艾伦，鼓起你的勇气，现在正是你攀龙附凤的机会。你的主后已经长久成为你的俘虏，用色欲的锁链镣铐她自己，被艾伦的魅人的目光紧紧捆束，比缚在高加索山上的普罗密修斯[1]更难脱身；你只要抱着向上的决心，就可以升到和她同样高的位置。脱下奴隶的服装，摈弃卑贱的思想！我要大放光辉，满身插戴起耀目的金珠来，侍候这位新膺恩命的皇后。我说侍候吗？不，我要和这位女王，这位女神，这位仙娥，这位妖妇调情；她将要迷惑罗马的萨特尼纳斯，害得他国破身亡。嗳哟！这是一场什么风暴？

狄米特律斯及契伦争吵上。

狄米特律斯 契伦，你年纪太轻，智慧不足，礼貌全无，不要来妨碍我的好事。

契伦 狄米特律斯，你总是这样蛮不讲理，想用恐吓的手段压倒我。难道我比你小了一两岁，人家就会把我瞧不上眼，你就会比我更幸运吗？我也和你一样会向我的爱人献殷勤，为什么我就不配得到她的欢心？瞧吧，我的剑将要向你证明我对于拉维妮娅的热情。

艾伦 打！打！这些情人们一定要大闹一场哩。

狄米特律斯 嘿，孩子，虽然我们的母亲一时糊涂，给你佩带了一柄跳舞用的小剑，你却会不顾死活，用它来

1　普罗密修斯（Prometheus），希腊神话中半神性之巨人，因盗神火，被宙斯（Zeus）锁在高加索山上。

威吓你的兄长吗？算了吧，把你的玩意儿藏在鞘子里，等你懂得怎样使剑的时候再拿出来吧。

契伦 你不要瞧我没有本领，我要让你看看我的勇气。

狄米特律斯 哦，孩子，你居然变得这样勇敢了吗？（二人拔剑）

艾伦 嗳哟，怎么，两位王子！你们怎么敢在皇宫附近挥刀弄剑，公然争吵起来？你们反目的原因我完全知道；即使有人给我百万黄金，我也不愿让那些对于这件事情最有关系的人知道你们为什么发生争执；你们的母后也决不愿在罗马的宫廷里被人耻笑。好意思，还不把剑收起来！

狄米特律斯 不，我非得把我的剑插进他的胸膛，把他在这儿侮辱我的不逊之言灌进他自己的咽喉里去，决不罢手。

契伦 我已经完全准备好了，你这满口狂言的懦夫，你只会用一条舌头吓人，却不敢使用你的武器。

艾伦 快走，别闹了！凭着好战的哥特人所崇拜的神明起誓，这一场无聊的争吵要把我们一起都毁了。唉，哥儿们，你们没有想到侵害一位皇子的权利，是一件多么危险的事吗？嘿！难道拉维妮娅是一个放荡的淫妇，巴西安纳斯是一个下贱的庸夫，会容忍你们这样争风吃醋而恬不为意，不向你们问罪报复吗？少爷们，留心点儿吧！皇后要是知道了你们争吵的原因，看她不把你们骂得狗血喷头。

契伦　　我不管，让她和全世界都知道，我是什么也不顾的；我爱拉维妮娅胜于整个的世界。

狄米特律斯　　小子，你还是去选一个次等点儿的吧；拉维妮娅是你兄长看中的人。

艾伦　　嗳哟，你们都疯了吗？难道你们不知道在罗马，人们是不能容忍情敌存在的吗？我告诉你们，两位王子，你们这样简直是自己讨死。

契伦　　艾伦，为了得到我所心爱的人，叫我死一千次都愿意。

艾伦　　得到你所心爱的人！怎么得到？

狄米特律斯　　这有什么奇怪！她是个女人，所以可以向她调情；她是个女人，所以可以把她勾搭上手；她是拉维妮娅，所以非爱不可。嘿，朋友！磨夫数不清磨机旁边滚过的流水；偷一个切开了的面包是毫不费事的。虽然巴西安纳斯是皇帝的兄弟，比他地位更高的人也曾戴过绿头巾。

艾伦　　（旁白）嗯，这句话正好说在萨特尼纳斯身上。

狄米特律斯　　那么一个人只要懂得怎样用美妙的言语，风流的仪表，大量的馈赠，猎取女人的心，他为什么还要失望呢？嘿！你不是常常射中了一头母鹿，当着看守人的面前把她捉了去吗？

艾伦　　啊，这样看来，你们还是应该乘人不备，把她抢夺过来的好。

契伦　　嗯，要是这样可以使我们达到目的的话。

狄米特律斯　　艾伦，你说得不错。

艾伦 那么你们为什么要吵个不休呢？听着，听着！你们难道都是傻子，为了这些事情而互相闹起来吗？照我的意思，与其两败俱伤，还不如大家沾些实惠的好。

契伦 说老实话，那在我倒也无所不可。

狄米特律斯 我也不反对，只要我自己也有一份儿。

艾伦 好意思，赶快和和气气的，同心合作，把你们所争夺的人儿拿到手里再说；为了达到你们的目的，这是唯一的策略；你们必须抱定主意；既然事情不能完全适如你们的愿望，就该在可能的范围以内实现你们的企图。让我贡献你们这一个意见：这一位拉维妮娅，巴西安纳斯的爱妻，是比鲁克丽丝[1]更为贞洁的；与其在无望的相思中熬受着长期的痛苦，不如采取一种干脆爽快的行动。我已经想到一个办法了。两位王子，明天有一场盛大的狩猎，可爱的罗马女郎们都要一显身手；森林中的道路是广阔而宽大的，有许多人迹不到的所在，适宜于暴力和奸谋的活动。你们选定了这么一处地方，就把这头娇美的小鹿诱到那里去，要是不能用言语打动她的心，不妨用暴力满足你们的愿望；只有这一个办法可以有充分的把握。来，来，我们的皇后正在用她天赋的智慧，

1 鲁克丽丝（Lucrece），罗马传说中贞洁美慧之女郎，被达昆（Tarquin）所奸污。沙翁有长诗“鲁克丽丝失身记”（TheRapeofLucrece）咏其事。

一心一意地计划着复仇的阴谋，让我们把我们想到的一切告诉她，她是决不容许你们同室操戈的，一定会供给我们一些很好的意见，使你们两人都能如愿以偿。皇帝的宫廷像荣誉女神的殿堂一样，充满着无数的唇舌耳目，树林却是冷酷无情，不闻不见的；勇敢的孩子们，你们在那里说话，动武，试探你们各人的机会吧，在蔽天的浓荫之下，发泄你们的情欲，从拉维妮娅的肉体上享受销魂的喜悦。

契伦 小子，你的主见很好，不失为一个痛快的办法。

狄米特律斯 不管良心上说得说不过去，我一定要找到这一个清凉我的欲焰的甘泉，这一道镇定我的情热的灵符。（同下）

第二场

森林

内号角及猎犬吠声。泰特斯·安德洛尼克斯率从猎者及玛克斯、路歇斯、昆塔斯、马歇斯等同上。

泰特斯 猎人已经准备出发，清晨的天空泛出鱼肚色的曙光，田野间播散着芳香，树林是绿沉沉的一片。在这儿放开猎犬，让它们吠叫起来，催醒皇上和他的可爱的新娘，用号角的和鸣把皇子唤起，让整个宫廷都震响着回声。孩子们，你们须要小心侍候皇上；昨天晚上我睡梦不安，可是天明已经鼓起我新的欢悦。（猎犬群吠，号角齐鸣）

萨特尼纳斯、塔摩拉、巴西安纳斯、拉维妮娅、狄米特律斯、契伦及侍从等上。

泰特斯 陛下早安！娘娘早安！我答应陛下用猎人的合奏乐把你们唤醒的。

萨特尼纳斯 你奏得很卖力，将军；可是对于新婚的少妇们，未免早得太煞风景了。

巴西安纳斯 拉维妮娅，你怎么说？

拉维妮娅 我说不；我已经完全清醒了两个多时辰了。

萨特尼纳斯 那么来，备起马儿和车子来，我们立刻出发打猎去。（向塔摩拉）御妻，现在你可以看看我们罗马人的打猎了。

玛克斯 陛下，我有几头猛犬，善于搜逐最勇壮的豹子，攀登最峻峭的山崖。

泰特斯 我有几匹好马，能够绝尘飞步，像燕子一样掠过原野，追踪逃走的野兽。

狄米特律斯 （旁白）契伦，我们不用犬马打猎，我们的目的只是要捉住一头娇美的小鹿。（同下）

第三场

森林中之僻静部分

艾伦持黄金一袋上。

艾伦 聪明的人看见我把这许多金子埋在一株树下，自己将来永远没有享用它的机会，一定以为我是个没有头脑的傻瓜。让这样瞧不起我的人知道，这一堆金子是要铸出一个计策来的，要是这计策运用得巧妙，可以造成一件非常出色的恶事。躺着，好金子，让那得到这一笔从皇后的银箱里搬出来的布施的人不得安宁吧。（埋金）

塔摩拉上。

塔摩拉 我的可爱的艾伦，万物都在夸耀着它们的欢乐，你为什么郁郁不快呢？小鸟在每一株树上吟唱歌曲；花蛇卷起了身体安眠在温和的阳光之下；青青的树叶因凉风吹过而颤动，在地上织成了纵横交错的影子。在这样清静的树荫底下，艾伦，让我们坐下来；当饶舌的回声仿效着猎犬的长嗥，向和鸣的号角发出尖锐的答响，仿佛有两场狩猎正在同时进行的时候，让我们坐着倾听他们嘶叫的声音。正像狄多和她的流浪的王子[1]受到暴风雨的袭击，躲避在一座秘密的山洞里一样，我们也可以彼此拥抱在各人的怀里，在我们的游戏完毕以后，一同进入甜蜜的梦乡；猎犬、号角和婉转清吟的小鸟，合成了一阕催眠的歌曲，抚着我们安然睡去。

艾伦　娘娘，虽然维纳斯主宰着你的欲望，我的心却为撒登所占领[2]。我的凝止的眼睛，我的静默，我的阴沉的忧郁、我的根根竖起的蓬松的头发，就像展开了身体预备咬人的毒蛇一样，这些都表示着什么呢？不，娘娘，这些不是情欲的征兆；杀人的恶念藏在我的心头，死亡握在我的手里，流血和复仇在我的脑中震荡。听着，塔摩拉，我的灵魂的皇后，你的怀抱便是我的灵魂的归宿，它不希望更有其他的天堂；今天是巴西安纳斯的末

1　狄多（Dido），古希腊迦泰基（Carthage）女王，恋伊尼阿斯（Æneas）；后者为维琪尔（Vigil）史诗Æneid中之英雄，即此处所称之流浪王子。

2　撒登（Saturn），罗马农神，在星座中为土星；四方术士以为土星主命之人，多具有冷酷阴险之性格。

日，他的菲罗墨拉[1]必须失去她的舌头，你的儿子们将要破坏她的贞操，在巴西安纳斯的血泊中洗手。你看见这封信吗？这里面藏着恶毒的阴谋，请你把它收起来交给那皇帝。不要多问，有人看见我们了；这儿来了一双我们安排捕捉的猎物，他们还没有想到他们生命的毁灭就在眼前。

塔摩拉 啊！我的亲爱的摩尔人，你是我的比生命更可爱的人儿。

艾伦 不要说下去啦，大皇后；巴西安纳斯来了。你先找一些借口，跟他拌起嘴来；我就去找你的儿子来帮你吵架。（下）

巴西安纳斯及拉维妮娅上。

巴西安纳斯 什么人在这儿？罗马的尊严的皇后，没有一个侍从卫护她吗？或者是狄安娜女神模仿着她的装束，离开天上的树林，到这里的林中来参观我们的狩猎吗？

塔摩拉 好大胆的狂徒，竟敢窥探我的私人的行动！要是我有像人家所说狄安娜所有的那种力量，我就要立刻叫你的头上长起角来，让猎犬把你追逐，你

1 菲罗墨拉（Philomela），古代传说中之亚的加（Attica）公主，其姊夫忒柔斯（Tereus）涎其美色，奸之而割其舌，菲罗墨拉以其遭遇织为文字，制衣赠其姊普洛克涅（Procne），普洛克涅杀子而与菲罗墨拉偕遁；天神闻其吁告，使菲罗墨拉化为夜莺，普洛克涅化为燕子。

这无礼的闯入者！

拉维妮娅　恕我说句话，好娘娘，人家都在疑心您跟您那摩尔人正在作什么实验，要替什么人安上角去呢。乔武保佑尊夫，让他今天不要被他的猎犬追逐！要是它们把他当作了一头公鹿，那可糟啦。

巴西安纳斯　相信我，娘娘，您那黑奴已经使您的名誉变了颜色，像他身体一样污秽可憎了。为什么您要摈斥您的侍从，降下您的雪白的骏马，让一个野蛮的摩尔人陪伴着您跑到这一个幽僻的所在，倘不是因为受着您的卑劣的欲念的引导？

拉维妮娅　因为你们的好事被我们打散了，无怪您要嗔骂我的丈夫无礼啦。来，我们走吧，让她去和她的乌鸦一般的爱人尽情作乐；这幽谷是一个再适当不过的地方。

巴西安纳斯　我的皇兄必须知道这件事情。

拉维妮娅　好皇帝，遭到这样重大的耻辱！

塔摩拉　为什么我要忍受你们这样的侮蔑呢？

狄米特律斯及契伦上。

狄米特律斯　怎么，亲爱的母后！您脸上为什么这样惨淡失色？

塔摩拉　你们想想我应不应该脸色惨淡？这两个人把我骗到了这个所在，一个荒凉可憎的幽谷！你们看，虽然是夏天，这些树木却是萧条而枯瘦的，青苔和寄生树侵蚀了它们的生机；这儿从来没有太阳照耀；

这儿没有生物繁殖，除了夜枭和不祥的乌鸦。当他们把这个可怕的幽谷指点给我看的时候，他们告诉我，这儿在沉寂的深宵，有一千个妖魔、一千条嗞嗞作声的蛇、一万只臃肿的蛤蟆、一万只刺蝟，同时发出惊人而杂乱的叫声，无论什么人一听见了，不是立刻发疯就要当场吓死。他们告诉了我这样可怕的故事以后，就对我说，他们要把我缚在一株阴森的杉树上，让我在这种恐怖之中死去；于是他们称我为万恶的淫妇，放荡的哥特女人，和一切诸如此类凡是人们耳中所曾经听见过的最恶毒的名字；倘不是神奇的命运使你们到这里来，他们早就向我下这样的毒手了。你们要是爱你们母亲的生命，快替我复仇吧，否则从此以后，你们再也不能算是我的孩子了。

狄米特律斯 这可以证明我是你的儿子。（刺巴西安纳斯）

契伦 这一剑直中要害，可以证明我的本领。（刺巴西安纳斯，巴西安纳斯死）

拉维妮娅 啊，来，妖妇！不，野蛮的塔摩拉，因为只有你自己的名字最能够表现你恶毒的天性。

塔摩拉 把你的短剑给我；你们将要知道，我的孩子们，你们的母亲将要亲手报复她的仇恨。

狄米特律斯 且慢，母亲，我们还不能就让她这样死了；先把谷粒打出，然后再把稻草烧去。这丫头自负贞洁，胆敢冲撞母后，难道我们就让她带着她的贞洁到她的坟墓里去吗？

契伦 要是让她这样清清白白死去，我宁愿我是一个太监。把她的丈夫拖到一个僻静的洞里，让他的尸体作为我们纵欲的枕垫吧。

塔摩拉 可是当你们采到了你们所需要的蜜汁以后，不要放这黄蜂活命；她的刺会伤害我们的。

契伦 您放心吧，母亲，我们决不留着她来危害我们。来，娘子，现在我们要用强力欣赏欣赏您那用心保存着的贞洁了。

拉维妮娅 啊，塔摩拉！你生着一张女人的脸孔——

塔摩拉 我不要听她说话；把她带下去！

拉维妮娅 两位好王子，求求她听我说一句话。

狄米特律斯 听着，美人儿。母亲，她的流泪便是您的光荣；但愿她的泪点滴在您的心上，就像雨点打在无情的顽石上一样。

拉维妮娅 乳虎也会教训起它的母亲来了吗？啊！不要学她的残暴；是她把你教成这个样子；你从她胸前吮吸的乳汁都变成了石块；当你乳哺的时候，你的凶恶的天性已经锻成了。可是每一个母亲不一定生同样的儿子；（向契伦）你求求她显出一点女人的慈悲来吧！

契伦 什么！你要我证明我自己是一个异种吗？

拉维妮娅 不错！乌鸦是孵不出云雀来的。可是我听见人家说，狮子受到慈悲心的感动，会容忍它的尊严的脚爪被人剪去；唉！要是果然有这样的事，那就好了。有人说，乌鸦常常抚育被遗弃的孤雏，却让自己的小鸟在巢中挨饿；啊！虽然你的冷酷的心不许你对我这样仁慈，可是请你稍微发一点怜悯吧！

塔摩拉 我不知道怜悯是什么意思；把她带下去！

拉维妮娅 啊，让我劝导你！看在我父亲的面上，他曾经在可以把你杀死的时候宽宥了你的生命，不要固执，开开你的聋去了的耳朵吧！

塔摩拉 即使你自己从不曾得罪我，为了他的缘故，我也不能对你容情。记着，孩子们，我徒然抛掷了滔滔的热泪，想要把你们的哥哥从罗马人的血祭中间拯救出来，却不能使凶恶的安德洛尼克斯改变他的初衷。所以，把她带下去，尽你们的意思蹂躏她；你们越是把她作践得痛快，我越是喜爱你们。

拉维妮娅 塔摩拉啊！愿你被称为一位仁慈的皇后，用你自己的手就在这地方杀了我吧！因为我向你苦苦哀求的并不是生命，当巴西安纳斯死了以后，可怜的我活着也就和死去一般了。

塔摩拉 那么你求些什么呢？傻女人，放了我。

拉维妮娅 我要求立刻就死；我还要求一件女人的羞耻使我不能出口的事。啊！不要让我在他们手里遭受比死还难堪的玷辱；把我丢在一个污秽的地窟里，永不要让人们的眼睛看见我的身体；做一个慈悲的杀人犯，答应我这一个要求吧！

塔摩拉 那么我就要剥夺我的好儿子们的权利了。不，让他们在你的身上满足他们的欲望吧。

狄米特律斯 快去！你已经使我们在这儿等得太久了。

拉维妮娅 没有慈悲！没有妇道！啊，禽兽不如的东西，全体女性的污点和仇敌！——

契伦 哼，那么我可要塞住你的嘴了。哥哥，你把她丈夫的尸体搬过来；这就是艾伦叫我们把他掩埋的地窟。（狄米特律斯将巴西安纳斯尸体掷入穴内；狄米特律斯、契伦二人拖拉维妮娅同下）

塔摩拉 再会，我的孩子们；留心不要放她逃走。让我的心头永远不知道有愉快存在，直到安德洛尼克斯全家死得不留一人。现在我要去找我的可爱的摩尔人，让我的暴怒的儿子们去攀折这一枝败柳残花。（下）

艾伦率昆塔斯及马歇斯同上。

艾伦 来，两位公子，看谁走得快，我立刻就可以带领你们到我看见有一头豹子在那儿熟睡的洞口。

昆塔斯 我的眼光十分模糊，不知道是什么预兆。

马歇斯 我也这样。说来惭愧，我真想停止打猎，找个地方睡一会儿。（失足跌入穴内）

昆塔斯 什么！你跌下去了吗？这是一个什么幽深莫测的地穴，洞口遮满了蔓生的荆棘，那叶子上还染着一滴滴的鲜血，像花瓣上的朝露一样新鲜？看上去这似乎是一处很危险的所在。说呀，兄弟，你跌伤了没有？

马歇斯 啊，哥哥！我碰在一件东西上碰伤了，这东西瞧上去才叫人触目惊心。

艾伦 （旁白）现在我要去把那皇帝带来，让他看见他们在这里，他一定会猜想是他们两人杀死了他的兄弟。（下）

马歇斯 你为什么不安慰安慰我，帮助我从这邪恶的血污的地穴里出来？

昆塔斯 一阵无端的恐惧侵袭着我，冷汗湿透了我的颤栗的全身；我的眼前虽然一无所见，我的心里却充满了惊疑。

马歇斯 为了证明你有一颗善于预料的心，请你和艾伦两人向这地穴里一望，就可以看见一幅血与死的可怖的景象。

昆塔斯 艾伦已经去了；我的恻隐之心使我不忍观望那在推测之中已经使我颤栗的情状。啊！告诉我是怎么一回事；我从来不曾像现在一样孩子气，害怕着我所不知道的事情。

马歇斯 巴西安纳斯殿下僵卧在这可憎的黑暗的饮血的地穴里，知觉全无，像一头被宰的羔羊。

昆塔斯 地穴既然是黑暗的，你怎么知道是他？

马歇斯 在他的流血的手指上戴着一枚宝石的指环，它的光彩照亮了地窟的全部；正像一支墓穴里的蜡烛一般，它照出了已死者的泥土色的脸颊，也照见了地窟里凌乱的一切；当皮拉摩斯[1]躺在处女的

---

1 皮拉摩斯（Pyramus），传说中之情人，与其所爱女郎双双情死，事见《仲夏夜之梦》。

血泊中的晚上，那月亮的颜色也是这么惨淡的。啊，哥哥！恐惧已经使我失去力气，要是你也是这样，赶快用你无力的手把我拉出了这个吃人的洞府，它像一张喷着妖雾的魔口一样可怕的。

昆塔斯 把你的手伸上来给我抓住了，好让我拉你出来，否则因为我自己也提不起劲儿，怕会翻下了这个幽深的黑洞，可怜的巴西安纳斯的坟墓里去。我没有力气把你拉上洞口。

马歇斯 没有你的帮助，我也没有力气爬上来。

昆塔斯 再把你的手给我；这回我倘不把你拉出洞外，拼着自己也跌下去，再不放松了。（跌入穴内）

艾伦率萨特尼纳斯重上。

萨特尼纳斯 跟我来；我要看看这儿是个什么洞，跳下去的是个什么人。喂，你是什么人，跳下了这个地窟里去？

马歇斯 我是老安德洛尼克斯的倒霉的儿子，在一个不幸的时辰被人带到这里来，发现你的兄弟巴西安纳斯死了。

萨特尼纳斯 我的兄弟死了！我知道你在开玩笑。他跟他的夫人都在这猎场北首的茅屋里，我在那边离开他们还不上一小时呢。

马歇斯 我们不知道您在什么地方看见他们好好儿地活着；可是唉！我们却在这里看见他死了。

塔摩拉率侍从及泰特斯·安德洛尼克斯、路歇斯同上。

塔摩拉 我的皇上在什么地方？

萨特尼纳斯 这儿，塔摩拉；重大的悲哀使我痛不欲生。

塔摩拉 你的兄弟巴西安纳斯呢？

萨特尼纳斯 你触到了我的心底的创痛；可怜的巴西安纳斯躺在这儿被人谋杀了。

塔摩拉 那么我把这一封致命的书信送来得太迟了，（以一信交萨特尼纳斯）这里面藏着造成这一幕出人意料的悲剧的阴谋；真奇怪，一个人可以用满脸的微笑，遮掩着这种杀人的恶意。

萨特尼纳斯 “万一事情决裂，好猎人，请你替他掘下坟墓；我们说的是巴西安纳斯，你懂得我们的意思。在那覆罩着巴西安纳斯葬身的地穴的一株大树底下，你只要拨开那些荨麻，便可以找到你的酬劳。照我们的话办了，你就是我们永久的朋友。”啊，塔摩拉！你听见过这样的话吗？这就是那个地穴，这就是那株大树。来，你们大家快去给我搜寻那杀死巴西安纳斯的猎人。

艾伦 启禀陛下，这儿有一袋金子。

萨特尼纳斯 （向泰特斯）都是你生下这一对狼心狗肺的孽畜，把我的兄弟害了。来，把他们从这地穴里拖出来，关在监牢里，等我们想出一些闻所未闻的酷刑来处置他们。

塔摩拉 什么！他们就在这地穴里吗？啊，怪事！杀了人这么容易就被发觉了！

泰特斯 陛下，让我这衰弱的双膝向您下跪，用我不轻抛掷的眼泪请求这一个恩典：要是我这两个罪该万死的逆子果然犯下了这样重大的过恶，要是有确实的证据证明他们的罪状——

萨特尼纳斯 要是有确实的证据！事实还不够明白吗？这封信是谁找到的？塔摩拉，是你吗？

塔摩拉 安德洛尼克斯自己从地上拾起来的。

泰特斯 是我拾起来的，陛下。可是让我做他们的保人吧；凭着我的祖先的坟墓起誓，他们一定随时听候着陛下的传唤，准备用他们的生命洗刷他们的嫌疑。

萨特尼纳斯 你不能保释他们。跟我来；把被害者的尸体抬走，那两个凶手也带了去。不要让他们说一句话；他们的罪状已经很明显了。凭着我的灵魂起誓，要是人间有比死更痛苦的结局，我一定要叫他们尝尝那样的滋味。

塔摩拉 安德洛尼克斯，我会向皇上说情的；不要为你的儿子们担忧，他们一定可以平安无事。

泰特斯 来，路歇斯，来；快走，别跟他们说话。（各下）

第四场

森林的另一部分

狄米特律斯、契伦及拉维妮娅上；拉维妮娅已遭奸污，两手及舌均被割去。

狄米特律斯 现在你的舌头要是还会讲话，你去告诉人家谁奸污你的身体，割去你的舌头吧。

契伦 要是你的断臂还会握笔，把你心里的话写了出来吧。

狄米特律斯 瞧，她还会做手势呢。

契伦 回家去，叫他们替你拿些香水洗手。

狄米特律斯 她没有舌头可以叫，也没有手可以洗，所以我们还是让她静悄悄地走她的路吧。

契伦 要是我在她的地位，我一定去上吊了。

狄米特律斯 那还要看你有没有手可以帮助你在绳上打结。（狄米特律斯、契伦同下）

玛克斯上。

玛克斯 这是谁，跑得这么快？是我的侄女吗？侄女，跟你说一句话；你的丈夫呢？要是我在做梦，但愿我所有的财富能够把我惊醒！要是我现在醒着，但愿一颗行星砸在我头上，让我从此长眠不醒！说，温柔的侄女，哪一只凶狠无情的毒手砍去了你身体上秀美的双肢，那一对可爱的装饰品，它们的柔荫的环抱之中，是君王们所追求的温柔仙境？为什么不对我说话？嗳哟！一道殷红的血流，像被风激起泡沫的泉水一样，在你的两片蔷薇色的嘴唇之间浮沉起伏，随着你的甘美的呼吸而涨落。一定是那一个忒柔斯蹂躏了你，因为怕你宣布他的罪恶，才把你的舌头割下。啊！现在你因为羞愧而把你的脸转过去了；虽然你的血从三处管孔里同时奔涌，你的面庞仍然像迎着浮云的太阳的酡颜一样绯红。要不要我替你说话？要不要我说，事情果然是这样的？唉！但愿我知道你的心思；但愿我知道那害你的禽兽，那么我也好痛骂他一顿，出出我的气恨。郁结不发的悲哀正像闷塞了的火炉一样，会把一颗心烧成灰烬。美丽的菲罗墨拉不过失去了她的舌头，她却会不怕厌烦，一针一线地织出她的悲惨的遭遇；可是，可爱的侄女，你已经拈不起针线来了，你所遇见的是一个更奸恶的忒柔斯，他已经把你那比菲罗墨拉更善于针织的娇美的手指截去了。啊！要是那恶魔曾经看见这双百合花一样的纤手像颤栗的白杨叶般弹弄着琵琶，使那一根根丝弦乐于和它们亲吻，他一定不忍伤害它们；要是他曾经听见从那美妙的舌端吐露出来的天乐，他一定会丢下他的刀子，昏昏沉沉地睡去。来，让我们去，使你的父亲成为盲目吧，因为这样的惨状是会使一个父亲的眼睛昏眩的；一小时的暴风雨就会淹没了芬芳的牧场，你父亲的眼睛怎么经得起经年累月的泪涛泛滥呢？不要退后，因为我们将要陪着你悲伤；唉！要是我们的悲伤能够减轻你的痛苦就好了！（同下）

第三幕

第一场

罗马街道

元老、护民官及法警等押马歇斯及昆塔斯绑缚上，向刑场前进；泰特斯前行哀求。

泰特斯 听我说，尊严的父老们！尊贵的护民官们，等一等！可怜我这一把年纪吧！当你们高枕安卧的时候，我曾经在危险的沙场上抛掷我的青春；为了我在罗马伟大的战役中所流的血，为了我枕戈待旦的一切霜露的深宵，为了现在你们所看见的，这些填满在我脸上衰老的皱纹里的苦泪，求求你们向我这两个定了罪的儿子大发慈悲吧，他们的灵魂是并不像你们所想象的那样堕落的。我已经失去了二十二个儿子，我不曾为他们流一点泪，因为他们是死在光荣的高贵的眠床上。为了这两个，这两个，各位护民官，（投身地上）我在泥土上写下我的深心的苦痛和我的灵魂的悲哀之泪。让我的眼泪浇息了大地的干渴，我的孩子们的亲爱的血液将会使它羞愧而脸红。（元老、护民官等及二囚犯同下）大地啊！从我这两口古罍之中，我要倾泻出比四月的春天更多的雨水灌溉你；在苦旱的夏天，我要继续向你淋洒；在冬天我要用热泪融化冰雪，让永久的春光留驻在你的脸上，只要你拒绝喝下我的亲爱的孩子们的血液。

路歇斯拔剑上。

泰特斯 可尊敬的护民官啊！善良的父老们啊！松了我的孩子们的绑缚，撤销死罪的判决吧！让我这从未流泪的人说，我的眼泪现在变成打动人心的辩士了。

路歇斯 父亲啊，您这样哀哭是无济于事的；护民官们听不见您，一个人也不在近旁；您在向一块石头诉述您的悲哀。

泰特斯 啊！路歇斯，让我为你的兄弟们哀求。尊严的护民官们，我再向你们作一次求告——

路歇斯 父亲，没有一个护民官在听您说话哩。

泰特斯 嗨，那又有什么关系呢？即使他们听见，他们也不会注意我的话；即使他们注意我的话，他们也不会怜悯我，可是我必须向他们哀求，虽然我的哀求是毫无结果的。所以我向石块们诉述我的悲哀，它们不能解除我的痛苦，可是比起那些护民官来还是略胜一筹，因为它们不会打断我的话头；当我哭泣的时候，它们谦卑地在我的脚边承受我的眼泪，仿佛在陪着我哭泣一般；要是它们也披上了庄严的法服，罗马没有一个护民官可以比得上它们：石块是像蜡一样柔软的，护民官的心肠却比石块更坚硬；石块是沉默而不会侵害他人的，护民官却会掉弄他们的舌头，把无辜的人们宣判死刑。（起立）可是你为什么把你的剑拔出来拿在手里？

路歇斯 我想去把我的两个兄弟劫救出来；那些法官们因为我作了这样的尝试，已经宣布把我永远放逐。

泰特斯 幸运的人啊！他们在照顾你哩。嘿，愚笨的路歇斯，你不看见罗马只是一大片猛虎出没的荒野吗？猛虎是一定要饱腹的；罗马除了我和我们一家的人以外，再没有别的猎物可以充塞它们的馋吻了。你现在被放逐他乡，远离这些吃人的野兽，才是多大的幸运啊！可是谁跟着我的兄弟玛克斯来啦？

玛克斯及拉维妮娅上。

玛克斯 泰特斯，让你的老眼准备流泪，要不然的话，让你高贵的心准备碎裂吧；我带了毁灭你的暮年的悲哀来了。

泰特斯 它会毁灭我吗？那么让我看看。

玛克斯 这本来是你的女儿。

泰特斯 嗳哟，玛克斯，她现在还是我的女儿。

路歇斯 好惨！我可受不啦。

泰特斯 没有勇气的孩子，起来，瞧着她。说，拉维妮娅，哪一只可咒诅的毒手使你在你父亲的眼前变成一个没有手的人？哪一个傻子挑了水倒在海里，或是向火光烛天的特洛亚城中丢进一束柴去？在你未来以前，我的悲哀已经达到了顶点，现在它像尼罗河一般，泛滥过一切的界限了。给我一柄剑，我要把我的手也砍下了；因为它们曾经为罗马出过死力，结果却是一无所得；在无益的祈求中，我曾经把它们高高举起，可是它们对我一点没有用处；现在我所要叫它们做的唯一的事，是让这一只手把那一只手砍了。拉维妮娅，你没有手也好，因为曾经为国家出力的手，在罗马是不被重视的。

路歇斯 说，温柔的妹妹，谁害得你这个样子？

玛克斯 啊！那善于用敏妙的辩才宣达她的思想的可爱的器官，那曾经用柔曼的歌声迷醉世人耳朵的娇鸣的小鸟，已经从那美好的笼子里拉去了。

路歇斯 啊！你替她说，谁干了这样的事？

玛克斯 啊！我看见她在林子里仓皇奔走，正像现在这样子，想要把自己躲藏起来，就像一头鹿受到了不治的重伤一样。

泰特斯 那是我的爱宠；谁伤害了她，给我的痛苦甚于杀死我自己。现在我像一个人站在一块岩石上一样，周围是一片汪洋的大海，那海潮愈涨愈高，每一秒钟都会有一阵无情的浪涛把他卷下了白茫茫的波心。我的不幸的儿子们已经从这一条路上向死亡走去了；这儿站着我的另一个儿子，一个被放逐的流亡者；这儿站着我的兄弟，为了我的厄运而悲泣；可是那使我的心灵受到最大的打击的，却是亲爱的拉维妮娅，比我的灵魂更亲爱的。要是我看见人家在图画里把你画成这个样子，它也会使我发疯；现在我看见你这一副活生生的惨状，我应该怎样才好呢？你没有手可以揩去你的眼泪，也没有舌头可以告诉我谁害了你。你的丈夫，他已经死了，为了他的死你的兄弟们也被判死罪，这时候也早没有命了。瞧！玛克斯；啊！路歇斯我儿，瞧着她：当我提起她的兄弟们的时候，新的眼泪又滚下她的脸颊，正像甘露滴在一朵被人攀折的憔悴的百合花上一样。

玛克斯 也许她流泪是因为他们杀死了她的丈夫；也许因为她知道他们是无罪的。

泰特斯 要是他们果然杀死了你的丈夫，那么高兴起来吧，因为法律已经给他们惩罚了。不，不，他们不会干这样卑劣的行为；瞧他们的姊姊在流露着多大的伤心。温柔的拉维妮娅，让我吻你的嘴唇，或者指示我怎样可以给你一些安慰。要不要让你的好叔父，你的哥哥路歇斯，还有你，我，大家在一个水池旁边团团坐下，瞧瞧我们映在水中的脸庞，瞧它们怎样为泪痕所污，正像洪水新退以后，牧场上还残留着许多潮湿的黏土一样？我们要不要向着池水伤心落泪，让那澄澈的流泉失去它的清冽的味道，变成一泓咸水？或者我们要不要也像你一样砍下我们的手？或是咬下我们的舌头，在无言的沉默中消度我们可憎的残生？我们应该怎样做？让我们这些有舌的人商议出一些更多的苦难来加在我们自己身上，留供后世人们嗟叹吧。

路歇斯 好爸爸，别哭了吧；瞧我那可怜的妹妹又被您逗得呜咽痛哭起来了。

玛克斯 宽心点儿，亲爱的侄女。好泰特斯，揩干你的眼睛。

泰特斯 啊！玛克斯，玛克斯，弟弟；我知道你的手帕再也收不进我的一滴眼泪，因为你，可怜的人，已经用你自己的眼泪把它浸透了。

路歇斯 啊！我的拉维妮娅，让我揩干你的脸庞吧。

泰特斯 瞧，玛克斯，瞧！我懂得她的意思。要是她会讲话，她现在要对她的哥哥这样说：他的手帕已经满揾着他的伤心的眼泪，拭不干她颊上的悲哀了。唉！纵然我们彼此相怜，谁都是爱莫能助，正像地狱底的幽魂盼不到天堂的幸福。

艾伦上。

艾伦 泰特斯·安德洛尼克斯，我奉皇上之命，向你传达他的旨意：要是你爱你那两个儿子，只要让玛克斯、路歇斯，或是你自己，年老的泰特斯，你们任何一人砍下一只手来，送到皇上面前，他就可以赦免你的儿子们的死罪，把他们送还给你。

泰特斯 啊，仁慈的皇帝！啊，善良的艾伦！乌鸦也会唱出云雀的歌声，报知日出的喜讯吗？很好，我愿意把我的手献给皇上。好艾伦，你肯帮助我把它砍下来吗？

路歇斯 且慢，父亲！您那高贵的手曾经推倒无数的敌人，不能把它砍下，还是让我的手代替了吧。我比您年轻力壮，流一些血还不大要紧，所以应该让我的手去救赎我的兄弟们的生命。

玛克斯 你们两人的手谁不曾保卫罗马，高挥着流血的战斧，在敌人的堡垒上写下了毁灭的命运？啊！你们两人的手都曾建立赫赫的功业，我的手却无所事事，让它去赎免我的侄儿们的死罪吧；那么我总算也叫它干了一件有意义的事了。

艾伦 来，来，快些决定把哪一个人的手送去，否则也许赦令未下，他们早已死了。

玛克斯 把我的手送去。

路歇斯 凭着上天起誓，这不能。

泰特斯 你们别闹啦；像这样的枯枝败梗，才是适宜于樵夫的刀斧的，还是把我的手送去吧。

路歇斯 好爸爸，要是您认我是您的儿子，让我把我的兄弟们从死亡之下救赎出来。

玛克斯 为了我们去世的父母的缘故，让我现在向你表示一个兄弟的友爱。

泰特斯 那么由你们两人去决定吧！我就保留下我的手。

路歇斯 那么我去找一柄斧头来。

玛克斯 可是那斧头是要让我用的。（路歇斯、玛克斯下）

泰特斯 过来，艾伦；我要把他们两人都骗了过去。帮我一帮，我就把我的手给你。

艾伦 （旁白）要是那也算是欺骗的话，我宁愿一生一世做个老实人，再也不这样欺骗人家；可是我要用另一种手段欺骗你，不上半小时就可以让你见个分晓。（砍下泰特斯手）

路歇斯及玛克斯重上。

泰特斯 现在你们也不用争执了，应该做的事情已经做好。好艾伦，把我的手献给皇上陛下，对他说那是一只曾经替他抵御过一千种危险的手，叫他把它埋了；它应该享受更大的荣宠，这样的要求是不该拒绝的。至于我的儿子们，你说我认为他们是用低微的代价买来的珍宝，可是因为我用自己的血肉换到他们的生命，所以他们的价值仍然是贵重的。

艾伦 我去了，安德洛尼克斯；你牺牲了一只手，等着它换来你的两个儿子吧。（旁白）我的意思是说他们的头。啊！我一想到这一场恶计，就觉得浑身通泰。让傻瓜们去行善，让小白脸儿们去向神明献媚吧，艾伦宁愿让他的灵魂黑得像他的脸一样。（下）

泰特斯 啊！我向天举起这一只手，把这衰老的残躯向大地俯伏：要是那一尊神明怜悯我这不幸的人所挥的眼泪，我要向他祈求！（向拉维妮娅）什么！你也要陪着我下跪吗？很好，亲爱的，因为上天将要垂听我们的祷告，否则我们要用叹息嘘成浓雾，把天空遮得一片昏沉，使太阳失去它的光辉，正像有时浮云把它拥抱起来一样。

玛克斯 唉！哥哥，不要疯疯癫癫地讲这些无关实际的话了；让理智控制你的悲痛吧。

泰特斯 要是理智可以向我解释这一切灾祸，我就可以约束我的悲痛。当上天哭泣的时候，地上不是要泛滥着大水吗？当狂风怒号的时候，大海不是要发起疯来，鼓起了它的面颊向天空恫吓吗？你要知道我这样叫闹的理由吗？我就是海；听她的叹息在刮着多大的风；她是哭泣的天空，我就是大地；我这海水不能不被她的叹息所激动，我这大地不能不因为她的不断的流泪而泛滥沉没，因为我的肠胃容纳不下她的辛酸，我必须像一个醉汉似的把它们呕吐出来。所以由着我吧，因为失败的人必须得到许可，让他们用愤怒的言辞发泄他们的怨气。

一使者持二头一手上。

使者 尊贵的安德洛尼克斯，你把一只好端端的手砍下来献给皇上，白白作了一次无益的牺牲。这儿是你那两个好儿子的头颅，这儿是你自己的手，为了讥笑你的缘故，他们叫我把它们送还给你。你的悲哀是他们的玩笑，你的决心被他们所揶揄；我一想到你的种种不幸就觉得伤心，简直比回忆我的父亲的死还要难过。（下）

玛克斯 现在让埃特那火山在西西里冷却，让我的心变成一座永远焚烧的地狱吧！这些灾祸不是人力所能忍受的。陪着哭泣的人流泪，多少会使他感到几分安慰，可是满心的怨苦被人嘲笑，却是双重的死刑。

路歇斯 唉！这样的惨状能够使人心魂摧裂，可憎恶的生命却还是守住这皮囊不肯脱离；生活已经失去了意义，却还要在这世上吞吐着这一口气，做一个活受罪的死鬼。（拉维妮娅吻泰特斯）

玛克斯 唉，可怜的人儿！这一个吻正像把一块冰送进饿蛇的嘴里，一点不能安慰他。

泰特斯 这可怕的噩梦几时才可以做完呢？

玛克斯 现在再用不着自己欺骗自己了。死吧，安德洛尼克斯；你不是在做梦。瞧，你的两个儿子的头，你的握惯刀剑的手，这儿还有你的被人残害了的女儿；你那一个被放逐的儿子，看着这种残酷的情景，已经面无人色了；你的兄弟，我，也像一座石像一般无言而僵冷。啊！现在我再不劝你抑制你的悲哀了。撕下你的银色的头发，用你的牙齿咬着你那残余的一只手吧；让这凄凉的景象闭住了我们生不逢辰的眼睛！现在是掀起风暴来的时候，你为什么一声不响呢？

泰特斯 哈哈哈！

玛克斯 你为什么笑？这在现在是不相宜的。

泰特斯 嘿，我的泪已经流完了；而且这悲哀是一个敌人，它会窃据我的潮润的眼睛，用滔滔的泪雨蒙蔽我的视觉，使我找不到复仇的路径。因为这两颗头颅似乎在向我说话，恐吓我要是我不让那些害苦我们的人亲身遍历我们现在所受的一切惨痛，我将要永远享不到天堂的幸福。来，让我想一想我应该怎样进行我的工作。你们这些忧郁的人，都来聚集在我的周围，我要对着你们每一个人用我的灵魂宣誓，我将要为你们复仇。我的誓已经发下了。来，兄弟，你拿着一颗头；我用这一只手托住那一颗头。拉维妮娅，你也要帮我们做些事情，把我的手衔在你的嘴里，好孩子。至于你，孩子，赶快离开我的眼前吧；你是一个被放逐的人，你不能停留在这里。到哥特人那里

去，调集起一支军队来。要是你爱我，让我们一吻而别，因为我们还有许多事情要做哩。（泰特斯、玛克斯、拉维妮娅同下）

路歇斯 别了，安德洛尼克斯，我的高贵的父亲，罗马最不幸的人！别了，骄傲的罗马！路歇斯舍弃了他的比生命更宝贵的亲人，有一天他将要重新回来。别了，拉维妮娅，我的贤淑的妹妹；啊！但愿你仍旧像从前一样！可是现在路歇斯和拉维妮娅都必须被世人所遗忘，在痛苦的忧愁里度日了。要是路歇斯不死，他一定会为你复仇，叫那骄傲的萨特尼纳斯和他的皇后在罗马城前匍匐乞怜。现在我要到哥特人那里去调集军队，向罗马和萨特尼纳斯报复这天大的奇冤。（下）

第二场

同前；泰特斯家中一室，桌上餐肴罗列

泰特斯、玛克斯、拉维妮娅及小路歇斯上。

泰特斯 好，好，现在坐下来；你们不要吃得太多，只要能够维持我们充分的精力，报复我们的大仇深恨就得啦。玛克斯，放开你那被悲哀纠结着的双手；你的侄女跟我两个人，可怜的东西，都是缺手的人，不能用交叉的手臂表示我们十重的悲伤。我只剩下这一只可怜的右手，在我的胸前逞弄它的威风；当我的心因为载不起如许的苦痛而在我的肉体的囚室里疯狂跳跃的时候，我这手就会把它使劲捶打下去。（向拉维妮娅）你这苦恼的化身，你在用符号向我们说话吗？你的意思是说，当你那可怜的心发狂般跳跃的时候，你不能捶打它叫它静止下来。用叹息刺伤它，孩子，用呻吟杀死它吧；或者你可以用你的牙齿咬起一柄小刀来，对准你的心口划一个洞，让你那可怜的眼睛里流下来的眼泪一起从这洞里滚了进去，让这痛哭的愚人在苦涩的泪海里淹死。

玛克斯 嗳，哥哥，嗳！不要教她下这样无情的毒手，摧残她娇嫩的生命。

泰特斯 怎么！悲哀已经使你变得糊涂起来了吗？嗨，玛克斯，除了我一个人之外，别人是谁也不应该发疯的。她能够下什么毒手去摧残她自已的生命？啊！为什么你一定要提起这个“手”字？你要叫埃涅阿斯把特洛亚焚烧的故事从头讲起吗？啊！不要谈到这个题目，不要讲什么手呀手的，使我们永远记得我们是没有手的人。呸！呸！我在说些什么疯话，好像要是玛克斯不提起手字，我们就会忘记我们没有手似的。来，大家吃吧；好孩子，吃了这个。这儿酒也没有。听，玛克斯，她在说些什么话；我能够解释她这残废的身体上所作出的种种符号：她说她的唯一的饮料只是那和着悲哀酿就，淋漓在她颊上的眼泪。无言的诉苦者，我要熟习你的思想，像乞食的隐士娴于祷告一般充分了解你的沉默的动作；无论你吐一声叹息，或是把你的断臂向天高举，或是眨一眨眼，点一点头，屈膝下跪，或者作出任何的符号，我都要竭力探究出它的意义，用耐心的学习寻求一个确当的解释。

小路歇斯 好爷爷，不要老是伤心痛哭了；讲一个有趣的故事儿让我的姑姑快乐快乐吧。

玛克斯 唉！这小小的孩子也受到感动，瞧着他爷爷那种伤心的样子而掉下泪来了。

泰特斯 不要响，小东西；你是用眼泪塑成的，眼泪会把你的生命很快地融化了。（玛克斯以刀击餐盆）玛克斯，你在用刀子打些什么？

玛克斯 一只苍蝇，哥哥；我已经把它打死了。

泰特斯 该死的凶手！你刺中我的心了。我的眼睛已经看饱了凶恶的暴行；杀戮无辜的人是不配做泰特斯的兄弟的。出去，我不要跟你在一起。

玛克斯 唉！哥哥，我不过打死了一只苍蝇。

泰特斯 可是假如那苍蝇也有父亲母亲呢？可怜的善良的苍蝇！它飞到这儿来，用它可爱的嗡嗡的吟诵娱乐我们，你却把它打死了！

玛克斯 恕我，哥哥；那是一只黑色的丑恶的苍蝇，有点儿像那皇后身边的摩尔人，所以我才打死它。

泰特斯 哦，哦，哦！那么请你原谅我，我错怪你了，因为你做的是一件好事。把你的刀给我，我要侮辱侮辱他；用虚伪的想像欺骗我自己，就像它是那摩尔人，存心要来毒死我一样。这一刀是给你自己的，这一刀是给塔摩拉的，啊，好小子！可是难道我们已经变得这样卑怯，用两个人的力量去杀死一只苍蝇，只是因为它的形状像一个黑炭似的摩尔人吗？

玛克斯 唉，可怜的人！悲哀已经把他磨折成这个样子，使他把幻影认为真实了。

泰特斯 来，把这些东西撤下去。拉维妮娅，跟我到你的闺房里去；我要陪着你读一些古代悲哀的故事。来，孩子，跟我去；你的眼睛是明亮的，当我的目光昏花的时候，你就接着我读下去。（同下）

第四幕

第一场

罗马；泰特斯家花园

泰特斯及玛克斯上。小路歇斯后上，拉维妮娅奔随其后。

小路歇斯 救命，爷爷，救命！我的姑姑拉维妮娅到处追着我，不知道为了什么缘故。好玛克斯公公，瞧她跑得多么快。唉！好姑姑，我不知道您是什么意思哩。

玛克斯 站在我的身边，路歇斯；不要怕你的姑姑。

泰特斯 她是非常爱你的，孩子，决不会伤害你。

小路歇斯 嗯，当我的爸爸在罗马的时候，她是很爱我的。

玛克斯 我的侄女拉维妮娅做着这些符号，是什么意思呢？

泰特斯 不要怕她，路歇斯。她总有一番意思。瞧，路歇斯，瞧她多么疼你；她要你跟她到什么地方去。唉！孩子，她曾经比一个母亲教导她的儿子还要用心地读给你听那些美妙的诗歌和名人的演说哩。

玛克斯 你猜不出她为什么这样追随着你吗？

小路歇斯 公公，我不知道，我也猜不出，除非她发了疯了；因为我常常听见爷爷说，过分的悲哀会叫人发疯；我也曾在书上读到，特洛亚的赫卡柏王后因为伤心而变成疯狂；所以我有点害怕，虽然我知道我的好姑姑是像我自己的妈妈一般爱我的，倘不是发了疯，决不会把我吓得丢下了书本逃走。可是好姑姑，您不要见怪；要是玛克斯公公肯陪着我，我是愿意跟您去的。

玛克斯 路歇斯，我陪着你就是了。（拉维妮娅以足踢路歇斯落下之书）

泰特斯 怎么，拉维妮娅！玛克斯，这是什么意思？她要看这儿的一本什么书。女儿，你要看哪一本？孩子，你替她翻开来吧。可是这些是小孩子念的书，你是要读高深一点儿的；来，到我的书斋里去拣选吧。读书可以帮助你忘记你的悲哀，耐心地等候着上天把恶人的阴谋暴露出来的一日。为什么她接连几次举起她的手臂来？

玛克斯 我想她的意思是说参与这件暴行的不止一个人；嗯，一定不止一人；否则她就是求告上天为她复仇。

泰特斯 路歇斯，她在不断踢动着的是本什么书？

小路歇斯 爷爷，那是奥维德的变形记，是我的妈妈给我的。

玛克斯 也许她因为对于去世者的眷念，特意选择了它。

泰特斯 且慢！瞧她在多么忙碌地翻动着书页！（助拉维妮娅翻书）她要找些什么？拉维妮娅，要不要我读这一段？这是菲罗墨拉的悲惨的故事，讲到忒柔斯怎样用奸计把她奸污；我怕你的遭遇也是和她同样的。

玛克斯 瞧，哥哥，瞧！她在指点着书上的文句。

泰特斯 拉维妮娅，好孩子，你也是像菲罗墨拉一样，在冷酷、广大而幽暗的树林里，遭到了强徒的暴力，被他污毁了你的身体吗？瞧，瞧！嗯，在我们打猎的地方，正有这样一个所在——啊！要是我们从来不曾在那地方打猎多好！——就像诗人在这儿描写的一样，天生就给恶徒们杀人行暴的所在。

玛克斯 唉！大自然为什么要设下这样一个罪恶的陷阱？难道天神们也是喜欢悲剧的吗？

泰特斯 好孩子，这儿都是自己人，你用符号告诉我们是哪一个罗马贵人敢做下这样的事；是不是萨特尼纳斯效法往昔的塔昆，偷偷地跑出了自己的营帐，在鲁克丽丝的床上干那罪恶的行为？

玛克斯 坐下来，好侄女；哥哥，你也坐下。阿波罗，帕拉斯，乔武，麦鸠利，求你们启发我的心，让我探出这奸谋的究竟！哥哥，瞧这儿；瞧这儿，拉维妮娅：这是一块平坦的沙地，看我怎样在它上面写字。（以口衔杖，以足拨动，使于沙上写字）我已经不用手的帮助，把我的名字写下来了。该死的恶人，使我们不得不用这种方法传达我们的心思！好侄女，你也照着我的样子把那害你的家伙的名字写出来，我们一定替你复仇。愿上天指导着你的笔，让它表白出你的冤情，使我们知道谁是真正的凶徒！（拉维妮娅衔杖口中，以断臂拨杖成字）

泰特斯　啊！兄弟，你看见她写些什么吗？“契伦，狄米特律斯”。

玛克斯　什么，什么！塔摩拉的荒淫的儿子们是干下这件惨无人道的行为的罪人吗？

泰特斯　统治万民的伟大的天神，你听见这样的惨事，看见这样的暴行吗？

玛克斯　啊！安静一些，哥哥；虽然我知道写在这地上的这几个字，可以在最驯良的心中激起一场叛乱，使柔弱的婴孩发出不平的呼声。哥哥，让我们一同跪下；拉维妮娅，你也跪下来；好孩了，罗马未来的勇士，你也跪下来；大家跟着我向天发誓，我们一定要运用我们的智谋心力，向这些奸恶的哥特人报复我们切身的仇恨，否则到死也不瞑目。

泰特斯　要是你知道用什么方法可以达到我们的目的，那当然没有问题；可是当你追捕这两头小熊的时候，留心着吧，那母熊是会醒来的，要是她嗅到了你的气息。她现在正和狮子勾结得非常亲密，向他施展出种种迷人的手段，当他睡熟以后，她就可以为所欲为了。你是一个经验不足的猎人，玛克斯，还是少管闲事吧。来，我要去拿一片铜箔，用钢铁的尖镞把这两个名字刻在上面藏起来；一阵怒号的北风吹起，这些沙土就要漫天飞扬，那时候你到哪儿去找寻它们呢？孩子，你怎么说？

小路歇斯 我说，爷爷，倘然我不是这样年纪小，这些恶奴即使躲在他们母亲的房间里，我也决不放过他们。

玛克斯 嗯，那才是我的好孩子！你的父亲也是常常为了他的忘恩的祖国而出生入死、不顾一切危险的。

小路歇斯 公公，要是我长大了，我一定也要这样。

泰特斯 来，跟我到我的武库里去；路歇斯，我要替你拣一副兵器，而且我还要叫我的孩子替我送一些礼物去给那皇后的两个儿子哩。来，来，你愿意替我干这一件差使吗？

小路歇斯 嗯，爷爷，我愿意把我的刀子插进他们的心口里去。

特斯 不，孩子，不是这样说；我要教你另外一种办法。拉维妮娅，来。玛克斯，你在我家里看守着；路歇斯跟我要到宫廷里去拼他一拼。嗯，是的，我们要去拼他一拼。（泰特斯、拉维妮娅及小路歇斯下）

玛克斯 天啊！你能够听见一个好人的呻吟，却对他一点不动怜悯之心吗？悲哀在他心上刻下的创痕，比战士盾牌上的剑孔更多；看他疯疯癫癫的，不知要闹些什么出来，玛克斯，你得留心看好他才是。天啊，为年老的安德洛尼克斯复仇吧！（下）

第二场

同前；宫中一室

艾伦，狄米特律斯及契伦自一方上；小路歇斯及一侍从持武器一束及诗句一纸自另一方上。

契伦 狄米特律斯，这是路歇斯的儿子，他要来送一个信给我们。

艾伦 嗯，一定是他的疯爷爷叫他送什么疯信来了。

小路歇斯 两位王子，安德洛尼克斯叫我来向你们致敬。（旁白）求求罗马的神明下天雷打死你们！

狄米特律斯 谢谢你，可爱的路歇斯；你给我们带些什么消息来了？

小路歇斯 （旁白）你们两个人已经确定是两个强奸命妇的凶徒，这就是消息。（高声）家祖父叫我多多拜上两位王子，他说你们都是英俊的青年，罗马的干城，叫我把他武库里几件最好的武器送给你们，以备不时之需，请两位千万收下了。现在我

就向你们告别；（旁白）你们这一对该死的恶棍！（小路歇斯及侍从下）

狄米特律斯 这是什么？一卷纸头，上面还写着诗句？让我们看看：——

（读）

弓伸天讨剑诛贼，

抉尽神奸巨慝心。

契伦 哦！这是两句贺拉斯的诗，我早就在文法书上念过了。

艾伦 嗯，不错，是两句贺拉斯的诗；你说得对。（旁白）嘿，一个人做了蠢驴又有什么办法！这可不是开玩笑的事！那老头儿已经发现了他们的罪恶，把这些兵器送给他们，还题上这样的句子，明明是揭破他们的秘密，他们却还一点没有知觉。要是我们聪明的皇后也在这儿的话，她一定会佩服安德洛尼克斯的才情；可是现在她正在不得好过，还是不要惊动她吧。（向狄米特律斯、契伦）两位小王子，那引导我们到罗马来的，不是一颗幸运的星吗？我们本来只是些异邦的俘虏，现在却享受着这样的尊荣，就是我也敢在宫门之前把那护民官辱骂，不怕被他的哥哥听见，好不痛快。

狄米特律斯 可是尤其使我高兴的这样一位了不得的大人物现在也会卑躬屈节，向我们送礼献媚了。

艾伦 难道他没有理由吗，狄米特律斯王子？你们不是很看得起他的女儿吗？

狄米特律斯 我希望我们有一千个罗马女人给我们照样玩弄，轮流做我们泄欲的工具。

契伦 好一个普度众生的多情宏愿！

艾伦 可惜你们的母亲不在跟前少了一个说阿门的人。

狄米特律斯 来，让我们去为我们正在生产的苦痛中的亲爱的母亲向诸神祈祷吧。

艾伦 （旁白）还是去向魔鬼祈祷的好；天神们早已舍弃我们了。（喇叭声）

狄米特律斯 为什么皇帝的喇叭吹得这样响？

契伦 恐怕是庆祝皇帝新添了一位太子。

狄米特律斯 且慢！谁来了？

乳媪抱黑婴上。

乳媪 早安，各位大爷。啊！告诉我，你们看见那摩尔人艾伦吗？

艾伦 呃，远在天边，近在眼前，艾伦就是我。你找艾伦有什么事？

乳媪 啊，好艾伦！咱们全都完了！快想个办法，否则你的性命也要保不住啦！

艾伦 嗳哟，你在吵些什么！你抱在手里的是个什么东西？

乳媪 啊！我但愿把它藏在不见天日的地方，这是我们皇后的羞愧，庄严的罗马的耻辱！她生产了，各位爷们，她生产了。

艾伦 好，上帝给她安息！她生下个什么来啦？

乳媪 一个魔鬼。

艾伦 啊，那么她是魔鬼的老娘了；恭喜恭喜！

乳媪 一个叫人看见了就丧气的又黑又丑的孩子。你瞧吧，把他放在我们国里那些白白胖胖的孩子们的中间，他简直像一头蛤蟆。娘娘叫我把他送给你，因为他身上盖着你的戳印；她吩咐你用你的刀尖替他受洗。

艾伦 胡说，你这娼妇！难道长得黑一点儿就是这样要不得吗？好宝贝，你是一朵美丽的鲜花哩。

狄米特律斯 混蛋，你干了什么事啦？

艾伦 事情已经干了，又有什么办法？

狄米特律斯 该死的恶狗！你把我们的母亲毁了。也是她有眼无珠，偏会看中你这个丑货，生下了这可咒诅的妖种！

契伦 这孽种不能让他留在世上。

艾伦 他不能死。

乳媪 艾伦，他必须死；这是他母亲的意思。

艾伦 什么！他必须死吗，奶妈？那么除了我自己以外，谁也不能动手杀害我的亲生骨肉。

狄米特律斯 我要把这小蝌蚪穿在我的剑头上。奶妈，把他给我；我的剑一下子就可以结果了他。

艾伦 你要是敢碰一碰他，这一柄剑就要把你的肚肠一起挑出来。（自乳媪怀中夺儿，拔剑）住手，杀人的凶手们！你们要杀死你们的兄弟吗？你们的母亲在光天化日之下受孕怀胎，生下了这个孩子，现在我就凭着照耀天空的火轮起誓，谁敢碰动我这初生的儿子，我一定要叫他死在我的剑锋之上。我告诉你们，哥儿们，无论哪一个三头六臂的天神天将，都不能把我这孩子从他父亲的手里夺下。嘿，嘿，你们这些粉面红唇的不懂事的孩子们！你们这些涂着白垩的泥墙！你们这些酒店里的白漆的招牌！黑炭才是最好的颜色，它是不屑于用其他的色彩涂染的；大洋里所有的水不能使天鹅的黑腿变成白色，虽然它每时每刻都在波涛里冲洗。你去替我回复皇后，说我不是一个小孩子了，我自己的儿女应该由我自己抚养，请她随便想个什么方法把这回事情掩饰过去吧。

狄米特律斯 你想这样出卖你的主妇吗？

艾伦 我的主妇只是我的主妇，这孩子却就是我自己，他是我青春的活力和影子，我重视他甚于整个世界；我要不顾一切的险阻保护他的安全，否则你们中间免不了有人要在罗马流血。

狄米特律斯 那么我们的母亲要从此丢脸了。

契伦 罗马将要为了她这种丑行而蔑视她。

乳媪 皇上一发怒，说不定就会把她判处死刑。

契伦 我一想到这种丑事就要脸红。

艾伦 嘿，这就是你们的美貌的好处。哼，不可信任的颜色！它会泄漏你们心底的秘密。这儿是一个跟你们不同颜色的孩子；瞧这小黑奴向他的父亲笑得多么迷人；他好像在说，“老家伙，我是你的亲儿子呀。”他是你们的兄弟；你们母亲的血肉养育了你们，也养育了他，大家都是从一个娘胎里出来的；虽然他的脸上盖着我的戳印，他总是你们的兄弟呀。

乳媪 艾伦，我应该怎样回复娘娘呢？

狄米特律斯 艾伦，你想一个万全的方法，我们愿意接受你的意见；只要大家无事，你尽管保全你的孩子好了。

艾伦 那么我们坐下来商议商议；我的儿子跟我两人坐在这儿，你们的一举一动都逃不了我们的眼睛；你们坐在那儿别动；现在由你们去讨论你们的万全之计吧。（众就坐）

狄米特律斯 哪几个女人看见过他这个孩子？

艾伦 很好，两位勇敢的士子！当我们大家站在一条线上的时候，我是一头羔羊；可是你们倘要撩惹我这摩尔人，那么发怒的野猪，深山的母狮或是汹涌的海洋，都比不上艾伦凶暴。可是说吧，多少人曾经看见了这孩子？

乳媪 除了娘娘自己以外，只有稳婆科尼利娅跟我两个人是看见的。

艾伦 皇后、稳婆和你三个人；两个人是可以保守秘密的，只要把第三个人除去。你去告诉皇后，说我这样说：（挺剑刺乳媪）“喊克喊克！”一头刺上炙叉的母猪是这样叫的。

狄米特律斯 你这是什么意思，艾伦？为什么要杀死她？

艾伦 嗳哟，我的爷，这是策略上的必要呀；难道我们应该让她留在世上，掉弄她的散播是非的长舌，泄漏我们的罪恶吗？不，王子们，不。现在我把我的主意完全告诉了你们吧。在不远的地方住着一个名叫牟利的人，他也是个摩尔人；他的妻子昨天晚上生产，生下个白皮肤的孩子，白得就跟你们一样。我们现在可以去跟他调一个包，给那妇人一些钱，把一切情形告诉他们，对他们说他们的孩子一进宫去，大家只知道他是皇上的小太子，保证享受荣华，后福无穷。这样人不知鬼不觉地把我的孩子换了出来，让那皇帝抱着一个野种当作自己的骨肉，一场风波不就可以毫无痕迹地消弭过去了吗？听我说，两位王子，你们瞧我已经给她服下了安眠灵药，（指乳媪）现在就烦你们替她料理葬事；附近有的是空地，你们又是两位胆大气壮的好汉。这事情办好以后，不要耽搁时间，立刻就去叫那稳婆来见我。我们把那稳婆和奶妈收拾去了，就可以随那些娘儿们谈长论短去。

契伦 艾伦，我看你要是有了秘密，真是不会让一丝风把它走漏出去的。

狄米特律斯 塔摩拉一定非常感激你的爱护。（狄米特律斯、契伦抬乳媪尸下）

艾伦 现在我要像燕子一般飞到哥特人的地方去，替我这怀抱里的宝贝找一个安身之处；我还要秘密会晤皇后的朋友们。来，你这厚嘴唇的奴才，我要抱着你离开这里，都是你害得我变成了一个亡命之徒。我要给你吃野果和菜根，喝些乳脂乳浆，让山羊供给你乳汁，和你栖息在山洞里，把你抚养长大，做一个指挥大军的战士。（抱婴孩下）

第三场

同前；广场

泰特斯持箭数支，箭端各系书札，率玛克斯、小路歇斯、坡勃律斯、辛普洛涅斯、卡尼斯及其他绅士等各持弓上。

泰特斯 来，玛克斯；来，各位贤侄，到这儿来。哥儿，现在让我瞧瞧你的箭法如何；小心瞄准了，一直向那儿射出去。记着，玛克斯，她已经去了，她已经逃走了[1]。来，大家拿起弓来。你们两位替我到海洋里捞摸捞摸，把网儿撒下去，也许你们可以在海底找到她，可是海里和陆地上一样，都是不讲公道的。不，坡勃律斯和辛普洛涅斯，我必须麻烦你们一下；你们必须用锄头铁锹一直掘下

1 “她”指公道女神。

地心，当你们掘到普路同[1]境内的时候，请把这封请愿书送给他，要求他主持公道，援助无辜，对他说，这是在忘恩的罗马含冤负屈的年老的安德洛尼克斯写给他的。啊，罗马！都是我害你受苦，我不该怂恿民众拥戴一个暴君，让他把我这样凌辱。去，你们去吧，大家小心一点，每一艘战舰都要仔细搜过，也许这恶皇帝把她运送出去了；那时候，各位贤侄，我们再到什么地方去呼冤呢？

玛克斯 啊，坡勃律斯！你看你的伯父疯得这个样子，好不凄惨！

坡勃律斯 所以，父亲，我们不能不朝晚留心，一刻也不离开他的身边，什么事情都顺他的意思，等时间慢慢医治他的伤痕。

玛克斯 各位贤侄，他的伤心是无法医治的了。我们还是联合哥特人，用武力征伐忘恩的罗马，向萨特尼纳斯这奸贼复仇吧。

泰特斯 坡勃律斯，怎么！怎么，诸位朋友！你们碰见她了吗？

坡勃律斯 不，我的好伯父；可是普路同有信给您，他说您要是需要差遣复仇女神的话，他可以叫她暂离地狱，听候您的使唤；可是公道女神事情很忙，也许她在天上跟乔武有些公事要接洽，也许她在别

1 普路同（Pluto），希腊神话中之冥土之神。

的什么地方，您要是一定要借重她的话，只好等些几时再说了。

泰特斯 他不该老是这样拖延时日，耽误了我的事情。我要跳下地狱底的火湖里去，抓住她的脚把她拉出来。玛克斯，我们不过是些小小的灌木，并不是参天的松柏；我们不是庞大的巨人，玛克斯，可是我们有的是铜筋铁骨，然而我们肩上所负的冤屈，却已经把我们压得快要支持不住了。既然人世和地狱都没有公道存在，我们只好祈求天上的神明，快快把公道降下人间，为我们伸冤雪恨。来，大家拿起弓来。你是一个射箭的好手，玛克斯。（以箭分授众人）你把这一支箭射到乔武那儿去；这一支是给阿波罗的；我自己把这一支射给马斯；这是给帕拉斯的，孩子；这是给麦鸠利的；这是给萨登的，卡厄斯，不要弄错了射到萨特尼纳斯的地方去，那就变成了向风射箭，一点用处都没有了。动手吧，孩子！玛克斯，我吩咐你的时候，你就把箭射出去。这回我写得一点不含糊，每一个天神我都向他请求到了。

玛克斯 各位贤侄，把你们的箭一齐射到皇宫里去，激发激发那皇帝的天良。

泰特斯 现在大家拉弓吧。（众射）啊！很好，路歇斯！好孩子，这一箭要射进帕拉斯女神的怀里。

玛克斯 哥哥，我的箭已经越过月亮一哩之遥；这时候乔武一定可以收到你的信了。

泰特斯 哈！坡勃律斯，坡勃律斯，你干了什么事啦？瞧，瞧！金牛星的一个角儿也给你射掉啦。

玛克斯 怪有趣的，哥哥，当坡勃律斯射箭的时候，那金牛星发起脾气来，向白羊星使劲一撞，把两只羊角都撞下来了，刚巧落在皇宫里，给那皇后所宠爱的摩尔人拾到了；她笑着对他说，他应该把这两只角儿送给皇上做一件礼物。

一乡人携篮上，篮中有二鸽。

泰特斯 啊！从天上来的消息！玛克斯，天上的信差来了。喂，你带了什么消息来了？有什么信没有？他们答应替我主持公道吗？乔武怎么说？

乡人 啊！您说的是那个装绞架的家伙吗？他说他已经把绞架拆下来了，因为那个人要在下星期才处决哩。

泰特斯 可是我问你，乔武怎么说？

乡人 唉！老爷，我不认识什么乔武；我从来不曾跟他在一起喝过酒。

泰特斯 嗨，糊涂虫，那么你不是送信的吗？

乡人 哎，老爷，我是个送鸽子的，不送什么信。

泰特斯 你不是从天上来的吗？

乡人 从天上来的！唉，老爷，我从来不曾到天上去过。上帝保佑我，我现在年纪轻轻的，还不想上天堂哩。我现在带了鸽子，要到平民法庭去；我的舅舅跟一个皇帝手下的卫士吵了架，我要帮他打官司去。

玛克斯 哥哥，你的呈文叫他送去，倒是再适当没有的了；这两头鸽子就算是你的贡物，让他拿去献给那皇帝吧。

泰特斯 喂，过来。你也不用多找麻烦，到什么法庭里去了；这两只鸽子你就拿去送给皇帝，凭着我的面子，他一定会帮助你打胜这场官司。等一等，等一等，我还要赏你几个钱哩。把笔墨给我拿来。喂，你会不会按着礼节送一封呈文？

乡人 是，老爷。

泰特斯 那么这儿有一封呈文，你给我送一送吧。你走到他面前的时候，就向他跪下，跟着就吻他的脚，跟着就把你的鸽子送上去，然后你就可以等他赏些什么给你。我要在那边看着你，你可要放出些神气来。

乡人 您放心吧，老爷；瞧着我就是了。

泰特斯 喂，你有没有一柄刀子？来，让我看看。玛克斯，你把它夹在呈文里面。这封呈文送给皇帝以后，你就来敲我的门，告诉我他说什么话。

乡人 上帝和您同在，老爷；我就给您送去。

泰特斯 来，玛克斯，我们去吧。坡勃律斯，跟我来。（同下）

第四场

同前；皇宫前

萨特尼纳斯；塔摩拉；狄米特律斯；契伦；群臣及余人等上；萨特尼纳斯手握泰特斯所射之箭。

萨特尼纳斯 嘿，诸位，你们瞧，全是些诉冤叫屈的话儿！哪一个罗马皇帝曾经遭到过这样的烦扰和侮蔑？诸位想都明白，虽然这些破坏我们安宁的家伙到处向人民散播谣言，我们对于老安德洛尼克斯那两个顽劣的儿子所下的判决，完全是一秉至公，以法律为根据的。即使他的悲伤把他的头脑搅糊涂了，难道我必须受他疯狂的侮辱和咒骂吗？现在他写信到天上呼冤去了：瞧，这是给乔武的，这是给麦鸠利的，这是给阿波罗的，这是给战神马斯的；让这些纸片在罗马满街飞扬，那才够人瞧的！这不是对元老院的公然诽谤，向全国宣传我们的不公道吗？这不是一个很好的玩笑吗？诸位，让人家说，在罗马是没有公道的？可是我还没有死，我决不容忍他这样装疯装癫地掩护他的狂妄的行为；我要叫他和他一伙里的人知道，萨特尼纳斯一天活在世上，公道一天不会死亡，他的正义的怒火一旦燃烧起来，最骄傲的阴谋者也逃不了他的斧钺的严威。

塔摩拉　我的仁慈的皇上，我的亲爱的萨特尼纳斯，我的生命的主人，我的思想的指挥者，不要生气；泰特斯年纪老了，有什么不对的地方，你担待担待他吧；这都是因为死了两个好儿子，伤透了他的心，才气成这个样子；你应该安慰安慰他的不幸的处境，这种目无君上的行为，也就不必计较了。（旁白）面面讨好是塔摩拉的聪明的计策；可是，泰特斯，我已经刺中你的要害，你的生命的血液已经流尽了。但愿艾伦不要一时懵懂，误了我的事，那才要谢天谢地呢。

乡人上。

塔摩拉　啊，好朋友，你要见我们说话吗？

乡人　正是，请问您这位先生是不是皇帝？

塔摩拉　我是皇后，那边坐着的才是皇帝。

乡人　正是他。上帝和圣斯蒂芬祝福您！我给您送来了一封信和一对鸽子。（萨特尼纳斯读信）

萨特尼纳斯　来，把他抓下去，立刻吊死他。

乡人 我可以得到几个赏钱？

塔摩拉 来，小子，我们要吊死你哩。

乡人 吊死我！嗳哟，想不到我长了一个脖子，却要得到这样的收场！（卫士押乡人下）

萨特尼纳斯 可恶的不能容忍的侮辱！我应该宽纵这样重大的奸谋吗？我知道这是谁玩的花样儿；这也是可以忍受的吗？他那两个奸恶的儿子暗杀了我的兄弟，明明按照法律应该抵命，照他的口气，却好像是我冤杀了他们似的！去，把那老贼揪住了头发抓了来；他的年龄和地位都不能让他占到一些便宜。为了这样无礼的讥嘲，我要做你的刽子手，狡猾的疯老头儿；你是因为想把我和罗马一手挟制，才把我捧上皇位的。

伊米力斯上。

萨特尼纳斯 你有些什么消息，伊米力斯？

伊米力斯 武装起来，武装起来，陛下！罗马已经到了最紧急的关头，哥特人已经集合大队人马，一个个抱着坚强的决心，来向我们进攻了；领队的就是路歇斯，老安德洛尼克斯的儿子，他气势汹汹地立誓复仇，要像科利奥兰纳斯一般把罗马踏成平地。[1]

萨特尼纳斯 好战的路歇斯做了哥特人的统帅了吗？这些消息

1 科利奥兰纳斯（Corioianns），罗马大将，莎翁另一悲剧“英雄叛国记”中之主角。

把我吓冷了大半截，使我像一朵霜打的残花、一茎风吹的小草一般垂头丧气。嗯，现在不幸已经向我们开始袭来了。他是平民所喜爱的人；我自己便服私行的时候，常常听见他们说，路歇斯的放逐是不公的，他们希望路歇斯做他们的皇帝。

塔摩拉 为什么你要害怕呢？罗马城不是守卫得很巩固吗？

萨特尼纳斯 嗯，可是民众都倾心于路歇斯，他们一定会向我叛变，帮助他推翻我。

塔摩拉 你是个皇帝，愿你的思想也像你的名号一样高贵。太阳会因为蚊蚋的飞翔而黯淡了他的光辉的吗？鹰隼放任小鸟的歌吟，不去理会它们唱些什么，他知道他的巨翼的黑影，可以随时遏止它们的乐曲；那些反复无常的罗马人，你也可以这样对付他们。所以鼓起你的精神来吧，你这皇帝；你知道我要用一些花言巧语去迷惑那老安德洛尼克斯，那些言语是比引诱鱼儿上钩的香饵或是毒害羊群的肥美的苜蓿更甜蜜更危险的。

萨特尼纳斯 但是他决不会为我们向他的儿子求情。

塔摩拉 要是塔摩拉请求他，他一定不会拒绝；因为我可以用慷慨的许诺灌进他的老迈的耳中；即使他的心坚不可摧，他的耳朵完全聋了，我也会使他的耳朵和他的心受我的舌头的指挥。（向伊米力斯）你先去传达我们的旨意，就说皇上要向勇敢的路歇斯提出和议，请他就在他父亲老安德洛尼克斯家里跟我们相会。

萨特尼纳斯 伊米力斯，希望你此去不辱使命；要是他坚持为了他个人安全起见，我们必须给他一些什么保证，你就对他说无论他提出什么条件，我们都可以照办。

伊米力斯 我一定尽力执行陛下的命令。（下）

塔摩拉 现在我要去见老安德洛尼克斯，用我的全副手段劝诱他叫那骄傲的路歇斯脱离哥特人的队伍。亲爱的皇帝，快活起来，把你的一切忧虑埋葬在我的妙计之中吧。

萨特尼纳斯 那么你就去求求他看。（同下）

第五幕

第一场

罗马附近平原

喇叭奏花腔；旗鼓前导，路歇斯及一队哥特战士上。

路歇斯 各位忠勇的战友，我已经从伟大的罗马得到信息，告诉我罗马人民是怎样痛恨他们的皇帝，怎样热切希望我们去拯救他们。所以，诸位将军，愿你们一鼓作气，振起你们复仇的决心；凡是罗马所曾给与你们的伤痕，你们都要从它身上获得三倍的报偿。

哥特人甲 伟大的安德洛尼克斯的勇敢的后人，你的父亲的名字曾经使我们胆裂，现在却成为我们的安慰了，他的丰功伟绩，却被忘恩的罗马用卑劣的轻蔑作为报答；愿你信任我们，我们愿意服从你的领导，像一群盛夏的有刺的蜜蜂跟随它们的君后飞往百花怒放的原野，去向可咒诅的塔摩拉声讨她的罪恶。

众哥特人 他所说的话，也就是我们大家所要说的。

路歇斯 我深深感激你们各位的好意。可是那边有一个哥特壮士领了个什么人来了？

一哥特人率艾伦抱婴孩上。

哥特人乙 威名远播的路歇斯，我刚才因为看见路旁有一座毁废了的寺院，一时看出了神，不知不觉离开了队伍；当我正在凭吊那颓垣零瓦的时候，忽然听见在一堵墙下有一个小孩的哭声；我向那哭声走去，就听见有人在对那啼哭的婴儿说话，他说："别哭，小黑奴，一半是我，一半是你的娘！倘不是你的皮肤的颜色泄漏了你的出身的秘密，要是造化让你生得和你母亲一个模样，小东西，谁说你不会有一天做了皇帝？可是公牛母牛倘然都是白的，决不会生下一头黑炭似的小牛来。别哭！小东西，别哭！"——他这样叱骂着那孩子——"我必须把你交到一个靠得住的哥特人手里；他要是知道了你是皇后的孩子，看在你妈的面上，一定会好好照顾你。"我听他这样说，就把剑拔在手里，出其不意地把他抓住，带到这儿来请你发落。

路歇斯 啊，勇敢的哥特人，这就是那个恶魔的化身，是他害安德洛尼克斯失去了他的手；他是你们女王眼中的明珠，这小孩便是他淫欲的恶果。说，你这眼睛骨溜溜的奴才，你要把你自己这一副鬼脸的模型带到哪里去？你为什么不说话？什么聋了吗？不说一句话？兵士们，拿一根绳子来！把他吊死在这株树上，把他那私生的贱种也吊在他的旁边。

艾伦 不要碰这孩子；他是有王族的血液的。

路歇斯 这孩子太像他的父亲了，长大了也不是个好东西。先把孩子吊起来，让他看看他挣扎的情形，叫他心里难受难受。拿一张梯子来。（兵士等携梯至，驱艾伦登梯）

艾伦 路歇斯，保全这孩子的生命；替我把他带去送给皇后。你要是答应做到这一件事，我可以告诉你许多惊人的事情，你听了一定可以得益不少。要是你不答应我，那么我就听天由命，什么话都没有，但愿你们全都不得好死！

路歇斯 说吧，要是你讲的话使我听了满意，我就让你的孩子活命，并且一定把他抚养长大。

艾伦 使你听了满意！哼，老实告诉你吧，路歇斯，我所要说的话是会使你听了痛苦万分的；因为我必须讲到暗杀，强奸和流血，黑夜的秘密，卑污的行动，奸逆的阴谋和种种骇人听闻的恶事；这一切都要因为我的一死而湮灭，除非你向我发誓保全我的孩子的生命。

路歇斯 把你心里的话说出来；我答应让你的孩子活命。

艾伦 你必须向我发过了誓，我才开始我的叙述。

路歇斯 我应该凭着什么发誓呢？你是不信神明的，那么你怎么会相信别人的誓呢？

艾伦 我固然是不信神明的，可是那有什么关系呢？我知道你是个敬天畏神的人，你的腔子里有一件叫做良心的东西，还有一二十种可笑的教规和仪式，我看你都是把它们十分看重的，所以我才一定要你发誓；因为我知道一个痴人是会把一件玩意儿当作神明的，他会终身遵守凭着那神明所发的誓，所以你必须凭着你所敬信的无论什么神明发誓保全我的孩子的生命，并且把他抚养长大，否则我就什么也不告诉你。

路歇斯 我就凭着我的神明向你起誓，我一定保全他的生命，并且把他抚养长大。

艾伦 第一我要告诉你，他是我跟皇后所生的。

路歇斯 啊，好一个荒淫放荡的妇人！

艾伦 嘿！路歇斯，这比起我将要告诉你的那些事情来，还算是一件好事哩。暗杀巴西安纳斯的就是她的两个儿子；也是他们割去你妹妹的舌头，奸污了她的身体，还把她的两手砍下，叫她变成像你所看见的那样子。

路歇斯 啊，野蛮的禽兽一般的恶人，正像你这家伙一样！

艾伦 不错，我正是教导他们的师傅呢，他们这一副好色的天性是他们的母亲传给他们的，那杀人作恶的心肠，却是从我这儿学得去的；他们是风月场中猎艳的能手，也是两条不怕血腥气味的猘犬。好，让我的行为证明我的本领吧。我把你那两个兄弟诱到了躺着巴西安纳斯尸首的洞里；我写下那封被你父亲拾到的信，把那信上提到的金子埋在树下，皇后和她的两个儿子都是我的同谋；凡是你所引为痛心的事情，哪一件没有我在里边捣鬼？我设计诓骗你的父亲，叫他砍去了自己的手，当他的手拿来给我的时候，我躲在一旁，几乎把肚子都笑破了。当他牺牲了一只手，换到了他两个儿子的头颅的时候，我从墙缝里偷看他哭得好不伤心，把我笑个不住，我的眼睛里都像他一样充满眼泪了。后来我把这笑话告诉皇后，她听见这样有趣的故事，简直乐得晕过去了，为了我这好消息，她还赏给我二十个吻哩。

哥特人甲 什么！你好意思讲这些话，一点不觉得羞愧吗？

艾伦 嗯，就像人家说的，黑狗不会脸红。

路歇斯 你干了这些十恶不赦的行为，不知道后悔吗？

艾伦 嗯，我只悔恨自己不再多犯下一千件的罪恶，现在我还在咒诅着命运不给我更多的机会哩。可是我想在受到我的咒诅的那些人们中间，没有几个能够逃得过我的恶作剧的播弄：譬如杀死一个人，或是设计谋害他的生命；强奸一个处女，或是阴谋破坏她的贞操；诬陷清白的好人，毁弃亲口发下的誓言；在两个朋友之间挑拨离间，使他们变成势不两立的仇敌；穷人的家畜我会叫它们无端折断了颈项；谷仓和草堆我会叫它们夜间失火，还去吩咐它们的主人用眼泪浇熄它们；我常常从坟墓中间掘起死人的骸骨来，把它们直挺挺地竖立在它们亲友的门前，当他们的哀伤早已冷淡下去的时候；在尸皮上我用刀子刻下一行字句，就像那是一片树皮一样，“虽然我死了，愿你们的悲哀永不消灭”。嘿！我曾经干下一千种可怕的事情，就像一个人打死一头苍蝇一般不当作一回事儿，最使我恼恨的，就是我不能再做一万件这样的恶事。

路歇斯　把这恶魔带下来；叫他干干脆脆吊死，未免太便宜他了。

艾伦　假如世上果然有恶魔，我就愿意做一个恶魔，在永生的烈火中受着不死的煎灼；只要地狱里有你陪着我，我要用我的毒舌折磨你的灵魂！

路歇斯　弟兄们，塞住他的嘴，不要让他说下去。

一哥特人上。

哥特人　将军，罗马差了一个人来，要求见你一面。

路歇斯　叫他过来。

伊米力斯上。

路歇斯　欢迎，伊米力斯！罗马有什么消息？

伊米力斯 路歇斯将军，和各位哥特王子们，罗马皇帝叫我来问候你们；他因为闻知你们兴师远来，要求在令尊家里跟你谈判和平；要是你需要保证的话，我们可以立刻提交你们。

哥特人甲 我们的主帅怎样说?

路歇斯 伊米力斯，你去回复你家皇帝，叫他把保证交给我的父亲和我的叔父玛克斯，我们就可以和他会面。整队前进！（众下）

第二场

罗马；泰特斯家门前

塔摩拉、狄米特律斯及契伦各化装上。

塔摩拉 我穿着这一身奇异而惨淡的服装，去和安德洛尼克斯相见，对他说我是复仇的女神，奉着冥王的差遣来到世上，帮助他伸雪奇冤。听说他一天到晚在他的书斋之内，思索着种种骇人的复仇妙计；现在你们就去敲他的门，告诉他，复仇的女神来帮助他铲除他的敌人了。（敲门）

泰特斯自上方上。

泰特斯 谁在那儿扰乱我的沉思？你们想骗我开了门，让我的郑重的计划书一起飞掉，害我白费一场心思吗？你们打算错了；你们瞧，我已经把我所预备做的事情血淋淋地写了下来；凡是在这儿写下的，我都要把它们全部实行。

塔摩拉 泰特斯，我要来跟你谈谈。

泰特斯 不，一句话也不用谈；我是个缺手的人，怎么能够用手势帮助我谈话的语气呢？我说不过你，所以不用谈了吧。

塔摩拉 要是你知道我是谁，你一定愿意跟我谈话。

泰特斯 我没有发疯；我知道你是谁。这凄惨的断臂，这一道道殷红的血痕，这些被忧虑刻下的凹纹，疲倦的白昼和烦恼的黑夜，一切的悲哀怨恨，都可以为我作证，我认识你是我们骄傲的皇后，不可一世的塔摩拉。你不是来讨我那另一只手的吗？

塔摩拉 告诉你吧，你这不幸的人，我不是塔摩拉；她是你的仇敌，我是你的朋友。我是复仇的女神，从下界的冥国中奉派前来，帮助你歼灭仇人，解除那咬啮你心头的痛苦。下来，欢迎我来到这人世之上；跟我商议商议杀人的方法吧。无论哪一处空洞的岩穴，隐身的幽窟，广大的僻野或是烟雾弥漫的山谷，凡是杀人的凶手和强奸的恶徒因恐惧而躲藏的所在，我都可以把他们找寻出来，在他们的耳边告诉他们我的名字就是可怕的复仇，使那些作恶的罪人心惊胆裂。

泰特斯 你果然是复仇吗？你是奉命来帮助我惩罚我的仇敌的吗？

塔摩拉 我正是；所以出来欢迎我吧。

泰特斯 那么在我没有下来以前，先请你替我做一件事。

瞧，在你的身边一旁站着强奸，一旁站着暗杀；现在你必须向我证明你确是复仇，把他们刺杀了吧，或是把他们缚在你的车轮上碾死他们，那么我就下来做你的车夫，跟着你在大地的周围环绕巡行：我会替你备下两匹漆黑的壮健的小马，拖着你的愤怒的云车快步飞奔，在罪恶的巢穴中找出杀人犯的踪迹；当你的车上载满他们的头颅以后，我愿意下车步行，像一个忠顺的脚夫，从太阳升上东方的天空的时间起，一直走到它没下海中；每天每天我愿意做这样劳苦的工作，只要你现在把强奸和暗杀这两个恶魔杀死。

塔摩拉 这两个是我的助手，跟着我一起来的。

泰特斯 他们是你的助手吗？叫什么名字？

塔摩拉 一个就叫强奸，一个就叫暗杀；因为他们的职务就是惩罚这两种恶人。

泰特斯 上帝啊，他们多么像那皇后的两个儿子，你多么像那皇后！可是我们这些凡俗之人，虽然生了一双眼睛，往往会混淆黑白，颠倒是非。亲爱的复仇女神啊！现在我下来迎接你了；要是你不嫌我只有一只手臂，我要用这一只手臂拥抱你。（自上方下）

塔摩拉 这一套鬼话刚巧打进他的疯狂的心坎。现在他已经深信我是复仇女神了，你们在言语之间，留心不要露出破绽；我要利用他这种疯狂的轻信，叫他召唤他的儿子路歇斯来，在宴会席上把他稳住了，我就临时使出一些巧妙的手段，遣散那些心性轻浮的哥特人，或者至少使他们变成他的仇敌。瞧，他来了，我必须继续对他装神扮鬼。

泰特斯上。

泰特斯 这许多时候我是一个孤立无援的人，渴望着你的到来；欢迎，可怕的复仇女神，欢迎你光临我这凄凉的屋宇！强奸和暗杀，你们两位也是欢迎的！你们多么像那皇后和她的两个儿子！要是再加上一个摩尔人，那就一无欠缺了；难道整个地狱里找不到这样一个魔鬼吗？因为我知道那皇后无论到什么地方，总有一个摩尔人跟随在她的左右；你们要是想装扮我们的皇后，这样一个魔鬼是少不了的。可是你们来了，总是欢迎的。我们应该怎么办呢？

塔摩拉 你要我们干些什么事，安德洛尼克斯？

狄米特律斯 指点一个杀人的凶手给我看，让我处置他。

契伦 指点一个强奸的暴徒给我看，我会惩罚他。

塔摩拉 指点一千个曾经害你受苦的人给我看，我会替你向他们复仇。

泰特斯 你到罗马的罪恶的街道上去访寻，要是找到一个和你一般模样的人，好暗杀啊，你把他刺杀了吧，他是一个杀人的凶手。你也跟着他去，要是你也找得到另一个和你一般模样的人，好强奸啊，你把他刺杀了吧，他是一个强奸妇女的暴徒。你也跟着他们去；在皇帝的宫里，有一个随身带着一个摩尔黑奴的皇后，她是很容易认识的，因为从头到脚，她都活像你自己；请你用残酷的手段处死他们，因为他们曾经用残酷的手段对待我和我的儿女们。

塔摩拉 领教领教，我们一定替你办到就是了。可是，好安德洛尼克斯，听说你那位勇武非常的儿子路歇斯已经带了一大队善战的哥特人打到罗马来了，可不可以请你叫他到你家里来，为他设席洗尘；当他到来的时候，就在隆重的宴会之中，我去把那皇后和她的两个儿子，还有那皇帝自己以及你所有的仇人一起带来，让他们在你的脚下长跪乞怜，你可以向他们痛痛快快地发泄你的愤恨。不知道安德洛尼克斯对于这一个计策有什么意见？

泰特斯 玛克斯，我的兄弟！悲哀的泰特斯在呼喊你。

玛克斯上。

泰特斯 好玛克斯，到你侄儿路歇斯的地方去；你可以在那些哥特人的中间探听他的所在。你对他说我要见见他，叫他把军队就地驻扎，带几位最高贵的哥特王子，到我家里来参加宴会；告诉他皇帝和皇后也要出席的。请你看在我们兄弟的情分上，替我走这一遭；要是他关心他的老父的生命，让他赶快来吧。

玛克斯 我就去见他，一会儿就回来的。（下）

塔摩拉 现在我要带着我的两个助手，替你干事情去了。

泰特斯 不，不，叫强奸和暗杀留在这儿陪伴我；否则我要叫我的兄弟回来，一心一意让路歇斯替我复仇，不敢再有劳你了。

塔摩拉 （向二子旁白）你们怎么说，孩子们？你们愿意暂时留在这儿，让我一个人去告诉皇上，我们怎样开这场玩笑吗？敷衍敷衍他，一切奉承他的意思，把他用好话哄住了，等我回来再说。

泰特斯 （旁白）我全都认识他们，虽然他们以为我疯了；他们想用诡计愚弄我，我就将计就计，把他们摆布一下，这一对该死的恶狗和他们的老母畜！

狄米特律斯 （向塔摩拉旁白）母亲，你去吧；让我们留在这儿。

塔摩拉 再会，安德洛尼克斯；复仇女神现在去安排妙计，把你的仇敌诱下罗网。（下）

泰特斯 我知道你会替我出力的；亲爱的复仇女神，再会吧！

契伦 告诉我们，老人家，你要我们干些什么事？

泰特斯 嘿！我要叫你们做的事多着呢。坡勃律斯，出来！卡厄斯！凡伦丁！

坡勃律斯及余人等上。

坡勃律斯 您有什么吩咐?

泰特斯 你们认识这两个人吗?

坡勃律斯 我认识这两个就是皇后的儿子，契伦和狄米特律斯。

泰特斯 不，坡勃律斯，不！你完全弄错了。这一个是暗杀，那一个名叫强奸；所以把他们绑起来吧，好坡勃律斯；卡厄斯和凡伦丁，抓住他们。你们常常听见我希望有这样一天，现在这样一天居然到了。把他们缚得牢牢的，要是他们嚷叫起来，把他们的嘴也给塞住。（泰特斯下；坡勃律斯等捉契伦、狄米特律斯二人）

契伦 混蛋，住手！我们是皇后的儿子。

坡勃律斯 所以我们奉命把你们绑缚起来。塞住他们的嘴，别让他们说一句话。他已经缚好了吗？千万把他缚得紧一点儿。

泰特斯率拉维妮娅重上；拉维妮娅捧盆，泰特斯持刀。

泰特斯 来，来，拉维妮娅；瞧你的仇人已经缚住了。侄儿们，塞住他们的嘴，别让他们对我说话，我要叫他们听听我有些什么惊心动魄的话要对他们说。契伦、狄米特律斯，你们这两个恶人啊！这儿站着被你们用污泥搅混了的清泉；她本来是一个美好的夏天，却被你们用严冬的霜雪摧残了她的生机。你们杀死了她的丈夫，为了这一个重大的罪恶，她的两个兄弟含冤负屈地被处了死刑，还要害我砍掉了手，给你们取笑。她的娇好的两手，她的舌头，还有比两手和舌头更宝贵的，她的无瑕的贞操，没有人心的奸贼们，都在你们暴力的侵凌之下失去了。假如我让你们说话，你们还有什么话好说？恶贼！你们还好意思哀求饶命吗？听着，狗东西！听我说我要怎样处死你们，我这一只剩下的手还可以割断你们的咽喉，拉维妮娅用她的断臂捧着的那个盆子，就是预备盛放你们罪恶的血液的。你们知道你们的母亲准备到我家里来赴宴，她自称为复仇女神，她以为我是疯了。听着，恶贼们！我要把你们的骨头磨成灰粉，用你们的血把它调成面糊，再把你们这两颗无耻的头颅捣成了肉泥，裹在拌着骨灰的面皮里面做饼馅；叫那淫妇，你们的猪狗般下贱的母亲，吃下她亲生的骨肉。这就是我请她来享用的美宴，这就是她将要饱餐的盛馔；因为你们对待我的女儿太惨酷了，所以我要用惨酷的手段向你们报复。现在伸出你们的头颈来吧。拉维妮娅，来。（割二人咽喉）让他们的血淋在这盆子里；等他们死了以后，我就去把他们的骨头磨成灰粉，用这可憎的血水把它调和了，再把他们这两颗奸恶的头颅放在那面饼里烘焙。来，来，大家助我一臂之力，端整这一场残酷的盛宴。现在把他们抬了进去，我要亲自下厨，料理好了这一道点心，等他们的母亲到来。（众抬二尸下）

第三场

同前；泰特斯家大厅，桌上罗列酒肴

路歇斯、玛克斯及哥特人等上；艾伦镣铐随上。

路歇斯 玛克斯叔父，既然是我父亲的意思，要我到罗马来，我只好遵从他的命令。

哥特人甲 我们也决心追随你，一切听任命运的安排。

路歇斯 好叔父，请您把这野蛮的摩尔人，这狠恶的饿虎，这可恨的魔鬼，带了进去；不要给他吃什么东西，用镣烤锁住了，等那皇后到来，就提他当面对质，叫他证明她的种种奸恶的图谋。再请您看看我们埋伏的人手够不够，我怕那皇帝对我们不怀好意。

艾伦 有一个魔鬼在我的耳边低声咒诅，教唆我的舌头向你们倾吐出我的愤怒的心中的怨毒！

路歇斯 滚开，没有人心的狗！污秽的奴才！朋友们，帮我的叔父把他拖进去。（众哥特人推艾伦下；喇叭声）喇叭的声音报知皇帝就要来了。

萨特尼纳斯及塔摩拉率伊米力斯、元老、护民官及余人等上。

萨特尼纳斯 什么！天上可以有两个太阳吗？

路歇斯 你自称为太阳，有什么用处？

玛克斯 罗马的皇帝，侄儿，请你们暂停辩论；我们必须平心静气，解决彼此间的争端。殷勤的泰特斯已经端整好一席盛宴，希望在杯酒之间，两方面重敦盟好，恢复和平，使罗马永享安宁的幸福。所以请你们大家过来，各人就座吧。

萨特尼纳斯 玛克斯，那么我就坐下了。（高音笛吹响）

泰特斯作厨夫装束，拉维妮娅戴面幕，小路歇斯及余人等上。泰特斯捧面饼一盘置桌上。

泰特斯 欢迎，仁慈的皇上；欢迎，尊严的皇后；欢迎，各位英勇的哥特人；欢迎，路歇斯；欢迎，在座的全体嘉宾。虽然我们的酒食非常粗劣，也可以使你们鼓腹而归；请随便吃吧，不要客气。

萨特尼纳斯 你为什么打扮成这个样子，安德洛尼克斯？

泰特斯 因为我怕厨夫粗心，烹煮得不合陛下和娘娘的口味，所以才亲自下厨调度一切。

塔摩拉 那真是多谢你了，好安德洛尼克斯。

泰特斯 但愿娘娘知道我这一片赤心。皇上陛下，我要请您替我解决一个问题：那粗莽的维琪涅斯因为他的女儿被人强行奸污，把她亲手杀死[1]，这一件事做得对不对？

萨特尼纳斯 对的，安德洛尼克斯。

泰特斯 请问陛下的理由？

萨特尼纳斯 因为那女儿不该忍辱偷生，使她的父亲在每一回看见她的时候勾起他的怨恨。

泰特斯 一个正当、充分而有力的理由；对于我这最不幸的人，它是一个可以仿效的成例，一个活生生的榜样。死吧，死吧，拉维妮娅，让你的耻辱和你同时死去；让你父亲的怨恨也和你的耻辱同归于尽吧！（杀拉维妮娅）

萨特尼纳斯 你干了什么事啦，你这不慈不爱的父亲？

泰特斯 我把她杀了。为了她，我已经把我的眼睛都哭盲了；我是像维琪涅斯一样伤心的，我有比他多过一千倍的理由，使我下这样的毒手；现在这事情已经干了。

萨特尼纳斯 什么！她也被人奸污了吗？告诉我谁干的事。

泰特斯 请陛下和娘娘吃了这一道粗点。

塔摩拉 为什么你用这样的手段杀死你独生的女儿？

泰特斯 杀死她的不是我，是契伦和狄米特律斯；他们奸污了她，割去了她的舌头；是他们，是他们害她

---

1 维琪涅斯（Virginius），及其杀女之故事待考。

落得这样一个结果。

萨特尼纳斯 快去把他们立刻抓来见我。

泰特斯 嘿，他们就在这盘子里头，那烘烤在这面饼里的就是他们的骨肉；他们的母亲刚才吃得津津有味的，也就是她自己亲生的儿子。这是真的，这是真的；我的锋利的刀尖可以为我作见证。（杀塔摩拉）

萨特尼纳斯 疯子，你这样的行为死有余辜！（杀泰特斯）

路歇斯 做儿子的忍心看他的父亲流血吗？冤冤相报，有命抵命！（杀萨特尼纳斯；大骚乱，众慌乱走散；玛克斯、路歇斯及其党羽登上露台）

玛克斯 你们这些满面愁容的人们，罗马的人民和子孙，巨大的变乱使你们分裂离散，像一群惊惶的禽鸟，在暴风中四散飞逃；啊！让我教你们怎样把这一束散乱的禾秆重新集合起来，把这些零落的肢体团结为完整的全身；否则罗马将要自召灭亡的灾祸，那曾经为强大的列国所敬礼的名城，将要像一个日暮途穷的破落汉一样，卑怯地结束她自己的生命了。可是我的僵硬的手势和衰老的口才，这些饱经沧桑的真实的见证，倘不能引诱你们倾听我的言语，（向路歇斯）那么说吧，罗马的亲爱的友人，正像当年我们的先祖用他那严肃的口气，向害着相思的狄多叙述那些狡猾的希腊人偷进特洛亚城那一个悲惨的大火之夜的故事一样[1]；告诉我们是什么奸人迷惑了我们的耳朵，是谁把那致命的祸根引入罗马，使我们的国本受到这样的伤害。我的心不是铁石打成的。我也不能向你们尽情吐露我们全部悲哀的历史，也许就在我最需要你们同情的倾听的时候，滔滔的热泪将会打断我的叙述。这儿是一位大将，让他告诉你们吧；你们听他说了，你们的心将要怔忡跳动，你们的眼眶里将要泪如雨下。

路歇斯 那么，高贵的听众，让我告诉你们知道，那万恶的契伦和狄米特律斯便是杀害我们这位皇帝的兄弟的凶手，也就是奸污我的妹妹的暴徒。为了他们重大的罪恶，我的两个兄弟冤遭不白，身首异处；他们不但把我父亲的涕泣陈请置之不顾，而且还用卑鄙的手段，骗诱他砍掉了他那曾经为罗马奋勇作战、把她的敌人送下坟墓去的忠诚的手。最后，我自己也遭到他们无情的放逐，他们把我摈出国门，让我含着满眶的眼泪，向罗马的敌人呼吁求援；我的敌人们被我的真诚的哀泣所感动，捐弃了旧日的嫌恨，伸开他们的两臂拥抱我，把我认作他们的友人。你们要知道，我这为祖国所不容的人，却曾用热血保卫了她的安全，拚着自己不顾一切的身体，挡开了那对准她的胸前的敌人的兵刃呢。唉！你们知道我不是一个喜

1 “我们的先祖”即埃涅阿斯；埃涅阿斯为特洛亚之后人，亦为罗马之建立者。

欢自夸的人；我的疤痕虽然不会说话，它们却可以为我证明我的话是真实不虚的。可是且慢！我想我这样称扬自己的不足道的功绩，未免离题太远了；啊！请你们恕我；当没有朋友在他们身旁的时候，人们只好为自己宣传。

玛克斯 现在应该轮到我说话了。瞧这孩子吧，这是塔摩拉跟一个不信宗教的摩尔人私通所生的，那摩尔人也就是策动这些惨剧的罪魁祸首。这恶贼虽然罪该万死，为了留着他做一个见证起见，还留在泰特斯的屋子里，没有把他杀掉。现在请你们评判评判，泰特斯遭到这样无可言喻，超过一切忍耐的限度，任何人所受不了的创巨痛深的损害，是不是应该有今天的报复？你们现在已经听到全部事实的真相了，诸位罗马人，你们怎么说？要是我们有什么事做错了，请你们指点我们的错误，我们这两个安德洛尼克斯家仅存的硕果，愿意从你们现在看见我们所站的地方，手搀着手纵身跳下，在粗硬的顽石上把我们的脑浆砸碎，终结我们这一家的命运。说吧，罗马人，说吧！要是你们说我们必须如此，瞧哪！路歇斯跟我就可以当着你们的面前跳下。

伊米力斯 下来，下来，可尊敬的罗马人，轻轻地搀着我们的皇上下来；路歇斯是我们的皇帝，因为我知道这是罗马人民一致的呼声。

众罗马人 路歇斯万岁！罗马的尊严的皇帝！

玛克斯 （向从者）到老泰特斯的悲惨的屋子里去，把那不信神明的摩尔人抓来，让我们判决他一个最可怕的死刑，惩罚他那作恶多端的一生。（侍从等下）

路歇斯、玛克斯及余人等自露台走下。

众罗马人 路歇斯万岁！罗马的仁慈的统治者！

路歇斯 谢谢你们，善良的罗马人；但愿我即位以后，能够治愈罗马的创伤，拭去她的悲痛的回忆！可是，善良的人民，请你们宽容我片刻的时间，因为天性之情驱使我履行一件悲哀的任务。大家站远些；可是叔父，您过来吧，让我们向这尸体挥洒我们诀别的眼泪。啊！让这热烈的一吻留在你这惨白冰冷的唇上，（吻泰特斯）让这些悲哀的泪点留在你这血污的脸上吧，这是你的儿子对你的最后敬礼了！

玛克斯 含着满眶的热泪，你的兄弟玛克斯也来吻一吻你的嘴唇；啊！要是我必须给你流不完的泪，无穷尽的吻，我也决不吝惜。

路歇斯 过来，孩子；来，来，学学我们的样子，在泪雨之中融化了吧。你的爷爷是十分爱你的：好多次他抱着你在他的膝上跳跃，唱歌催你入睡，他的慈爱的胸脯作为你的枕头；他曾经讲给你听许多小孩子所应该知道的事情；所以你要像一个孝顺的孩子似的，从你幼稚的灵泉里洒下几滴小小的泪珠来，因为这是天性的至情所必需的；心心相系的人，在悲哀之中必然会发出同情的共鸣。向他告别，送他下了坟墓；尽了这一次最后的情谊，从此你就和他人天永别了。

小路歇斯 啊，爷爷，爷爷！要是您能够死而复活，我真愿意让自己死去。主啊！我哭得不能向他说话；一张开嘴，我的眼泪就会把我噎住。

侍从等押艾伦重上。

罗马人甲 安德洛尼克斯家不幸的后人，停止了你们的悲哀吧；这可恶的奸贼一手造成了这些惨事，快把他宣判定罪。

路歇斯 把他齐胸埋在泥土里，让他活活饿死；尽他站在那儿叫骂哭喊，不准给他一点食物；谁要是怜悯他救济他的，也要受死刑的处分。这是我们的判决，剩几个人在这儿替他掘下泥坑，放他进去。

艾伦 啊！为什么把怒气藏在胸头，隐忍不发呢？我不是小孩子，你们以为我会用卑怯的祷告，忏悔我所做的恶事吗？要是我能够随心所欲，我要做一万件比我曾经做过的更恶的恶事；要是在我一生之中，我曾经作过一件善事，我要从心底里深深懊悔。

路歇斯 这位已故的皇帝，请几位他生前的好友把他扛运出去，替他埋葬在他父皇的坟墓里。我的父亲和拉维妮娅将要在我们的家墓之中立刻下葬。至于那头狠毒的雌虎塔摩拉，那么任何的葬礼都不准举行，谁也不准为她服丧志哀，也不准为她鸣响丧钟；她的尸体丢在旷野里，听凭野兽猛禽的咬啄。她的一生像野兽一样不知怜悯，所以她也不应该得到我们的怜悯。那万恶的摩尔人艾伦，必须受到他应得的惩罚，因为他是造成我们这一切惨事的祸根。

从今起惩前毖后，把政事重新整顿，
不要让女色谗言，动摇了邦基国本。（同下）

特洛伊罗斯与克瑞西达

Troilus and Cressida

剧中人物

普里阿摩斯	特洛亚国王
赫克托 特洛伊罗斯 帕里斯 得伊福玻斯 赫勒诺斯	普里阿摩斯之子
玛伽瑞隆	普里阿摩斯的庶子
埃涅阿斯 安忒诺	特洛亚将领
卡尔卡斯	特洛亚祭司，投降于希腊
潘达洛斯	克瑞西达的叔父
阿伽门农	希腊主帅
墨涅拉俄斯	阿伽门农之弟
阿喀琉斯 埃阿斯 俄底修斯 涅斯托 狄俄墨得斯 帕特洛克罗斯	希腊将领
忒耳西忒斯	丑陋而好谩骂的希腊人
亚历山大	克瑞西达的仆人

特洛伊罗斯的仆人

帕里斯的仆人

狄俄墨得斯的仆人

海伦　**墨涅拉俄斯之妻**

安德洛玛刻　**赫克托之妻**

卡珊德拉　**普里阿摩斯之女，能预知未来**

克瑞西达　**卡尔卡斯之女**

特洛亚及希腊兵士、侍从等

地 点

特洛亚；特洛亚郊外的希腊营地

开场白

这一本戏的地点是在特洛亚。一群心性高傲的希腊王子，怀着满腔的愤怒，把他们满载着准备一场恶战的武器的船舶会集在雅典港口；六十九个戴着王冠的武士，从雅典海湾浩浩荡荡向弗里吉亚出发；他们立誓荡平特洛亚，因为在特洛亚的坚强的围墙里，墨涅拉俄斯的王妃，被奸污的海伦，正在风流的帕里斯怀抱中睡着：这就是引起战衅的原因。他们到了忒涅多斯，从庞大的船舶上搬下了他们的坚甲利器；这批新上战场未临矢石的希腊人，就在达耳丹平原上扎下他们威武的营寨。普里阿摩斯的六个城门的城市，达耳丹、丁勃里亚、伊里亚斯、契他斯、特洛琴和安替诺力第斯，都用重重的铁锁封闭起来，关住了特洛亚的健儿。一边是特洛亚人，一边是希腊人，两方面各自提心吊胆，不知道谁胜谁败；正像我这念开场白的人，又要担心编剧的一支笔太笨拙，又要担心演戏的嗓子太坏，不知道这本戏究竟演得像个什么样子一样。在座的观众诸君，我要声明一句，我们并不从这场战争开始的时候演起，却是从中途开始演起的；后来的种种事实，都尽量在这出戏里表演出来。诸位喜欢它也好，不满意也好，都随诸位的高兴；本来胜败兵家常事，万一我们演得不好，也是不足为奇的呀。

第一幕

第一场

特洛亚；普里阿摩斯王宫门前

特洛伊罗斯披甲胄上，潘达洛斯随上。

特洛伊罗斯 叫我的仆人来，我要把盔甲脱下了。我自己心里正在发生激战，为什么还要到特洛亚的城外去作战呢？让每一个能够主宰自己的心的特洛亚人去上战场吧；唉！特洛伊罗斯的心早就不属于他自己了。

潘达洛斯 您不能把您的精神振作起来吗？

特洛伊罗斯 希腊人又强壮、又有智谋，又凶猛、又勇敢；我却比一颗妇人的眼泪更柔弱，比一头绵羊更温驯，比无知的蠢汉更痴愚，比夜间的处女更懦怯，比不懂事的婴儿更笨拙。

潘达洛斯 好，我的话也早就说完了；我自己实在不愿再多管什么闲事。一个人要吃面饼，总得先等把麦子磨成了粉。

特洛伊罗斯　我不是已经等过了吗？

潘达洛斯　嗯，您已经等到麦子磨成了面粉；可是您必须再等面粉放在筛里筛过。

特洛伊罗斯　那我不是也已经等过了吗？

潘达洛斯　嗯，您已经等到面粉放在筛里筛过；可是您必须再等它发起酵来。

特洛伊罗斯　那我也已经等过了。

潘达洛斯　嗯，您已经等它发过酵了；可是以后您还要等面粉搓成了面团，炉子里生起了火，把面饼烘熟；就是烘熟以后，您还要等它凉一凉，免得烫痛了您的嘴唇。

特洛伊罗斯　忍耐的女神也没有遭受过像我所遭受的那么多的苦难的迫害。我坐在普里阿摩斯的华贵的食桌上的时候，我一想起美丽的克瑞西达——该死的家伙！“我一想起”！什么时候她离开过我的脑海呢？

潘达洛斯　嗯，我从来没有看见过她像昨天晚上那样美丽，她比无论哪一个别的女人都美丽。

特洛伊罗斯　我要告诉你：当我那颗心好像要被叹息劈成两半的时候，为了恐怕被赫克托或是我的父亲觉察，我不得不把这叹息隐藏在笑纹的后面，正像懒洋洋的阳光勉强从阴云密布的天空探出头来一样；可是强作欢娱的忧伤，是和乐极生悲同样使人难堪的。

潘达洛斯　她的头发倘不是比海伦的头发略微黑了点儿——嗯，那也不用说了，她们两个人是比较不来的；

可是拿我自己来说，她是我的侄女，我当然不好意思像人家说的过分夸奖她，不过我倒很希望有人听见她昨天的谈话，像我听见她一样。令姊卡珊德拉的口才固然很好，可是——

特洛伊罗斯 啊，潘达洛斯！我对你说，潘达洛斯——当我告诉你我的希望沉没在什么地方的时候，你不该回答我它们葬身的深渊是有多么深。我告诉你我为了克瑞西达爱到发疯；你却回答我她是多么美丽，把她的眼睛、她的头发、她的面庞、她的步态、她的语调，尽量倾注在我心头的伤口上。啊！你口口声声对我说，一切洁白的东西，和她的玉手一比，都会变成墨水一样黝黑，写下它们自己的谴责；比起她柔荑的一握来，天鹅的绒毛是坚硬的，最敏锐的感觉，相形之下也会变成农夫的手掌一样粗糙。当我说我爱她的时候，你这样告诉我；你的话并没有说错，可是你不但不替我在爱情所加于我的伤痕上敷抹油膏，反而用刀子加深我的一道道伤痕。

潘达洛斯 我说的不过是真话。

特洛伊罗斯 你的话还没有说到十分。

潘达洛斯 真的，我以后不管了。随她美也好，丑也好，她果然是美的，那是她自己的福气；要是她不美，也只好让她自己去设法补救。

特洛伊罗斯 好潘达洛斯，怎么啦，潘达洛斯！

潘达洛斯 我为你们费了许多的气力，她也怪我，您也怪我；在你们两人中间跑来跑去，今天一趟，明天一趟，也不曾听见一句感谢的话。

特洛伊罗斯 怎么！你生气了吗，潘达洛斯？怎么！生我的气吗？

潘达洛斯 因为她是我的侄女，所以她就比不上海伦美丽；倘使她不是我的侄女，那么她在星期五也像海伦在星期日一样美丽。可是那跟我有什么相干呢！即使她是个黑丑的非洲人，也不关我的事。

特洛伊罗斯 我说她不美吗？

潘达洛斯 您说她美也好，说她不美也好，我都不管。她是个傻瓜，不跟她父亲去，偏要留在这儿；让她到希腊人那儿去吧，下次我看见她的时候，一定这样对她说。拿我自己来说，那么我以后可再也不管人家的闲事了。

特洛伊罗斯 潘达洛斯——

潘达洛斯 我什么都不管。

特洛伊罗斯 好潘达洛斯——

潘达洛斯 请您别再跟我多说了！言尽于此，我还是让一切照旧的好。（潘达洛斯下。内号角声）

特洛伊罗斯 别闹，你们这些聒耳的喧哗！别闹，粗暴的声音！两方面都是些傻瓜！无怪海伦是美丽的，因为你们每天用鲜血涂染着她的红颜。我不能为了这一个理由去和人家作战；它对于我的剑是一个太贫乏的题目。可是潘达洛斯——天哪！您怎么这样作弄着我！我要向克瑞西达传达我的情愫，只有靠着潘达洛斯的力量；可是央他去说情，他自己就是这么难说话，克瑞西达又是那么凛若冰霜，把一切哀求置之不闻。阿波罗，为了你的达芙妮的爱，告诉我，克瑞西达是什么，潘达洛斯是什么，我们都是些什么？她的眠床就是印度；她睡在上面，是一颗无价的明珠；一道汹涌的波涛隔开在我们的中间；我是个采宝的商人，这个潘达洛斯便是我的不可靠的希望，我的载登彼岸的渡航。

号角声。埃涅阿斯上。

埃涅阿斯 啊，特洛伊罗斯王子！您怎么不上战场去？特洛伊罗斯，我不上战场就是因为我不上战场：这是一个娘儿们的答案，因为不上战场就不是男子汉的行为。埃涅阿斯，战场上今天有什么消息？

埃涅阿斯 帕里斯受了伤回来了。

特洛伊罗斯 谁伤了他，埃涅阿斯？

埃涅阿斯 墨涅拉俄斯。

特洛伊罗斯 让帕里斯流血吧；一个替人家戴上头巾，一个替人家挂上彩，只算礼尚往来。（号角声）

埃涅阿斯 听！今天城外厮杀得多么热闹！

特洛伊罗斯 我倒宁愿在家里安静点儿。可是我们也去凑凑热闹吧；你是不是要到那里去？

埃涅阿斯 我立刻就去。

特洛伊罗斯 好，那么我们一块儿去吧。（同下）

第二场

同前；街道

克瑞西达及亚历山大上。

克瑞西达 走过去的那些人是谁？

亚历山大 赫卡柏王后和海伦。

克瑞西达 她们到什么地方去？

亚历山大 她们是上东塔去的，从塔上可以俯瞰山谷，看到战事的进行。赫克托素来是个很有涵养的人，今天却发了脾气；他骂过他的妻子安德洛玛刻，打过他的造甲胄的人；看来战事吃紧，在太阳升起以前他就披着轻甲，上战场去了；那战地上的每一朵花，都像一个先知似的，在赫克托的愤怒中看到了将要发生的一场血战而凄然堕泪。

克瑞西达 他为什么发怒？

亚历山大 据说是这样的：在希腊军队里有一个特洛亚血统的将领，是赫克托的侄子；他们叫他做埃阿斯。

克瑞西达 好，他怎么样？

亚历山大 他们说他是个与众不同的人。这个人，姑娘，从许多野兽身上偷到了它们的特点：他像狮子一样勇敢，熊一样粗蠢，象一样迟钝。造物在他身上放进了太多的怪脾气，以至于把他的勇气糅成了愚蠢，在他的愚蠢之中，却又有几分聪明。每一个人的好处，他都有一点；每一个人的坏处，他也都有一点。他会无缘无故地垂头丧气，也会莫名其妙地兴高采烈。什么事情他都懂得几分，可是什么都是鸡零狗碎的，就像一个害着痛风的布里阿洛斯，生了许多的手，一点用处都没有；又像一个昏眊的阿耳戈斯，生了许多的眼睛，瞧不见什么东西。

克瑞西达 可是这个人我听了会好笑，怎么会把赫克托激怒了呢？

亚历山大 他们说他昨天和赫克托交战，把赫克托打下马来；赫克托受到这场耻辱，气得饭也吃不下，睡也睡不着。

克瑞西达 谁来啦？

潘达洛斯上。

亚历山大 姑娘，是您的叔父潘达洛斯。

克瑞西达 赫克托是一条好汉子。

亚历山大 他在这世上可算是一条好汉，姑娘。

潘达洛斯　你们说些什么？你们说些什么？

克瑞西达　早安，潘达洛斯叔叔。

潘达洛斯　早安，克瑞西达侄女。你们在那儿讲些什么？早安，亚历山大。你好吗，侄女？你什么时候到王宫里去过？

克瑞西达　今天早上，叔叔。

潘达洛斯　我来的时候你们在讲些什么？赫克托在你进宫去的时候已经披上甲出去了吗？海伦还没有起来吗？

克瑞西达　赫克托已经出去了，海伦还没有起来。

潘达洛斯　是这样吗？赫克托起身得倒很早。

克瑞西达　我们刚才就在讲这件事，也说起了他的愤怒。

潘达洛斯　他在发怒吗？

克瑞西达　这个人说他在发怒。

潘达洛斯　不错，他是在发怒；我也知道他为什么发怒。大家瞧着吧，他今天一定要显一显他的全身本领；还有特洛伊罗斯，他的武艺也不比他差多少哩；大家留意特洛伊罗斯吧，看我的话有没有错。

克瑞西达　什么！他也发怒了吗？

潘达洛斯　谁，特洛伊罗斯吗？这两个人比较起来，还是特洛伊罗斯强。

克瑞西达　天哪！这两个人怎么比得起来？

潘达洛斯　什么！特洛伊罗斯不能跟赫克托相比吗？你眼睛里识得英雄吗？

克瑞西达　嗯，要是我见过他，我会认识他的。

潘达洛斯 好，我说特洛伊罗斯是特洛伊罗斯。

克瑞西达 那么您的意思跟我一样，因为我相信他一定不是赫克托。

潘达洛斯 赫克托也有不如特洛伊罗斯的地方。

克瑞西达 不错，他们各人有各人的本色；各人都是他自己。

潘达洛斯 他自己！唉，可怜的特洛伊罗斯！我希望他是他自己。

克瑞西达 他正是他自己呀。

潘达洛斯 他自己！不，他不是他自己。但愿他是他自己！好，天神在上，时间倘不照顾人，也会替人了结一切的。好，特洛伊罗斯，好！我希望我的心在她的腔子里。不，赫克托并不比特洛伊罗斯更了得。

克瑞西达 对不起。

潘达洛斯 他年纪大了些。

克瑞西达 对不起，对不起。

潘达洛斯 那一个还不曾到他这样的年纪；等到那一个也到了这样的年纪，你就要对他刮目相看了。赫克托今年已经老得有点头脑糊涂了，他没有特洛伊罗斯的聪明。

克瑞西达 他有他自己的聪明，用不到别人的聪明。

潘达洛斯 也没有特洛伊罗斯的才能。

克瑞西达 那也用不到。

潘达洛斯 也没有特洛伊罗斯的漂亮。

克瑞西达 那是和他的威武不相称的；还是他自己的相貌好。

潘达洛斯 侄女，你真是不生眼睛。海伦前天也说过，特洛伊罗斯虽然皮肤黑了点儿——我必须承认他的皮肤是黑了点儿，不过也不算怎么黑——

克瑞西达 不，就是有点儿黑。

潘达洛斯 凭良心说，黑是黑的，可是也不算黑。

克瑞西达 说老实话，真是真的，可是有点儿假。

潘达洛斯 她说他的皮肤的颜色胜过帕里斯。

克瑞西达 啊，帕里斯的皮肤难道血色不足吗？

潘达洛斯 不，他的血色很足。

克瑞西达 那么特洛伊罗斯的血色就嫌太多了：要是她说他的皮肤的颜色胜过帕里斯，那么他的血色一定比帕里斯更旺；一个的血色已经很足，一个却比他更旺，那一定红得像火烧一样，还有什么好看。我倒还是希望海伦的金口恭维特洛伊罗斯长着一个紫铜色的鼻子。

潘达洛斯 我向你发誓，我想海伦爱他胜过帕里斯哩。

克瑞西达 那么她真是一个风流的希腊女人了。

潘达洛斯 是的，我的的确确知道她爱着他。有一天她跑到他的房间里去——你知道他的下巴上还不过出了三四根胡子——

克瑞西达 不错，一个酒保都可以很快地把他的须子算出一个总数来。

潘达洛斯 他年纪很轻，可是他的哥哥赫克托能够举起的重量，他也举得起来。可是我要向你证明海伦的确爱他：她跑过去把她白嫩的手摸他的下巴——你知道他的脸上有两个酒窝，他笑起来比弗里吉亚无论哪一个人都好看。

克瑞西达 啊，他笑得很好看。

潘达洛斯 不是吗？

克瑞西达 是，是，就像一朵秋天的乌云。

潘达洛斯 那就是了。可是我要向你证明海伦爱着特洛伊罗斯——

克瑞西达 要是您证明有这么一回事，特洛伊罗斯一定不会否认。

潘达洛斯 特洛伊罗斯！嘿，他才不把她放在心上，就像我瞧不起一个坏蛋一样呢。

克瑞西达 要是您喜欢吃坏蛋，就像您喜欢胡说八道一样，那您一定会在蛋壳里找小鸡吃。

潘达洛斯 我一想到她怎样摸弄他的下巴，就忍不住发笑；她的手真是白得出奇，我必须承认——

克瑞西达 这一点是不用上刑罚您也会承认的。

潘达洛斯 她在他的下巴上发现了一根白须。

克瑞西达 唉！可怜的下巴！许多人的肉瘤上都比你长着更多的毛呢。

潘达洛斯 可是大家都笑得不亦乐乎；赫卡柏王后笑得眼珠都打起滚来。

克瑞西达 就像两块磨石似的。

潘达洛斯 卡珊德拉也笑。

克瑞西达 可是她的眼睛底下火烧得不是顶猛；她的眼珠也打滚吗？

潘达洛斯 赫克托也笑。

克瑞西达 他们究竟都在笑些什么？

潘达洛斯 哈哈，他们就是笑那根海伦在特洛伊罗斯下巴上发现的白须。

克瑞西达 要是那是根绿须，那么我也要笑起来了。

潘达洛斯 这根胡须还不算好笑，他那俏皮的回答才叫他们笑得透不过气来。

克瑞西达 他怎么说？

潘达洛斯 她说："你的下巴上一共只有五十一根胡须，其中倒有一根是白的。"

克瑞西达 这是她提出的问题。

潘达洛斯 不错，那你可以不用问。他说："五十一根胡须，一根是白的；这根白须是我的父亲，其余都是他的儿子。""天哪！"她说，"哪一根胡须是我的丈夫帕里斯呢？""出角的那一根，"他说，"拔下来，给他拿去吧。"大家听了都哄然大笑起来，害得海伦怪不好意思的，帕里斯气得满脸通红，别的人一个个哈哈大笑，简直笑得合不拢嘴来。

克瑞西达 说了这许多时候的话，现在您也可以收拢嘴来了。

潘达洛斯 好，侄女，昨天我对你说起的事情，请你仔细想一想。

克瑞西达 我正在想着呢。

潘达洛斯 我可以发誓说那是真的；他哭起来就像个四月里出世的泪人儿一般。

克瑞西达 那么我就像一棵五月里的荨麻一样，在他的泪雨之下长了起来。（内吹归营号）

潘达洛斯 听！他们从战场上回来了。我们站在这儿高一点的地方，看他们回宫去好不好？好侄女，看一看吧，亲爱的克瑞西达。

克瑞西达 随您的便。

潘达洛斯 这儿，这儿，这儿有一块很好的地方，我们可以看得清清楚楚。他们走过的时候，我可以一个个把他们的名字告诉你，可是你尤其要注意特洛伊罗斯。

克瑞西达 说话轻一点。

埃涅阿斯自台前走过。

潘达洛斯 那是埃涅阿斯；他不是一个好汉子吗？我告诉你，他是特洛亚的一朵花。可是留心看好特洛伊罗斯；他就要来了。

安忒诺自台前走过。

克瑞西达 那个人是谁？

潘达洛斯 那是安忒诺；我告诉你，他是一个很有机智的人，也是一个很好的汉子；他在特洛亚是一个顶有见识的人，他的仪表也很不错。特洛伊罗斯什么时候才来呢？我就可以把特洛伊罗斯指点给你看；他要是看见我，一定会向我点头招呼的。

赫克托自台前走过。

潘达洛斯 那是赫克托，你瞧，你瞧，这才是个汉子！愿你胜利，赫克托！侄女，这才是个好汉子。啊，勇敢的赫克托！瞧他的神气多么威严！他不是个好汉子吗？

克瑞西达 啊！真是个好汉。

潘达洛斯 不是吗？看见了这样的人，真叫人心里高兴。你瞧他盔上有多少刀剑的痕迹！瞧那边，你看见吗？瞧，瞧，这不是说笑话；那一道一道的，好像在说，有本领的，把我挑下来吧！

克瑞西达 那些都是刀剑割破的吗？

潘达洛斯 刀剑？他什么都不怕；即使魔鬼来找着他，他也不放在心上。看见了这样的人，真叫人心里高兴。帕里斯打那边来了，帕里斯打那边来了。

帕里斯自台前走过。

潘达洛斯 侄女，你瞧那边；他不也是个英俊的男子吗？嗳哟，瞧他多神气！谁说他今天受了伤回来？他没有受伤；海伦看见了一定很高兴，哈哈！我希望现在就看见特洛伊罗斯！你就可以看见特洛伊罗斯了。

克瑞西达　那是谁?

赫勒诺斯自台前走过。

潘达洛斯　那是赫勒诺斯。我不知道特洛伊罗斯到什么地方去了。那是赫勒诺斯。我想他今天大概没有出去。那是赫勒诺斯。

克瑞西达　赫勒诺斯会不会打仗，叔叔?

潘达洛斯　赫勒诺斯?不，是，他还能应付两下。我不知道特洛伊罗斯到什么地方去了。听!你不听见人们在喊“特洛伊罗斯”吗?赫勒诺斯是个祭司。

克瑞西达　那边来的那个鬼鬼祟祟的家伙是谁?

特洛伊罗斯自台前走过。

潘达洛斯　什么地方?那边吗?那是得伊福玻斯。啊，那是特洛伊罗斯!侄女，这才是个好汉子!喝!勇敢的特洛伊罗斯!武士中的魁首!

克瑞西达　静声!不害羞吗?别闹啦!

潘达洛斯　瞧着他，留心瞧着他；啊，勇敢的特洛伊罗斯!侄女，好好瞧着他；瞧他的剑上沾着多少的血，他的盔被刀剑斫得比赫克托那顶还要破；瞧他的神气，瞧他走路的姿势!啊，可钦佩的少年!他还没有满二十三岁哩。愿你胜利，特洛伊罗斯，愿你胜利!要是我有一个姊妹是女神，或是有一个女儿是天仙，我也愿意让他自己选一个去。啊，可钦佩的男子！帕里斯？嘿！帕里斯比起他来简直泥土不如；我可以大胆说一句，海伦要是能够把帕里斯换了特洛伊罗斯，就是叫她挖出一颗眼珠来她也心甘情愿的。

克瑞西达 又有许多人来了。

众兵士自台前走过。

潘达洛斯 驴子！傻瓜！蠢材！麸皮和糠屑，麸皮和糠屑！大鱼大肉以后的稀粥！我可以在特洛伊罗斯的眼睛里度过我的一生。别瞧啦，别瞧啦；鹰隼已经过去，现在就剩了些乌鸦，就剩了些乌鸦！我宁愿做一个像特洛伊罗斯那样的男子，不愿做阿伽门农以及整个的希腊。

克瑞西达 在希腊人中间有一个阿喀琉斯，他比特洛伊罗斯强得多啦。

潘达洛斯 阿喀琉斯！他只好推推车子，扛扛东西，他简直是只骆驼。

克瑞西达 好，好。

潘达洛斯 “好，好”！嘿，难道你一点不懂得好坏吗？难道你没有眼睛吗？你不知道怎样才算一个好男子吗？家世、容貌、体格、谈吐、勇气、学问、文雅、品行、青春、慷慨，这些不全是一个理想的男子少不了的条件吗？

特洛伊罗斯侍童上。

侍童　老爷，我的主人请您马上过去，有事相谈。

潘达洛斯　在什么地方？

侍童　就在您府上；他就在那里脱下他的盔甲。

潘达洛斯　好孩子，对他说我就来。（侍童下）我不知道他有没有受伤。再见，好侄女。

克瑞西达　再见，叔叔。

潘达洛斯　侄女，等会儿我就来看你。

克瑞西达　叔叔，您要带些什么来吗？

潘达洛斯　是的，我要带一件特洛伊罗斯的礼物给你。

克瑞西达　那么您真是个氤氲使者了。（潘达洛斯下）言语、盟誓、礼物、眼泪以及恋爱的全部祭礼，他都借着别人的手向我呈献过了；然而我从特洛伊罗斯本身所看到的，比之从潘达洛斯的谀辞的镜子里所看到的，还要清楚千倍。可是我却还不能就答应他。女人在被人追求的时候是个天使；无论什么东西，一到了人家手里，便一切都完了；无论什么事情，也只有正在进行的时候兴趣最为浓厚。一个被人恋爱的女子，要是不知道男人重视未获得的事物，甚于既得的事物，她就等于一无所知；一个女人要是以为恋爱在达到目的以后，还是像热情未获满足以前一样的甜蜜，那么她一定从来不曾有过恋爱的经验。所以我从恋爱中间归纳出这一句箴言：既得之后是命令，未得之前是请求。虽然我的心里装满了爱情，我却不让我的眼睛泄漏我的秘密。（克瑞西达、亚历山大同下）

第三场

希腊营地；阿伽门农帐前

吹号；阿伽门农、涅斯托、俄底修斯、墨涅拉俄斯及余人等上。

阿伽门农 各位王子，你们的脸上为什么都这样郁郁不乐？希望所给我们的远大计划，并不能达到我们的预期；我们雄心勃勃的行为，发生了种种阻碍困难，正像蟠结的树瘿扭曲了松树的纹理，妨害了它的发展。各位王子，你们都知道我们这次远征，已经遭遇意外的滞延，特洛亚城被围七年，还不能把它攻克下来；我们每一次的进攻，都不能收到理想中的效果。你们因为看到了这样的成绩，所以满脸羞愧，认为莫大的耻辱吗？实在说起来，那不过是伟大的乔武有意试探我们人类有没有恒心的一段长时期的测验而已。人们在被命运眷宠的时候，勇、怯、强、弱、智、愚、贤、不肖，都看不出什么分别来；可是一旦为幸运所抛弃，开始涉历惊涛骇浪的时候，就好像有一把广大有力的扇子，把他们扇分开来，柔弱无用的都被扇去，有毅力、有操守的却会卓立不动。

涅斯托　伟大的阿伽门农，恕我不揣冒昧，补充你的意思说几句话。在命运的颠沛中，最可以看出人们的气节：风平浪静的时候，有多少轻如一叶的小舟，敢在宁谧的海面上驶过，和那些载重的大船并驾齐驱！可是一等到风涛怒作的时候，你就可以看见那坚固的大船像一匹凌空的天马，从如山的雪浪里腾跃疾进；那凭着自己单薄脆弱的船身，便想和有力者竞胜的不自量力的小舟呢？不是逃进了港口，便是葬身在海神的腹中了。表面的勇敢和实际的威武，也正是这样在命运的风浪中区别出来：在和煦的阳光照耀之下，迫害着牛羊的不是猛虎而是蝇虻；可是当烈风吹倒了多节的橡树，蝇虻向有荫庇的地方纷纷飞去的时候，那山谷中的猛虎便会应和着天风的怒号，发出惊人的长啸，正像一个叱咤风云的志士，不肯在命运的困迫之前低头一样。

俄底修斯　阿伽门农，你伟大的统帅，整个希腊的神经和脊骨，我们全军的灵魂和主脑，听俄底修斯说几句话。对于你在你的崇高的领导的地位上所发表的有力的言词，以及你，涅斯托，凭着你的老成练达的人生经验所提出的可尊敬的意见，我只有赞美和同意；你的话，伟大的阿伽门农，应当刻在高耸云霄的铜柱上，让整个希腊都瞻望得到；你的话，尊严的涅斯托，应当像天轴地柱一样，把所有希腊人的心系束在一起：可是请你们再听俄底修斯说几句话。

阿伽门农 说吧，伊塔刻的王子；从你的嘴里吐出来的，一定不会是琐屑的空谈，无聊的废话，正像下流的忒耳西忒斯一张开嘴，我们便知道不会有音乐、智慧和天神的启示一样。

俄底修斯 特洛亚至今兀立不动，没有给我们攻下，赫克托的宝剑仍旧在它主人的手里，这都是因为我们漠视了军令的森严所致。看这一带大军驻屯的阵地，散布着多少虚有其表的营寨，谁都怀着各不相下的私心。大将就像是一个蜂房里的蜂王，要是采蜜的工蜂大家各自为政，不把采得的粮食归献蜂王，那么还有什么蜜可以酿得出来呢？尊卑的等级可以不分，那么最微贱的人，也可以和最有才能的人分庭抗礼了。诸天的星辰，在运行的时候，谁都恪守着自身的等级和地位，遵循着各自的不变的轨道，依照着一定的范围、季候和方式，履行它们经常的职责；所以灿烂的太阳才能高拱中天，炯察寰宇，纠正星辰的过失，揭恶扬善，发挥它的无上威权。可是众星如果出了常轨，陷入了混乱的状态，那么多少的灾祸、变异、叛乱、海啸、地震、风暴、惊骇、恐怖，将要震撼、摧裂、破坏、毁灭这宇宙间的和谐！纪律是达到一切雄图的阶梯，要是纪律发生动摇，啊！那时候事业的前途也就变成黯淡了。要是没有纪律，社会上的秩序怎么得以稳定？学校中的班次怎么得以整齐？城市中的和平怎么得以保持？各地间的贸易怎么可以畅通？法律上所规定的与生俱来的特权，以及尊长、君王、统治者、胜利者所享有的特殊权利，怎么可以确立不坠？只要把纪律的琴弦拆去，听吧！多少刺耳的噪音就会发了出来；一切都是互相抵触；江河里的水会泛滥得高过堤岸，淹没了整个的世界；强壮的要欺凌老弱，不孝的儿子要打死他的父亲；威力将代替了公理，没有了是非之分，也没有正义存在。那时候权力便是一切，而凭仗着权力，便可以逞着自己的意志，放纵他的无厌的贪欲；欲望，这一头贪心不足的饿狼，得到了意志和权力的两重辅佐，势必至于把全世界供它的馋吻，然后把自己也吃下去了。伟大的阿伽门农，这一种混乱的状态，只有在纪律被人扼毙以后才会发生。就是因为漠视了纪律，有意前进的才会反而向后退却。主帅被他属下的将领所轻视，那将领又被他的属下所轻视，这样上行下效，谁都瞧不起他的长官，结果就引起了猜嫉争竞的心理，损害了整个军队的元气。特洛亚所以至今兀立不动，不是靠着它自己的力量，乃是靠着我们的这一种弱点；换句话说，它的生命是全赖我们的弱点替它支持下来的。

涅斯托 俄底修斯已经很智慧地指出了我们的士气所以不振的原因。

阿伽门农 俄底修斯，病源已经发现了，那么应当怎样对症下药呢？

俄底修斯 公认为我军中坚的阿喀琉斯，因为听惯了人家的赞誉，养成了骄矜自负的心理，常常高卧在他的营帐里，讥笑着我们的战略；还有帕特洛克罗斯也整天陪着他懒洋洋地躺在一起，说些粗俗的笑话，用荒唐古怪的动作扮演着我们，说是模拟我们的神气。有时候，伟大的阿伽门农，他模仿着崇高的你，像一个高视阔步的伶人似的，走起路来脚底下发出噔噔的声响，用这种可怜可笑的夸张的举止，表演着你的庄严的形状；当他说话的时候，就像一串哑钟的声音，发出一些荒诞无稽的怪话。魁梧的阿喀琉斯听见了这腐臭的一套，就会笑得在床上打滚，从他的胸口笑出了一声洪亮的喝彩：“好哇！这正是阿伽门农。现在再给我扮演涅斯托，咳嗽一声，摸摸你的胡须，就像他正要发表什么演说一样。”帕特洛克罗斯就这样扮了，扮得一点也不像，可是阿喀琉斯仍旧喊着：“好哇！这正是涅斯托。现在，帕特洛克罗斯，给我表演他穿上盔甲去抵御敌人夜袭的姿态。”于是老年人的弱点，就要成为他们取笑的资料：咳一声嗽，吐一口痰，瘫痪的手乱抓乱摸着领口的纽钉。我们的英雄看见了这样的把戏，简直的要笑死了，他喊着："啊！够了，帕特洛克罗斯，我的肋骨不是钢铁打的，你再扮下去，我要把它们一起笑断了。"他们这样嘲笑着我们的能力、才干、性格、外貌，各个的和一般的优长；我们的进展、计谋、命令、防御、临阵的兴奋、议和的言论，我们的胜利或失败，以及一切真实的或无中生有的事实，都被这两人引为信口雌黄的题目。

涅斯托 许多人看着这两个人的榜样，也已经沾上了这一种恶习。埃阿斯也变得执拗起来了，他那目空一切的神气，就跟阿喀琉斯没有两样；他也照样在自己的寨中独张一帜，聚集一班私党饮酒喧哗，大言无忌地指斥着战争的现状；他手下有一个名叫忒耳西忒斯的奴才，一肚子都是骂人的言语，他就纵容着他把我们比并得泥土不如，使军中对我们失去了信仰，也不管这种言论会引起多么危险的后果。

俄底修斯 他们斥责我们的政策，说它是懦怯；他们以为在战争中间用不到智慧；先见之明是不需要的，唯有行动才是一切；至于怎样调遣适当的军力，怎样测度敌人的强弱，这一类运筹帷幄的智谋，在他们的眼中都不值一笑，认为只是些痴人说梦，纸上谈兵，所以在他们看来，一辆凭着它的庞大

的蛮力冲破城墙的战车，它的功劳远过于制造这战车的人，也远过于运用他们的智慧，指挥它的行动的人。（喇叭奏花腔）

阿伽门农　这是哪里来的喇叭声音？墨涅拉俄斯，你去瞧瞧。

墨涅拉俄斯　是从特洛亚来的。

埃涅阿斯上。

阿伽门农　你到我们的帐前来有什么事？

埃涅阿斯　请问一声，这就是伟大的阿伽门农的营寨吗？

阿伽门农　正是。

埃涅阿斯　我是一个使者，也是一个王子，可不可以让我把一个善意的音信传到他的尊贵的耳中？

阿伽门农　当着全体拥戴阿伽门农为他们统帅的希腊将士面前，我给你比阿喀琉斯的手臂更坚强的保证，你可以对他说话。

埃涅阿斯　谢谢你给我这样宽大的允许和保证。可是一个异邦人怎么可以从这许多人中间，辨别出哪一个是他们最尊贵的领袖呢？

阿伽门农　怎么！

埃涅阿斯　是的，我这样问着，因为我要唤起我的敬意，叫我的颊上准备着呈现一重羞愧的颜色，就像黎明冷眼窥探着少年的福玻斯一样。哪一位是那指导世人的天神，尊贵威严的阿伽门农？

阿伽门农　这个特洛亚人在嘲笑我们；否则特洛亚人都是些

善于辞令的朝士。

埃涅阿斯　在和平的时候，他们是以天使般坦白、文雅温恭著名的朝士；可是当他们披上甲胄的时候，他们有的是无比的胆量、精良的武器、强健的筋骨、锋利的刀剑，什么也比不上他们的勇敢。可是住口吧，埃涅阿斯！赞美倘然从被赞美者自己的嘴里发出，是会减去赞美的价值的；从敌人嘴里发出的赞美，才是真正的光荣。

阿伽门农　特洛亚的使者，你说你的名字是埃涅阿斯吗？

埃涅阿斯　是，希腊人，那是我的名字。

阿伽门农　你来有什么事？

埃涅阿斯　恕我，将军，我必须向阿伽门农当面说知我的来意。

阿伽门农　从特洛亚带来的消息，他必须公之于众人。

埃涅阿斯　我从特洛亚奉命来此，也不是来向他耳边密语的；我带了一个喇叭来，要吹醒他的耳朵，唤起他的注意，然后再让他听我的话。

阿伽门农　请你像风一样自由地说吧，现在不是阿伽门农酣睡的时候；特洛亚人，你将要知道他是清醒着，因为他亲口这样告诉你。

埃涅阿斯　喇叭，吹响起来吧，把你的响亮的声音传进这些怠惰的营帐；让每一个有骨气的希腊人知道，特洛亚的意旨是要用高声宣布出来的。（喇叭吹响）伟大的阿伽门农，在我们特洛亚有一位赫克托王子，普里阿摩斯是他的父亲，他在这沉闷的长期的休战中，感到了髀肉复生的悲哀；他叫我带了一个喇叭来通知你们：各位贤王、各位王子、各位将军！要是在希腊的济济英才之中，有谁重视荣誉甚于安乐；有谁为了博取世人的赞美，不惜冒着重大的危险；有谁信任着自己的勇气，不知道世间有可怕的事；有谁爱恋他的情人，不仅托之于当着他所爱者的面前所发的空言，并且也敢在别人的怀抱里矢言她的美貌和才德：要是有这样的人，那么请他接受赫克托的挑战。赫克托愿意当着特洛亚人和希腊人的面前，用他的全力证明他有一个比任何希腊人所曾经拥抱过的更聪明、更美貌、更忠心的爱人；明天他要在你们的阵地和特洛亚的城墙之间的地带，用喇叭声唤起一个真心爱他情人的希腊人来，赫克托愿意和他一角胜负；倘然没有这样的人，那么他要回到特洛亚去向人家说，希腊的姑娘们都是又黑又丑，不值得一顾的。这就是他叫我来说的话。

阿伽门农 埃涅阿斯将军，这番话我可以去告诉我们军中的情人们；要是我们军中没有这样的人，那么我们一定把这样的人都留在国内了。可是我们都是军人；一个军人要是不想恋爱、不曾恋爱或者不是正在恋爱，他一定是个卑怯的家伙！我们中间倘有一个正在恋爱，或者曾经恋爱过的，或者准备恋爱的人，他可以接受赫克托的挑战；要是没有别人，我愿意亲自出马。

涅斯托 对他说有一个涅斯托，在赫克托的祖父还在吃奶的时候就是个汉子了，他现在虽然上了年纪，可是在我们希腊军中，倘然没有一个腔子里燃着一星光荣的火花，愿意为他的恋人而应战的勇士，你就去替我告诉他，我要把我的银须藏在黄金的面甲里，凭着我这一身衰朽的筋骨，也要披上甲胄，和他在战场上相见；我要对他说我的爱人比他的祖母更美，全世界没有比她更贞洁的女子；为了证明这一个事实，我要用我仅余的两三滴老血，和他的壮年的盛气决一高下。

埃涅阿斯 天哪！难道年轻的人这么少，一定要您老人家上阵吗？

阿伽门农 埃涅阿斯将军，让我搀着您的手，先带您到我们大营里看看，阿喀琉斯必须知道您这次的来意；各营各寨，每一个希腊将领，也都要一体传闻。在您回去以前，我们还要请您喝杯酒儿，表示我们对于一个高贵的敌人的敬礼。（除俄底修斯、涅斯托外同下）

俄底修斯 涅斯托！

涅斯托 你有什么话，俄底修斯？

俄底修斯 我想起了一个幼稚的念头；请您帮我斟酌斟酌。

涅斯托 你想起些什么？

俄底修斯 我说，钝斧斩硬节，阿喀琉斯骄傲到这么一个地步，倘不把他及时挫折一下，让他的骄傲的种子播散开去，恐怕后患不堪设想。

涅斯托 那么你看应当怎么办？

俄底修斯 赫克托的这一次挑战虽然没有指名叫姓，实际上完全是对阿喀琉斯而发的。

涅斯托 他的目的很显然；我们在宣布他挑战的时候，应当尽力使阿喀琉斯明白——即使他的头脑像利比亚沙漠一样荒凉——赫克托的意中是以他为目标的。

俄底修斯 您以为我们应当激起他来，叫他去应战吗？

涅斯托 是的，这是最适当的办法。除了阿喀琉斯以外，谁还能从赫克托的手里夺下胜利的光荣来呢？虽然这不过是一场游戏的斗争，可是从这回试验里，却可以判断出两方实力的高低；因为特洛亚人这次用他们最优秀的将材来试探我们的声威；相信我，俄底修斯，我们的名誉在这场儿戏的行动中将要遭受严重的考验，结果如何，虽然只是一时的得失，但一隅可窥全局，未来的重大演变，未始不可以从此举的结果观察出来。前去和赫克托决战的人，在众人的心目中必须是从我们这里挑选出来的最有本领的人物，为我们全军的灵魂所寄，就好像他是从我们各个人的长处中提炼出来的精华；要是他失败了，那得胜的一方不是将要勇气百倍，格外加强了他们的自信，即使单凭着一双赤手，也会出入白刃之间而不知恐惧吗？

俄底修斯 恕我这样说，我以为唯其如此，所以不能让阿喀琉斯去接受赫克托的挑战。我们应当像商人一样，尽先把次货拿出来，试试有没有脱售的可能；要是次货卖不出去，然后再把上等货色拿出来，那么在相形之下，更可以显出它的光彩。不要容许赫克托和阿喀琉斯交战，因为我们全军的荣辱，虽然系此一举，可是无论哪一方面得胜，胜利的光荣总不会属于我们的。

涅斯托 我老糊涂了，不能懂得你的意思。

俄底修斯 阿喀琉斯倘不是这样骄傲，那么他从赫克托手里取得的光荣，也就是我们共同的光荣；可是他现在已经是这样傲慢不逊，倘使赫克托也不能取胜于他，那他一定会更加目空一世，在他侮蔑的目光之下，我们都要像置身于非洲的骄阳中一样汗流浃背了；要是他失败了，那么他是我们的首将，他的耻辱当然要影响到我们全军的声誉。不，我们还是采取抽签的办法，预先安排好让愚蠢的埃阿斯抽中，叫他去和赫克托交战；我们在私人之间，再竭力捧他一下，把他恭维得比阿喀琉斯还强，那对于我们这位戴惯高帽子的大英雄可以成为一服清心的药剂，把他冲天的傲气挫折几分。要是那个没有头脑的、愚蠢的埃阿斯奏凯而归，我们不妨替他大吹特吹；要是他失败了，那么他本来不是什么了不得的人物，也不算丢了我们的脸。不管胜负如何，我们主要的目的，是要借着埃阿斯的手，压下阿喀琉斯的气焰。

涅斯托 俄底修斯，你的意思果然很好，我可以先去向阿伽门农说说；我们现在就去找他吧。制伏两条咬人的恶犬，最好的办法是请它们彼此相争，骄傲便是挑拨它们搏斗的一根肉骨。（同下）

第二幕

第一场

希腊营地的一部分

埃阿斯及忒耳西忒斯上。

埃阿斯 忒耳西忒斯！

忒耳西忒斯 要是阿伽门农浑身长起毒疮来呢？

埃阿斯 忒耳西忒斯！

忒耳西忒斯 要是那些毒疮都出起脓来呢？

埃阿斯 狗！

忒耳西忒斯 那么咱们这位大帅不是变成一个脓包了吗？

埃阿斯 你这狼狗养的，你不听见吗？我打你。（打忒耳西忒斯）

忒耳西忒斯 整个希腊的瘟疫降在你身上，你这蠢牛一样的狗杂种将军！

埃阿斯 你再说，你这发霉的酵母，再说；我要打掉你这丑陋的皮囊。

忒耳西忒斯 我要骂开你那糊涂的心窍；可是我想等到你能够不

瞧着书本念熟一段祷告的时候，你的马儿也会背诵一篇演说了。你会打人吗？你这害血瘟症的！

埃阿斯 坏东西，把布告念给我听。

忒耳西忒斯 你这样打我，你以为我是没有知觉的吗？

埃阿斯 那布告上怎么说？

忒耳西忒斯 我想它说你是个傻瓜。

埃阿斯 你再说，野猪，你再说；我的手指头痒着呢。

忒耳西忒斯 我希望你从头上痒到脚上，让我把你浑身的皮都搔破了，叫你做一个全希腊顶讨人厌的癞皮花子。在你冲锋上阵的时候，你就打不动了。

埃阿斯 我叫你把布告念给我听！

忒耳西忒斯 你一天到晚叽哩咕噜地骂阿喀琉斯，因为他比你神气，所以你一肚子的不舒服，就像一个丑妇瞧不惯别人长得比她好看一样；哼，你简直像狗一样地向他叫个不停。

埃阿斯 忒耳西忒斯老太太！

忒耳西忒斯 你可以打他呀。

埃阿斯 你这烘坏了的歪面包块儿！

忒耳西忒斯 他会像一个水手砸碎一块硬面包似的，一拳头就把你打得血肉横飞。

埃阿斯 你这婊子生的贱狗！（打忒耳西忒斯）

忒耳西忒斯 你打，你打。

埃阿斯 你这替妖精垫屁股的凳子！

忒耳西忒斯 好，你打，你打；你这糊涂将军！我的臂弯里也比你有更多的头脑；一头蠢驴都可以做你的老师；你这下贱的莽驴子！他们叫你到这儿来打几个特洛亚人，你却给那些聪明人卖来卖去，好像一个蛮族的奴隶一般。要是你尽打我，我就从你的脚跟骂起，一寸一寸骂上去，一直骂到你的头顶，你这没有肚肠的东西，你！

埃阿斯 你这狗！

忒耳西忒斯 你这下贱的将军！

埃阿斯 你这恶狗！（打忒耳西忒斯）

忒耳西忒斯 你这战神手下的白痴！你打，不讲理的东西；你打，蠢骆驼；你打，你打。

阿喀琉斯及帕特洛克罗斯上。

阿喀琉斯 啊，怎么，埃阿斯！你为什么打他？喂，忒耳西忒斯！怎么一回事？

忒耳西忒斯 你瞧他，你看见吗？

阿喀琉斯 我看见，是怎么一回事？

忒耳西忒斯 不，你再瞧瞧他。

阿喀琉斯 好，是怎么一回事？

忒耳西忒斯 不，你仔细瞧瞧他。

阿喀琉斯 好，我瞧过了。

忒耳西忒斯 可是你还没有把他瞧清楚；因为无论你把他当作什么人，他总是埃阿斯。

阿喀琉斯 那我也知道，傻瓜。

忒耳西忒斯 不错，可是那傻瓜却不知道他自己。

埃阿斯	所以我打你。
忒耳西忒斯	听，听，听，听，这还成什么话！简直是驴子的理由。我可以拿一个铜子去买九只麻雀，可是他的脑袋还不值一只麻雀的九分之一。我告诉你，阿喀琉斯，这家伙把思想装在肚子里，把大肠小肠一起塞在他的脑袋里，让我告诉你我对他说些什么话。
阿喀琉斯	你怎么说？
忒耳西忒斯	我说，这个埃阿斯——（埃阿斯举手欲打）
阿喀琉斯	且慢，好埃阿斯。
忒耳西忒斯	他所有的一点点儿智慧——
阿喀琉斯	不，你不要动手。
忒耳西忒斯	还塞不满海伦的针眼。
阿喀琉斯	住口，傻瓜！
忒耳西忒斯	我倒是想安安静静的，可是那傻瓜一定要跟我闹；瞧他，瞧他，你瞧。
埃阿斯	啊，你这该死的贱狗！我要——
阿喀琉斯	你何必跟一个傻瓜斗嘴呢？
忒耳西忒斯	不，他才不敢哩；他还斗不过一个傻瓜的嘴。
帕特洛克罗斯	说得好，忒耳西忒斯。
阿喀琉斯	为什么闹起来的？
埃阿斯	我叫这坏猫头鹰去替我看看布告上说些什么话，他就骂起我来了。
忒耳西忒斯	我又不是替你做事的。
埃阿斯	好，很好。

忒耳西忒斯 我是自己到这儿来的。

阿喀琉斯 你是自己到这儿来挨打的吗？

忒耳西忒斯 哼，你也是条没脑子的蛮牛。赫克托要是把你们两个人的脑壳捶了开来，那才是个大笑话，因为这简直就跟捶碎一个空心的烂胡桃没有分别。

阿喀琉斯 怎么，忒耳西忒斯，你把我也骂起来了吗？

忒耳西忒斯 俄底修斯，还有那个涅斯托老头子，他们的头脑在你们的祖父还没有长脚爪的时候就已经发了霉了，把你们当作牛马一样驾驭，赶你们到战场上去替他们打仗。

阿喀琉斯 什么？什么？

忒耳西忒斯 是的，老实对你们说吧。哼，阿喀琉斯！哼，埃阿斯！哼！

埃阿斯 我要割下你的舌头。

忒耳西忒斯 没有关系，我被割下了舌头还比你会说话些。

帕特洛克罗斯 别多说啦，忒耳西忒斯；还不住口！

忒耳西忒斯 阿喀琉斯的走狗叫我别说话，我就闭上了嘴吗？

阿喀琉斯 他骂到你身上来了，帕特洛克罗斯。

忒耳西忒斯 我要瞧你们像一串猪狗似的吊起来，然后再会踏进你们的营帐里；我要去找一处有聪明人的地方住下，再不跟傻瓜们混在一起了。（下）

帕特洛克罗斯 他去了倒也干净。

阿喀琉斯 埃阿斯，传谕全军的是这么一件事：赫克托要在明天早上五点钟的时候，在我们的营地和特洛亚城墙之间，用喇叭为号，召唤我们这儿的一个武士去和他决战；要是谁敢宣称——我记不得那一套话，全是些胡说八道。再见。

埃阿斯 再见。那么派谁去应战呢？

阿喀琉斯 我不知道；那是要用抽签决定的；否则他们应该知道叫谁去的。

埃阿斯 啊，你的意思是说你自己。待我再去探听探听消息。（各下）

第二场

特洛亚；普里阿摩斯宫中一室

普里阿摩斯、赫克托、特洛伊罗斯、帕里斯及赫勒诺斯上。

普里阿摩斯 抛掷了这许多时间、生命和言语以后，希腊军中的涅斯托又向我们发出了这样的通牒："把海伦交还我们，那么一切其他的损害，例如荣誉上的污辱，时间上的损失，人力物力的消耗，将士的伤亡，以及充填战争欲壑所消费的一切，都可以置之不问。"赫克托，你的意思怎样？

赫克托 就我个人而论，虽然我比谁都不怕这些希腊人，可是，尊严的普里阿摩斯，没有一个软心肠的女人会像我这样瞻望着不可知的前途而忧惧。放海伦回去吧；自从为了这一个问题开始掀动干戈以来，我们已经牺牲了无数的兵士，他们每一个人的生命都像海伦一样宝贵；要是我们丧亡了这许多的同胞，去保卫一件既不属于我们、对于我们又没有多大价值的东西，那么我们凭着什么理由，拒绝把她交还给人家呢？

特洛伊罗斯 什么话！哥哥，你把我们伟大尊严的父王的荣誉，去和微贱的生命放在一个天平里称量吗？你要用算盘来计算出他无限的广大，用恐惧和理智的狭窄的分寸来束缚不可测度的巨人的腰身吗？呸，说这样丢脸的话！

赫勒诺斯 你这样痛斥理智是不足为奇的，因为你是个完全没有理智的人。是不是因为你说了这一套意气用事的话，我们的父王就不该用理智来处理他的事务了吗？

特洛伊罗斯 你还是去做梦打瞌睡吧，我的祭司哥哥。我可以把你的这番大道理替你说了出来：你知道敌人是要来加害于你的；你知道一柄出鞘的剑是危险的，按着理智，一个人应当明哲保身；所以赫勒诺斯一看见拿起了剑的希腊人，就会像一颗出了轨道的流星似的，借着理智的翅膀高飞远走，这还用得着奇怪吗？不，我们要是谈理智，那么还是关起大门睡觉吧。一个堂堂男子，要是让他的脑中塞满了理智，就会变成一个胆小怕事的懦夫，汩没了他的英勇的气概。

赫克托 兄弟，她是不值得我们费了这么多代价去保留下来的。

特洛伊罗斯 哪一样东西的价值不是按照着人们的估计而决

定的？

赫克托 可是价值不能凭着私心的爱憎而决定；一方面这东西的本身必须确有可贵的地方，一方面它必须为估计者所重视，这样它的价值才能确立。要是把隆重的祭礼，去向一个卑微的神祇献祭，那就是疯狂的崇拜；偏执着私人的感情，而不知辨别是非利害，那也是溺爱不明。

特洛伊罗斯 假如我今天娶了一个妻子，我的选择是取决于我的意志，我的意志是受我的耳目所左右；假如我在选定以后，我的意志重新不满于我的选择，那么我怎么可以避免既成的事实呢？一方面逃避责任，一方面又要不损害自己的荣誉，这样的事是不可能的。我们把绸缎污毁了以后，就不能再把它向商家退换；我们也不因为已经吃饱，就把剩余的食物倒在肮脏的阴沟里。当初大家都赞成帕里斯去向希腊人报复；你们的一致同意鼓励了他的远行，善于捣乱的海浪和天风，也协力帮助他一帆风顺地到了他的目的地；为了希腊人俘虏了我们一个年老的姑母，他夺回了一个希腊的王妃作为交换，她的青春和娇艳，掩盖了朝暾的美丽。我们为什么留住她不放？因为希腊人没有放还我们的姑母；她是值得我们保留的吗？啊，她是一颗明珠，它的高贵的价值，曾经掀动过千百个国王迢迢渡海而来，大家都要做一个觅宝的商人。你们不能不承认帕里斯的前去并不是失策，因为你们大家都喊着“去！去！”你们也不能不承认他带回了光荣的战利品，因为你们大家都拍手欢呼，说她的价值是不可估计的；那么你们现在为什么要诋毁从你们自己的智慧中产生的结果，把你们曾经估计为价值超过海洋和陆地的宝物重新贬斥得一文不值呢？啊！赃物已经偷了来了，我们却不敢把它保留下来，这才是最卑劣的偷窃！这样的盗贼是不配偷窃这样的宝物的。

卡珊德拉 （在内）痛哭吧，特洛亚人！痛哭吧！

普里阿摩斯 什么声音？谁在那儿喊叫？

特洛伊罗斯 这是我们那位发疯的姊姊，我听得出她的声音。

卡珊德拉 （在内）痛哭吧，特洛亚人！

赫克托 这是卡珊德拉。

卡珊德拉上，狂呼。

卡珊德拉 痛哭吧，特洛亚人！痛哭吧！借给我一万只眼睛，我要使它们充满了先知的眼泪。

赫克托 安静些，妹妹，别闹！

卡珊德拉 少年的男女们，中年的、老年的人们，还有只会哭泣的荏弱的婴孩们，大家帮着我哭喊呀！让我们先付清一部分将来的重大的悲恸。痛哭吧，特洛亚人！痛哭吧！让你们的眼睛练习练习哭泣吧！特洛亚要化为一片平地，我们美好的宫殿要变成一堆瓦砾；我们那闯祸的兄弟帕里斯放了一把火，把我们一起烧成灰烬啦！痛哭吧，特洛亚人！痛哭吧！海伦是我们的祸根！痛哭吧，痛哭吧！特洛亚要烧起来啦，快把海伦放回去吧（下）

赫克托　特洛伊罗斯兄弟，你听了我们的姊妹这一种激昂的预言，难道一点不有动于中吗？难道你的血液竟是这样狂热得无可理喻，不知道师出无名，必遭天谴吗？

特洛伊罗斯　赫克托大哥，行动的是非曲直，只有从事实的发展上去判断，卡珊德拉的疯话，更不能沮丧我们的勇气；我们已经把我们各人的荣誉寄托在这一次战争里了，她的神经错乱的谵语，决不能抹杀我们行动的光明正大。拿我自己来说，我正像所有普里阿摩斯的儿子一样，什么都不能动摇我的决心；愿上帝唾弃我们中间那些畏首畏尾的懦夫！

帕里斯　要是我们不能贯彻始终，那么世人将要讥笑我的行动的轻率，也要讥笑你们决策的鲁莽；可是我指着天神为证，我因为得到你们完全的同意，方才敢放胆行事，屏除一切的恐惧，去进行这一个危险的计划；要不然单凭着这一双赤手空拳，能够做出什么事情来呢？一个人的匹夫之勇，怎么抵挡得了倾国之众的敌意呢？然而我可以说一句，要是我必须独自担当这些困难，要是我能够运用充分的权力，那么帕里斯决不从他已经做下的事情缩回手来，也决不会中途气馁。

普里阿摩斯 帕里斯，你的话说得完全像一个沉醉于自己的欢乐中的人；你自己吮吸着蜜糖，让人家去尝胆汁的苦味。我不敢恭维你的勇敢。

帕里斯 父王，我本来不敢独占这样一个美人所带来的欢乐，可是为了洗刷她的失身的羞辱，我不能不保持她的光荣的完整。要是现在因为迫于对方的威胁，再把她还给敌人，那对于这位被劫的王妃是一件多么不可容忍的罪恶，对于您的尊严是一个多大的污点，对于我又是一桩多么难堪的耻辱！难道像这样一种卑劣的思想，也会侵入您的高贵的心里吗？在我们这儿即使是一个最凡庸的懦夫，为了保卫海伦的缘故，也会挺身而出，拔剑而起；无论怎样高贵的人，都愿意为海伦献身效命；她既然是这样一个绝世无双的美人，我们难道不应该为她而作战吗？

赫克托 帕里斯、特洛伊罗斯，你们两人的话都说得很好；可是你们对于我们现在讨论的问题，不过作了一番文饰外表的诡辩，正像亚理士多德所说的那种不适宜于听讲道德哲学的年轻人一样。你们所提出的理由，只能煽动偏激的意气，不能作为抉择是非的标准；因为一个耽于欢乐或是渴于复仇的人，他的耳朵是比蝮蛇更聋，听不见正确的判断的。物各有主，这是造物的意旨；在一切人类关系之中，还有什么比妻子对于丈夫更亲近的？要是这一条自然的法律为感情所破坏，思想卓越的人因为被私心所蒙蔽，也对它岸然不顾，那么在每一个组织健全的国家里，都有一条制定的法律，抑制这一类悖逆的乱行。海伦既然是斯巴达的王妃，按照自然的和国家的道德法律，就应该把她还给斯巴达；错误已经铸成，倘再执迷不悟地坚持下去，那就大错而特错了。这是赫克托的良心上的见解；可是虽然这么说，我的勇敢的兄弟们，我仍旧赞同你们的意思，把海伦留下来，因为这是对于我们全体和各个的荣誉大有关系的。

特洛伊罗斯 你这句话才真说中了我们的本意；倘然这不过是一场意气之争，而不是因为重视我们的光荣，那么我也不愿为了保卫她的缘故，再洒一滴特洛亚的血。可是，尊贵的赫克托，她是一个光荣的题目，可以策励我们建立英勇卓绝的伟业，使我们战胜当前的敌人，树下万世不朽的声名；我相信即使有人给他整个世界的财富，勇敢的赫克托也不愿放弃这一个千载一时的机会。

赫克托 我愿意和你们通力合作，伟大的普里阿摩斯的英勇的后人。我已经向这些行动滞钝、党派分歧的希腊贵人们提出挑战，惊醒他们昏睡的灵魂。我听说他们的主将只会睡觉不会管事，听任手下的将士们明争暗斗；也许我这一声怒吼，可以叫他觉醒过来。（同下）

第三场

希腊营地；阿喀琉斯帐前

忒耳西忒斯上。

忒耳西忒斯 怎么，忒耳西忒斯！你把头都气昏了吗？埃阿斯这蠢象欺人太过；他居然动手打人；可是他会打我，我就会骂他，总算也出过气了。要是颠倒过来，他骂我的时候我也可以打他，那才痛快呢！他妈的！我一定要去学会一些降神召鬼的法术，让我瞧见我的咒诅降在他身上。还有那个阿喀琉斯，也真是一尊好大炮。要是特洛亚一定要等这两个人去打下来，那么除非等到城墙自己坍倒。啊！你俄林波斯山上发射雷霆的乔武大神，还有你，蛇一样狡猾的麦鸠利，你们要是不能把他们所有的不过这么一点点儿的智慧拿去，那么还算什么万神之王，还算什么足智多谋？他们的智慧是这样稀少得出奇，为了搭救一只粘在蜘蛛网上的飞虫，他们也不知道除了拔出他们的刀剑来把蛛丝斩断以外还有什么别的办法。然后，我希望整个的军队都遭到灾殃；或者让他们一起害杨梅疮，因为他们为了一个婊子打仗，这是他们应得的报应。我的祷告已经说过了，让不怀好意的魔鬼去说他们吧。喂！阿喀琉斯将军！

帕特洛克罗斯上。

帕特洛克罗斯 是谁？忒耳西忒斯！好忒耳西忒斯，进来骂几句人给我们听吧。

忒耳西忒斯 要是我能够记得一枚镀金的铅币，我一定会想起你；可是那也不用说了，我要骂你的时候，只要提起你自己的名字就够了。但愿人类共同的咒诅，无知和愚蠢一起降在你的身上！上天保佑你终身得不到明师的指示，听不到教诲的启迪！让你的血气引导着你直到死去！等你死了的时候，替你掩埋的那位太太要是说你是一个漂亮的尸首，我就要再三发誓，说她一直都是掩埋着害大麻疯的病人。阿门。阿喀琉斯呢？

帕特洛克罗斯 什么！你也会虔诚起来了吗？你刚才在祷告吗？

忒耳西忒斯 是的，上天听着我的话！

阿喀琉斯上。

阿喀琉斯 谁在这儿？

帕特洛克罗斯 忒耳西忒斯，将军。

阿喀琉斯 哪儿？哪儿？你来了吗？啊，我的干酪，我的开胃的妙药，你为什么不常常到我的桌子上来吃饭呢？来，告诉我阿伽门农是什么？

忒耳西忒斯 你的主帅，阿喀琉斯。告诉我，帕特洛克罗斯，阿喀琉斯是什么？

帕特洛克罗斯 你的主人，忒耳西忒斯。再请你告诉我，你自己是什么？

忒耳西忒斯 我是知道你的人，帕特洛克罗斯。告诉我，帕特洛克罗斯，你是什么？

帕特洛克罗斯 你知道我，就不用问我。

阿喀琉斯 啊，你说，你说。

忒耳西忒斯 我可以把整个问题演绎下来。阿伽门农指挥阿喀琉斯；阿喀琉斯是我的主人；我是知道帕特洛克罗斯的人；帕特洛克罗斯是个傻瓜。

帕特洛克罗斯 你这混蛋！

忒耳西忒斯 闭嘴，傻瓜！我还没有说完呢。

阿喀琉斯 他是一个特许谩骂的人。说下去吧，忒耳西忒斯。

忒耳西忒斯 阿伽门农是个傻瓜；阿喀琉斯是个傻瓜；忒耳西忒斯是个傻瓜；帕特洛克罗斯已经说过了是个傻瓜。

阿喀琉斯 来，把你的理由推论出来。

忒耳西忒斯 阿伽门农倘不是个傻瓜，他就不会指挥阿喀琉斯；阿喀琉斯倘不是个傻瓜，他就不会受阿伽门农的指挥；忒耳西忒斯倘不是个傻瓜，不会侍候这样一个傻瓜；帕特洛克罗斯不用说啦，当然是个傻瓜。

帕特洛克罗斯 为什么我是个傻瓜？

忒耳西忒斯 那你该去问那造下你来的上帝。我只要知道你是个傻瓜就够了。瞧，谁来啦？

阿喀琉斯 帕特洛克罗斯，我不想跟什么人说话。跟我进来，忒耳西忒斯。（下）

忒耳西忒斯 全是些捣鬼的家伙！为来为去不过是为了一头王八和一个婊子，结果弄得彼此猜忌，白白流去了多少人的血。但愿战争和奸淫把他们一起抓了去！（下）

阿伽门农、俄底修斯、涅斯托、狄俄墨得斯及埃阿斯上。

阿伽门农 阿喀琉斯呢？

帕特洛克罗斯 在他的帐里，元帅；可是他的身子不大舒服。

阿伽门农 你去对他说，我在这儿。他辱骂我的使者，现在我又卑躬屈节地来拜访他；你这样明白告诉他，叫他不要以为我不敢在他面前提起我的地位，也不要以为我不知道我自己的身份。

帕特洛克罗斯 我就照这样对他说。（下）

俄底修斯 我们刚才看见他站在营帐的前面；他没有病。

埃阿斯 他害的是狮子的病，骄傲是他的病根。你们要是喜欢这个人，那么也可以说是一种忧郁症；可是

照我说起来，完全是骄傲。他凭着什么理由这样骄傲呢？元帅，我对你说句话。（拉阿伽门农立一旁）

涅斯托 埃阿斯为什么这样骂他？

俄底修斯 阿喀琉斯把他的弄人骗了去了。

涅斯托 谁，忒耳西忒斯吗？

俄底修斯 正是他。

涅斯托 那很好，我们希望看见他们分裂，不希望看见他们勾结；可是为了这样一个傻子就会叫他们彼此不和，那么他们的友谊也实在太巩固了。

俄底修斯 智慧联络不起来的好感，愚蠢一下子就会把它打破。帕特洛克罗斯来了。

帕特洛克罗斯重上。

涅斯托 阿喀琉斯没有跟他来。

俄底修斯 巨象的腿是为步行用的，不是为屈膝用的。

帕特洛克罗斯 阿喀琉斯叫我回复元帅，要是元帅的大驾光临敝寨，除了游玩以外还有其他的目的，那么他真是抱歉万分；他希望您不过是因为要在饭后活活筋骨，助助消化，所以才出来散散步的。

阿伽门农 听着，帕特洛克罗斯，他这种语含讥讽的推托，我们早就听厌了。他这个人不是没有可取的地方，可是因为自恃己长的缘故，他的优点已经开始在我们的眼中失去光彩，正像一枚很好的鲜果，因为放在龌龊的盆子里，没有人要去吃它，只好听任它腐烂。你去对他说，我们要来找他说话；你尽管大胆告诉他，说我们认为他太骄傲，太自负了，要是他把自己估价得这么高，那么我们也用不着他这么一个人，只好让他像一架无法拖曳的重炮一样，搁在武器库里生锈；对他说，我们宁愿重用一个活跃的侏儒，不要一个贪睡的巨人。

帕特洛克罗斯 是，我就去这样对他说，把他的回音立刻带出来。（下）

阿伽门农 我们是来找他说话的，一定要听到他亲口的答复。俄底修斯，你进去。（俄底修斯下）

埃阿斯 他有什么胜过别人的地方？

阿伽门农 他不过自己以为比别人了得罢了。

埃阿斯 他竟这样了得吗？您想他是不是以为他比我还强？

阿伽门农 那是没有问题的。

埃阿斯 您也跟他有同样见解，认为他比我强吗？

阿伽门农 不，尊贵的埃阿斯，你跟他一样强，一样勇敢，一样聪明，一样高贵，可是你比他脾气好得多，也比他更听号令。

埃阿斯 一个人为什么要骄傲？骄傲的心理是怎么起来的？我就不知道什么是骄傲。

阿伽门农 埃阿斯，你的头脑比他明白，你的人格也比他清高。一个骄傲的人，结果总是在骄傲里毁灭了自己。

埃阿斯 我讨厌一个骄傲的人，就像讨厌一窠癞蛤蟆一样。

涅斯托 （旁白）可是他却不讨厌他自己，这不是很奇怪吗？

俄底修斯重上。

俄底修斯 阿喀琉斯明天不愿上阵。

阿伽门农 他有什么理由？

俄底修斯 他也不讲什么理由，只逞着自己的性子，一味执拗，把什么人都不放在眼里。

阿伽门农 我们再三请他，为什么他总不出来？

俄底修斯 他的骄傲已经病入膏肓，无可救药了。

阿伽门农 让埃阿斯去叫他出来。将军，你到他帐里去看看他；听说他对你的感情不错，也许你去请他，他会却不过你的情面。

俄底修斯 啊，阿伽门农！不要这样。我们应当让埃阿斯离开阿喀琉斯越远越好。这个骄悍的将军用傲慢塞住了自己的心窍，眼睛里只有自己没有别人，难道我们反要叫一个更被我们敬重的人去向他礼拜吗？不，我们不能让这位比他尊贵三倍的、勇武超群的将军污损了他的血战得来的光荣；他的才能并不在阿喀琉斯之下，为什么要叫他贬低他的身份去向阿喀琉斯央求呢？那不过格外助长他的骄傲的气焰罢了。叫这位将军去看他！不，天神不容许这样的事，他要用雷鸣怒吼着说：“叫阿喀琉斯出来见他吧！”

涅斯托 （旁白）啊！这样很好，他说到他的心窝里去了。

狄俄墨得斯 （旁白）瞧他一声不响地听得多么出神！

埃阿斯 要是我去看他，我要一拳打歪他的脸孔。

阿伽门农 啊，不！你不要去。

埃阿斯 要是他对我神气活现，我可老实不客气要教训他一下。让我去看他。

俄底修斯 不，你无论如何不能去。

埃阿斯 下贱的、放肆的家伙！

涅斯托 （旁白）他把自己形容得一点不错！

埃阿斯 他不能客气一点吗？

俄底修斯 （旁白）乌鸦也会骂别人太黑！

埃阿斯 要是大家的思想都跟我一样——

俄底修斯 （旁白）那么世上没有聪明人了。

埃阿斯 ——一定不让他放肆到这个地步；他要是装腔作势，就叫他吞下他的刀子。尽管他是个铁铮铮的硬汉，我也要把他揉作面团。

涅斯托 （旁白）他的热度还不是顶高；再恭维他几句，把他的野心煽起来。

俄底修斯 （向阿伽门农）元帅，你太容忍他了。

狄俄墨得斯 你必须准备不靠阿喀琉斯的力量去和特洛亚人作战。

俄底修斯 就是因为人家把他的名字挂在嘴边，所以养成了他的骄傲。我倒想起了一个人——可是他就在我们眼前，我还是不说了吧。

涅斯托　你为什么不说呢？他又不像阿喀琉斯一样争强好胜。

俄底修斯　整个世界都知道他是跟阿喀琉斯一样勇敢的。

埃阿斯　婊子养的畜生！在我们面前摆他的臭架子！但愿他是个特洛亚人！

涅斯托　要是埃阿斯现在也像他一样骄傲——

俄底修斯　像他一样要人家拍他的马屁——

狄俄墨得斯　像他一样坏脾气——

俄底修斯　像他一样的目中无人、妄自尊大——

狄俄墨得斯　那才是天大的不幸！

俄底修斯　感谢上天，将军，你的天性是这样仁厚；那生下你的令尊、乳哺你的令堂，真是应该赞美；教你念书的那位先生，愿他名垂万世；你那非博学所能几及的天赋聪明，更可与日月争光；至于传授你武艺的那位师傅，那么他是应该和战神马斯配享，庙食千秋的；讲到你的神勇，那么力举全牛的迈罗，也不得不向强壮的埃阿斯甘拜下风。我用不到称赞你的智慧，那是像一道围墙、一堵堤岸，包围着你的广大丰富的才能。咱们这位涅斯托老将军眼睛里见过的多，自然智慧超人一等；可是对不起，涅斯托老爹，要是您也像埃阿斯一样年轻，您的教育也不过像他一样，那么您的智慧也决不会超过他的。

埃阿斯　我拜您做干爹吧。

俄底修斯 好，我的好儿子。

狄俄墨得斯 你要听他的话啊，埃阿斯将军。

俄底修斯 咱们不要在这儿多耽搁了；阿喀琉斯这野兔子在丛林里躲着呢。请元帅立刻传令全军，召集所有的人马；新的君王们到特洛亚来了，明天我们一定要用全力保持我们的声威。这儿有一位大将，让从东方到西方来的武士们各自争取他们的光荣吧，最大的胜利将是属于埃阿斯的。

阿伽门农 我们就去召开会议。让阿喀琉斯睡吧；正是轻舟虽捷，怎及巨舶容深。（同下）

第三幕

第一场

特洛亚；普里阿摩斯宫中

潘达洛斯及一仆人上。

潘达洛斯 喂，朋友！对不起，请问一声，你是跟随帕里斯王子的吗？

仆人 是的，老爷，他走在我前面的时候，我就跟在他后面。

潘达洛斯 我的意思是说，你是靠他吃饭的吗？

仆人 老爷，我是靠天吃饭的。

潘达洛斯 你依靠着一位贵人，我必须赞美他。

仆人 愿赞美归于上帝！

潘达洛斯 你认识我吗？

仆人 说老实话，老爷，我不过在表面上认识您。

潘达洛斯 朋友，我们应当大家熟悉一点。我是潘达洛斯老爷。

仆人 我希望以后跟您老爷熟悉一点。

潘达洛斯 那很好。

仆人 您是个殿下吗？

潘达洛斯 殿下！不，朋友，你只可以叫我老爷或是大人。（内乐声）这是什么音乐？

仆人 我不大知道，老爷，那是数部合奏的音乐。

潘达洛斯 你认识那些奏乐的人吗？

仆人 我全都认识，老爷。

潘达洛斯 他们奏乐给谁听的？

仆人 他们奏给听音乐的人听，老爷。

潘达洛斯 什么人叫他们奏的？

仆人 呃，老爷，是我的主人帕里斯叫他们奏的，他就在里面；那位人间的维纳斯，美的心血，爱的微妙的灵魂，也陪着他在一起。

潘达洛斯 谁，我的侄女克瑞西达吗？

仆人 不，老爷，是海伦；您听了我形容她的话还不知道吗？

潘达洛斯 朋友，看来你还没有见过克瑞西达小姐。我是奉特洛伊罗斯王子之命来见帕里斯的；我的事情很要紧，来不及等你通报了。

帕里斯及海伦率侍从上。

潘达洛斯 您好，我的好殿下，这些好朋友们都好！愿美好的欲望好好地领导他们！您好，我的好娘娘！愿美好的思想做您的美好的枕头！

海伦　　好大人，您满嘴都是好话。

潘达洛斯　　谢谢您的谬奖，好娘娘。好殿下，刚才的音乐很好，怎么忽然停了？

帕里斯　　是你把它打断的，贤卿；现在我们就罚你唱歌一曲，把它续起来。耐儿，他会唱很好的歌呢。

潘达洛斯　　真的，娘娘，没有这回事。

海伦　　啊，大人！

潘达洛斯　　粗俗得很，真的，粗俗不堪。好娘娘，我有事情要来对殿下说。殿下，您允许我跟您说句话吗？

海伦　　不，您不能这样躲赖过去。我们一定要听您唱歌。

潘达洛斯　　哎，好娘娘，您在跟我开玩笑啦。可是，殿下，您的令弟特洛伊罗斯殿下——

海伦　　潘达洛斯大人，甜甜蜜蜜的大人——

潘达洛斯　　算了，好娘娘，算了——叫我向您致意问候。

海伦　　您不能赖去我们的歌；要是您不唱，我可要生气了。

潘达洛斯　　好娘娘，好娘娘！真是位好娘娘。

海伦　　叫一位好娘娘生气是一件大大的罪过。

潘达洛斯　　不，不，不，哪儿的话，哪儿的话，哈哈！殿下，他要我对您说，晚餐的时候王上要是问起他，请您替他推托一下。

海伦　　潘达洛斯大人？——

潘达洛斯　　我的好娘娘，我的顶好的好娘娘怎么说？

帕里斯　　他有些什么要求？今晚他在什么地方吃饭？

海伦　　可是，大人——

潘达洛斯　　我的好娘娘怎么说？——您应该知道他在什么地方吃饭。

帕里斯　　我可以拿我的生命打赌，他一定看克瑞西达去啦。

潘达洛斯　　不，不，哪有这样的事；您真是说笑话了。您的婢子在害病呢。

帕里斯　　好，我就替他捏造一个托辞。

潘达洛斯　　是，我的好殿下。您为什么要说克瑞西达呢？不，您的婢子在害病呢。

帕里斯　　我早就看出来了。

潘达洛斯　　您看出来了！您看出什么来啦？来，给我一件乐器。好娘娘，让我唱一支歌给您听。

海伦　　好，好，请你快唱吧。好大人，你的额角长得很好看哩。

潘达洛斯　　啊，谬奖谬奖。

海伦　　你要给我唱一支爱情的歌；这个爱情要把我们一起葬送了。啊，丘匹德，丘匹德，丘匹德！

潘达洛斯　　爱情！啊，很好，很好。

帕里斯　　对了，爱情，爱情，只有爱情是一切！

潘达洛斯　　这支歌正是这样开始的：（唱）

爱情，爱情，只有爱情是一切！
爱情的宝弓，射雌也射雄；
爱情的箭锋，射中了心胸，
不会伤人，只叫人心头火热，
那受伤的恋人痛哭哀号，
啊！啊！啊！这一回性命难逃！

等会儿他就要放声大笑，
哈！哈！哈！爱情的味道真好！
暂时的痛苦呻吟，啊！啊！啊！
变成了一片笑声，哈！哈！啥！
咳呵！

海伦 嗳哟，他的鼻尖儿都在恋爱哩。

帕里斯 爱人，他除了鸽子以外什么东西都不吃；一个人多吃了鸽子，他的血液里会添加热力，血液里添加热力便会激动情欲，情欲激动了便会胡思乱想，胡思乱想的结果就是玩女人闹恋爱。

潘达洛斯 这就是恋爱的产生经过吗？好殿下，今天是什么人上阵？

帕里斯 赫克托、得伊福玻斯、赫勒诺斯、安忒诺以及所有特洛亚的英雄们都去了；我本来也想去的，可是我的耐儿不放我走。我的兄弟特洛伊罗斯为什么不去？

海伦 他噘起了嘴唇，好像有些什么心事似的。潘达洛斯大人，您一定什么都知道。

潘达洛斯 哪儿的话，甜甜蜜蜜的娘娘。我很想听听他们今天打得怎样。您会记得替令弟设辞推托吗？

帕里斯 我记得就是了。

潘达洛斯 再会，好娘娘。

海伦 给我望望您的侄女。

潘达洛斯 是，好娘娘。（下；内吹归营号）

帕里斯 他们从战场上回来了，我们到普里阿摩斯的大厅上去迎接这一群战士吧。亲爱的海伦，我必须请求你帮助我们的赫克托卸下他的甲胄；他的坚强的带扣，利剑的锋刃和希腊人的武力都不能把它打开，却不能抵抗你的纤指的魔力；你的力量胜过这岛国上所有的国王。替伟大的赫克托卸除他的甲胄吧。

海伦 帕里斯，我能够做他的仆人是莫大的荣幸；为他服役的光荣，比我们天生的美貌更值得夸耀。

帕里斯 亲爱的，我爱你爱到不可思议。（同下）

第二场

同前；潘达洛斯的花园

潘达洛斯及特洛伊罗斯的侍童自相对方向上。

潘达洛斯 啊！你的主人呢？在我的侄女克瑞西达家里吗？

侍童 不，老爷；他等着您带他去呢。

特洛伊罗斯上。

潘达洛斯 啊！他来了。怎么！怎么！

特洛伊罗斯 孩儿，走开去。（侍童下）

潘达洛斯 您见过我的侄女吗？

特洛伊罗斯 不，潘达洛斯；我在她的门口踯躅，像一个站在冥河边岸的游魂，等待着渡船的接引。啊！请你做我的船夫卡戎，赶快把我载到得救者往生的乐土里去，让我徜徉在百合花的中央！好潘达洛斯啊！请你从丘匹德的肩背上拔下他的彩翼来，陪着我飞到克瑞西达身边去吧！

潘达洛斯 您在这园子里随便玩玩。我立刻就去带她来。（下）

特洛伊罗斯 我觉得眼前迷迷糊糊的，期望使我的头脑打着回旋。想象中的美味是这样甘芳，它迷醉了我的神经。要是我的生津的齿颊果然尝到了经过三次提炼的爱情的旨酒，那该怎样呢？我怕我会死去，昏昏沉沉地倒下去不再醒来；我怕那种太微妙渊深的快乐，调和在太芳冽的甘美里，不是我的粗俗的感官所能禁受；我怕，我更怕在无边的幸福之中，我会失去一切的知觉，正像大军冲锋、敌人披靡的时候，每个人忘记了自己一样。

潘达洛斯重上。

潘达洛斯 她正在打扮；她就要来了；您说话可要机灵点儿。她怕难为情得了不得，慌张得气都喘不过来，好像给一个鬼附上了身似的。我就去带她来。她真是个顶可爱的坏东西；就像一头刚给人捉住的麻雀似的慌张得喘不过气来。（下）

特洛伊罗斯 我自己的心里也感到了这样一种情绪；我的心跳得比一个害热病的人的脉搏还快；我的一切感官都失去了他们的作用，正像奴仆在无意中瞥见了主人威严的眼光一样。

潘达洛斯偕克瑞西达重上。

潘达洛斯 来，来，有什么害羞呢？小孩子才怕难为情。她来了，把您向我发过的誓当着她的面再发一遍吧。怎么！你又要回去了吗？你在没有给人家驯服以前，一定要有人看守着你吗？来吧，来吧，要是你再退回去，我们可要把你像一匹马似的套在辕木里了。您为什么不对她说话呢？

特洛伊罗斯 姑娘，您使我一句话也说不出来。

潘达洛斯 相思债是不能用说话去还清的，你还是给她一些行动吧，不要又是一动也不会动的。怎么！又在亲嘴了吗？好，“良缘永缔，互结同心”——进来吧，进来吧；我先去拿个火来。（下）

克瑞西达 请进去吧，殿下。

特洛伊罗斯 啊，克瑞西达！我好容易盼望到这一天！

克瑞西达 盼望，殿下！但愿——啊，殿下！

特洛伊罗斯 但愿什么？为什么，您又不说下去了？我的亲爱的姑娘在我们爱的灵泉里发现什么渣滓了？

克瑞西达 要是我的恐惧是生眼睛的，那么我看见的渣滓比泉水还多。

特洛伊罗斯 恐惧可以使天使变成魔鬼，它所看到的永远不是真实。

克瑞西达 盲目的恐惧有明眼的理智领导，比之凭着盲目的理智毫无恐惧地横冲直撞，更容易找到一个安全的立足点；倘能时时忧虑着最大的不幸，那么在较小的不幸来临的时候往往可以安之若素。

特洛伊罗斯 啊！让我的爱人不要怀着丝毫恐惧；在爱神导演的戏剧里是没有恶魔的。

克瑞西达 也没有可怕的巨人吗？

特洛伊罗斯 没有，只有我们自己才是可怕的巨人，因为我们会发誓泪流成海，入火吞山，驯伏猛虎，凡是我们的爱人所想得到的事，我们都可以做到。姑娘，这就是恋爱的可怕的地方，意志是无限的，实行起来就有许多不可能；欲望是无穷的，行为却必须受制于种种的束缚。

克瑞西达 人家说恋人们发誓要做的事情，总是超过他们的能力，可是他们却保留着一种永不实行的能力；他们发誓做十件以上的事，实际做到的还不满一件事的十分之一。这种声音像狮子、行动像兔子一样的家伙，可不是怪物吗？

特洛伊罗斯 果然有这样的怪物吗？我可不是这样。请您在把我试验以后，再来估计我的价值吧；当我没有用行为证明我的爱情以前，我是不愿戴上胜利的荣冠的。特洛伊罗斯将会向克瑞西达证明，一切出于恶意猜嫉的诽谤，都可以反映出他的忠心；真理所能宣说的最真实的言语，也不会比特洛伊罗斯的爱情更真实。

克瑞西达 请进去吧，殿下。

潘达洛斯重上。

潘达洛斯 怎么！还有点不好意思吗？你们的话还没有说完吗？

克瑞西达 好，叔叔，要是我干下了什么错事，那都是您的不好。

潘达洛斯 那么要是你给殿下生下了一位小殿下，你就把他抱来给我好了。你对殿下要忠心；他要是变了心，你尽管骂我。

特洛伊罗斯 令叔的话，和我的不变的忠诚，都可以给您做保证。

潘达洛斯 我也可以替她向您保证：我们家里的人都是不轻易许诺的，可是一旦许身于人，便永远不会变心，就像芒刺一样，碰上了身，再也掉不下来。

克瑞西达 我现在已经提起了我的勇气：特洛伊罗斯王子，我已经朝思暮想，苦苦地爱着您几个月了。

特洛伊罗斯 那么我的克瑞西达为什么这样不容易征服呢？

克瑞西达 似乎不容易征服，可是，殿下，当您第一眼看着我的时候，我早就给您征服了——恕我不再说下去，要是我招认得太多，您会看轻我的。我现在爱着您；可是直到现在为止，我还能够控制我自己的感情；不，说老实话，我说了谎了；我的思想就像一群顽劣的孩子，倔强得不受他们母亲的管束。瞧，我们真是些傻瓜！为什么我要说这些唠唠叨叨的话呢？要是我们不能替自己保守秘密，谁还会对我们忠实呢？可是我虽然这样爱您，我却没有向您求爱；然而说老实话，我却希望我自己是个男子，或者我们女子也像男子一样有先启口的权利。亲爱的，快叫我止住我的舌头吧；因为我这样得意忘形，一定会说出将会使我后悔的话来。瞧，瞧！您这么狡猾地一声不响，已经使我从我的脆弱当中流露出我的内心来了。封住我的嘴吧。

特洛伊罗斯 好，虽然甜蜜的音乐从您嘴里发出，我愿意用一吻封住它。

潘达洛斯 妙得很，妙得很。

克瑞西达 殿下，请您原谅我，我并不是有意要求您吻我；真是怪羞人的！天哪！我做了什么事啦？现在我真的要告辞了，殿下。

特洛伊罗斯 告辞了，亲爱的克瑞西达？

潘达洛斯 告辞！你就是告辞到明天早晨，还是跟他在一起的。

克瑞西达 请你不要多说。

特洛伊罗斯 姑娘，什么事情使您生气了？

克瑞西达 我讨厌我自己。

特洛伊罗斯 您可不能逃避您自己。

克瑞西达 让我去试一试。我有另外一个自己跟您在一起，可是它是无情的，宁愿离开它自己，去受别人的愚弄。我真的要走了；我的智慧掉在什么地方了？我自己也不知道自己在说些什么话。

特洛伊罗斯 说着这样聪明话的人，是不会不知道自己所说的话的。

克瑞西达 殿下，也许您会以为我所吐露的不是真情，我不过在玩弄着手段，故意用这种不害羞的招认，来试探您的意思，可是您是个聪明人，否则您也许不在恋爱，因为智慧和爱情只有在天神的心里才会同时存在，人们是不能兼而有之的。

特洛伊罗斯 啊！要是我能够相信一个女人会永远点亮她的爱情的不灭的明灯，保持她的不变的忠心和不老的青春，她那永远美好的灵魂，不会随着美丽的外表同归衰谢；只要我能够相信我对您的一片至诚和忠心，会换到您的同样纯洁的爱情，那时我的灵魂将要怎样飘举起来！可是唉！我的忠心是这样单纯，比赤子之心还要简单而纯朴。

克瑞西达 在那一点上我要跟您互相竞争。

特洛伊罗斯 啊，当两种真理为了互争高下而相战的时候，那是一场多么道义的战争！从今以后，世上真心的情郎们都要以特洛伊罗斯为榜样；当他们充满了声诉、盟誓和夸大的比拟的诗句中缺少新的譬喻的时候，当他们厌倦于那些陈陈相因的套语，例如：像钢铁一样坚贞，像草木对于月亮、太阳对于白昼、斑鸠对于她的配偶一样忠心——当他们用尽了这一切关于忠诚的譬喻，而希望援引一个更有力的例证的时候，他们便可以加上一句去说："像特洛伊罗斯一样忠心。"

克瑞西达 愿您的话成为预言！要是我变了心，或者有一丝不忠不贞的地方，那么当时间变成古老而忘记了它自己的时候，当特洛亚的岩石被水珠滴烂、无数的城市被盲目的遗忘所吞噬、无数强大的国家了无痕迹地化为一堆泥土的时候，让我的不贞继续存留在人们的记忆里，永远受人唾骂！当他们说过了“像空气、像水、像风、像沙土一样轻浮；像狐狸对于羔羊、豺狼对于小牛、豹子对于母鹿、继母对于前妻的儿子一样虚伪”以后，让他们举出一个最轻浮最虚伪的榜样来，说：“像克瑞西达一样负心。”

潘达洛斯 好，交易已经作成，两方面盖个印吧；来，来，我替你们做证人。这儿我握着您的手，这儿我握着我侄女的手。我这样辛辛苦苦把你们两人拉在一起，要是你们中间无论哪一个变了心，那么从此以后，让世上所有可怜的媒人们都叫着我的名字，直到永远！让一切忠心的男人都叫作特洛伊罗斯，一切负心的女子都叫作克瑞西达，一切做媒的人都叫作潘达洛斯！大家说阿门。

特洛伊罗斯 阿门。

克瑞西达 阿门。

潘达洛斯 阿门。现在我要带你们到一间房间里去，那里面还有一张眠床；那张床是不会泄漏你们的秘密的，你们尽管去成其美事吧。去！（同下）

第三场

希腊营地

阿伽门农、俄底修斯、狄俄墨得斯、涅斯托、埃阿斯、墨涅拉俄斯及卡尔卡斯上。

卡尔卡斯 各位王子，为了我给你们所做的事情，现在我可以向你们要求报偿了。请你们想一想，我因为审察未来的大势，决心舍弃了特洛亚，丢下了我的家产，顶上一个叛逆的名字；牺牲了现成的安稳的地位，来追求不可知的命运；抛开了我所熟悉惯习的一切，到这举目生疏的地方来替你们尽力：你们曾经允许给我许多好处，现在我只要求你们让我略沾小惠，想来你们总不会拒绝我吧。

阿伽门农 特洛亚人，你要向我们要求什么？说吧。

卡尔卡斯 你们昨天捉来了一个特洛亚的俘虏，名叫安忒诺；特洛亚对他是很重视的。你们常常要求他们拿我的女儿克瑞西达来交换被俘的特洛亚重要将士，可是特洛亚总是加以拒绝；据我所知，这个安忒诺在特洛亚军中是一个很重要的人物，一切事务倘没有他去处理，都要陷于停顿，他们甚至于愿意拿一个普里阿摩斯亲生的王子来和他交换；各位殿下，把他送回去，交换我的女儿来吧，只要让我瞧见她一面，就可以抵消我替你们所尽的一切劳力。

阿伽门农 让狄俄墨得斯把他送去，带克瑞西达回来吧；卡尔卡斯的要求可以让他得到满足。狄俄墨得斯，你去准备好这一次交换所需要的一切，同时带个信去，问一声赫克托明天是不是预备决战，埃阿斯已经预备好了。

狄俄墨得斯 我愿意担负这一个使命，并且认为这是莫大的光荣。（狄俄墨得斯、卡尔卡斯同下）

阿喀琉斯及帕特洛克罗斯自帐内走出。

俄底修斯 阿喀琉斯站在他的帐前，请元帅在他面前走了过去，理也不要理他，就好像忘记了他是个什么人似的；各位王子也都对他装出一副冷淡的态度。让我在最后走过，他一定会问我，为什么人家都向他投掷这样轻蔑的眼光；那时我就借你们的冷淡做题目，对他的骄傲发出一些意含针砭的讥讽，使他不能不饮下我给他的这一服清心药剂。这服药也许会发生效力。要一个骄傲的人看清他自己的嘴脸，只有用别人的骄傲给他做镜子；倘然向他卑躬屈节，不过添长了他的气焰，徒然自取其辱。

阿伽门农 我就依照你的计策而行，当我走过他身旁的时候，故意装出一副冷淡的神气；每一位将军也都要这样，或者不去理睬，或者用轻蔑的态度向他打个招呼，那是会比完全不理他更使他难堪的。大家跟着我来。

阿喀琉斯 怎么！元帅又要来找我说话了吗？您知道我的意思，我是不愿再跟特洛亚人打仗了。

阿伽门农 阿喀琉斯说些什么？他有什么事要跟我说？

涅斯托 将军，您有什么事要对元帅说吗？

阿喀琉斯 没有。

涅斯托 元帅，他说没有。

阿伽门农 那再好没有。（阿伽门农、涅斯托同下）

阿喀琉斯 早安，早安。

墨涅拉俄斯 您好？您好？（下）

阿喀琉斯 怎么！那王八也瞧我不起吗？

埃阿斯 啊，帕特洛克罗斯！

阿喀琉斯 早安，埃阿斯。

埃阿斯 嘿？

阿喀琉斯 早安。

埃阿斯 是，是，早安，早安。（下）

阿喀琉斯 这些家伙都是什么意思？他们不认识阿喀琉斯了吗？

帕特洛克罗斯 他们大模大样地走了过去。从前他们一看见阿喀琉斯，总是鞠躬如也，笑脸相迎，那一副恭而敬之的神气，就像礼拜神明一样。

阿喀琉斯 怎么！难道我的威风已经衰落了吗？大丈夫在失欢于命运以后，不用说会被众人所厌弃，他可以从别人的眼睛里看到他自己的没落；因为人们都是像蝴蝶一样，只会向炙手可热的夏天翩翩起舞；在他们的俗眼之中，只有富贵尊荣，这一些不一定用才能去博得的身外浮华，才是值得敬重的；当这些不足恃的浮华化为乌有的时候，人们的敬意也就会烟消云散。可是我还没有到这样的地步，命运依然是我的朋友，我依然充分享受着我所有的一切，只有这些人却对我改变了态度，我想他们一定对我有什么不满意的地方。俄底修斯也来了，他在读些什么；待我前去打断他的诵读。啊，俄底修斯！

俄底修斯 啊，阿喀琉斯！

阿喀琉斯 你在读些什么？

俄底修斯 有一个不认识的人写给我这样几句话："无论一个人的天赋如何优异，他的外表或内在的姿质无论如何丰美，也必须在他的德性的光辉照耀到他人身上，发生了热力、再由感受他的热力的人把那热力反射到自己身上的时候，才会体味到他本身的价值的存在。"

阿喀琉斯 这没有什么奇怪，俄底修斯！一个人不会知道他自己的美貌，他的美貌只能反映在别人的眼里；眼睛，那最灵敏的感官，也看不见它自己，只有当自己的眼睛和别人的眼睛相遇的时候，才可以交换彼此的形象，因为视力不能反及自身，除非把自己的影子映在可以被自己看见的地方。这是一点也不奇怪的事。

俄底修斯 我并不重视这一种很普通的道理，可是我不懂写这几句话的人的用意；他用迂回婉曲的说法，证明一个人无论禀有着什么奇才异能，倘然不把那种才能传达到别人的身上，他就等于一无所有；也只有在把才能发展出去以后所博得的赞美声中，才可以认识他本身的价值，正像一座穹窿把声音弹射回来，又像一扇迎着阳光的铁门，反映出太阳所投射的形状，同时吐发出它所吸收的热力一样。他这番话很引起了我的思索，使我立刻想起了默默无闻的埃阿斯。天哪，这是一个多好的汉子！真是一匹轶群的骏马，他的奇才还没有为他自己所发现。天下真有这样被人贱视的珍宝！也有毫无价值的东西，反会受尽世人的赞赏！明天我们可以看见埃阿斯在无意中得到一个大显身手的机会，从此以后，他的威名将要遍传人口了。天啊！有些人会乘着别人懈怠的时候，干出怎样一番事业！有的人悄悄地钻进了反复无常的命运女神的厅堂，有的人却在她的眼中扮演着痴人！有的人利用着别人的骄傲而飞黄腾达，有的人却因为骄傲而使他的地位一落千丈！瞧这些希腊的将军们！他们已经在那儿拍着粗笨的埃阿斯的肩膀，好像他的脚已经踏在勇敢的赫克托的胸口，强大的特洛亚已经濒于末日了。

阿喀琉斯 我相信你的话，因为他们走过我的身旁，就像守财奴看见叫花子一样，没有一句好话，也没有一张好脸孔。怎么！难道我的功劳都已经被人忘记了吗？

俄底修斯 将军，时间老人的背上负着一个庞大的布袋，那里面装满着被寡恩负义的世人所遗忘的丰功伟业；那些已成过去的美绩，一转眼间就会在人们的记忆里消失。只有继续不断的精进，才可以使荣名永垂不替；如果一旦罢手，就会像一套久遭搁置的生锈的铠甲，谁也不记得它的往日的勋劳，徒然让它的不合时宜的式样，留作世人揶揄的资料。不要放弃眼前的捷径，光荣的路是狭窄的，一个人只能前进，不能后退；所以你应该继续在这一条狭路上迈步前进，因为无数竞争的人都在你的背后，一个紧追着一个；要是你略事退让，或者闪在路旁，他们就会像汹涌的怒潮一样直冲过来，把你遗弃在最后；又像一匹落伍的骏马，倒在地上，下驷的驽骀都可以追上它的前面，从它的身上践踏过去。那时候人家现在所做的事，虽然比不上你从前所做的事，但是你的声名却要被他们所掩盖，因为时间正像一个趋炎附势的主人，对于一个临去的客人不过和他略微握了握手，对于一个新来的客人，却伸开了两臂，飞也似的过去抱住他；欢迎是永远含笑的，告别总是带着叹息。啊！不要让德行追索它旧日的酬报，因为美貌、智慧、门第、膂力、功业、爱情、友谊、慈善，这些都要受到无情的时间的侵蚀。世人有一个共同的天性，他们一致赞美新制的玩物，虽然它们原是从旧有的材料改造而成的；他们宁愿拂拭发着亮光的金器，却不去顾问那被灰尘掩蔽了光彩的金器。人们的眼睛只能看见现在，他们所赞赏的也只有眼前的人物；所以不用奇怪，你伟大的完人，一切希腊人都在开始崇拜埃阿斯，因为活动的东西是比停滞不动的东西更容易引人注目的。众人的属望曾经集于你的身上，要是你不把你自己活活埋葬，把你的威名收藏在你的营帐里，那么你也未始不可恢复旧日的光荣；不久以前，你那在战场上的赫赫声威，是曾经使天神为之侧目的。

阿喀琉斯 我这样深居简出，却是有极大的理由。

俄底修斯 可是有更强大、更有力的理由反对你的深居简出。阿喀琉斯，人家都知道你恋爱着普里阿摩斯的一个女儿。

阿喀琉斯 嘿！人家都知道！

俄底修斯 你以为那很奇怪吗？什么事情都逃不过旁观者的冷眼；渊深莫测的海底也可以量度得到，潜藏在心头的思想也会被人猜中。你和特洛亚人之间的关系，我们是完全明白的；可是阿喀琉斯倘然是个真正的英雄，他就应该去把赫克托打败，不应该把波吕克塞娜丢弃不顾。要是现在小小的皮洛斯在家里听见了光荣的号角在我们诸岛上吹响，所有的希腊少女们都在跳跃欢唱：“伟大的赫克托的妹妹征服了阿喀琉斯，可是我们的伟大的埃阿斯勇敢地把他打倒”，那时候他的心里该是多么难受。再见，将军，我对你这样说完全是出于好意；留心你脚底下的冰块，不要让一个傻子打这上面滑了过去，你自己却把它踹碎了。

帕特洛克罗斯 阿喀琉斯，我也曾经用这种意思劝告过您。一个男人在需要行动的时候优柔寡断，没有一点丈夫的气概，是比一个鲁莽粗野的男性化的女子更为可憎的。人家常常责怪我，以为我对于战争的厌恶，以及您对于我的亲密的友谊，是使您懈怠到现在这种样子的根本原因。好人，振作起来吧；只要您振臂一呼，那柔弱轻佻的丘匹德就会从您的颈上放松他的淫荡的拥抱，像雄狮鬣上的一滴露珠似的，摇散在空气之中。

阿喀琉斯 埃阿斯要去和赫克托交战吗?

帕特洛克罗斯 是的，也许他会在他身上得到极大的荣誉。

阿喀琉斯 我的声誉已经遭到极大的危险，我的威名已经受到严重的损害。

帕特洛克罗斯 啊！那么您要留心，自己加于自己的伤害是最不容易治疗的；忽略了应该做的事，往往会引起危险的后果，这种危险就像寒热病一样，会在我们向阳闲坐的时候侵袭到我们的身上。

阿喀琉斯 好帕特洛克罗斯，去把忒耳西忒斯叫来；我要差这傻瓜去见埃阿斯，请他在决战完毕以后，邀请特洛亚的武士们到我们这儿来，大家便服相见。我简直像一个女人似的害着相思，渴想着会一会卸除武装的赫克托，跟他握手谈心，把他的面貌瞧一个清楚——他来得正好！

忒耳西忒斯上。

忒耳西忒斯 怪事，怪事！

阿喀琉斯 什么怪事？

忒耳西忒斯 埃阿斯在战场上走来走去，到处寻访他自己。

阿喀琉斯 是怎么一回事？

忒耳西忒斯 他明天必须单人匹马去和赫克托交战；他因为预想到这一场英勇的厮杀，骄傲得了不得，所以满口乱嚷乱叫，却没有说出一句话来。

阿喀琉斯 怎么会有这样的事？

忒耳西忒斯 他跨着大步，像一头孔雀似的走来走去，踱了一步又立定了一会儿；他那满腹心事的样子，就像一个靠着脑筋打算盘的女店主在那儿计算她的账目；他咬着嘴唇，装出一副深谋远虑的神气，好像说，“我这儿有一脑袋的神机妙算，你们等着瞧吧”；他说得不错，可是他那脑袋里的智慧，就像打火石里的火花一样，不去打它是不肯出来的。这家伙一辈子完了，因为赫克托倘不在交战的时候扭断他的头颈，凭着他那股摇头摆脑的得意劲儿，也会把自己的头颈摇断的。他认也不认识我；我说，“早安，埃阿斯”；他却回答我，“谢谢，阿伽门农”。你们看他还算个什么人，会把我当作了元帅！他简直变成了一条失水的鱼儿，一个不会说话的怪物啦。

阿喀琉斯 忒耳西忒斯，你必须做我的使者，替我带一个信给他。

忒耳西忒斯 谁，我吗？嘿，他见了谁都不睬；他不愿意回答人家；只有叫花子才老是开口；他的舌头是长在臂膀上的。我可以扮作他的样子，让帕特洛克罗斯向我提出问题，你们就可以瞧瞧埃阿斯是怎么样的。

阿喀琉斯 帕特洛克罗斯，对他说：我恭恭敬敬地请求英武的埃阿斯邀请骁勇无比的赫克托便服至敝寨一叙；关于他的身体上的安全，我可以要求慷慨宽宏、声名卓著、高贵尊荣的希腊军大元帅阿伽门农特予保证，等等，等等。你这样说吧。

帕特洛克罗斯 乔武大神祝福伟大的埃阿斯！

忒耳西忒斯 哼！

帕特洛克罗斯 我奉尊贵的阿喀琉斯的命令前来——

忒耳西忒斯 嘿！

帕特洛克罗斯 他，恭恭敬敬地请求您邀请赫克托到他的寨内一叙——

忒耳西忒斯 哼!

帕特洛克罗斯 他可以从阿伽门农取得安全通行的保证。

忒耳西忒斯 阿伽门农!

帕特洛克罗斯 是，将军。

忒耳西忒斯 嘿!

帕特洛克罗斯 您的意思怎样?

忒耳西忒斯 愿上帝和你同在。

帕特洛克罗斯 您的答复呢，将军?

忒耳西忒斯 明天要是天晴，那么在十一点钟的时候，一定可以见个分晓；可是他即使得胜，我也要叫他付下了重大的代价。

帕特洛克罗斯 您的答复呢，将军?

忒耳西忒斯 再见，再见。

阿喀琉斯 啊，难道他就是这么一副腔调吗?

忒耳西忒斯 不，他简直是脱腔走调；我不知道赫克托捶破了他的脑壳以后，他还会唱些什么调调儿出来；不过我想他是不会有什么调调儿唱出来的，除非阿波罗抽了他的筋去做琴弦。

阿喀琉斯 来，你必须立刻替我去把一封信送给他。

忒耳西忒斯 让我再带一封去给他的马吧；比较起来，还是他的马有些知觉呢。

阿喀琉斯 我的心里很乱，就像一池搅乱了的泉水，我自己也看不见它的底。（阿喀琉斯、帕特洛克罗斯同

下）

忒耳西忒斯　但愿你那心里的泉水再清澈起来，好让我把我的驴子牵下去喝几口水！我宁愿做一只羊身上的虱子，也不愿做这么一个没有头脑的勇士。（下）

第四幕

第一场

特洛亚；街道

埃涅阿斯及仆人持火炬自一方上；帕里斯、得伊福玻斯、安忒诺、狄俄墨得斯及余人等各持火炬自另一方上。

帕里斯 瞧！喂！那边是谁?

得伊福玻斯 那是埃涅阿斯将军。

埃涅阿斯 那一位是帕里斯王子吗？要是我也安享着像您这样的艳福，除了天大的事情以外，什么也不能叫我离开我的床头的伴侣的。

狄俄墨得斯 我也是这样想着。早安，埃涅阿斯将军。

帕里斯 埃涅阿斯，这是一位勇敢的希腊人，你跟他搀搀手吧。你不是说过，狄俄墨得斯曾经有整整一个星期在战场上把你纠缠住了不放吗？现在你可以认认清楚他的面貌了。

埃涅阿斯 在我们继续休战的期中，勇敢的将军，我愿意祝您健康；可是当我们戎装相见的时候，我对您只有不共戴天的敌忾。

狄俄墨得斯 狄俄墨得斯对于您的友情和敌意，都是同样欣然接受。当我们现在心平气和的时候，请您许我向您还祝健康；可是我们要是在战场上角逐起来，那么乔武在上，我要用我全身的力量和计谋，来取得你的生命。

埃涅阿斯 你将要猎逐一头狮子，当它逃走的时候，是用它的脸奔向着敌人的。现在我却用善意的温情，欢迎你到特洛亚来！凭着维纳斯的玉手起誓，世上没有人会像我一样爱着他所准备杀死的东西。

狄俄墨得斯 我们完全同情。乔武，要是埃涅阿斯的末日不就是我的宝剑的光荣，那么愿他活到千秋万岁吧！可是当我们为了光荣而互相争斗的时候，那么愿他明天就死去，每一处骨节上都留着一个伤痕！

埃涅阿斯 我们真是知己相逢。

狄俄墨得斯 正是；我们更希望下一次相逢的时候，彼此互成仇敌。

帕里斯 像这样满含着敌意的热烈欢迎，像这样无上高贵的憎视的友情，真是我平生所未闻。将军，你有什么事起得这样早？

埃涅阿斯 王上叫我去，可是我不知道为了什么事。

帕里斯 这儿就是他所要叫你干的事：你带着这位希腊人到卡尔卡斯的家里，在那边把美丽的克瑞西达交给他，作为他们把安忒诺放还过来的交换。你可以陪着我们一块儿去；否则你先去一步也可以。我总是觉得——也可以说的确相信——我的兄弟特洛伊罗斯昨天晚上在那里过夜；你去就把他叫醒起来，通知他我们就要来了，同时把一切情形告诉他。我怕我们此去是一定非常不受欢迎的。

埃涅阿斯 那还用说吗？特洛伊罗斯宁愿让希腊人拿了特洛亚去，也不愿让克瑞西达被人从特洛亚带走。

帕里斯 那也没有办法；时势所迫，不得不然。请吧，将军；我们随后就来。

埃涅阿斯 那么各位早安！（下）

帕里斯 告诉我，尊贵的狄俄墨得斯，像一个好朋友似的老实告诉我，照您看起来，我跟墨涅拉俄斯两个人究竟是谁更配得上美丽的海伦？

狄俄墨得斯 你们两人都差不多。一个不以她的失节为嫌，费了这么大的力气想要把她追寻回来；一个也不以舔人唾余为耻，不惜牺牲了如许的资财将士，把她保留下来。他像一个懦弱的王八似的，甘心喝下人家残余的无味的糟粕；您像一个好色的登徒似的，愿意从她淫荡的身体里生育您的后嗣。照这样比较起来，你们正是一个半斤，一个八两。

帕里斯 您把您的同国的姊妹说得太不堪了。

狄俄墨得斯 她太对不起她的祖国。听我说，帕里斯，在她的淫邪的血管里，每一滴负心的血液，都有一个希腊人为它而丧失了他的生命；在她的腐烂的尸体上，每一分、每一厘的皮肉，都有一个特洛亚人为它而暴骨沙场。自从她牙牙学语以来，她所说过的好话的数目，还抵不上死在她手里的希腊人和特洛亚人的总数。

帕里斯 好，狄俄墨得斯，您说的话就像一个做买卖的人似的，故意把您所要买的东西说得这样坏；可是我们却不愿多费唇舌，夸赞我们所要出卖的东西。请望这边走。（同下）

第二场

同前；潘达洛斯家的庭前

特洛伊罗斯及克瑞西达上。

特洛伊罗斯 亲爱的，进去吧；早晨很冷呢。

克瑞西达 那么，我的好殿下，让我去叫叔叔下来，替您开门。

特洛伊罗斯 不要麻烦他；去睡吧，去睡吧；你那双可爱的眼睛已经倦得睁不开来，你的全身有一种软绵绵的感觉，好像一个没有思虑的婴孩似的。

克瑞西达 那么再会吧。

特洛伊罗斯 请你快去睡一会儿。

克瑞西达 您已经讨厌我了吗？

特洛伊罗斯 啊，克瑞西达！倘不是忙碌的白昼被云雀叫醒，惊起了无赖的乌鸦；倘不是酣梦的黑夜不再遮掩我们的欢乐，我是怎么也不愿离开你的。

克瑞西达 夜是太短了。

特洛伊罗斯 可恨的妖巫！对于心绪烦乱的人们，她会像地狱中的长夜一样逗留不去；对于欢会的恋人们，她就驾着比思想还快的翅膀迅速飞走。你再不进去，会受了寒的，那时你又要骂我了。

克瑞西达 请您再稍留片刻吧；你们男人总是不肯多留一会儿的。唉，好傻的克瑞西达！我应该继续推拒您的要求，那么您就不肯走开了。听！有人起来啦。

潘达洛斯 （在内）怎么！这儿的门都开着吗？

特洛伊罗斯 这是你的叔叔。

克瑞西达 真讨厌！现在他又要来把我取笑了，叫人怪不好意思的！

潘达洛斯上。

潘达洛斯 啊，啊！其味如何？喂，你这位大娘子！我的侄女克瑞西达呢？

克瑞西达 该死的坏叔叔，老是把人取笑！你自己害得我——现在却来讥笑我。

潘达洛斯 害得你怎样？害得你怎样？让她自己说，我害得你怎样？

克瑞西达 算了，算了，你这坏人！你自己永远做不出好事来，也不让人家做一个安安分分的人。

潘达洛斯 哈，哈！唉，可怜的东西！真是个傻丫头！昨天晚上没有睡觉吗？他这个坏家伙不让你睡吗？让妖精抓了他去！

克瑞西达 我不是对您说过吗？我恨不得打他一顿才痛快！（内叩门声）谁在打门？好叔叔，去瞧瞧。殿下，您再到我房里坐一会儿；您在笑我，好像我的话里头存着邪心似的。

特洛伊罗斯 哈哈！

克瑞西达 不，您弄错了，我没有转这种念头。（内叩门）他们把门擂得多急！请您快进去吧，我怎么也不愿让人家瞧见您在这儿。（特洛伊罗斯、克瑞西达同下）

潘达洛斯 （往门口）是谁？什么事？你们要把门都打破了吗？怎么！什么事？

埃涅阿斯上。

埃涅阿斯 早安，大人，早安。

潘达洛斯 是谁？埃涅阿斯将军！哎哟，我人都不认识啦。您这么早来有什么见教？

埃涅阿斯 特洛伊罗斯王子在这儿吗？

潘达洛斯 在这儿？他在这儿干吗？

埃涅阿斯 算了，大人，我知道他在这儿，您不用瞒我。我有一些对他很有关系的话要跟他说。

潘达洛斯 您说他在这儿吗？那么我可以发誓，我一点也不知道；我自己是很晚才回来的。他到这儿来干吗呢？

埃涅阿斯 算了，算了，您这样替他遮掩，也许是对朋友的一片好心，可是对他没有什么好处的。不管您知道不知道，快去叫他出来；去。

特洛伊罗斯重上。

特洛伊罗斯 怎么！什么事？

埃涅阿斯 殿下，恕我少礼，我的事情很紧急；令兄帕里斯、得伊福玻斯、希腊来的狄俄墨得斯和被释归来的安忒诺都就要来了。因为希腊人把安忒诺还给我们，所以我们必须在这一小时内，把克瑞西达姑娘交给狄俄墨得斯带回希腊，作为交换。

特洛伊罗斯 已经这样决定了吗？

埃涅阿斯 这件事情已经由普里阿摩斯和全体廷臣通过，立刻就要实行。

特洛伊罗斯 好容易如愿以偿，又变了一场梦幻！我要见他们去；埃涅阿斯将军，请你装作我们是偶然相遇的，不要说在这儿找到了我。

埃涅阿斯 很好，很好，殿下；我决不泄露秘密。（特洛伊罗斯、埃涅阿斯同下）

潘达洛斯 有这等事？刚才到手就丢了？魔鬼把安忒诺抓了去！这位小王子准要发疯了。该死的安忒诺！我希望他们扭断他的头颈！

克瑞西达重上。

克瑞西达 怎么！什么事？刚才是谁？

潘达洛斯 唉！唉！

克瑞西达 您为什么这样长叹？他呢？去了！好叔叔，告诉我，是怎么一回事？

潘达洛斯 我还是死了干净！

克瑞西达 天哪！是什么事？

潘达洛斯 你进去吧。你为什么要生下这世上来？我知道你会把他害死的。唉，可怜的王子！该死的安忒诺！

克瑞西达 好叔叔，我求求您，我跪在地上求求您，告诉我究竟发生了什么事啦？

潘达洛斯 你要去了，丫头，你要去了；人家拿安忒诺来换你来了。你必须到你父亲那儿去，不能再跟特洛伊罗斯在一起。他一定要伤心死的，他再也受不了的。

克瑞西达 啊，你们天上的神明！我是不愿意去的。

潘达洛斯 你非去不可。

克瑞西达 我不愿意去，叔叔。我已经忘记了我的父亲；我不知道什么骨肉之情，只有亲爱的特洛伊罗斯才是我最亲近的亲人。神明啊！要是克瑞西达有一天会离开特洛伊罗斯，那么让她的名字永远被人唾骂吧！时间、武力、死亡，尽你们把我的身体怎样摧残吧；可是我的爱情的基础是这样坚固，就像吸引万物的地心，永远不会动摇的。我要进去哭了。

潘达洛斯　好，你去哭吧。

克瑞西达　我要扯下我的光亮的头发，抓破我的被人赞美的脸庞，哭哑我的娇好的喉咙，用特洛伊罗斯的名字捶碎我的心。我不愿离开特洛亚一步。（同下）

第三场

同前；潘达洛斯家门前

帕里斯、将洛伊罗斯、埃涅阿斯、得伊福玻斯、安忒诺及狄俄墨得斯上。

帕里斯 天已经大亮，把她交给这位希腊勇士的预订时间很快就要到了。特洛伊罗斯，我的好兄弟，你去告诉这位姑娘她所应该做的事，催她赶快收拾一切，准备动身。

特洛伊罗斯 你们各位都跟我到她家里去；我立刻带她出来。当我把她交给这个希腊人的时候，请你把他的手当作一座祭坛，你的兄弟特洛伊罗斯是个祭司，把他自己的心挖出来作为献祭了。（下）

帕里斯 我知道一个人在恋爱中的心理；可是我虽然老大不忍，却没有法子帮助他！各位将军，请进去吧。（同下）

第四场

同前；潘达洛斯家中一室

潘达洛斯及克瑞西达上。

潘达洛斯 别太伤心啦，别太伤心啦。

克瑞西达 你为什么叫我别太伤心呢？我所感到的悲哀是这样地深刻、广泛、透彻而强烈，我怎么能够把它压抑下去呢？要是我可以节制我的感情，或是把它的味道冲得淡薄一些，那么也许我也可以节制我的悲哀；可是我的爱是不容许掺入任何水分的，我失去了这样一个宝爱的人的悲哀，也是没有法子可以排遣的。

特洛伊罗斯上。

潘达洛斯 他、他、他来了。啊！好一对鸳鸯！

克瑞西达 （抱特洛伊罗斯）啊，特洛伊罗斯！特洛伊罗斯！

潘达洛斯 瞧这一双痴男怨女！我也要想抱着什么人哭一场哩。那歌儿上是怎么说的？

啊，心啊，悲哀的心，
你这样叹息为何不破碎？

下面的答句是——

因为言语或友情，
都不能给你的痛苦以安慰。

这几行诗句真是说得入情入理。可见什么东西都不应该随便丢弃，因为我们也许会有一天用得着这样几句诗儿的。喂，小羊们！

特洛伊罗斯 克瑞西达，我因为爱你爱得这样虔诚，远胜于从我的冷淡的嘴唇里所吐出来的对于神明的颂祷，所以激怒了天神，把你夺了去了。

克瑞西达 天神也是会嫉妒的吗？

潘达洛斯 是，是，是，是，这是一桩非常明显的事实。

克瑞西达 我真的必须离开特洛亚吗？

特洛伊罗斯 这是一件无可避免的恨事。

克瑞西达 怎么！也必须离开特洛伊罗斯吗？

特洛伊罗斯 你必须离开特洛亚，也必须离开特洛伊罗斯。

克瑞西达 真会有这种事吗？

特洛伊罗斯 而且是这样匆促。运命的无情的毒手把我们硬生生拆分开来，不留给我们一些从容握别的时间；它粗暴地阻止了我们唇吻的交融，用蛮力打散了我们紧紧的偎抱，把我们无限郑重的深盟密誓扼死在我们的喉间。我们用千万声叹息买到了彼此的爱情，现在却必须用一声短促的叹息把我们自己廉价出卖。无情的时间像一个强盗似的，现在必须把他所偷到的珍贵的宝物急急忙忙地塞在他的包裹里：像天上的星那么多的离情别意，每一句道别都伴着一声叹息一个吻，都被他挤塞在一句简单的“再会”里；只剩给我们草草的一吻，被断续的泪珠和成了辛酸的滋味。

埃涅阿斯　（在内）殿下，那姑娘预备好了没有？

特洛伊罗斯　听！他们在叫你啦。有人说，一个人将死的时候，催命的鬼使也是这样向他“来啦！来啦！”地招呼着的。叫他们耐心等一会儿；她就要来了。

潘达洛斯　我的眼泪呢？快下起雨来，把我的叹息打下去，因为它像一阵大风似的，要把我的心连根吹了起来呢！（下）

克瑞西达　那么我必须到希腊人那儿去吗？

特洛伊罗斯　没有挽回的余地了。

克瑞西达　那么我要在快活的希腊人中间，做一个伤心的克瑞西达了！我们什么时候再相会呢？

特洛伊罗斯　听我说，我的爱人。只要你忠心不变——

克瑞西达　我忠心不变！怎么！你怀疑我吗？

特洛伊罗斯　不，你不要误会我的意思；我说“只要你忠心不变”，不是对你有什么不放心的地方，我不过用这样一句话，引起我下面的意思。只要你忠心不变，我一定会来看你的。

克瑞西达 啊！殿下，那您就要遭到不测的危险啦；可是我的忠心是不会变的。

特洛伊罗斯 我要出入危险，习以为常。你佩戴着我这衣袖吧。

克瑞西达 这手套也请您永远戴在手上。我什么时候再看见您呢？

特洛伊罗斯 我会贿赂希腊的守兵，每天晚上来探望你。可是你不要变心。

克瑞西达 天啊！又是“不要变心”！

特洛伊罗斯 爱人，听我告诉你我说这句话的理由：希腊的青年们都是充满美好的品质的，他们都很可爱，很俊秀，有很好的天赋，又博学多能，我怕你也许会得新忘旧；唉！一种真诚的嫉妒占据着我的心头，请你把它叫作纯洁的罪恶吧。

克瑞西达 天啊！您不爱我。

特洛伊罗斯 那么让我像一个恶徒一样不得好死！我不是怀疑你的忠心，只是不相信自己有什么长处：我不会唱歌，不会跳舞，不会讲那些花言巧语，也不会跟人家勾心斗角，这些都是希腊人最擅长的本领；可是我可以说在每一种这一类的优点中间，都潜伏着一个不动声色的狡猾的恶魔，引诱人家堕入他的圈套。希望你不要被他诱惑。

克瑞西达 您想我会被他诱惑吗？

特洛伊罗斯 不。可是有些事情不是我们的意志所能做主的；有时候我们会变成引诱自己的恶魔，因为过于相信自己的脆弱易变的心性，而陷于身败名裂的地步。

埃涅阿斯　（在内）殿下！

特洛伊罗斯　来，吻我；我们就此分别了。

帕里斯　（在内）特洛伊罗斯兄弟！

特洛伊罗斯　哥哥，你带着埃涅阿斯和那希腊人进来吧。

克瑞西达　殿下，您不会变心吗？

特洛伊罗斯　谁，我吗？唉，忠心是我唯一的过失：当别人用手段去沽名钓誉的时候，我却用一片忠心博得一个痴愚的名声；人家用机诈在他们的铜冠上镀了一层金，我只有纯朴的真诚，我的王冠是敝旧而没有虚饰的。

埃涅阿斯、帕里斯、安忒诺、得伊福玻斯及狄俄墨得斯上。

特洛伊罗斯　欢迎，狄俄墨得斯将军！这就是我们向你们交换安忒诺的那位姑娘，等我们到了港口的时候，我就把她交给你，一路上我还要告诉你她是怎样的一个人。你要好好看顾她；凭着我的灵魂起誓，希腊人，要是有一天你的生命悬在我的剑下，只要一提起克瑞西达的名字，你就可以像普里阿摩斯坐在他的深宫里一样安全。

狄俄墨得斯　克瑞西达姑娘，您无须感谢这位王子的关切，您那明亮的眼睛，您那天仙化人的脸庞，就是最有力的言辞，使我不能不给您尽心的爱护；您今后就是狄俄墨得斯的女主人，他愿意一切听从您的吩咐。

特洛伊罗斯　希腊人，你用这种恭维她的话语，来嘲笑我的诚意的请托，未免太没有礼貌了。我告诉你吧，希腊的将军，她的好处是远超过你的恭维以上的，你也不配称为她的仆人。我吩咐你好好看顾她，因为这就是我的吩咐；要是你胆敢欺负她，那么即使阿喀琉斯那个大汉做你的保镖，我也要切断你的喉咙。

狄俄墨得斯　啊！特洛伊罗斯王子，您不用生气，让我凭着我的地位和使命所赋有的特权，说句坦白的话：当我离开这儿以后，我爱怎么做就怎么做，什么人也不能命令我；我将按照她本身的价值看重她，可是您要是叫我必须怎么怎么做，那么我就用我的勇气和荣誉，回答您一个“不”字。

特洛伊罗斯　来，到港口去吧。我对你说，狄俄墨得斯，你今天对我这样出言不逊，以后你可不要碰在我的手里。姑娘，让我搀着您的手，我们就在路上谈谈我们两人所要说的话吧。（特洛伊罗斯、克瑞西达、狄俄墨得斯同下；喇叭声）

帕里斯　听！赫克托的喇叭声。

埃涅阿斯　我们把这一个早晨浪费过去了！我曾经对他发誓，要比他先到战场上去，现在他一定要怪我怠惰迟慢了。

帕里斯　这都是特洛伊罗斯不好。来，来，到战场上去会他。

得伊福玻斯　我们立刻就去吧。

埃涅阿斯　好，让我们像一个精神奋发的新郎似的，赶快去追随在赫克托的左右；我们特洛亚的光荣，今天完全倚靠着他一个人的神威。（同下）

第五场

希腊营地；前设围场

埃阿斯披甲胄及阿伽门农、阿喀琉斯、帕特洛克罗斯、墨涅拉俄斯、俄底修斯、涅斯托等同上。

阿伽门农 你已经到了约定的地点，勇气勃勃地等候时间的到来。威武的埃阿斯，用你的喇叭向特洛亚高声吹响，让它传到你那英勇的敌人的耳中，召唤他出来吧。

埃阿斯 吹喇叭的，我多赏你几个钱，你替我使劲地吹，把你那喇叭管子都吹破了吧。吹啊，家伙，鼓起你的腮子，挺起你的胸脯，吹得你的眼睛里冒血，给我把赫克托吹了出来。（吹喇叭）

俄底修斯 没有喇叭回答的声音。

阿喀琉斯 时候还早哩。

阿伽门农 那边不是狄俄墨得斯带着卡尔卡斯的女儿来了吗？

俄底修斯　正是他，我认识他的走路的姿态；看他趾高气扬的样子，好像非常得意。

狄俄墨得斯及克瑞西达上。

阿伽门农　这位就是克瑞西达姑娘吗？

狄俄墨得斯　正是。

阿伽门农　好姑娘，欢迎您到我们这儿来。

涅斯托　我们的元帅用一个吻来欢迎您哩。

俄底修斯　可是那只能表示他个人的盛意，她是应该让我们大家都有接吻一次的机会的。

涅斯托　说得有理，我来开始吧。涅斯托已经吻过了。

阿喀琉斯　美人，让我吻去您嘴唇上的冰霜；阿喀琉斯向您表示他的欢迎。

墨涅拉俄斯　我也有吻她一次的权利。

帕特洛克罗斯　你还是放弃了你的权利吧；帕里斯也正是这样打旁边杀了过来，把你的权利夺了去的。姑娘，这第一个吻是墨涅拉俄斯的；第二个是我的：帕特洛克罗斯吻着您。

墨涅拉俄斯　啊！这倒很方便！

帕特洛克罗斯　帕里斯跟我两个人总是代替他和人家接吻。

墨涅拉俄斯　我一定要得到我的一吻。姑娘，恕我。

克瑞西达　在接吻的时候，是您给我吻呢还是您受我的吻？

帕特洛克罗斯　我给您吻，也受您的吻。

克瑞西达　您所受的吻胜过您所给的吻，所以我不让您吻我。

墨涅拉俄斯 那么我给您利息，让我用三个吻换您的一个吧。

俄底修斯 你这笔买卖是做不成的。好姑娘，我可以向您讨一个吻吗？

克瑞西达 好，您讨吧。

俄底修斯 那么，为了维纳斯的缘故，给我一个吻；等海伦再变成一个处女的时候，他也可以吻您，他的吻也让我代领了吧。

克瑞西达 这一笔债可以记在账上，等它到期的时候，您再来问我讨吧。

俄底修斯 那是永远不会到期的，那么把我的一吻给我。

狄俄墨得斯 姑娘，我带您去见令尊吧。（狄俄墨得斯偕克瑞西达下）

涅斯托 一个伶俐的女人。

俄底修斯 不要脸的东西！她的眼睛里、面庞上、嘴唇边都有话，连她的脚都会讲话呢；她身上的每一处骨节，每一个行动，都透露出风流的心情。（内喇叭声）

众人 特洛亚人的喇叭。

阿伽门农 他们的军队来了。

赫克托披甲胄；埃涅阿斯、特洛伊罗斯与其他特洛亚将士等上。

埃涅阿斯 各位希腊将军请了！赫克托叫我来问你们，在今天这次比武中间，交战双方是不是一定要判决雌雄，死伤流血，在所不计；还是在一方面已经占到上风的时候，就由监战的人发令双方停止？

阿伽门农　赫克托愿意采取哪一种方式？

埃涅阿斯　他没有意见；他愿意服从两方面议定的条件。

阿喀琉斯　这正是赫克托的作风，想得很周到，有点儿骄傲，可是未免太小看对方的武士了。

埃涅阿斯　将军，您倘然不是阿喀琉斯，那么请问您叫什么名字？

阿喀琉斯　我倘不是阿喀琉斯，就是个无名小子。

埃涅阿斯　那么尊驾正是阿喀琉斯了。可是让我告诉您吧：赫克托有的是吞吐宇宙的无限大的勇气，却没有一丝一毫的骄傲。您要是知道他的为人，那么他这种表面上的骄傲，正是他的礼貌。你们这位埃阿斯的身体上有一半是和赫克托同血统的，为了顾念亲属的情谊，今天只有半个赫克托出场，用他一半的心，一半的身体，来跟这个一半特洛亚人一半希腊人的混血武士相会。

阿喀琉斯　那么今天的战争只是一场娘儿们的打架吗？啊！我知道了。

狄俄墨得斯重上。

阿伽门农　狄俄墨得斯将军来了。善良的武士，你去站在我们这位埃阿斯的旁边；你和埃涅阿斯将军就做两方面的监战人吧，或者让他们战到精疲力竭，或者让他们略为交锋一两回合，都由你们两人决定。这两个交战的既然是亲戚，恐怕他们剑下不免有所顾忌。（埃阿斯、赫克托二人入场）

俄底修斯 他们已经拔剑相向了。

阿伽门农 那个满脸懊丧的特洛亚人是谁？

俄底修斯 普里阿摩斯的最小的儿子，一个真正的武士：他不曾经过多大的历练，可是已经卓尔不群；他的出言很坚决，他的行为代替了他的言辞，他也从不矜功伐能；他不容易动怒，可是一动了怒，他的怒气却不容易平息下来；他有一颗坦白的心和一双慷慨的手，他所有的都可以给人家，他所想到的都不加掩饰，可是他的慷慨并不是滥施滥与，他的嘴里也从不曾吐露过一些卑劣的思想。他像赫克托一样勇敢，可是比赫克托更厉害；因为赫克托在盛怒之中，只要看见柔弱的事物，就会心软下来，可是他在激烈行动的时候，是比善妒的爱情更为凶狠的。他们称他为特洛伊罗斯，在他的身上建立着未来的希望，足与赫克托后先媲美。这是埃涅阿斯对我说的，他很熟悉这个少年，当我在特洛亚宫里的时候，他这样私下告诉我。（号角声；赫克托与埃阿斯交战）

阿伽门农 他们打起来了。

涅斯托 埃阿斯，出力！

特洛伊罗斯 赫克托，你睡着了吗；醒来！

阿伽门农 他的剑法很不错；好啊，埃阿斯！

狄俄墨得斯 大家住手。（号角声停止）

埃涅阿斯 两位王子，够了，请歇手吧。

埃阿斯 我还没有上劲呢，再打一会儿吧。

狄俄墨得斯 请问赫克托的意思。

赫克托 好，那么我是不愿意再打下去了。将军，你是我的父亲的妹妹的儿子，伟大的普里阿摩斯的侄儿；血统上的关系，阻止我们做流血的竞争。要是在你身上混合着的希腊和特洛亚的血液，可以使你这样说："这一只手是完全属于希腊的，这一只是属于特洛亚的；这腿上的筋肉全然是希腊的，这腿上全然是特洛亚的；右边的脸上流着我母亲的血液，左边的流着我父亲的血液。"那么凭着万能的乔武起誓，我要用我的剑在你每一处流着希腊血液的肢体上留下这一场恶战的痕迹；可是我不能上干天怒，让我的利剑沾上一滴你所得自你的母亲、我的可尊敬的姑母的血液。让我拥抱你，埃阿斯；凭着震响着雷霆的天神起誓，你有很壮健的手臂：兄弟，愿你得到一切的光荣！

埃阿斯 谢谢你，赫克托；你是一个太仁厚慷慨的人。我本意是要来杀死你，替自己博得一个英雄的名声的。

赫克托 即使最有名的涅俄普托勒摩斯，也不能希望从赫克托身上夺得光荣。

埃涅阿斯 两方面都在等着看你们两位还有什么行动。

赫克托　我们就这样回答：拥抱是这一场决战的结果。埃阿斯，再会。

埃阿斯　这是一个难得的机会，要是我的请求可以获得胜利，那么我要请我的著名的表兄到我们希腊营中一叙。

狄俄墨得斯　这是阿伽门农的意思，伟大的阿喀琉斯也渴想见一见解除甲胄的赫克托的英姿。

赫克托　埃涅阿斯，叫我的兄弟特洛伊罗斯过来见我；把这次友谊的访问通知我们特洛亚方面的观战将士，叫他们回去吧。兄弟，把你的手给我；我愿意跟你一起吃吃喝喝，认识认识你们的武士。

埃阿斯　伟大的阿伽门农亲自来迎接我们了。

赫克托　凡是他们中间最有名的人物，都请你一个一个把他们的名字告诉我；可是轮到阿喀琉斯的时候，我要凭着我自己的眼睛，从他魁梧庞大的身体上认出他来。

阿伽门农　尊贵的英雄！我们热烈欢迎你，正像我们热烈希望早早去掉你这样一位敌人一样；可是在欢迎的时候，不该说这样的话，请你明白我的意思，在过去和未来的路上，是散满着毁灭的零落的残迹的，可是在此时此刻，我们却用毫无猜疑的诚意，从心底里向你表示欢迎，伟大的赫克托！

赫克托　谢谢你，尊严的阿伽门农。

阿伽门农　（向特洛伊罗斯）特洛亚著名的将军，我们同样欢迎你的光降。

墨涅拉俄斯 让我继我的王兄之后，欢迎你们两位英雄的兄弟。

赫克托 这一位将军是谁?

埃涅阿斯 尊贵的墨涅拉俄斯。

赫克托 啊！是您吗，将军？凭着战神的臂鞲，谢谢您！不要笑我发这样古怪的誓，您那位从前的太太总是凭着爱神的手套起誓的；她很安好，可是没有叫我向您问候。

墨涅拉俄斯 别提起她，将军；她是一个死了的题目。

赫克托 啊！对不起，恕我失言。

涅斯托 勇敢的特洛亚人，我常常看见你突过希腊青年的队伍，像披荆斩棘一样挥舞着你的宝剑，一手操纵着死生的命运；我也看见你像一个盛怒的珀耳修斯似的鞭策着骏马驰骋，把你的剑停留在空中，不去加诛那些望风披靡的败将降卒；那时我曾经对旁边的人说："瞧！那边正是天神朱庇特在那儿决定人们的生死呢！"我也看见一群希腊人把你紧紧包围在中间，像一场俄林波斯山上的角技似的，你却从容不迫地在那儿休息；可是当我看见你的时候，你的脸孔总是深锁在钢铁的面甲里，直到现在方才看到你的面目。我认识你的祖父，曾经跟他交手过一次，他是一位很好的军人；可是凭着伟大的战神起誓，你比他强得多啦。让一个老年人拥抱你；可尊敬的战士，欢迎你驾临我们的营地。

埃涅阿斯 这位是年老的涅斯托。

赫克托　让我拥抱你，久历沧桑的好老人家；最可尊敬的涅斯托，我很高兴遇见你。

涅斯托　我希望我的臂膀不但能够拥抱你，也能够和你在疆场上决战。

赫克托　我也希望它们能够。

涅斯托　嘿！凭着我这一把白须，我明天可要跟你决战几回合呢。好，欢迎，欢迎！我现在是老了——

俄底修斯　特洛亚的柱石已经在我们这儿了，我不知道现在那座城会不会倒下来。

赫克托　俄底修斯将军，您的容貌我还记得很清楚。啊！自从上次您跟狄俄墨得斯出使到敝城来，我们初次会面的那时候以后，已经死了多少的希腊人和特洛亚人啦。

俄底修斯　将军，我那时候早就向您预告后来的事情了；我的预言还不过应验了一半，因为那座屏障贵邦的顽强的城墙，那些高耸云霄的碉楼，都必须吻它们自己脚下的泥土。

赫克托　我不能相信您的话，它们现在还是固若金汤；照我并不夸大的估计，打落每一块弗里吉亚的石头，都必须用一滴希腊人的血做代价。什么事情都要到结局方才知道究竟，那位惯于调停一切的时间老人，总有一天会替我们结束这一场纷争。

俄底修斯　那么就让他去解决一切吧。最温良、最勇武的赫克托，欢迎！等元帅宴请过您以后，我也要请您驾临敝营，让我略尽地主之谊。

阿喀琉斯 对不起，俄底修斯将军，我要占先一下！赫克托，我已经把你看了个饱，仔细端详过你的脸貌，把你身上的每一处地方都牢牢记住了。

赫克托 这位就是阿喀琉斯吗？

阿喀琉斯 我就是阿喀琉斯。

赫克托 请你站好，我也要看看你。

阿喀琉斯 你尽管看吧。

赫克托 我已经看好了。

阿喀琉斯 你看得太快了。我可要像买东西似的再把你从头到脚细细儿的看一遍。

赫克托 啊！你要把我当作一本兵法书似的读着吗？可是我怕你有许多地方读不懂。为什么你要这样用你的眼睛尽盯住我？

阿喀琉斯 天神啊，告诉我，我应该在他身上的哪一部分把他杀死？是这儿，是这儿，还是这儿？让我认清在什么方位结果赫克托的生命。大神啊，回答我吧！

赫克托 骄傲的人，天神倘会回答这样一个问题，他们也不成其为天神了。请你再立定一下。你以为取我的命是这样一件容易的事，可以让你预先认清在什么地方把我杀死吗？

阿喀琉斯 我告诉你，是的。

赫克托 即使你的话是天神的启示，我也不会相信。你还是自己留心点儿吧，因为我要把你杀死的时候，我不是在这儿那儿杀死你，凭着替战神打盔的铁砧起誓，我要在你身上每一处地方杀死你。各位聪明的希腊人，恕我夸下了这样的大口，他的出言不逊，激动我说出这样狂妄的话来；可是我倘不能用行为证实我的说话，我就永不——

埃阿斯 表兄，你不必生气。阿喀琉斯，您也不用说这种恫吓的话，等您用得到它们的时候再拿出来吧；只要您有胃口，您可以每天去跟赫克托斯杀的。可是我怕我们全营将士请您出马的时候，您又是请也请不出来的了。

赫克托 请您让我在战场上跟您相见好不好？自从您不肯替希腊人出力以来，我们已经好久不曾有过痛快的厮杀了。

阿喀琉斯 赫克托，你请求我吗？好，明天我一定和你相会，绝一个你死我活；可是今天晚上我们是好朋友。

赫克托 一言为定，把你的手给我。

阿伽门农 各位希腊将士，你们大家先到我的营帐里来，参加共同的欢宴；要是赫克托有工夫，你们有谁想要表示你们好客的殷勤，再可以各自招待他。把鼓儿高声打起来，把喇叭吹起来，让这位大英雄知道我们对他的欢迎。（除特洛伊罗斯、俄底修斯二人外皆下）

特洛伊罗斯 俄底修斯将军，请您告诉我，卡尔卡斯住在什么地方？

俄底修斯 在墨涅拉俄斯的营帐里，尊贵的特洛伊罗斯；狄俄墨得斯今晚就在那儿陪他喝酒，这家伙眼睛里不见天地，只是瞧着美丽的克瑞西达。

特洛伊罗斯 将军，我们从阿伽门农帐里出来以后，可不可以有劳您带我到那里去？

俄底修斯 您可以命令我。我也要请问一声，这位克瑞西达姑娘在特洛亚的名誉怎样？她在那里有没有什么情人因为跟她分别而伤心？

特洛伊罗斯 啊，将军！我真像一个向人夸示他的伤疤的人一样，反而遭到您的讥笑了。请吧，将军。她曾经被人爱，她也爱过人，她现在还是这样；可是甜蜜的爱情往往是命运嘴里的食物。（同下）

第五幕

第一场

希腊营地；阿喀琉斯帐前

阿喀琉斯及帕特洛克罗斯上。

阿喀琉斯 今夜我要用希腊的美酒烧热他的血液，明天再用我的宝剑叫它冷下来。帕特洛克罗斯，我们一定要痛痛快快地请他吃喝一个尽。

帕特洛克罗斯 忒耳西忒斯来了。

忒耳西忒斯上。

阿喀琉斯 啊，你这嫉妒的核儿！你这天生的硬面包壳儿！有什么消息？

忒耳西忒斯 嘿，你这虚有其表的画像，你这痴人崇拜者的偶像，这儿有一封信给你。

阿喀琉斯 从哪儿来的，你这七零八碎的东西？

忒耳西忒斯 嘿，你这满盘的傻瓜，从特洛亚来的。

帕特洛克罗斯 现在谁在看守着营帐？

忒耳西忒斯 请你免开尊口，孩子；我一点也不能从你的谈话里得到什么好处。人家都以为你是阿喀琉斯的雄丫头。

帕特洛克罗斯 混蛋！什么叫作雄丫头？

忒耳西忒斯 嘿，雄丫头就是男婊子。但愿南方的各种恶病，绞肠、脱肠、伤风、肾砂、昏睡症、瘫痪、烂眼、坏肝、哮喘、膀胱肿毒、坐骨神经痛、灰掌疯、无药可医的筋骨痛、终身不治的水疱疹，一股脑儿染到你这荒唐家伙的身上！

帕特洛克罗斯 怎么，你这该死的恶毒匣子，你这样咒人是什么意思？

忒耳西忒斯 我咒你吗？

帕特洛克罗斯 哼，你这半橛儿的坏木头，你这婊子生的不成形的恶狗，你没有咒我。

忒耳西忒斯 没有！那么你为什么发急，你这一绞轻薄的丝绒线，你这坏眼病的人的绿绸眼罩，你这浪子钱袋上的流苏，你？啊！这个寒伧的世间怎么净是这些水面的飞虫，这些可厌的渺小的生物！

帕特洛克罗斯 闭嘴，恶毒的东西！

忒耳西忒斯 你这麻雀蛋儿！

阿喀琉斯 我的好帕特洛克罗斯，我明天出战的雄心已经受到挫折。这儿是一封从赫卡柏王后写来的信，还有她的女儿，我的爱人，给我的一件礼物，她们都恳求我遵守我从前发过的一句誓言。我不愿背反我的誓言。让希腊没落，让名誉消失，让光荣或去或留吧；我必须服从我所已经发过的重誓。来，来，忒耳西忒斯，帮着布置布置我的营帐；今夜一定要在欢宴中消度过去。去吧，帕特洛克罗斯！（阿喀琉斯、帕特洛克罗斯同下）

忒耳西忒斯 这两个人有太多的血气，太少的头脑，也许会发起疯来；要是他们因为有太多的头脑，太少的血气而发疯，那么我倒可以治愈他们的疯病。还有那个阿伽门农，人倒很老实，他也很爱吃鹌鹑，可是他的头脑总共还不过像耳屎那么一点点。讲到他那个外表像天神的兄弟，那头公牛，那尊原始的雕像，那座歪斜的王八的纪念碑，他不过是用链条穿起了挂在他哥哥腿上的一块小小的鞋拔；像他这种家伙，智慧里掺了些奸恶，奸恶里拼了些智慧，还能够叫他变得比现在的样子好一点吗？变一头驴子，那也不算什么；他又是驴子又是牛。变一头牛，那也不算什么；他又是牛又是驴子。变一条狗、一头骡子、一头猫、一头臭鼬、一只蛤蟆、一条蜥蜴、一只枭、一只鹞子，或是一条没有卵的鲱鱼，我都不在乎；可是倘要叫我变一个墨涅拉俄斯！嘿，我才要向命运造反呢。要是我不是忒耳西忒斯，那么别问我愿意变什么，因为就是叫我做癞病人身上的一头虱子我都愿意，只要不是做墨涅拉俄斯。嗳唷！精灵们带着火把来啦！

赫克托、特洛伊罗斯、埃阿斯、阿伽门农、俄底修斯、涅斯托、墨涅拉俄斯及狄俄墨得斯各持火炬上。

阿伽门农 我们走错了，我们走错了。

埃阿斯 不，那边正是；就在有火光的地方。

赫克托 真的太麻烦你们了。

埃阿斯 不，没有什么。

俄底修斯 他自己来接您啦。

阿喀琉斯重上。

阿喀琉斯 欢迎，勇敢的赫克托；欢迎，各位王子。

阿伽门农 特洛亚的英雄的王子，我现在要向您道晚安了。埃阿斯会吩咐卫士们侍候您的。

赫克托 谢谢您，愿您晚安，希腊的元帅。

墨涅拉俄斯 晚安，将军。

赫克托 晚安，墨涅拉俄斯好将军。

阿喀琉斯 回去的人我向他们道晚安，留着的人我欢迎他们。

阿伽门农 晚安。（阿伽门农、墨涅拉俄斯同下）

阿喀琉斯 年老的涅斯托也没有去；狄俄墨得斯，你也在这儿耽搁一二小时，陪陪赫克托吧。

狄俄墨得斯 我不能，将军；我有重要的事情，现在就要去了。晚安，伟大的赫克托。

赫克托　把您的手给我。

俄底修斯　（向特洛伊罗斯旁白）跟着他的火把跑；他是到卡尔卡斯的帐里去的。我陪您走走。

特洛伊罗斯　真是有劳您啦。

赫克托　好，晚安。（狄俄墨得斯下；俄底修斯、特洛伊罗斯随下）

阿喀琉斯　来，来，我们进帐吧。（阿喀琉斯、赫克托、埃阿斯、涅斯托同下）

忒耳西忒斯　那个狄俄墨得斯是个奸诈小人，一个居心不正的坏家伙；当他斜着眼睛瞧人的时候，正像一条发着咝咝声音的蛇一样靠不住。他会随口许愿，可是等到他履行许愿的时候，天文学家也会发出预告，因为那时候天象一定会发生巨大的变化，太阳反而要向月亮借光了。我宁愿不看赫克托，一定要跟住他；人家说他养着一个特洛亚的婊子，借那卖国贼卡尔卡斯的营帐幽叙。我要跟他去。奸淫，只有奸淫！全都是些不要脸的淫棍！（下）

第二场

同前；卡尔卡斯帐前

狄俄墨得斯上。

狄俄墨得斯 喂！你睡了没有？

卡尔卡斯 （在内）谁在叫？

狄俄墨得斯 狄俄墨得斯。是卡尔卡斯吗？你的女儿呢？

卡尔卡斯 （在内）她就来了。

特洛伊罗斯及俄底修斯自远处上；忒耳西忒斯随上。

俄底修斯 站远一些，别让火把照见我们。

克瑞西达上。

特洛伊罗斯 克瑞西达出来会他了。

狄俄墨得斯　啊，我的被保护人！

克瑞西达　我的亲爱的保护人！来！我给您说句话。（向狄俄墨得斯耳语）

特洛伊罗斯　哼，这样亲热！

俄底修斯　她会向无论哪个初次见面的男人唱歌。

狄俄墨得斯　你会记得吗？

克瑞西达　记得，记得。

狄俄墨得斯　好，你可记住了；不要口不应心。

特洛伊罗斯　叫她记住些什么？

俄底修斯　听好！

克瑞西达　甜甜蜜蜜的希腊人，别再诱我干那些傻事情了。

忒耳西忒斯　捣什么鬼！

狄俄墨得斯　不，那么——

克瑞西达　我对您说呀——

狄俄墨得斯　算了，算了，有什么说的；你已经背了誓了。

克瑞西达　真的，我不能。你要我怎么样？

忒耳西忒斯　一个鬼把戏——公开的秘密。

狄俄墨得斯　你不是发过誓要给我一件什么东西吗？

克瑞西达　请您不要逼我履行我的誓言了，亲爱的希腊人；除了这一件事情以外，我什么都依你。

狄俄墨得斯　晚安！

特洛伊罗斯　忍耐，把这口怒气压下去吧！

俄底修斯　你怎么啦，特洛亚人？

克瑞西达　狄俄墨得斯——

狄俄墨得斯　不，不，晚安；我不愿再被愚弄了。

特洛伊罗斯 比你更好的人也被她愚弄过了。

克瑞西达 听着！我向您的耳边说句话。

特洛伊罗斯 该死，该死！

俄底修斯 您在动怒了，王子；我们还是去吧，免得您的脾气越发越大。这地方是个危险的地方，这时间也是容易闯祸的时间。请您回去吧。

特洛伊罗斯 不，你瞧你瞧！

俄底修斯 您还是去吧；您已经气得发疯了。来，来，来。

特洛伊罗斯 请你再等一会儿。

俄底修斯 您快要忍耐不住了；来。

特洛伊罗斯 请你等一会儿。凭着地狱和一切地狱里的酷刑发誓，我决不说一句话！

狄俄墨得斯 好，晚安！

克瑞西达 可是您是含怒而去的。

特洛伊罗斯 那使你心里难过吗？啊，枯萎了的忠心！

俄底修斯 怎么，怎么，王子！

特洛伊罗斯 天神在上，我忍耐就是了。

克瑞西达 我的保护人！——喂，希腊人！

狄俄墨得斯 呸，呸！再见；你老是作弄人家。

克瑞西达 凭良心说，我没有；您回来呀。

俄底修斯 您在气得发抖了；王子；我们走吧，您要忍不住了。

特洛伊罗斯 她摸他的脸！

俄底修斯 来，来。

特洛伊罗斯 不，等一会儿；天神在上，我决不说一句话；在我的意志和一切耻辱的中间，有忍耐在那儿看守着；再等一会儿吧。

忒耳西忒斯 那个屁股胖胖的、手指粗得像马铃薯般的奢淫的魔鬼怎么会把这两个宝货撮在一起！煎吧，都给我在奸淫里煎枯了吧！

狄俄墨得斯 那么你答应了吗？

克瑞西达 是，我答应了；不骗您。

狄俄墨得斯 给我一件什么东西做保证吧。

克瑞西达 我去给您拿来。（下）

俄底修斯 您发誓说一定忍耐的。

特洛伊罗斯 你放心吧，好将军；我一定抑制住自己，不让我的感情暴露出来；我满心都是忍耐。

克瑞西达重上。

忒耳西忒斯 抵押品来了！瞧，瞧，瞧！

克瑞西达 狄俄墨得斯，这衣袖请您收下了吧。

特洛伊罗斯 啊，美人！你的忠心呢？

俄底修斯 王子——

特洛伊罗斯 我会忍耐；在外表上忍住我的怒气。

克瑞西达 您瞧瞧那衣袖；瞧清楚了。他曾经爱过我——啊，负心的女人！把它还给我。

狄俄墨得斯 这是谁的？

克瑞西达 您已经还了我，不用再问了。明天晚上我不愿跟您相会。狄俄墨得斯，请您以后不要再来看我了吧。

忒耳西忒斯　现在她又要磨他了；说得好，磨石！

狄俄墨得斯　拿来给我。

克瑞西达　什么，是这个吗？

狄俄墨得斯　是这个。

克瑞西达　天上的诸神啊！你可爱的、可爱的信物！你的主人现在正在床上躺着想起你也想起我；他一定在那儿叹气，拿着我的手套，一边回忆一边轻轻地吻着它；就像我吻着你一样。不，不要从我手里把它夺去；谁拿了它去，就是把我的心也一块儿拿去了。

狄俄墨得斯　你的心已经给了我了，这东西也是我的。

特洛伊罗斯　我已经发誓忍耐。

克瑞西达　你不能把它拿去，狄俄墨得斯；真的您不能拿去；我宁愿把别的东西给您。

狄俄墨得斯　我一定要这个。它是谁的？

克瑞西达　您不用问。

狄俄墨得斯　快说，它本来是属于谁的？

克瑞西达　它本来是属于一个比您更爱我的人的。可是您既然已经拿了去，就给了您吧。

狄俄墨得斯　它是谁的？

克瑞西达　凭着狄安娜女神和侍候她的那群星娥们起誓，我不愿告诉您它是谁的。

狄俄墨得斯　明天我要把它佩在我的战盔上，要是他不敢向我挑战，也叫他看着心里难过。

特洛伊罗斯 即使你是魔鬼，把它挂在你的角上，我也要向你挑战。

克瑞西达 好，好，事情已经过去，也不用说了；可是不，我不愿应您的约会。

狄俄墨得斯 好，那么再见；狄俄墨得斯以后再不给你玩弄了。

克瑞西达 您不要去；人家刚说了一句话，您又恼起来啦。

狄俄墨得斯 我不喜欢让人开这样的玩笑。那么我要不要来？什么时候？

克瑞西达 好，你来吧——天啊！——你来吧——我一定要受神明的惩罚了！

狄俄墨得斯 再会。

克瑞西达 晚安；请你一定来。（狄俄墨得斯下）别了，特洛伊罗斯！我的一只眼睛还在望着你，可是另一只眼睛已经随着我的心转换了方向。唉，我们可怜的女人！我发现了我们这一个弱点，我们的眼睛所犯的错误支配着我们的心；一时的失足把我们带到了永远错误的路上。（下）

忒耳西忒斯 这是她对于她自己的贞节的最老实的供认，除非她再说一句："我的心现在已经变成了一个娼妇。"

俄底修斯 没有什么好看的了，王子。

特洛伊罗斯 是的，一切都完了。

俄底修斯 那么我们还留在这儿干吗？

特洛伊罗斯 我要把他们在这儿说的话一个字一个字地记录在我的灵魂里。可是我倘把这两个人共同串演的这一出活剧告诉人家，虽然我宣布的是事实，这事实会不会是一个谎呢？因为在我的心里还留着一个顽强的信仰，不肯接受眼睛和耳朵的见证，好像这两个器官都是善于欺骗，它们的作用只是颠倒是非，淆乱黑白。刚才出来的真是克瑞西达吗？

俄底修斯 我又不会驱神役鬼，特洛亚人。

特洛伊罗斯 一定不是她。

俄底修斯 的确是她。

特洛伊罗斯 我还没有发疯，我知道那不是她。

俄底修斯 难道倒是我疯了吗？刚才明明是克瑞西达。

特洛伊罗斯 为了女人的光荣，不要相信她是克瑞西达！我们都是有母亲的；不要让那些找不到诽毁的题目的顽固批评家们得到借口，用克瑞西达的例子来评断一切的女性；还是相信她不是克瑞西达吧。

俄底修斯 王子，她干了些什么事，可以使我们的母亲都蒙上污辱呢？

特洛伊罗斯 她没有干什么事，除非刚才的女人真的就是她。

忒耳西忒斯 他自己亲眼瞧见了还要强词诡辩吗？

特洛伊罗斯 这是她吗？不，这是狄俄墨得斯的克瑞西达。美貌如果是有灵魂的，这就不是她；灵魂如果指导着誓言，誓言如果代表着虔诚的心愿，虔诚如果是天神的喜悦，世间如果有不变的常道，这就不是她。啊，疯狂的理论，矛盾的事实！这是克瑞西达，又不是克瑞西达。我的灵魂里正在进行着一场奇怪的战争，一件不可分的东西，分隔得比天地相去还要辽阔；可是在这样广大的距离中间，却又找不到一个针眼大的线缝。像地狱之门一样坚强的证据，证明克瑞西达是我的，上天的赤绳把我们结合在一起。像上天本身一样坚强的证据，却证明神圣的约束已经分裂松解，她的破碎的忠心、她的残余的爱情、她的狼藉的贞操，都拿去与狄俄墨得斯另结新欢了。

俄底修斯 尊贵的特洛伊罗斯也会受制于他所吐露的那种感情吗?

特洛伊罗斯 是的，希腊人；我要用像热恋着维纳斯的战神马斯的心一样鲜红的大字把它书写出来；从来不曾有过一个年轻的男子用我这样永恒而坚定的灵魂恋爱过。听着，希腊人，正像我深爱着克瑞西达一样，我也同样痛恨着她的狄俄墨得斯；他将要佩在盔上的那块衣袖是我的，即使他的盔是用天上的神火打成的，我的剑也要把它挑下来；疾风卷海，波涛怒立的声势，也将不及我的利剑落在狄俄墨得斯身上的时候那样惊心动魄。

忒耳西忒斯 这是他偷女人的报应。

特洛伊罗斯 啊，克瑞西达！负心的克瑞西达！你好负心！一切不忠不信、无情无义，比起你的失节负心来，都会变成光荣。

俄底修斯 啊！您忍着些吧；您这一番愤激的话，已经给人家听见了。

埃涅阿斯上。

埃涅阿斯 殿下，我已经找了您这一点钟。赫克托现在正在特洛亚披起他的甲胄来了。埃阿斯等着护送您回去。

特洛伊罗斯 那么我们一同走吧。多礼的将军，再会。别了，叛逆的美人！狄俄墨得斯，留心站稳了，顶一座堡垒在你的头上吧！

俄底修斯 我送你们两位到门口。

特洛伊罗斯 请接受我中心烦恼的感谢。（特洛伊罗斯、埃涅阿斯、俄底修斯同下）

忒耳西忒斯 要是我碰见了那个混蛋狄俄墨得斯！我要向他学老鸦叫，叫得他满身晦气。我倘把这婊子的事情告诉了帕特洛克罗斯，他一定愿意把无论什么东西送给我；鹦鹉瞧见了一粒杏仁，也不及他听见了一个近在手头的婊子更高兴。奸淫，奸淫；永远是战争和奸淫，别的什么都不时髦。浑身火焰的魔鬼抓了他们去！（下）

第三场

特洛亚；普里阿摩斯王宫门前

赫克托及安德洛玛刻上。

安德洛玛刻　我的夫君今天怎么脾气坏到这样子，不肯接受人家的劝告呢？脱下你的甲胄来，今天不要出去打仗了。

赫克托　不要激怒我，快进去；凭着一切永生的天神起誓，我非去不可。

安德洛玛刻　我的梦一定会应验的。

赫克托　别多说啦。

卡珊德拉上。

卡珊德拉　我的哥哥赫克托呢？

安德洛玛刻　在这儿，妹妹；他已经披上甲胄，充满了杀心。陪着我向他高声恳求吧；让我们跪下来哀求他，因为我梦见流血的混乱，整夜里只是梦着屠杀的惨象。

卡珊德拉 啊！这是真的。

赫克托 喂！叫我的喇叭吹起来。

卡珊德拉 看在上天的面上，好哥哥，不要吹起进攻的信号来。

赫克托 快去，天神已经听见我发过誓了。

卡珊德拉 天神对于愤激暴怒的誓言是充耳不闻的；它们是不洁的祭礼，比污秽的兽肝更受憎恨。

安德洛玛刻 啊！听从我们的劝告吧。不要以为自恃正义，便可以伤害他人；如果那是合法的，那么用暴力劫夺所得的财物拿去布施，也可以说是合法的了。

卡珊德拉 誓言是否有效，必须视发誓的目的而决定；不是任何的目的都可以使誓言发生力量。脱下你的甲胄吧，亲爱的赫克托。

赫克托 你们别闹。我的荣誉主宰着我的命运。生命是每一个人所重视的，可是高贵的人重视荣誉远过于生命。

特洛伊罗斯上。

赫克托 啊，孩子！你今天预备上战场吗？

安德洛玛刻 卡珊德拉，叫我们的父亲来劝劝他。（卡珊德拉下）

赫克托 不，你不要去，特洛伊罗斯；脱下你的铠甲，孩子；我今天充满了武士的精神。让你的筋骨再长得结实一点，不要就去试探战争的锋刃吧。脱下你的战甲，去，不要怀疑，勇敢的孩子，我今天要为了你、为了我、为了整个的特洛亚而作战。

特洛伊罗斯 哥哥，您有一个太仁慈的弱点，这弱点适宜于一头狮子，却不适宜于一个勇士。

赫克托 是怎样一个弱点，好特洛伊罗斯？你指出来责备我吧。

特洛伊罗斯 好几次战败的希腊人倒在地上，您虽然已经举起您的剑，却叫他们站起来，放他们活命。

赫克托 啊！那是公道的行为。

特洛伊罗斯 不，那是傻气的行为，赫克托。

赫克托 怎么！怎么！

特洛伊罗斯 看在一切天神的面上，让我们把恻隐之心留在我们母亲的地方；当我们披上甲胄的时候，让残酷的愤怒指挥着我们的剑锋，执行无情的杀戮。

赫克托 嘿！那太野蛮了。

特洛伊罗斯 赫克托，这样才是战争呀。

赫克托 特洛伊罗斯，我今天不要你临阵。

特洛伊罗斯 谁可以阻止我？命运、命令，或是握着火红的指挥杖的战神的手，都不能叫我退下；普里阿摩斯父王和赫卡柏母后含着满眶的眼泪跪在地上，都不能打消我的决心；就是您，我的哥哥，拔出您的锋利的剑来，也挡不住我；除了我自己的毁灭以外，我不怕任何的阻力。

卡珊德拉偕普里阿摩斯上。

卡珊德拉 拖住他，普里阿摩斯，不要放松。他是你的拐杖；要是你失去你的拐杖，那么你依靠着他，整个的特洛亚依靠着你，大家都要一起倒下了。

普里阿摩斯 来，赫克托，来，回来；你的妻子做了噩梦，你的母亲看见幻象，卡珊德拉预知未来，我自己也像一个突然得到天启的先知一样，告诉你今天是一个不祥的日子，所以你回来吧。

赫克托 埃涅阿斯在战场上等我；我和许多希腊人有约在先，今天一定要去跟他们相会。

普里阿摩斯 可是你不能去。

赫克托 我不能失信于人。您知道我一向是不敢违抗您的意志的，所以，亲爱的父亲，不要使我负上一个不孝的名声，请您允许我出战吧。

卡珊德拉 普里阿摩斯啊！不要听从他。

安德洛玛刻 不要允许他，亲爱的父亲。

赫克托 安德洛玛刻，你使我生气了。为了你对我的爱情，快给我进去吧。（安德洛玛刻下）

特洛伊罗斯 都是这个愚蠢的、做梦的、迷信的姑娘，凭空虚构出这许多恶兆。

卡珊德拉 啊，别了！亲爱的赫克托！瞧，你死了！瞧，你的眼睛变成惨白了！瞧，你满身的伤口都在流血！听，特洛亚在呼号，赫卡柏在痛哭，可怜的安德洛玛刻在发出她尖锐的悲声！瞧，慌乱、疯狂和惊愕，像一群没有头脑的痴人彼此相遇，大家都在哭喊着赫克托：赫克托死了！啊，赫克托！

特洛伊罗斯 去！去！

卡珊德拉 别了。且慢，赫克托，我还要向你告别：你欺骗了你自己，也欺骗了我们全体特洛亚人。（下）

赫克托 父王，您听见她这样嚷叫，有点儿惊恐吗？进去安慰安慰我们的军民；我们现在要出去作战，干一些值得赞美的事情，今天晚上再来讲给您听吧。

普里阿摩斯 再会，愿神明保佑你平安！（普里阿摩斯、赫克托各下；号角声）

特洛伊罗斯 他们已经打起来了，听！骄傲的狄俄墨得斯，相信我，我今天不是失去我的手臂，就要夺回我的衣袖。

特洛伊罗斯将去时，潘达洛斯自另一方上。

潘达洛斯 您听见吗，殿下？您听见吗？

特洛伊罗斯 现在又有什么事？

潘达洛斯 这儿是那可怜的女孩子寄来的一封信。

特洛伊罗斯 让我看。

潘达洛斯 这倒霉的混账咳嗽害得我好苦，还要让这傻丫头把我搅得心神不安，又是这样，又是那样，看来我这条老命也活不长久了；我的眼睛里又害起了风湿症，我的骨节又是这么痛得厉害，不知道我做了什么孽，才受到这样的罪。她说些什么？

特洛伊罗斯 空话，空话，只有空话，没有一点真心；行为和言语背道而驰。（撕信）去，你风一样轻浮的，跟着风飘去，也化成一阵风吧。她用空话和罪恶搪塞我的爱情，却用行为去满足他人。（各下）

第四场

特洛亚及希腊营地之间

号角声；兵士混战；忒耳西忒斯上。

忒耳西忒斯 现在他们在那儿打起来了，待我去看个热闹。那个奸诈的卑鄙小人，狄俄墨得斯，把那个下流的痴心的特洛亚小傻瓜的衣袖裹在他的战盔上；我巴不得看见他们碰头，看那头爱着那婊子的特洛亚小驴子怎样放那个希腊淫棍回到那只假情假义的浪蹄子那儿去，叫他有袖而来，无袖而归。在另一方面，那些狡猾的信口发誓的坏东西——那块耗子咬过的陈年干酪，涅斯托，和那头狗狐俄底修斯，他们定下的计策，简直不值一颗乌莓子：他们的计策是要叫那条杂种恶狗埃阿斯去对抗那条同样坏的恶狗阿喀琉斯；现在埃阿斯那恶狗已经变得比阿喀琉斯那恶狗更骄傲了，今天他不肯出战；所以那些希腊人都像野蛮人一样胡作非为起来，计策权谋把军誉一起搅坏了。且慢！衣袖来了；那一个也来了。

狄俄墨得斯上，特洛伊罗斯随上。

特洛伊罗斯 别逃走；你就是跳下了冥河，我也要入水来追你。

狄俄墨得斯 你弄错了，我没有逃；因为你们人多，好汉不吃眼前亏，所以我才抽身出来。照剑！

忒耳西忒斯 守住你那婊子，希腊人！为了那婊子的缘故，特洛亚人，出力吧！挑下那衣袖来，挑下那衣袖来！（特洛伊罗斯、狄俄墨得斯随战随下）

赫克托上。

赫克托 希腊人，你是谁？你也是要来跟赫克托比一个高下的吗？你是不是一个贵族？

忒耳西忒斯 不，不，我是个无赖，一个只会骂人的下流汉，一个卑鄙龌龊的小人。

赫克托 我相信你，放你活命吧。（下）

忒耳西忒斯 慈悲的上帝，你居然会相信我！这天杀的把我吓了这么一跳！那两个扭成一团的混蛋呢？我想他们也许把彼此吞下去了，那才是个笑话哩。我去找他们去。（下）

第五场

战地的另一部分

狄俄墨得斯及仆人上。

狄俄墨得斯 来，给我把特洛伊罗斯的骏马牵了回去，把它奉献给我的爱人克瑞西达，向她表示我对于她的美貌的敬礼；对她说，我已经教训过那个多情的特洛亚人，用事实证明我是她的武士了。

仆人 我就去，将军。（下）

阿伽门农上。

阿伽门农 添救兵，添救兵！凶猛的波吕达玛斯已经把门农打了下来；那私生子玛伽瑞隆把多里俄斯捉了去，像一尊巨大的石像似的，站在被杀的厄庇斯特洛福斯和刻狄俄斯二王的尸体上，挥舞着他的枪杆；波吕克塞诺斯也死了；安菲玛科斯和托阿斯都受到致命的重伤；帕特洛克罗斯被擒被杀，下落不明；帕拉墨得斯身受重创；可怕的萨癸塔里大逞威风，把我们的兵士吓得四散奔窜。狄俄墨得斯，快去添救兵，否则我们要一败涂地了。

涅斯托上。

涅斯托 去，把帕特洛克罗斯的尸体抬到阿喀琉斯帐里；再叫西达那像蜗牛一样慢吞吞的埃阿斯赶快披上甲胄。有一千个赫克托在战场上，一会儿他骑着马在这儿鏖战，一会儿他又在那边徒步奔突，挡着他的人逃的逃，死的死，就像一群轻舟小艇，遇见了一头吸海的巨鲸一样；一会儿他又在别的地方，把那些稻草般的希腊人摧枯拉朽似的杀得望风披靡，这里，那里，到处有他神出鬼没的踪迹，他的敏捷的行动，简直是得心应手，要怎么样便怎么样，看见了也会叫人不相信自己的眼睛。

俄底修斯上。

俄底修斯 啊！勇气，勇气，王子们！伟大的阿喀琉斯在披起战甲来了；他在哭泣，咒骂，发誓复仇，帕特洛克罗斯身上的创伤已经激起了他的昏睡的雄心；他手下的那些负伤的壮士，有的割去了鼻子，有的砍掉了手，断臂的，刖足的，都在叫喊着赫克托的名字。埃阿斯也失去了一个朋友，恼得他咬牙切齿，已经披甲出战，要去找特洛伊罗斯拼命；那特洛伊罗斯今天就像发了疯似的横冲直撞，勇不可当，命运也像故意讥讽智谋的无用一样，对他特别照顾，使他战无不胜。

埃阿斯上。

埃阿斯 特洛伊罗斯！你这懦夫躲到哪里去了？（下）

狄俄墨得斯 在那儿，在那儿。

涅斯托 好，好，我们也上去杀一阵。

阿喀琉斯上。

阿喀琉斯 这赫克托在什么地方？来，来，你这吓吓小孩子的家伙，还不给我露脸吗？我要让你知道遇见一个发怒的阿喀琉斯是怎么样的。赫克托！赫克托呢？我只要找赫克托。（各下）

第六场

战地的另一部分

埃阿斯上。

埃阿斯 特洛伊罗斯，你这懦夫，出来！

狄俄墨得斯上。

狄俄墨得斯 特洛伊罗斯！特洛伊罗斯在什么地方？

埃阿斯 你要找他干吗？

狄俄墨得斯 我要教训教训他。

埃阿斯 等我做了元帅，你在我的地位，你再来教训他吧。特洛伊罗斯！喂，特洛伊罗斯！

特洛伊罗斯上。

特洛伊罗斯 啊，奸贼，狄俄墨得斯！转过你的奸诈的脸来，你这奸贼！拿你的命来赔偿我的马儿！

狄俄墨得斯 嘿！你来了吗？

埃阿斯 我要独自跟他交战；站开，狄俄墨得斯。

狄俄墨得斯 他是我的目的物；我不愿意袖手旁观。

特洛伊罗斯 来，你们这两个希腊贼子；你们一起来吧！（随战随下）

赫克托上。

赫克托 呀，特洛伊罗斯吗？啊，打得好，我的小兄弟！

阿喀琉斯上。

阿喀琉斯 现在我看见你了。嘿！照剑，赫克托！

赫克托 住手，你还是休息一会儿。

阿喀琉斯 我不要你卖什么人情，骄傲的特洛亚人。我的手臂久已不举兵器了，这是你的幸运；我的休息和怠惰，给你很大的便宜；可是我不久就会让你知道我的厉害。现在你还是去追寻你的命运吧。（下）

赫克托 再会，要是我早知道会遇见你，我的勇气一定会增加百倍。啊，我的兄弟！

特洛伊罗斯重上。

特洛伊罗斯 埃阿斯把埃涅阿斯捉了去了，真有这样的事吗？不，凭着那边天空中灿烂的阳光发誓，他不能让他捉去；我一定要去救他出来，否则宁愿让他们把我也一起捉了去。听着，命运！今天我已经把死生置之度外了。（下）

一武士披富丽铠甲上。

赫克托 站住，站住，希腊人；你是一个很好的目标。啊，你不愿站住吗？我很喜欢你这身甲胄；即使把它割破砍碎，也要剥它下来。畜生，你不愿站住吗？好，你逃，我就追，非得剥下你的皮来不可。（同下）

第七场

战地的另一部分

阿喀琉斯及众武士上。

阿喀琉斯 过来，我的武士们，听好我的话。你们看我到什么地方，就跟到什么地方。不要动你们的刀剑，蓄养好你们的气力；当我找到了凶猛的赫克托以后，你们就用武器把他密密围住，一阵乱剑剁死他。跟我来，孩子们，留心我的行动；伟大的赫克托决定要在今天丧命。（同下）

墨涅拉俄斯及帕里斯互战上；忒耳西忒斯随上。

忒耳西忒斯 那王八跟那奸夫也打起来了。出力，公牛！出力，狗子！呦，帕里斯，呦！啊，我的两个雌儿的麻雀！呦，帕里斯，呦！那公牛打胜了；喂，留心他的角！（帕里斯、墨涅拉俄斯下）

玛伽瑞隆上。

玛伽瑞隆 奴才，转过来跟我打。

忒耳西忒斯 你是什么人？

玛伽瑞隆 普里阿摩斯的庶子。

忒耳西忒斯 你是个私生子，我也是个私生子，我喜欢私生子。一头熊不会咬它的同类，那么私生子为什么要自相残杀呢？再会，私生子。（下）

玛伽瑞隆 魔鬼抓了你去，懦夫！（下）

第八场

战地的另一部分

赫克托上。

赫克托 富丽的外表包裹着一个腐烂不堪的核心，你这一身好盔甲送了你的性命。现在我已经做完毕一天的工作，待我好好休息一下。我的剑啊，你已经饱餐了鲜血和死亡，你也休息休息吧。（脱下战盔，将盾牌悬挂背后）

阿喀琉斯及众武士上。

阿喀琉斯 瞧。赫克托，太阳已经开始没落，丑恶的黑夜在他的背后追踪而来；赫克托的生命，也要跟太阳一起西沉，结束了这一个白昼。

赫克托 我现在已经解除武装；不要乘人不备，希腊人。

阿喀琉斯 动手，孩子们，动手！这就是我所要找的人。

（赫克托倒地）现在，特洛亚，你也跟着倒下来吧！这儿躺着你的心脏，你的筋肉，你的骨骼。上去，武士们！大家齐声高呼：“阿喀琉斯已经把勇武的赫克托杀死了！”（吹归营号）听！我军在吹归营号了。

武士 主将，特洛亚的喇叭跟我们的喇叭声音是一样的。

阿喀琉斯 黑夜的巨龙之翼已经覆盖了大地，分开了交战的两军。我的尚未餍足的宝剑，因为已经尝到了美味，也要归寝了。（插剑入鞘）来，把他的尸体缚在我的马尾巴上，我要把这特洛亚人拖过战场。（同下）

第九场

战地的另一部分

阿伽门农、埃阿斯、墨涅拉俄斯、涅斯托、狄俄墨得斯及余人等列队行进，内喧呼声。

阿伽门农 听！听！那是什么呼声？

涅斯托 静下来，鼓声！

内呼声："阿喀琉斯！阿喀琉斯！赫克托被杀了！阿喀琉斯！"

狄俄墨得斯 听他们的呼声，好像是赫克托给阿喀琉斯杀了。

埃阿斯 果然有这样的事，我们也不要自夸；伟大的赫克托并没有不如他的地方。

阿伽门农 大家静静前进。派一个人到阿喀琉斯那里去，请他到我的大营里来。要是他的死是天神有心照顾我们，那么伟大的特洛亚已经是我们的，惨酷的战争也要从此结束了。（众列队行进下）

第十场

战地的另一部分

埃涅阿斯及特洛亚兵士上。

埃涅阿斯 站住！我们现在还控制着这战场。不要回去，让我们忍着饥饿挨过这一夜。

特洛伊罗斯上。

特洛伊罗斯 赫克托被杀了。

众人 赫克托！哪有这样的事！

特洛伊罗斯 他死了，他的尸体缚在那凶手的马尾上，惨无人道地拖过了充满着耻辱的战场。天啊，颦蹙你的怒眉，赶快降下你的惩罚来吧！神明啊，坐在你们的宝座上，眷顾着特洛亚吧！让你们的迅速的灾祸变成慈悲，不要拖延我们无可避免的毁灭吧！

埃涅阿斯 殿下，您不要瓦解我们全军的士气。

特洛伊罗斯 你没有了解我的意思，所以才会对我说这样的话。我没有说到逃走、恐惧和死亡；我是向着一切天神和世人所加于我们的迫切的危险挑战。赫克托已经离我们而去了；谁去把这样的消息告诉普里阿摩斯和赫卡柏呢？有谁现在到特洛亚去，宣布赫克托的死讯的，让他永远被称为不祥的啼枭吧。这样一句话是会使普里阿摩斯变成一座石像，使妇女们变成泪泉和化石，使少年们变成冰冷的雕像，使整个的特洛亚惊怖失色的。可是去吧，赫克托死了，还有什么话说呢？且慢！你们这些可恶的营帐，这样骄傲地布下在我们弗里吉亚的平原上，无论太阳起得多早，我要把你们踏为平地！还有你，你这肥胖的懦夫。无论怎样广阔的距离，都不能分解我们两人的仇恨；我要永远像一颗疑神疑鬼的负疚的良心一样缠绕着你！回到特洛亚去！我们不要懊恼，让复仇的希望掩盖我们内心的悲痛。（埃涅阿斯及特洛亚军队下）

特洛伊罗斯将去时，潘达洛斯自另一方上。

潘达洛斯 听我说，听我说！

特洛伊罗斯 滚开，下贱的龟奴！丑恶和耻辱追随着你，永远和你的名字连在一起！（下）

潘达洛斯 好一服医治我的骨痛的妙药！啊，世界，世界，世界！一个替别人奔走的人，是这样被人轻视！做卖国贼的，做淫媒的，人家用得着你们的时候，是多么的重用你们，可是他们会给你们些什么好处呢？为什么人家这样喜欢我们所干的事，却这样痛恨我们的行业？有什么诗句可以证明？——让我想一想！——

那采蜜的蜂儿无虑无愁，
终日在花丛里歌唱优游；
等到它一朝失去了利刺，
甘蜜和柔歌也一齐消逝。

奉告吃风月饭的朋友们，把这几句诗做你们的座右铭吧。（下）

欢迎你从《莎士比亚戏剧集》进入

读客经典文库

不同的精神成长书单，为你提供更多选择

读客经典文库006

《卡门》

[法] 普罗斯佩 · 梅里美

文学史上不朽的传奇女性

法语翻译界泰斗傅雷和法语翻译家李玉民合译经典
法国中短篇小说大师梅里美的经典代表作全收录

定价 49.90元

读客经典文库017

《一个陌生女人的来信》

[奥] 史蒂芬 · 茨威格

文学史上只有这本小说 成功刻画了女人的暗恋心理！

直到茨威格的出现，才有人用罕见的温存和同情描写女人。——高尔基

定价 32.00元

激发个人成长

多年以来，千千万万有经验的读者，都会定期查看熊猫君家的最新书目，挑选满足自己成长需求的新书。

读客图书以“激发个人成长”为使命，在以下三个方面为您精选优质图书：

1. 精神成长

熊猫君家精彩绝伦的小说文库和人文类图书，帮助你成为永远充满梦想、勇气和爱的人！

2. 知识结构成长

熊猫君家的历史类、社科类图书，帮助你了解从宇宙诞生、文明演变直至今日世界之形成的方方面面。

3. 工作技能成长

熊猫君家的经管类、家教类图书，指引你更好地工作、更有效率地生活，减少人生中的烦恼。

每一本读客图书都轻松好读，精彩绝伦，充满无穷阅读乐趣！

图书在版编目（CIP）数据

莎士比亚戏剧集：全 8 册 /（英）威廉◎莎士比亚
(William Shakespeare) 著；朱生豪译. -- 南京：江
苏凤凰文艺出版社，2019. 4
ISBN 978-7-5594-2546-1

Ⅰ. ①莎… Ⅱ. ①威… ②朱… Ⅲ. ①剧本－作品集
－英国－中世纪 Ⅳ. ① I561.33

中国版本图书馆 CIP 数据核字 (2018) 第 163252 号

莎士比亚戏剧集

[英] 威廉·莎士比亚 著　　朱生豪 译

责任编辑	丁小卉
特约编辑	牟雪莲　宋如月
装帧设计	读客文化　021-33608311
责任印制	刘　巍
出版发行	江苏凤凰文艺出版社
	南京市中央路 165 号，邮编：210009
网　　址	http://www.jswenyi.com
印　　刷	北京中科印刷有限公司
开　　本	890 × 1270mm 毫米 1/32
印　　张	17.25
字　　数	376 千字
版　　次	2019 年 4 月第 1 版　2019 年 4 月第 1 次印刷
标准书号	ISBN 978－7－5594－2546－1
定　　价	459.00 元（全 8 册）